La foglia d'autunno
di Massimo Carugno

Collana *Paper Hill/1*

© 2019 Riccardo Condò Editore
Tutti i diritti sono riservati
ISBN 9788897028819
Stampato da *Amazon Kdp, USA,* su licenza di Riccardo Condò Editore

Seconda edizione
Dicembre 2022
Immagine di copertina ©Adobe Stock

Le vicende narrate e i personaggi descritti nel romanzo trovano la loro genesi esclusivamente nella fantasia dell'autore.
Le narrazioni relative ai soggiorni in Africa, alla rivolta del Kivu e al battaglione Leopard sono state realmente vissute dall'autore.
Il personaggio Bruno è un amico di infanzia dell'autore e le narrazioni relative a quel periodo sono autentiche.

Massimo Carugno

La foglia d'autunno

Mistero di una storia perduta

Seconda edizione

prefazione di Riccardo Nencini

PaperHill

PREFAZIONE

Di tanto in tanto la meraviglia ti afferra alla gola, meglio quando accade per caso.

Massimo è un avvocato, non è uno scrittore. Massimo è stato un amministratore locale, non è uno scrittore. Massimo d'un tratto si scopre scrittore. D'un tratto.

Si chiama sensibilità, significa che hai una storia da raccontare. Allora Nessuno si mette alla prova, si siede, accende il computer, scrive. Ognuno ha il suo metodo. Nessuno ha scritto di getto, ha impastato il racconto con una struttura lineare, lineare non semplicistica, e non ti dico il finale. Le pagine mordono. Non la roboante, affascinante bestemmia di Celine, sicuramente una danza balcanica avvinghiata all'amore.

E poi c'è il teatro. L'orizzonte dove si muovono i protagonisti mescola la città alla campagna. È Ovidio immerso nel mondo, agli occhi del mondo. Nessuno ama quei colori, ci è nato, ci vive la' in mezzo. La provincia italiana è un'orgia di fantasie, di vite intrecciate, è l'opposto del nulla che divora le terre americane di mezzo. La provincia è il palcoscenico ideale di leggende e romanzi. Girati intorno. Alvaro, Sgorlon, Chiara, Manganelli, Tozzi. Tutti sedotti dall'avventura tra una manciata di case. Ignoro se Nessuno abbia seguito l'esempio. Propendo per il no. Impronta diretta, una passeggiata nel labirinto del vocabolario, Nessuno ha fatto così. È la storia che ha in testa che si è rovesciata in modello.

Una volta, in un giorno di grazia, Oriana Fallaci mi confessò le regole della scrittura perfetta. Usa raramente gli infiniti, appesantiscono la lettura proprio come i gerundi; se devi usare un termine più volte scava tra i sinonimi, sempre; pochi avverbi, mi raccomando. Ecco, ti accorgi che Nessuno ha lavorato attorno a quei sacri principi: struttura lineare ma capitoli accorti.

Nessuno lo conosco da anni. Ho letto il suo manoscritto prima con noncuranza, via via con entusiasmo. Queste poche righe non sono dedicate al libro e nemmeno all'amico. Sono un dedica a Massimo scrittore.

Riccardo Nencini

1

SULMONA

La linea dell'ombra sul Genzana si abbassava lentamente, scivolando dalla vetta verso le pendici, e ben presto anche Sulmona sarebbe stata colorata dalla dorata luce del primo sole.

Max amava quel momento. Non era la prima volta che, svegliatosi come d'abitudine molto presto, si affacciava al balcone per gustare il trionfo di colori dell'alba di metà giugno.

Aveva sognato e ne aveva negli occhi il nitido ricordo, quasi fossero fotogrammi di un film visto la sera precedente. Non ricordava mai se sognava o meno. E, quelle rare volte che lo ricordava la trama del sogno sbiadiva così presto che bastavano pochi secondi dopo aver aperto gli occhi.

Anche se i raggi del sole avrebbero dovuto illuminare ancor prima tutta la vallata, scorrendo da Introdacqua per arrivare finalmente alle Marane che stavano dalla parte opposta, l'aria era comunque già tiepida ed era un piacere stare con la canotta all'aperto. Se l'anno fosse stato composto da dodici mesi di giugno per lui sarebbe stato l'ideale.

Dal basso, accovacciati sul prato del giardino, Rambo e Silas lo guardavano con la lingua penzolante smaniosi di ricevere le coccole che, di lì a poco, il loro padrone sarebbe sceso a dargli. Erano due meticci, l'uno diverso dall'altro. Entrambi nati dalla stessa cucciolata, Rambo aveva il mantello scuro e il muso da orsacchiotto e Silas era tutto bianco, tipico dei pastori abruzzesi, con gli occhi azzurri. Erano intelligentissimi ma quanto a ferocia più che cani da guardia erano quello che Max definiva 'il comitato di benvenuto'; qualunque ospite arrivasse al Casale, anche il più sconosciuto, era inesorabilmente travolto dalle coccole dei due 'giovanotti di casa'.

Alle sue spalle sentì un mormorio indistinto e si girò. Elisa era distesa nel letto occupandolo per intero in diagonale. Evidentemente stava sognando qualcosa, appendice dell'ultimo sonno.

Max la guardò. Era bellissima. Come tutte le donne che non hanno bisogno di molto trucco per essere radiose aveva il dono di essere bella anche allo schiudere degli occhi, senza essere devastata dalle profondità del sonno notturno. La pelle scura, ma non troppo, dava risalto al *negligée* bianco con il quale dormiva e anche lì, dal balcone da dove la stava guardando, ne riusciva a gustare il sapore vellutato tipico della genìa africana.

Mentre la osservava ciondolare nelle sue pigrizie mattutine ripensò a quello che stava per accadere e soprattutto al singolare inizio di quella affascinante ma strana storia. Si girò nuovamente verso il balcone e guardò il campanile della Annunziata, al centro della valle. Ormai era già totalmente bagnato dal sole i cui raggi correvano velocemente verso di lui cancellando la linea dell'ombra. Nel restare rapito dall'effetto ipnotico di quello spettacolo dell'alba si chiese se i suoi concittadini si fossero resi conto di quanto sarebbe stato devastante quello che, di lì a pochi giorni, sarebbe successo in Piazza Maggiore.

Era assorto in tali pensieri quando sentì sulla spalla la morbidezza di una mano che gli accarezzava il tatuaggio dello scorpione e poi il calore delle labbra sul collo.

"Max," disse Elisa, con un sussurro ancor più caldo dei primi raggi del sole "non sono mai stata così bene come in questo momento".

Lui si girò e si immerse nei suoi occhi scuri indeciso se guidarla di nuovo verso il letto. La tentazione era grande ma, visto che si era svegliata presto anche lei, si presentava la buona occasione per rendere la giornata produttiva.

"Vado?" disse ammiccando verso le scale che portavano al piano terra e alla cucina.

Elisa lo guardò e annuì con l'espressione golosa. Le colazioni di Max erano uno spettacolo gastronomico.

Lo baciò delicatamente ma intensamente sulle labbra e si avviò verso la toilette.

Max la guardò ancheggiare e, con un sospiro di pentimento, raggiunse le scale.

Al primo piano c'erano le camere e un ampio soggiorno guarnito, sulla parete interna, da un grazioso camino mentre, al piano terra, insisteva la parte della casa che Max chiamava il luna park. La grande cucina era quasi uno spazio comune con la sala da pranzo, anch'essa attrezzata da un camino che occupava un intero angolo, mentre, dall'altro lato dell'androne con il pozzo interno, c'era lo studio con la biblioteca. Sulla parte retrostante, invece era stata attrezzata la sala della musica, una sorta di mini-discoteca, con impianti di altissima fedeltà, mixer, casse, microfoni, destinata per lo più agli sfizi di Max e ora anche di Elisa e dove, qualche volta, aveva organizzato delle festicciole di capodanno.

Entrò in cucina, accese il fornello in vetroceramica, preparò la padella per le uova strapazzate, mentre faceva cadere quattro mezze arance nello spremi agrumi e, con l'altra mano, inseriva la cialda nella macchina del caffè. Una simultaneità degna dei più grandi chef. Fece in tempo a uscire sul prato per fare due coccole ai giovanotti, allungare a ognuno la sua dose di biscotti e poi rientrare per rompere le uova nella padella e girarle. In meno di cinque minuti la colazione di Elisa era pronta sul cabaret da letto. Uscì per tagliare una rosa dalla pianta che adornava il giardino e la posò di traverso sul vassoio. Fiero del risultato risalì verso la camera.

Elisa, che si era riadagiata sul letto, lo guardò con un sorriso goloso.

"Amore lo sai che non c'è bisogno," disse, mentre lui poggiava il vassoio sul letto "ti mangerei con un boccone solo".

Lo guardò con un sorriso malizioso.

"Senti tesoro, visto che ti sei svegliata presto anche tu cerchiamo di ottimizzare la giornata, che le cose da fare sono tante. Manca una settimana e devo ancora decidere alcuni aspetti fondamentali. Quindi io, che sono celere, vado a fare ginnastica così poi mi preparo tu, che sei lenta come una lumachina, inizia a fare le tue cose così scendiamo in città. Oggi è anche mercato e approfittiamo per fare un bel giro."

Le diede un bacio sul naso e si avviò verso la cyclette nella stanza a fianco. Dopo qualche minuto si sentì la musica 'a palla'.

Non c'era una volta che non gradisse le canzoni che sceglieva. Lei lo guardò e pensò a tutto quelle che era successo, a come si erano conosciuti, a come era piombato nella sua vita e a come l'avesse radicalmente cambiata. Pensò che mai aveva amato come stava amando Max.

Il vento le scompigliava i fluenti capelli scuri. Mentre percorrevano la lunga e dritta strada che dalle Marane porta a Sulmona. Con il tetto della Smart aperto, Elisa si godeva l'aria tiepida che entrava nell'abitacolo e guardava il verde degli alberi, che si mescolava con il marrone della terra scura mossa nei campi arati, scorrere lungo i finestrini aperti.

Con gli occhi nascosti da abbondanti occhiali da sole ammirava i primi accenni della Sulmona storica, mentre si avvicinavano al palazzotto dove avevano sede gli uffici di Max e dove avrebbero lasciato l'automobile. Le piacevano le passeggiate nel centro storico, le discese al mercato di Piazza Maggiore, gli aperitivi seduti all'aperto, circondata dai graziosi palazzi gentilizi tipici di Sulmona. Amava tutto questo. Mai avrebbe pensato che sarebbe stato possibile trovare la pace in un posto diverso da dove Max l'aveva conosciuta.

"Il solito?" le disse guardandola con l'aria furba, mentre si accostava al bancone. Elisa annuì con un sorriso e ammiccando con la testa.

Enzo, che conosceva le abitudini di tutti i clienti, le fece un cappellino guarnendo il caffè con una montagna di schiuma di latte e con gli originali disegnini realizzati con la polvere di cacao. Per lei, che prima di arrivare in Italia di caffè conosceva solo il bibitone di tradizione anglosassone, la scoperta di quello italiano, e di tutti i ghirigori che i barman di classe vi fanno sopra, era diventata una passione alla quale ormai non avrebbe rinunciato per nessuna cosa al mondo. Quello del caffè a metà mattina era un'altra delle abitudini tipicamente italiane che Elisa aveva imparato a gustare e aveva totalmente fatta sua. La tappa al bar di Enzo faceva parte del rito della prima parte della giornata.

Avevano appena oltrepassato il quadrivio quando incrociarono Rossella. Tutti gli amici di Max l'avevano accolta benissimo e fatta subito sentire una di loro.

"*Hi Ross*" la salutò marcando un po' il suo accento inglese.

"Ciao ragazzi. Dove andate di bello? Al mercato a fare la spesa?" Elisa la guardò col suo sorriso generoso.

"Sì, sì, lui deve fare una cosa che ancora non ho capito," le rispose "e io voglio comprare verdura e frutta e qualcosa per pranzo. Tu come stai? Come vanno i tuoi studi?".

A Elisa stava simpatica, ne apprezzava la grande differenza tra l'aspetto esteriore, un po' stravagante, e la notevole profondità della sua personalità. Qualche volta avevano passato un po' di tempo insieme a chiacchierare nel giardino del casale e le sue idee, sul destino delle persone e su come la coscienza ne fosse influenzata e contemporaneamente lo influenzasse, le erano piaciute e le trovava misteriose e interessanti.

Mentre faceva queste riflessioni sulla amica di Max erano frattanto giunti alla scalinata che dal Corso scendeva a Piazza Maggiore. Elisa si fermò un attimo, prima di cominciare a scendere, e fece un respiro profondo allungando la mano verso il pilastro che aveva a fianco. Quella vista le piaceva. La piazza appariva vestita da un magico velo, sul quale il rosso, il giallo, l'azzurro, il verde si mescolavano ai mille altri colori delle tende che coprivano le bancarelle, che si ritagliava a ridosso dell'acquedotto esaltandone ancor di più le morbide curve degli archi. Anche se in passato aveva viaggiato spesso, la sua vita si era snocciolata in città moderne e raramente aveva visitato posti intrisi di storia come erano la maggior parte delle città italiane. Una cosa però era visitare da turista qualche città con monumenti storici, cosa diversa era viverci. Toccare quelle pietre e pensare che avevano visto scorrere la storia di tanti secoli e che, ciononostante, si offrivano intatte a essere accarezzate ogni giorno era una cosa che la emozionava. Guardò l'acquedotto e ripensò a quello che le aveva raccontato Max quando, per la prima volta, erano scesi lungo quella scalinata.

"Sai, questa è un'opera molto antica. La costruzione risale alla metà del XIII secolo" le aveva iniziato a raccontare.

Coronava il lato ovest di Piazza Maggiore ornandola in maniera molto particolare.

"La sua funzione era quella di fornire l'acqua alle fiorenti attività commerciali e artigianali che si erano insediate nel centro della città" aveva aggiunto.

Mentre aveva ancora la mano appoggiata sul pilastro non potette evitare di chiedersi come avessero fatto a concepire e realizzare la costruzione di quella condotta d'acqua, tra l'altro sopraelevata e neanche realizzata su una linea retta ma su tre lati. Elisa bagnò la mano nella cristallina acqua, che sgorgava dalla splendida fontana Del Vecchio, incastonata all'interno dell'ultimo arco, e si umettò il viso per rinfrescarsi dalla crescente calura.

Accarezzò la pietra, con l'altra mano strinse quella di Max e iniziò a scendere verso la piazza. Era giorno di mercato, le bancarelle erano tantissime ed era pieno di gente. Una vivacità che la riempiva di calore. E poi c'erano le persone che ti incrociavano e ti salutavano. Era un modo di vivere del tutto diverso, pieno di straordinaria umanità, che ti faceva sentire al centro e parte del mondo e non un granello accidentale di terra. La differenza tra i centri di provincia e le grandi città, pensò Elisa, è che, nelle prime, ti viene spontaneo il desiderio di uscire, nelle seconde, avverti il bisogno di restare a casa. Nelle prime si avvertiva l'istinto ad aprirsi, nelle seconde si aveva l'ansia di proteggersi.

Erano giunti ai bordi e Max, fermo sull'ultimo gradone, si voltò verso le scale della chiesa di Santa Chiara. Cercava di misurare, con lo sguardo, la distanza tra le due scalinate.

Elisa sapeva perfettamente cosa aveva in mente. Ne avevano parlato a lungo e più volte. Si girò lasciando che i suoi occhi lentamente vagassero attorno. Quella piazza, se fosse stato possibile smontarla e portarla in una città più importante, sarebbe stata certamente considerata una irrinunciabile meta turistica.

Continuando a guardare verso la stessa direzione, Max la tirò per la mano e cominciò a camminare dritto davanti a sé.

Elisa, ridendo, si sfilò. "Amò, io vado a fare la spesa."

"Dove vai da sola che non parli neanche bene l'italiano."

"Uè, amico, ho imparato anche il dialetto."

Lui la guardò ricambiando la sua risata. Lo faceva morire quando la sentiva parlare l'italiano con l'accento *british*. Quando poi pronunciava parole in dialetto era l'apoteosi. La prendeva in giro ma era consapevole che, sebbene fossero trascorsi solo pochi mesi dal suo arrivo a Sulmona, aveva fatto passi da gigante sia sotto il profilo della lingua che della integrazione con i suoi amici e con i Sulmonesi. Per essere una persona che fino a qualche mese prima aveva vissuto in maniera del tutto diversa, aveva dimostrato una duttilità di carattere e di personalità fuori dal comune.

Lei gli sorrise mentre lui si girava nuovamente verso la gradinata di Santa Chiara assorto nei suoi pensieri.

"Io vado. Ho un problema urgente da risolvere," gli disse con la voce divertita "devo trovare qualcosa per sfamare il mio uomo. Quando hai finito con i tuoi giochetti raggiungimi in pescheria".

Max la seguì con gli occhi ancora una volta ammirato. Era difficile rimanere indifferenti al sorriso luminoso di Elisa, specie per i sentimenti che esprimeva con tutta sé stessa.

Si voltò, guardò l'orologio e contando i secondi fece una decina di passi verso la chiesa che gli era di fronte. Poi la raggiunse e, dalla parte opposta, fece la stessa cosa. Voltatosi nuovamente verso la scalinata dell'acquedotto, fece una serie di passi contando i secondi fino a un punto giunto al quale si fermò improvvisamente. Guardò l'orologio con soddisfazione. I due tempi coincidevano con quelli che aveva programmato.

Si girò nuovamente verso Santa Chiara. In quel suo primo giorno a Sulmona nel quale le aveva fatto scoprire per la prima volta il centro della città, dopo essere scesi in Piazza Maggiore, l'aveva accompagnata a visitare il monastero di Santa Chiara. All'interno dello splendido museo diocesano avevano incontrato un suo vecchio amico che, in parte anche attratto dal fascino esotico di Elisa, si era prodigato in spiegazioni. "Questo complesso risale alla metà del Duecento. Erano più o meno quelli gli anni in cui una certa

Floresenda o Floresella, figlia del conte di Palena Tommaso di Caprifico, si adoperò per l'edificazione del Monastero," aveva declamato con enfasi "divenne uno dei più fiorenti d'Abruzzo fino alla soppressione dell'ordine delle Clarisse avvenuto intorno alla metà dell'Ottocento". Conclusa la sua illustrazione non aveva avuto timore di mostrare la sua fierezza per aver catturato lo sguardo rapito della ragazza. In occasione del loro primo viaggio romano Max si era divertito a farle notare la somiglianza con la facciata della chiesa di Trinità dei Monti di cui alcuni esperti sostenevano che Santa Chiara fosse una copia in scala ridotta.

Mentre era assorto, tra pensieri e ricordi, fu richiamato al presente dal trillo del cellulare.

"Pronto sono Max, buongiorno."

"Buongiorno Mister Max," disse una voce "le volevo confermare che lunedì arriveranno i primi articolati per iniziare i montaggi. Arriveranno alle sei del mattino. Avremo bisogno di vigili che ci assistano nella gestione del traffico".

Max sorrise. "Certamente, tutti i servizi sono stati già allertati."

"Perfetto," rispose il suo interlocutore "allora buona giornata e ci aggiorniamo a lunedì mattina".

Si girò soddisfatto e si avviò verso il centro della piazza.

Era ancora a diversi metri, dall'ingresso della pescheria, e già sentiva la voce squillante di Elisa. Entrò e la vide che chiacchierava amabilmente con il proprietario.

"Amore mi sono fatta spiegare la ricetta per fare la razza. Che pesci strani avete in Italia. Sembra un Ufo."

Panfilo rideva a crepapelle.

"Amore," le disse, guardandola divertito "non sono strani i nostri, erano strani quelli che mangiavi prima".

"Fammi sapere come viene" le disse il pescivendolo mentre le consegnava il pacchetto.

Lui la prese per mano e si diresse verso l'uscita salutando Panfilo con un occhiolino. Uscirono dalla pescheria e si avviarono lungo la piazza, girovagando tra le bancarelle.

"Tutto a posto?" gli chiese mentre si fermava a guardare un paio di scarpe col tacco vertiginoso. "Non sono male".

Max guardò le scarpe. "Con quelle mi guardi in testa. Sì tutto a posto, lunedì arrivano."

E, mentre Elisa lo guardava sorridendo, le rivolse una espressione seria. "Potresti almeno fingere di condividere un po' delle mie preoccupazioni."

Elisa ricambiò, con lo sguardo, il suo tono. "Non c'è bisogno" disse ridendo "perfezionista come sei tutto filerà liscio".

Tenendosi per mano uscirono dalla piazza e risalirono sul Corso. C'era tantissima gente. Giugno era sempre stato un mese nel quale l'afflusso turistico era molto elevato. A luglio c'era un calo per poi riprendere, poco prima di agosto, per la celebre 'Giostra Cavalleresca'.

Elisa, che di tutte queste manifestazioni che fondavano le loro radici nelle tradizioni antiche, era totalmente ignara e neanche riusciva a immaginarne la esistenza, aveva già visto i riti Pasquali della processione del 'Venerdì Santo' e della 'Madonna che scappa' restandone incantata, ma ancora non aveva visto la 'Giostra'.

Giunsero al bar per prendere un aperitivo prima di andare a casa. Anche Piazza XX Settembre era piena di gente e i bambini giocavano saltando dal basamento della statua di Ovidio. Era il salotto della città. Ed era il punto di ritrovo di tutti i Sulmonesi che, durante le passeggiate lungo il Corso, la avevano come tappa obbligata per una sosta. Tanti gruppetti si formavano tra le varie comitive di conoscenti ed era abitudine fermarsi per scambiare quattro chiacchiere con gli amici.

Era più piccola di Piazza Maggiore e meno maestosa, ma era una deliziosa bomboniera perimetrata dal Palazzo di Giovanni dalle Palle e l'imponente palazzo del Liceo Classico. Al centro troneggiava la statua di Ovidio, copia identica di quella che era a Costanza, la città ove il Poeta in esilio morì.

Si sedettero e attesero che Paolo portasse gli aperitivi.

"*Hi my love,*" gli disse guardandolo "hai preso tutte le tue misure? ti senti più tranquillo ora? in fondo non è il lavoro che tocca a te".

Max le sorrise divertito dall'aria e dal tono, a metà tra lo sfottente e lo strafottente, con il quale Elisa gli si era rivolta. Non era la prima volta che, quando toccavano quell'argomento, lo trattava scherzosamente come un bambino tutto intento ai suoi giochi. Comprendeva questo approccio mentale della sua compagna. Aveva il dono di sdrammatizzare anche le cose più importanti ma questo non significava che le trascurasse o avesse verso di loro un approccio superficiale. Probabilmente era il frutto del profondo cambiamento che la aveva segnata negli ultimi anni.

"Sai perfettamente che ci tengo da morire a questo evento e desidero che tutto fili liscio come l'ho immaginato e riesca come l'ho voluto. Ci sono dettagli che nessuno, anche se pagato profumatamente, curerebbe e allora lo devo fare io".

Si girò e guardò il passeggio lungo il corso e la gente che affollava la piazza. "Loro non hanno ancora capito cosa succederà tra una settimana. Hanno intuito il prestigio dell'evento ma, non sapendo tutto lo svolgimento, non hanno compreso quale terremoto sarà".

Elisa sorseggiava il suo Manhattan, retaggio della sua cultura, una delle poche abitudini che non aveva modificato.

Max, più banalmente, aveva preso la solita cedrata corretta al Bitter Campari con una fogliolina di menta. Questa ricetta non esisteva e lui non sapeva neanche se i gusti fossero correttamente mescolati secondo le regole più rigorose della scuola da barman, però gli piaceva e, come in tante cose, amava contravvenire a regole, protocolli ed etichette se ciò dava risultati che soddisfacevano i suoi gusti. Gustarono il loro aperitivo, godendosi lo splendore della piazza, il chiacchiericcio della gente e le risate gioiose dei bambini che giocavano attorno alla statua di Ovidio. Gli ombrelloni del caffè erano ampi e velavano bene i caldi raggi del sole.

Elisa si guardava attorno come se facesse delle continue scoperte. Si voltò verso di lui. "Si vede lontano un miglio che sei qui con me solo a metà. Stai tranquillo che tutto andrà bene, non hai motivo di crucciarti. Hai previsto tutto. Non devi preoccuparti neanche del maltempo visto che le previsioni meteo sono ottime".

Max le sorrise.

"Tesoro sai che le previsioni sono attendibili solo nei tre giorni precedenti al giorno cui si riferiscono. Sapremo qualcosa di più preciso mercoledì. Oggi è solo sabato."

"Sì amore," rispose lei "ma c'è un'alta pressione che va da Oslo a Città del Capo e non penso affatto che il meteo debba diventare una tragedia proprio in questo periodo. Del resto hai previsto un piano di rinvio. Di cosa ti preoccupi se mercoledì dovessero cambiare le previsioni?".

Nel frattempo si erano alzati e si stavano avviando piano piano lungo il Corso, verso la sede degli uffici. Giunti ai gradini della Annunziata Elisa lo tirò per una mano portandolo a seguirla su per le scale del sacrato e quindi all'interno del cortile.

"Ma come è stato possibile alloggiare in questo splendido palazzo un ospedale?" gli chiese girandosi attorno.

"Lo è stato sin dalla sua costruzione che si protrasse per quasi due secoli, a partire dalla prima metà del Trecento. Lo è stato sino al 1960. Mio nonno, che era medico, vi ha lavorato sino alla pensione."

"Don Filippo" specificò lei.

"Già. Vedi? La parte interna dell'edificio è stata modificata a causa dei vari terremoti succedutisi. Ma la facciata, che è la cosa più bella, è rimasta più o meno inalterata," le disse invitandola a raggiungere nuovamente l'esterno "nota la successione di stili che distinguono la parte sinistra da quella centrale e in qual guisa, con il passare del tempo, le forme rinascimentali si sommarono a quelle medievali."

Poi la allontanò un pochino dal palazzo. "Guarda la cornice decorata con putti, araldi, animali fantastici, figure sacre e profane che corre su tutta la facciata. Il significato di quelle immagini è sempre stato oggetto di interpretazioni controverse, per alcuni versi irripetibili."

"In che senso?" chiese lei stupita.

"Scene hot" le rispose con un sorriso malizioso lasciandola a riflettere sulle strane posture delle figure che decoravano il palazzo.

Dopo qualche secondo Elisa lo raggiunse vicino la fontana e spaziò con lo sguardo dalla facciata del palazzo alla piazzetta antistante ingentilita dal prato verde, punteggiato dai colori dei fiori, dei curati giardini che lo adornavano. Ancora una volta pensò che le piaceva davvero tanto respirare quell'aria di antica cultura che la storia di questa città ti procurava. Stava bene e mai avrebbe pensato di adeguarsi tanto a quello stile di vita così provinciale. Ne coglieva gli aspetti migliori: la cordialità della gente, l'essere conosciuta ma non infastidita, la libertà di vivere tutto ciò di cui aveva voglia al momento, senza doversi limitare in nessun senso. Tali aspetti superavano e annullavano, di gran lunga, quelli negativi derivanti da una mancanza di eventi e attrazioni dei quali, tra l'altro, non sentiva alcun bisogno. Del resto Roma era a un passo ed era il meglio per togliersi qualunque sfizio.

Passeggiarono lungo il Corso mano nella mano.

"Però qualche volta potremmo portare a spasso Rambo e Silas."

"Certo," rispose lui ridendo "così saltano addosso per sbaciucchiarlo a chiunque incrociano pensando che sia un ospite. Hanno un giardino immenso. Stanno bene dove stanno. Caso mai, un giorno di questi, li portiamo al mare. Non l'hanno mai visto".

Erano giunti alla macchina, Max mise in moto, scoperchiò il tetto e si avviarono ridendo verso casa.

La razza era stata cucinata divinamente. Elisa era una cuoca bravissima. E si era subito adeguata alla cucina italiana.

Dalla porta finestra aperta sulla sala, i due giovanotti guardavano al di dentro, sdraiati a pelle di leopardo, con il corpo sul marciapiede e il muso appoggiato sulla soglia. Aspettavano con pazienza che lei gli desse il loro pranzo. L'avevano riconosciuta come padrona in pochissimo tempo. "Chissà cosa sarebbe successo se fossi stato il tipo che cambia fidanzata ogni quattro mesi" si chiese con un sorriso.

Era caldo. Avevano sparecchiato e caricato la lavastoviglie. Salirono in camera a riposarsi un pochino. Si stesero sul letto ed Elisa poggiò la testa sulla spalla di Max. "Non avrei mai neanche minimamente immaginato di vivere una vita così e momenti come questo," gli disse dolcemente "mi chiedo a volte se il destino esista e se sia il vero scrittore del libro della nostra vita".

Max la guardò sorridendo.

"Nulla accade per caso. Più una cosa sembra una coincidenza o un accidente imponderabile e più è certo che la sua casualità è totalmente da escludere. Le nostre vite sono libri già scritti. Forse è scritto il libro della vita dell'intero universo. Chi lo abbia scritto non lo so. Sai il mio approccio con la religione. Però, che le nostre vite siano delle partite a scacchi che noi giochiamo con il resto che ci circonda e che ogni mossa sia la conseguenza della precedente, è una cosa di cui sono convintissimo."

Lei lo guardò. "Però una cosa è certa," rispose sorridendo "finiremo tutti nello stesso modo".

"Inizio e fine non esistono. Sono nostre abitudini mentali. È dagli albori della nostra esistenza su questo pianeta che siamo abituati a vedere nascite e morti, vite che iniziano e finiscono. Per millenni ci hanno detto che il mondo è stato creato e che un giorno finirà. E dagli inizia della storia della umanità abbiamo dato, a tutto ciò che ci circondava, un confine. Nei secoli per gli esseri umani il mondo finiva prima tra il Tigri e l'Eufrate, poi alle Colonne d'Ercole, poi non oltre la Luna, poi al Sistema Solare poi alla Via Lattea. Abbiamo l'ansia di perimetrare tutto ciò che ci circonda e tutto ciò che viviamo in termini spaziali e temporali. Ogni cosa, sia esso un segmento di tempo, sia esso una porzione di spazio, per la nostra mente deve avere un principio e una fine. Diamo per forza una data di nascita alla terra e poi anche all'universo e ne immaginiamo una fine e diamo dei confini allo spazio. E non riusciamo ad afferrare il concetto di infinito ed eterno. Eppure, anche tra gli insegnamenti di chi ci ha raccontato per migliaia di anni che il mondo è stato creato e che un giorno finirà, ci sono concetti che noi stessi nascondiamo alla nostra coscienza, facendo finta di non ascoltarli o non comprenderli, che ci dicono che la nascita e la morte sono del corpo ma non dell'anima che continuerà a vivere. Dove? Nel regno dei cieli? Può darsi si chiami così! Può darsi che sia semplicemente lo stesso mondo che viviamo adesso, magari su frequenze diverse. E comunque è un posto dove quella che chiamano anima deve continuare a vivere per sempre. E questo vuol dire che tutto è eterno e parimenti tutto è infinito."

Elisa lo scrutò pensierosa. Quando Max cominciava a filosofeggiare diventava magnetico. Chiuse gli occhi e si addormentò.

Avevano appuntamento a Piazza Maggiore. Parcheggiarono sotto l'ufficio e imboccarono il Corso ripercorrendo la stessa strada fatta al mattino. Elisa era stupenda. Aveva i capelli legati dietro la nuca in una crocchia morbida e camminava sicura sugli alti sandali blu al di sopra dei quali portava un paio di jeans bianchi. Completava il tutto una smanicata elasticizzata blu con uno scollo all'americana.

Il Corso era stracolmo di gente e mentre camminavano si succedevano i saluti delle persone che incrociavano. Le luci gialle e le lanterne, stile antico, davano all'ambiente un sapore magico. L'Annunziata sembrava una cosa del tutto diversa da quella ammirata la mattina. Arrivarono all'inizio degli archi dell'acquedotto. Alla loro destra salivano i gradini della scalinata che portava alla rotonda di Palazzo San Francesco.

Erano assiepati di gente seduta e dietro quella folla spiccava lo stupendo portale di accesso, composto da sei colonne e cinque pilastrini per lato curvati a formare un arco a tutto sesto.

"Con questa illuminazione è uno spettacolo bellissimo" disse Elisa stringendogli la mano per attirarne l'attenzione.

"E tu pensa che questo è solo il portale laterale."

"Laterale? Perché quello principale quale sarebbe?" chiese la ragazza.

"Questa è la chiesa di San Francesco sorta sulla antica chiesa di Maria Maddalena la cui fondazione era antichissima e antecedente all'anno Mille. Successivamente, verso la fine del Duecento, fu arricchita e ampliata da Carlo D'Angiò, tanto da divenire famosa in tutto il regno per quanto fosse maestosa e magnificente. Attualmente il portale si apre sul cortile interno e circolare che abbiamo già visitato e dove si tengono manifestazioni e convegni. Prima del terremoto del 1706 tale cortile era, in effetti, l'abside della chiesa che si estendeva per lunghezza più di quanto lo è attualmente."

"E quindi?"

"Questo portale, pur essendo l'ingresso laterale, ne rappresentava l'alternativa pomposa in quanto quello principale si apre sulla angusta via Mazara."

"Ecco, ora capisco."

"Successivamente, a seguito del sisma, la chiesa fu ricostruita più corta e l'originario abside divenne questa corte rotonda attualmente esistente."

Elisa guardò il portale ammirata poi, guardando le scale che dal Corso scendevano a Piazza Maggiore, tirò Max per la mano e sorrise. Con i tacchi alti non era il caso. Proseguirono verso l'imbocco di Piazza del Carmine e fecero il giro scendendo lungo la discesa. Si stavano approssimando alla parte bassa della scala quando sentirono la voce squillante di Donatellina.

"Ehi sono qui."

Max era certo che sarebbe arrivata in anticipo. Per tutto l'inverno era abituata a cenare alle sette e quindi ancora non adeguava il suo orologio biologico.

"Dove sono gli altri? Io ho fame."

Elisa rise.

Max la guardò. "Stai diventando una pensionata. È estate, si va a cena più tardi. Non rompere".

Fu interrotto dalla voce di Mauro e Franca. "Eccoci siamo arrivati".

Le tre ragazze si salutarono, baciandosi, e Max disse a Mauro.

"Andiamo altrimenti Flavio arriva e comincia a borbottare."

Avevano appena parcheggiato davanti al cancello della pizzeria che furono raggiunti dalla strombazzata della macchina di Flavio. Erano arrivati tutti insieme.

Dopo aver salutato Flavio e Donatella superarono il cancello. Il prato era perfetto. Dietro di loro Prezza si incastonava nella montagna quasi fosse un presepe rendendo una atmosfera magica e particolarmente affascinante, così guarnita dal blu scuro della notte picchiettato dai milioni di puntini gialli che le stelle disegnavano nel cielo. Il clima era mite e le inesauribili portate degli antipasti, sapientemente frazionate da Alessandra e Letizia, si erano sorprendentemente esaurite. Aspettavano le pizze.

Elisa, dopo esser arrivata in Italia e aver mangiato la pizza, si chiese cosa fossero quelle che aveva mangiato prima. Max le aveva spiegato che a Napoli poi erano ancora più buone.

Quella era la sua comitiva, erano gli amici di sempre, si conoscevano e frequentavano senza interruzioni da oltre quarant'anni. Con essi Elisa si era trovata alla perfezione anche perché, specie con le ragazze, era coetanea.

"Io non so come ti è venuto in mente" disse Mauro.

"Se non si mette a fare cose complicate non è contento," aggiunse Flavio "poi non gli riescono e si incazza". Lo guardò canzonandolo e scatenando le risate di tutti.

Lui finse di rabbuiarsi. "Poi, dopo," rispose "vi racconterò come mi è venuto in mente".

Li guardò con una pausa e proseguì. "Vi racconterò dove ho trovato lo spunto. Ma solo dopo perché, altrimenti, vi dovrei svelare la parte misteriosa e segreta della manifestazione e vi rovinerei la sorpresa. Abbiate pazienza e capirete tutto."

"Tu quando fai il misterioso nascondi sempre qualche guaio," aggiunse Donatellina "se non ci fosse Elisa penserei a qualche fidanzata nuova. Ma non una normale. Una di quelle improbabili che ogni tanto ci fai conoscere".

Le risate divennero fragorose e tutti ripensarono alle varie vicende sentimentali di Max, delle quali non ce n'era stata una che non fosse stravagante e al di fuori dei canoni della normalità.

"Meno male che sei esistito. Sei stato il nostro divertimento per anni," concluse la sua amica "e considerati i tuoi standard dove l'hai trovata una donna normale come Elisa non lo so".

Lei rise. In altre cene gli avevano raccontato le 'imprese avventurose' del suo compagno e si era divertita tantissimo.

Max guardò Donatellina pensando alla sua frase 'una donna normale' e sorrise tra sé e sé.

L'aria era talmente tiepida che, nonostante fosse tardi, viaggiavano con il tetto aperto senza alcun fastidio e con un cielo stellato talmente luminoso che era come se entrasse tutto dentro la piccola Smart. A un tratto furono rischiarati dalle gialle luci che guarnivano la Abbazia Celestiniana.

Il palazzo era imponente. Era stata una delle prime cose che le aveva fatto visitare al suo arrivo in Italia. Quando vi erano entrati Max le aveva narrato alcuni cenni storici.

"L'Abbazia, il cui nome corretto è Abbazia di Santo Spirito al Morrone, per secoli, è stato il più importante e celebre insediamento della Congregazione dei Celestini. Le sue origini erano legate alla figura di un Papa famoso."

"Perché famoso? I Papi non sono tutti famosi?"

"Certo ma questo lo è di più. Era Celestino V, monaco benedettino, eremita, fondatore dell'ordine dei Celestini, la controversa figura pontificia, citata anche da Dante nella Divina Commedia, additato come 'colui che fece per viltade il gran rifiuto'."

"Celestino che, nella sua vita secolare era stato Pietro Angelerio," aveva proseguito indicandole il palazzo "aveva dato impulso e avvio alla sua realizzazione verso la metà del 1200, quando giunse a vivere ai piedi del Morrone. Probabilmente aveva ampliato una chiesetta, ivi esistente, promuovendo poi la costruzione di un annesso convento. Poi, alla fine del secolo, Carlo d'Angiò completò l'opera e costruì il monastero. Si tratta di un complesso enorme con una superficie di circa sedicimila metri quadrati."

"Ma non mi hai detto perché fu un Papa più famoso degli altri."

"Perché dopo pochissimi mesi dalla sua incoronazione abdicò, consapevole di non essere uomo di stato ma solo un asceta, e tornò a vivere su questi monti. E questo gesto di rinuncia lo rese famoso al mondo intero tanto che Dante lo citò collocandolo, nel III canto della sua opera, nel cosiddetto 'Antinferno' dove sono le anime degli ignavi, 'coloro che visser sanza 'nfamia e sanza lodo'".

Quando poi avevano varcato il portone, esattamente di fronte all'ingresso, avevano ammirato la monumentale chiesa il cui campanile ricordava quello della Santissima Annunziata e al cui interno, a sinistra del presbiterio, vi era la celebre Cappella Caldora impreziosita da affreschi di quello che fu comunemente conosciuto come il Maestro della cappella Caldora e che in diversi identificarono con Giovanni da Sulmona. Avevano visitato gli interni del palazzo girando a lungo la serie di interminabili corridoi e stanze monastiche. Il complesso era stupendo e non erano riusciti a visitarlo tutto perché solo una piccola parte era restaurata.

Al di fuori dell'Abbazia Max le aveva indicato, in alto, l'eremo di Sant'Onofrio al Morrone.

"Vedi? Quelle sono le grotte ove Celestino ha vissuto in eremitaggio sino al 29 agosto del 1294, quando fu eletto Papa, per poi ritornarvi quando abdicò. Posto a oltre seicento metri di altezza lo si raggiunge attraverso un sentiero, tracciato nella montagna, per una ventina di minuti di cammino. Ci andremo."

Elisa, mentre ripensava alla storia narratale la prima volta che la visitarono, si girò ad ammirare ancora una volta la Abbazia mentre la costeggiavano per poi imboccare la strada che li avrebbe portati alle Marane. Intrecciò la mano di Max. L'aria tiepida le accarezzava il volto. Per un attimo chiuse gli occhi e tirò indietro il capo. Quando li riaprì mille stelle le facevano l'occhiolino.

Mentre tornavano a casa la radio iniziò a trasmettere una canzone uscita diversi anni prima. La musica era una melodia dolcissima e spesso la avevano ascoltata, stando abbracciati o mano nella mano, quasi fosse il loro inno. Era '*When you love*'.

2
SANTARITA

La Mercedes percorreva lentamente *Les Champs-Elysees* e Sebastian guardava i marciapiedi scorrere lungo il finestrino con una espressione annoiata.

Dall'altro lato del lussuoso divano c'era Julianne che parlava a ruota libera di tutto tranne che di quello che sarebbe stato interessante in quel momento.

Le tre giornate precedenti erano state intense e molto pressanti e si erano snocciolate a ritmi serrati, senza un attimo di respiro. Del resto c'era da aspettarselo. Julianne era stata contattata per fare da testimonial a una delle più importanti case di moda francesi, con un brand affermato in tutta Europa e non solo, ed era normale che la presenza di una cantante di fama internazionale, nella capitale francese, avesse scatenato il putiferio. Tutti la volevano per la esibizione di una canzone, o per una presenza a un party, o a un evento relativo alla presentazione di un prodotto o di un personaggio; aveva perso il conto delle interviste che avevano fatto. La gestione della sua agenda era difficoltosissima a causa del delicato compito di scegliere i troppi eventi a cui bisognava declinare l'invito. C'era, da un lato, l'esigenza di sfoltire gli impegni, dall'altro, quella di non creare malumori o risentimenti. E questa era senza dubbio la parte più faticosa, ma anche più difficile, del lavoro di un agente di una superstar internazionale.

Sebastian guardava ammirato Place de la *Concorde* e ora avevano cominciato a costeggiare i giardini delle *Tuileries* e stavano per arrivare al *Louvre*.

Julianne continuava a parlare, senza riprendere fiato, completamente disinteressata dal panorama che scorreva lungo i finestrini.

Sebastian si chiedeva come potesse non essere attratta dalle bellezze di Parigi, una città così diversa da New York, intrisa di monumenti e di fascino. Pensò al *Louvre*, alla ricchezza di opere d'arte racchiuse in quello splendido palazzo, e si chiese come fosse possibile essere a Parigi e non andare a visitarlo. "Certo che era possibile" pensò "basta essere l'agente di Julianne Brooks e diventi schiavo del suo tempo". Non gliel'aveva neanche proposto. Non sarebbe riuscito a nascondere la espressione disgustata di fronte alla prevedibile risposta della ragazza.

"Cos'è il *Louvre*? Una discoteca?"

In questa prospettiva aveva evitato.

Frattanto l'autovettura aveva svoltato a sinistra, in *Rue Saint-Honoré*, per raggiungere *Place Vendôme* ove era il Ritz, l'albergo dove alloggiavano.

Non avevano fatto a tempo a girare che sentì il gridolino gioioso di Julianne.

"Ferma, ferma!"

Si voltò verso di lui con gli occhi sgranati e agitò, in maniera capricciosa, i riccioli che le incorniciavano il viso.

"Seby, Seby, guarda, non sono deliziose?" gli disse indicando una vetrina di scarpe e alludendo a non si sa quale dei diversi modelli esposti.

Sebastian annuì senza neanche aver capito a quale si riferisse.

"Ti credo," pensò "siamo nella strada dello shopping più elegante del mondo e figuriamoci se non vedeva qualcosa che le piaceva. Monumenti enormi neanche li nota ma un capo di abbigliamento, in mezzo a una vetrina affollata, lo vede pure a cento chilometri di distanza."

L'autovettura accostò al marciapiede e Julianne scese di fretta come se ci fosse il pericolo che le scarpe che aveva visto fossero l'ultimo modello in procinto di essere comprate da un altro cliente.

Sebastian pensò a quando, poco più di una quindicina di anni prima, aveva assunto l'incarico di farle da agente. Lui era da poco entrato nel settore. Era laureato in storia ma aveva avuto difficoltà a trovare lavoro. Era anche appassionato di musica e, pur continuando a coltivare i suoi studi di storia e di arte, si era ritrovato a curare gli interessi di alcuni giovani cantanti emergenti. Julianne era una ragazzina. Aveva appena 20 anni. L'aveva sentita cantare in una chiesa. Ne era rimasto stupito per due cose. La sua capacità di interpretare i gospel eseguendo, con una enorme naturalezza e spontaneità, tutte le variazioni e i controcanti di quel particolare tipo di musica, e la potenza della sua voce. Si fece conferire il mandato di agenzia e, dopo neanche un anno, avevano già firmato il contratto con la più importante casa discografica statunitense. Aveva compiuto solo 23 anni quando era stato pubblicato il suo primo album che aveva polverizzato tutti i record di vendita e di ascolto allora esistenti. Il genere pop, mescolato con uno stile Rhythm & Blues, aveva fatto presa nel pubblico americano registrando un successo senza precedenti. Ma fu con il secondo album che si consacrò come una star internazionale. Il disco ebbe successo non solo negli Stati Uniti ma anche in Europa e in Australia e Julianne cominciò a esibirsi in concerti in tutto il mondo diventando una cantante rinomatissima. Mentre, infatti, nelle versioni discografiche le sue canzoni erano vincolate allo schema del pop, il genere più commerciale di quei tempi, quando si esibiva dal vivo lasciava andare il suo estro a briglia sciolta reinterpretando i suoi brani e adattandoli al blues, al soul o al R&B a seconda di quel che la sua ispirazione e il suo istinto le dicevano al momento. Questa sua straordinaria capacità di rimodulare le canzoni, a volte stravolgendole e rendendole irriconoscibili ma non per questo meno belle e meno affascinanti, ne aveva fatto la cantante più brava e talentuosa esistente.

Non era stupida e neanche ignorante. Il successo l'aveva viziata e la vita americana, fatta di lusso e consumismo, era pur sempre ricca di grattacieli e povera di arte e monumenti. Forse la Julianne dei primi tempi, quando era ancora una ragazza fresca e acqua e sapone, se avesse avuto l'opportunità di viaggiare avrebbe trovato senza dubbio il tempo e le attenzioni per apprezzare certe bellezze artistiche e monumentali. Ora purtroppo, per lei e per lui, si era disabituata.

Risalì sulla autovettura raggiante.

"Guarda Seby, guarda! Non mi stanno divinamente?" disse calzandole, dopo averle prontamente tolte dalla scatola, mentre l'auto si avviava verso l'albergo.

Indubbiamente quelle scarpe chiare sulla pelle ambrata le stavano benissimo. Ma Julianne era talmente bella ed elegante che avrebbe indossato divinamente pure degli stracci.

"Dobbiamo muoverci, tra due ore parte l'aereo, e dobbiamo prendere i bagagli e arrivare all'aeroporto" disse il manager.

"Uffa! Aspetterà! Poi questa cosa non la capisco," rispose "mi auguro proprio che non sia una cavolata. Mi sto divertendo a Parigi e spero di non dovermene andare inutilmente".

"So perfettamente che sei abituata ai dollari più di Paperon dei Paperoni," la guardò Sebastian "ma un contratto milionario non è mai una cavolata".

"Certo," disse lei "ma l'idea di un duetto lo è. O quantomeno può diventarlo".

Sebastian tacque. Sapeva che in parte aveva ragione.

I duetti musicali erano sempre un rischio. Se l'altro era più bravo ti oscurava, se lo era di meno guastava la tua perfomance.

Ma non era detto che andasse proprio così.

"Venite ad ascoltare il nostro progetto," gli avevano detto "ne resterete entusiasti".

E così aveva spinto verso Julianne per convincerla ad andare a sentire la proposta.

Benché il Ritz fosse uno degli alberghi più eleganti del mondo, frequentato da una clientela proveniente da fasce sociali di altissimo livello economico, mentre attraversavano la hall e le eleganti sale, che passando davanti ai due bar portavano agli ascensori, dovettero fendere la folla dei clienti che si apriva, attorno a loro, guardando Julianne con stupore e ammirazione.

Ormai, a quasi quindici anni dai suoi esordi, era una stella planetaria conosciuta in tutto il mondo. Dopo i primi due album ne aveva pubblicati altri tre, che avevano avuto notevoli successi, e aveva partecipato a decine di tour con concerti, non solo in Europa ma anche in Asia, Africa, Australia, espandendo in maniera totale la sua notorietà. Julianne era universalmente riconosciuta come una delle più belle voci mai esistite. E questo la aveva resa una delle cantanti più ricercate, dagli ambienti dello spettacolo a quelli della moda. Il mondo del glamour non poteva fare a meno di lei.

Le ali dell'aereo fendevano l'aria cristallina facendo rotta su Londra. Era seduta avvolta dalla morbida pelle della ampia poltrona del Cessna Latitude e, mentre ascoltava il rumore attutito dei due jet, guardava dal finestrino Parigi. Le scorrevano le immagini della Senna che sinuosa fendeva la città e man mano innanzi i suoi occhi apparve il *Louvre*, i giardini delle *Tuileries*, *l'Arc de Triomphe* e più vicino la *Tour Eiffel*. Si disse che era bella e si chiese come mai non aveva visto quelle cose.

Erano stati quattro giorni a Parigi e solo adesso si accorgeva di essere saltata da un ricevimento a una presentazione, da una conferenza stampa a una visita ufficiale, senza avere avuto il tempo di vedere come fosse la città e cosa potesse offrire. Per un attimo si sentì prigioniera del suo personaggio e le mancò la libertà di poter vivere una vita più semplice. Erano anni ormai che non aveva più la possibilità di fare quello di cui aveva voglia e quando ne aveva voglia. La sua padrona era l'agenda e viveva passando dal silenzio, opulento e lussuoso della sua casa, al turbinio vorticoso del jet set. Non ricordava più una uscita con una amica per fare shopping, o una scampagnata, o una passeggiata sulla riva del mare a farsi sferzare il viso dal vento.

I piccoli frammenti di vita quotidiana, che arricchiscono la esistenza di ogni persona normale, non erano più neanche un ricordo. Sapeva di essere rinchiusa nella più drammatica delle prigioni: la solitudine; sia quando era a casa, sia quando era tra la folla del suo pubblico era una donna sola. Dopo il fidanzamento, avvenuto quindici anni prima e finito proprio perché era stata letteralmente strappata al suo amore giovanile dalle leve del successo, non aveva avuto più storie sentimentali e non poteva neanche togliersi il gusto di una avventura. Se incontrava qualcuno che le piaceva i casi erano due: o quel qualcuno era una persona che proveniva dagli esclusivi ambienti dello spettacolo oppure doveva rinunciare.

Anzi, ormai neanche guardava i volti delle persone che incontrava quando era fuori di casa, tra il pubblico delle sue esibizioni, nei suoi spostamenti o quando le chiedevano autografi. Tanto con uno di loro non sarebbe mai stato possibile. Se voleva una avventura doveva accontentarsi di quel che le capitava nei meandri del jet set. Ben sapendo che in quegli ambienti giammai avrebbe incontrato un uomo da amare. Si chiese se non cominciasse a odiare quella prigione ma respinse subito questa idea. "È un momento di stanchezza" pensò cercando di giustificare a sé stessa quei pensieri. Julianne, sin da quando aveva capito le potenzialità della sua voce e quanto fosse speciale il suo modo di cantare, aveva voluto fortemente il successo. Lo aveva inseguito e costruito giorno dopo giorno. Aveva letteralmente rimodellato sé stessa imparando, in fretta e con ottimi risultati, tutto quello che deve saper fare, ed essere, una cantante di successo internazionale, quale quella che era diventata. Aveva avuto la lodevole umiltà di studiare canto e quindi di dare alla sua voce talentuosa anche la tecnica necessaria a renderla una vera e straordinaria professionista. Aveva imparato a darsi una immagine riguardo al modo come pettinare e portare i capelli, al trucco e all'abbigliamento. Aveva assimilato le movenze e i modi di fare per tenere un corretto atteggiamento negli incontri con i giornalisti, con i fan, con gli appassionati. Aveva appreso ad affrontare, con naturalezza e senza ansie, le grandi platee dei teatri e dei concerti, acquisendo una scioltezza totale nel dialogare dai palcoscenici o davanti le telecamere televisive. Aveva fatte sue le tecniche dello spettacolo, imparando a muoversi, a ballare e animare il concerto, non limitandosi alla semplice, anche se perfetta, esecuzione dei brani. Insomma era diventata una stella di prima grandezza e ciò in appena una anno e mezzo circa dal debutto del suo primo disco. E questa stella era stata il frutto della costruzione di un personaggio che aveva curato minuziosamente anche se in pochissimo tempo. Era quello che aveva fortemente voluto essere e le conseguenze di tale decisione non potevano e non dovevano incrinare la convinzione di voler essere protagonista in quel mondo che aveva scelto. Non voleva e non poteva permettere che le emozioni minassero, anche se solo in un piccolo momento, la forza e la determinazione che le avevano permesso di diventare quello che era. Queste ultime considerazioni le fecero scacciare dalla mente quei rimpianti che vi avevano fatto capolino.

"Seby," disse ridendo allegra "a Parigi mi sono divertita davvero tanto. Hai visto come mi guardavano? Pendevano dalle mie labbra. Se avessi detto che i francesi sono pazzi mi avrebbero applaudito," poi, girandosi tristemente verso il finestrino, aggiunse "come è bello il francese con quella cantilena che lo accompagna quando parlano".

La *Bentley* stava percorrendo il ponte di *Westminster* quando lei si volse verso Sebastian.

"Tu dimmi se una casa cinematografica seria può chiamarsi 'fragola'!"

A Julianne questa cosa non andava proprio giù e ogni motivo era buono per cercare di demolirne la credibilità.

Sebastian la guardò con un mezzo sorriso.

"Tesoro, è dai tempi dei Beatles che agli Inglesi piace mettere dei nomi strani. La loro casa discografica si chiamava '*Apple*'. Se ti avesse proposto un contratto discografico milionario, cosa avresti fatto? Lo avresti rifiutato solo perché si chiamava 'mela'?"

Julianne si voltò stizzita dall'altro lato, verso il finestrino.

"E quella chi è? Lady D?" disse all'improvviso indicando con la mano verso un grande monumento.

Sebastian guardò dalla sua parte e vide una statua molto grande, raffigurante una donna con una corona e una lancia, su un cocchio trainato da due cavalli rampanti.

"Quella è Budicca" le rispose, mal celando lo sconforto.

Allo sguardo incuriosito di Julianne, proseguì.

"Si tratta di Budicca o Boadicea o Boudica. La sua vicenda si snoda intorno alla metà del I secolo."

"Che nome strano."

"Il suo nome trae probabilmente origine dalla lingua gallese: 'bouda' che significa vittoria."

"Ma tanti anni fa?"

"Siamo a pochi anni dalla nascita di Cristo. Più o meno a metà del I secolo. Boudica era la sposa del re degli Iceni. Era un popolo di origine celtica che viveva in territori posti sulla parte meridionale della costa che guarda sulla manica."

"E perché era una guerriera?"

"Questo popolo si era, già da un secolo, spontaneamente sottomesso ai Romani mantenendo una condizione di tribù semi-indipendente. Era il classico schema della dominazione romana, ovvero di stato satellite che, pur mantenendo una sua autonomia, aveva però, nei confronti di Roma, doveri ben precisi. Alla sua morte il Re lasciò le sue terre e i suoi possedimenti personali in parte all'imperatore di Roma e in parte alla sua sposa, appunto la Regina Boadicea. Ma, contravvenendo ai patti, tutti i beni lasciati alla regina e al popolo degli Iceni vennero confiscati e annessi a Roma."

"Che infami."

"Boudica protestò con forza e i Romani, per sottometterla, la umiliarono esponendola nuda. Non si accontentarono di questo e, in una notte di bivacco, stuprarono le sue giovani figlie. La fiera Regina giurò vendetta ed ebbe la capacità di saper attendere il momento opportuno."

"Caspita! Una donna tosta e determinata."

"Così, qualche mese dopo, mentre il Proconsole romano Svetonio Paolino conduceva la sua campagna contro i druidi, gli Iceni, sotto la guida di Boudica inferocita per quel che aveva subito e desiderosa di vendetta, si ribellarono in maniera inaspettata. Presero il nemico di sorpresa."

"Questa regina comincia a piacermi tantissimo."

"Fu descritta come una guerriera bellissima ma spietata, con una gran massa di capelli fulvi che le scendevano fino alla cintola, alta di statura e terrificante a vedersi, espressione feroce e voce straordinariamente aspra, una lancia in pugno per apparire ancora più terribile, vestita di una tunica di diversi colori e il mantello fermato da una spilla. Boadicea arringò il suo popolo e il gesto che le viene attribuito alla fine del discorso, allorché liberò una lepre tenuta nascosta tra le pieghe della tunica, fu interpretato come una specie di presagio. La folla vide l'animale imboccare, nella fuga, la direzione propizia ed esplose in grida di giubilo, poiché, evidentemente, si trattava di un auspicio favorevole alla rivolta. Il suo popolo la vide, allo stesso tempo, come una condottiera ma anche come una sacerdotessa che incarnava in di sé le doti profetiche."

"Che bello, sembra il personaggio di un film. Una donna astutissima, determinata a farsi giustizia."

"Alla guida dei suoi uomini piombò sulla odierna Londra e la conquistò senza pietà. Gli abitanti furono massacrati e la città rasa al suolo con una ferocia e una crudeltà indescrivibili."

"E quindi ha vinto lei?"

"Purtroppo no. Riorganizzate le truppe, i Romani, in una feroce battaglia e nonostante fossero inferiori di numero, sfruttarono la loro superiorità tattica e sconfissero i ribelli. La Regina, preso atto della sconfitta, ben potendo intuire quel che le sarebbe accaduto, si suicidò poco dopo, probabilmente avvelenandosi."

"E perché le hanno fatto questa statua?"

"La statua è stata eretta e posizionata in un posto così centrale e importante di Londra per celebrare l'impresa eroica di questa antica regina ma anche a simbolo di libertà e indipendenza."

Mentre terminava la sua narrazione si stupì di quanto la ragazza lo aveva seguito nel fluire del suo racconto.

Nel frattempo erano giunti innanzi all'ingresso di un elegante palazzotto vittoriano. La *Bentley* aveva accostato ed erano fermi davanti a un portone di mogano lucidissimo. Sul muro a fianco vi era una targa, in ottone, piccola e discreta con una grande fragola stilizzata:

STRAWBERRY PICTURES

Julianne guardò dubbiosa il palazzo di tre piani, abituata alle magnificenze americane. Per lei, andare negli uffici di una casa cinematografica o discografica, significava entrare in un vertiginoso grattacielo e salire, con ascensori supersonici, a un 54° piano qualunque, in atri e uffici modernissimi, dove c'erano robot che, a comando, ti servivano la bevanda più gradita.

Questa sobrietà inglese la disorientava. Giunti a piedi al primo piano furono accolti da una segretaria molto compita. Il colletto abbondante guarniva la camicetta di pizzo, tutta abbottonata, su una gonna scura gessata, corredata da un paio di scarpe di foggia maschile, con il tacco basso.

Julianne, dall'alto delle sue chanel 'tacco 12', la guardò perplessa mentre li guidava lungo un corridoio, arredato con mobili stile Ottocento, percorso da una lunga guida che in parte copriva il parquet. Tutto profumava di legno, le luci erano soffuse e i rumori attenuati.

Entrarono in un grande ufficio dove, a un lato, troneggiava un grande camino acceso al cui cospetto, in una penombra rischiarata appena dal fuoco ardente, era attrezzato un elegantissimo salotto rivestito in pelle bordeaux.

Furono accolti da un signore alto, molto magro, vestito con un completo grigio scuro gessato, con l'immancabile *pochette* nel taschino rigorosamente di batista bianca, come del resto era la camicia.

"Signorina Brooks," disse porgendole la mano "lieto di conoscerla. Sono contento che sia venuta nei nostri uffici. Accomodatevi, prego".

Con una mano indicò le eleganti poltrone in pelle posizionate davanti la scrivania, un banco da sacrestia riadattato a tavolo da lavoro.

"Ma lasci che mi presenti. Sono Mark Davis e sono il presidente della *Strawberry Pictures*. Spero vivamente che la mia compagnia possa collaborare con lei perché riteniamo di aver realizzato davvero un bel progetto cinematografico."

"Ma non faceva prima a dire film?" pensò lei, non gradendo questo eccesso di ricercatezze.

"Si tratta di un film musicale sulla vicenda di Giulietta e Romeo. Una storia appassionante che interessò l'Italia del Trecento.

La tradizione narra di una vicenda d'amore tra due giovani veronesi che fu contrastata dalle rispettive famiglie rivali dei Montecchi e Capuleti e che si concluse tragicamente. Questa vicenda conquistò talmente l'Europa da essere ripresa anche da Shakespeare in una sua nota tragedia. Noi ne abbiamo fatto un film musicale. A un certo punto c'è un dialogo tra due interpreti. Si tratta della famosa scena del balcone. Nella stesura originale della tragedia shakespeariana si tratterebbe, in effetti, di un monologo di Giulietta che, parlando a voce alta, rivela a se stessa il suo amore per Romeo. Nel film noi abbiamo aggiunto la presenza di Berenice, la sua amica più cara, alla quale Giulietta confessa il suo pericoloso amore per il giovane Montecchi. Questo dialogo è cantato con un'aria musicale e, da tale brano, il compositore della colonna sonora ha tratto la canzone ufficiale del film che si intitola 'When you love'. Trattandosi, ovviamente, di un'aria cantata a due voci anche la canzone deve essere cantata da due cantanti in un duetto. Noi saremmo davvero felici se lei volesse essere una delle interpreti."

Julianne lo guardò. Non sapeva cosa rispondere. Era tutto inusuale. Dall'ambiente al discorso del suo interlocutore. Se fosse stata a Los Angeles sarebbe stata accolta da uno stuolo di segretarie e assistenti. Sarebbero stati ricevuti in un ufficio tutto vetrato, agli ultimi piani di un grattacielo, con vista mozzafiato. Sarebbe stata accolta da un presidente in camicia, bretelle e cravatta tenuta ferma da una spilla d'oro con zaffiri, che le avrebbe, per prima cosa, offerto un drink e poi, ridendo allegramente, le avrebbe dato una lieve pacca sulla spalla e le avrebbe parlato del contratto e del compenso. La avrebbero fatta entrare in un adiacente studio, debitamente attrezzato con apparecchiature di regia e schermi video, per farle vedere il montaggio del video e ascoltare il brano, con tutte le dovute e opportune correzioni possibili e immaginabili, per essere adattato alla sua voce e tonalità e permettendole anche di fare qualche primo provino. Ora era tutto diverso. Sembrava quasi dovesse accettare a scatola chiusa. Guardò Sebastian perplessa ma fu interrotta da una voce dietro di sé.

"Signorina Brooks."

Si voltò e vide che la stava raggiungendo un signore molto anziano che si era alzato da una delle poltrone davanti il camino. Non era molto alto. Quando era entrata non l'aveva notato e non si era accorta della sua presenza nella stanza.

Era brizzolato ed elegantissimo. Uno stile del tutto differente da quello tradizionale del presidente. Un abito blu, perfetto, sembrava che gli fosse stato dipinto addosso, con la giacca leggermente avvitata sui fianchi. All'occhiello portava una rosa rossa che si intonava con il colore della cravatta. Un uomo che, nonostante la evidente età, trasmetteva eleganza da tutti i pori della pelle. Avvicinatosi, le prese delicatamente la mano e si chinò facendo il cenno del baciamano.

"Sono Emanuele Santarita. E sono l'autore del brano e della intera colonna sonora del film. Sarei davvero onorato se lei volesse cantare le mie note."

Sebastian si alzò stupefatto e guardò Julianne anche lei rimasta a bocca a aperta.

Santarita, ultrasettantenne, era il più grande autore di musica da film mai esistito. Si era perso il conto di quanti Oscar e nomination avessero raccolto le sue musiche.

Era italiano e lo si capiva dalla perfezione del suo abito di Caraceni e dal fascino della sua cravatta, rigorosamente di Marinella.

Aveva studiato violino e composizione al Conservatorio 'Arrigo Boito' di Parma. Qui successivamente era rimasto come docente. In quasi cinquant'anni di carriera aveva costruito, attorno a sé, una meritatissima fama di musicista inarrivabile. Quando si citava il compositore italiano si parlava di un autentico mostro sacro della musica e in particolare di quella cinematografica. Le più belle colonne sonore da film erano universalmente riconosciute essere quelle create da Santarita. I dischi delle sue opere avevano frantumato tutti i record di vendita per quel genere di musica. Ai concerti orchestrali, da lui diretti, si registrava il tutto esaurito in ogni parte del mondo, con code di prenotazione in prevendita, quaranta, cinquanta volte superiori alle disponibilità. Tutte le *major* americane avrebbero fatto follie per affidare le loro colonne sonore al musicista italiano. Non veniva scelto. Era lui che sceglieva. Si poteva permettere il lusso di rifiutare decine di proposte e di decidere lui quale film musicare. Prima voleva leggere la sceneggiatura, poi voleva sapere chi fossero il regista e gli attori, dove fossero ambientate le scene e chi fossero i cantanti che dovevano eseguire i suoi brani. Se si rendeva conto che ne sarebbe uscito un ottimo film accettava di comporre la colonna sonora altrimenti declinava. Lui era perfettamente consapevole che le sue musiche erano talmente belle che dovevano essere accoppiate solo a film straordinari. E infatti, ogni anno, una sua colonna sonora riceveva quantomeno la nomination.

Sebastian e Julianne si guardarono. Avevano capito tutto. Avevano capito il posto e il tenore della conversazione così essenziale. La mancanza di una grandiosa messinscena cui erano abituati in America. In quella occasione sarebbe stata un patetico e inutile orpello. Se il film lo musicava Santarita sarebbe stato un capolavoro dal primo fotogramma all'ultima nota. Non c'erano prove da fare o tracce da ascoltare. Era come andare a comprare una Ferrari e chiedere di provarla per convincersi dell'acquisto. E se la *Strawberry Pictures* aveva chiesto e ottenuto la sua disponibilità, a comporre la colonna sonora del film, vuol dire che stavano facendo le cose in maniera superlativa. Dire no a un film musicato dal compositore italiano era una follia. Julianne aveva capito che era stato lui a sceglierla e capiva che se Santarita la desiderava, come una delle interpreti, voleva dire che la considerava tra le migliori del mondo e a questo punto, ben sapendo come scegliesse il meglio che c'era, era curiosa di sapere chi fosse l'altra prescelta.

"Maestro sono onoratissima... ma si tratta di un duetto" gli disse guardandolo negli occhi con un accenno di sorriso.

Lui, curvando le labbra in un delicato sorriso e con voce dolcissima, quasi sussurrò: "Sophia Gomez Monteverde!".

Lo stupore di Julianne e Sebastian fu totale.

La Monteverde era una cantante di origini messicane. Non era una sua rivale e neanche concorrente. Aveva una impostazione lirica e interpretava brani che, anche se erano di musica leggera, non erano del genere pop ma piuttosto appartenenti allo stile classico. Dai repertori di Frank Sinatra e Nat King Cole, alla bella canzone italiana, ai brani tratti da colonne sonore di film. Una cosa era certa: la cantante messicana era un'altra delle grandissime voci di quell'epoca e insieme costituivano una coppia strepitosa. Santarita ancora una volta aveva visto lontano.

Il presidente e il musicista si guardarono. Sapevano, da molto prima, quale sarebbe stato l'esito dell'incontro.

Julianne si sedette, guardò il manager e, con un leggero cenno del capo quasi impercettibile, chinò la testa in segno di assenso.

Lui sorrise, si accomodò sulla poltrona.

"Sicuramente gradirete un goccio di *sherry*" disse rivolgendosi a entrambi.

Poi, dopo aver letto un leggero sorriso di assenso sul volto dei suoi due interlocutori, trasse, da un ripiano di fianco, un elegante porta documenti di pelle che aprì poggiandolo sul tavolo e scansando delicatamente il vassoio d'argento con lo cherry che, nel frattempo, la efficientissima quanto silenziosa segretaria aveva portato.

Julianne e Sebastian, sorseggiando il liquore, iniziarono a leggere il contratto, ognuno sulla sua copia sapientemente preparata. Non c'era una virgola da cambiare, neanche il compenso generosissimo. Veniva garantito a Julianne, per una sola canzone, quanto in genere percepiva per un intero album. Dopo averlo letto in silenzio, senza neanche guardare Sebastian per un consulto tacito, firmò il documento. Era stata la conclusione di contratto più veloce e strana della sua vita. Di solito, a parte tutte le usuali messinscene relative alla audizione dei brani, ai provini e a quant'altro, anche la discussione della parte economica era lunga e complessa essendo necessario verificare e trovare l'accordo sui tanti punti del documento. Questa volta non era stato così e cominciò a pensare che i metodi e le abitudini d'oltreoceano, che le stavano tanto cari, non dovevano essere proprio e del tutto esatti.

Si girò verso Santarita con una espressione di attesa.

Egli si voltò verso la porta di ingresso ed entrò una signorina elegantissima, con un vestito di Cavalli, décolleté nere altissime, i capelli lisci biondo cenere legati in una lunga coda, che portava un vassoio di argento. Si avvicinò porgendolo a Julianne.

Lei guardò nel vassoio e ne prese un cd e una busta.

Santarita le sorrise. "Il cd contiene la base musicale, l'aria, così come verrà cantata dai personaggi nel film, e una versione della canzone ufficiale, interpretata da una mia corista. Nella busta c'è il testo: le parti in rosso sono quelle che dovrà eseguire lei, quelle in azzurro le canterà la signorina Monteverde, quelle in nero le canterete in coro. Ha tre giorni per prendere confidenza con il brano. Lunedì prossimo, a Roma, avranno inizio le prove per cominciare a registrare".

Lei lo guardò e poi guardò Sebastian.

"A Roma?" domandò.

Il compositore le rivolse un sorriso benevolo.

"Signorina, i miei metodi sono leggermente diversi da quelli cui lei è abituata negli studi di incisione statunitensi. Presso la mia casa di produzione non si usa registrare prima la traccia di uno strumento, poi di un altro, poi le voci e poi fare un copia e incolla del tutto, rigorosamente rimasterizzato. Ci facciamo aiutare poco dalla elettronica. Noi facciamo tutto dal vivo e tutti insieme. Lei canterà con la mia orchestra di ottanta elementi, più il coro di trenta e con la signorina Monteverde. Proveremo e registreremo sino a che non avremo raggiunto l'affiatamento per la versione definitiva. Dopo di che ci organizzeremo per ripetere l'esibizione ma con la contemporanea registrazione del video. Comprendo le sue perplessità," aggiunse "ma le assicuro che noi siamo tutti così bravi, lei compresa, che raggiungeremo il risultato finale in meno tempo di quel che lei pensa. Ci vediamo domani mattina a Roma per un velocissimo sopralluogo ai due teatri dove faremo le registrazioni".

Julianne si voltò verso Sebastian ed entrambi non dissero nulla. Salutarono i loro ospiti e uscirono da quei singolari uffici di una casa cinematografica.

Mentre si recavano in automobile verso l'aeroporto, a questo punto per dirottare su Roma, Julianne pensò che tutte le categorie relative alle prassi commerciali nel campo della discografia e della cinematografia, cui era abituata, erano state spazzate via in un colpo solo in poco meno di un'ora.

Sorvolarono la capitale italiana sul far del tramonto e, sotto di lei, la città sembrava magicamente incantata, illuminata dalla luce rossa del sole che scendeva sull'orizzonte e dalle luci gialle della rete pubblica che, pian piano, si stavano accendendo.

Scorrevano, lungo il finestrino, monumenti che lei non conosceva e Sebastian si rese utile nominandoglieli uno a uno.

"Il Colosseo, questa qui sotto è Via dei Fori Imperiali, ai lati c'è il Foro Romano, ecco, arriva Piazza Venezia e il Vittoriano, guarda un po' più in là, vedi? Quello è San Pietro e quello scuro è Castel Sant'Angelo. Guarda sotto di te: Piazza Navona."

La cantante guardava in silenzio e lui sperava che questa volta trovassero il tempo per fare un po' i turisti.

Dal ristorante panoramico dell'Hassler vedevano tutta Roma e prima di andare a cena erano scesi un attimo, appena fuori l'ingresso dell'albergo, a gustarsi la frizzante aria del ponentino romano.

Si erano affacciati al belvedere che sovrastava la scalinata di Trinità dei Monti, alla base della quale c'era Piazza di Spagna.

Julianne portava dei grandi occhiali scuri e un foulard che le copriva la testa. Il suo caschetto di capelli ricci era noto in tutto il mondo ed era inconfondibile. Se l'avessero riconosciuta sarebbe stata la fine.

Restarono a guardare ammirati i tetti di Roma, pennellati dalle infinite sfumature di rosso del tramonto che ancora coloravano il cielo e vi ritagliavano le sagome scure del Cupolone e del colle del Gianicolo.

Quello era il cuore della città, le aveva spiegato Sebastian, il quale non sapeva da dove cominciare per raccontare la Città Eterna a una persona che non c'era mai stata.

Consumarono rapidamente l'ottima cena italiana e lui si divertì a guardarla che litigava con gli spaghetti. La tecnica di avvolgerli nella forchetta era un'arte da imparare. Non parlarono molto. Avevano voglia di andare a riposare. La mattina successiva avevano appuntamento alle nove con Santarita, per visitare il teatro della registrazione del brano e quello dove sarebbe stato girato il video. Si salutarono sulle soglie delle rispettive stanze e Sebastian, molto paternalisticamente, la baciò sulla fronte.

Julianne non era per lui solo fonte di ingenti guadagni. Si era affezionato a quella ragazza, se l'era vista crescere tra le mani, non solo professionalmente, ma anche come donna e nonostante fosse odiosamente viziata così come costruita e plasmata dal successo, sapeva che, nel fondo, era buona e governata da sani principi.

La mattina dopo si resero operativi molto presto e, dopo una abbondante colazione consumata nella stessa sala panoramica della sera precedente da dove di giorno si godeva di un panorama altrettanto stupendo, uscirono per recarsi all'appuntamento.

Il teatro del Salone Margherita, con il suo stile liberty, era delizioso. Ci erano arrivati a piedi scendendo giù dalla scalinata e imboccando, dopo aver attraversato Piazza di Spagna, la adiacente Via due Macelli. Non si negarono prima di fare una breve visita a Via dei Condotti che condivideva, assieme a *Rue Saint-Honoré*, la fama di 'strada dell'eleganza' mondiale. Si erano soffermati a guardare dal basso la scalinata di Trinità dei Monti e Julianne si era voltata tutt'intorno ad ammirare lo scenario degli splendidi ed eleganti palazzi che circondavano una delle piazze più famose del mondo. La ragazza gustò, fino in fondo, il sapore di affascinante classe che la storia di quella città le faceva respirare. Un panorama così diverso dalla fredda architettura dei grattacieli, fatti di vetro, acciaio e cemento, cui era abituata.

Santarita era già all'interno del teatro e, anche se non portava un vestito come in occasione dell'incontro londinese, era parimenti elegantissimo con i jeans di Armani e un bomberino scamosciato.

Spiegò che in quel teatro avrebbero girato il video ufficiale della canzone e quindi vi avrebbero approdato alla fine. Ci sarebbe stato un pubblico ma avrebbero cantato su una base musicale, senza orchestra, con il solo coro. In quello che era una ricostruzione graziosa di un *Cafè Chantant* non c'erano gli spazi per portare la imponente orchestra di cui il compositore si sarebbe servito per realizzare la incisione della canzone. Era abbastanza raccolto da essere facilmente riempito di persone per dare la sensazione, nel video, che ci fossero moltissimi spettatori.

La visita fu breve e si diressero rapidamente verso l'altro teatro dove avrebbero fatto le numerose prove per arrivare alla registrazione finale della canzone.

Scendendo dal taxi Julianne guardò, in fondo alla lunga strada, l'imponente Basilica di San Pietro con l'enorme cupola che si ergeva in tutti i suoi centotrenta metri e oltre di altezza. Era lontana ma incuteva lo stesso una grande impressione. Fu un attimo e entrò nell'atrio dell'Auditorium della Conciliazione.

Il musicista, che li aveva preceduti, li guidò verso gli ingressi di accesso al palcoscenico. Mentre si avvicinavano sentirono un vociare di gente e, come salirono sul palco, furono contornati da tecnici che si affrettavano stendendo cavi, posizionando microfoni, spie a terra, tutti intenti all'allestimento della attrezzatura tecnologica necessaria per la registrazione.

"Julianne come stai?" disse una voce dietro di lei.

Si girò e vide Sophia Gomez Monteverde che le veniva incontro.

"Ciao Sophia è un piacere vederti" le rispose abbracciandola.

La cantante messicana la guardò sorridendo. "Santarita ci ha coinvolte in un bel casino".

Julianne rispose al suo sorriso. "Sta a noi far sì che non succeda".

Le due donne continuarono a parlare tra loro mentre il compositore controllava le operazioni dei tecnici e Sebastian si girava, ammirato, osservando l'immenso auditorium. Oltre millesettecento posti a sedere erano impressionanti da vedere, anche a teatro vuoto. E nel palcoscenico di venti metri quasi ci si perdeva.

Le due ragazze si erano incontrate poche volte. Non si conoscevano approfonditamente e non erano amiche. Però si stimavano. Questo sentimento, di reciproca considerazione, era sicuramente alimentato dal fatto che, essendo due interpreti di musiche totalmente diverse, non erano e non si sentivano rivali. Sebastian era sicuro che, se fossero state due cantanti dello stesso genere, le scintille sarebbero state scontate, frequenti e difficili da gestire.

Anche in questo Santarita era stato geniale. Aveva scelto due artiste che non avrebbero mai potuto nutrire reciproca invidia e non avrebbero mai potuto competere tra loro.

Il compositore le chiamò accanto a sé. "Utilizzeremo questo teatro perché solo su un palco così grande trovano spazio gli ottanta orchestrali e i trenta coristi," disse "l'impianto microfonico sarà esattamente uguale a quello che in genere allestiamo per registrare concerti di orchestre sinfoniche dal vivo; in platea, come vedete, sono sistemati tutti gli strumenti per la miscelazione e la masterizzazione," accostandosi al bordo del palcoscenico proseguì "le gentili signore canteranno da qui. Starete un po' distanti perché io starò al centro e dirigerò sia l'orchestra e il coro, che voi. Avrete una visibilità comoda sia verso di me che verso il banco di regia con il quale potrete dialogare per la regolazione dei livelli e dei filtri. Potrete usare delle cuffie per ascoltare l'accompagnamento dell'orchestra e del coro. Comunque avrete anche due coppie di spie, posizionate a terra, una per ognuna di voi. Le prime volte proveremo la canzone dividendola per strofe. Quando le interpretazioni saranno soddisfacenti cominceremo a provare il brano per intero. Coro e orchestra conoscono già benissimo le loro parti. Si tratterà solo di coordinarle con quelle cantate da voi".

Con un sguardo amabile alzò la mano in segno di congedo.

"Purtroppo ho un impegno e non posso dividere la colazione con voi. L'appuntamento è per lunedì mattina, alle nove precise, qui."

Poi con un sorriso splendente abbracciò tutti.

"Già so che sarà un successo strepitoso."

Si voltò e se ne andò.

Julianne e Sophia a loro volta si salutarono e la cantante messicana lasciò il teatro con i suoi assistenti.

Erano fuori e Sebastian la guardò ammiccando verso San Pietro.

"Andiamo al Vaticano?" disse indicandolo con una mano.

Lei gli sorrise annuendo.

Si avviarono a piedi lungo Via della Conciliazione che in quel tratto era già divenuta isola pedonale. La grandissima strada, che dava accesso a Piazza San Pietro, era piena di gente: turisti, fedeli, guide in cerca di clienti e bancarelle che vendevano oggetti sacri.

Julianne indossò i voluminosi occhiali da sole e un foulard che le copriva i capelli. Si erano vestiti in maniera molto sportiva ed erano venuti in taxi proprio per non destare sospetti sulla vera identità della cantante. Se tutta quella gente avesse saputo che quella figura, in jeans, camicetta e giacca di pelle, con il volto nascosto da quella sorta di fanali bronzati, era Julianne Brooks si sarebbe scatenato il putiferio.

Mentre camminavano al centro del viale, godendosi quella splendida aria assolata tipica delle primavere romane, si stagliava loro, man mano che si avvicinavano, tutta la imponenza della mole della Basilica.

"Che significa Vaticano?" chiese.

Sebastian la guardò e inspirò profondamente fiero e felice che la ragazza mostrasse nuovamente curiosità culturali.

"Vaticano! Sono tanti i significati che vengono attribuiti a questa parola. Viene utilizzata per chiamare lo Stato più piccolo del mondo ma anche il più potente. Andiamo in Vaticano vuol dire andiamo nell'area che comprende San Pietro e la omonima piazza. Il Vaticano è anche il palazzo di millecinquecento stanze o il museo con duemila sale. Il Vaticano sono i giardini retrostanti la basilica o la sala Nervi. Vaticano è il colle ove si insedia il palazzo pontificio. Vaticano è il vertice della Chiesa Cattolica, la somma della gerarchia ecclesiastica e del Pontefice. Insomma con la parola Vaticano abbracciamo, universalmente, tutto ciò che rappresenta il sommo simbolo della cristianità."

"Sì, mi hai detto tante cose ma non mi hai spiegato cosa significa la parola? Da dove viene?"

"Si chiama etimologia, tesoro" le rispose bonariamente.

"Va bene," disse lei un pochino stizzita, "ma ora finalmente me la dirai la… *nevralgia* della parola?"

"Non ne azzecchi una," disse Sebastian ridendo "eppure la tua domanda è appropriata. Non so quanti sappiano realmente cosa significa la parola Vaticano e quale sia la sua origine etimologica. Per capirci qualcosa dobbiamo fare un salto indietro di ventotto secoli da oggi e risalire a un paio prima della fondazione di Roma, quando queste zone e questi colli erano abitati dagli Etruschi. Un popolo di cui si pensa di sapere molto ma non si sa nulla. Secondo tradizioni, simili a quelle ebraiche, erano soliti seppellire i loro morti fuori delle mura, in necropoli assimilabili ai moderni cimiteri."

"Quindi Vaticano vuol dire cimitero?"

"No," rispose Sebastian "essi vissero, per circa duecento anni, su questi colli che poi furono di Roma. Per seppellire il loro morti, per realizzare la loro necropoli, il luogo prescelto fu, appunto, un colle a cui diedero il nome di una dea: Vatika. Forse era la dea dei defunti. Però con questa parola erano soliti anche chiamare un vino che derivava da un aspro vitigno coltivato nei pressi di quella necropoli e che, solitamente, era circondato da un'erba selvatica. Tale vegetale masticato dava allucinazioni. Da qui con la parola Vatika si volle significare anche quel 'viaggio', provocato dall'erba, al quale si dava un valore profetico. Da qui il nome 'Vaticano' che fu dato a questo colle."

"E perché i cristiani vi hanno fondato la loro sede?"

"Qui, all'epoca di Nerone, sorse il circo ove si esibivano i gladiatori. In quell'anfiteatro fu giustiziato l'apostolo Pietro e, nei suoi pressi, vi fu sepolto. Divenuto luogo di pellegrinaggio, Costantino vi fece costruire un santuario. Qualche decennio dopo i Papi cominciarono a erigervi la loro sede. Mai quindi, come per la parola Vaticano, il cui significato corrente racchiude la somma dei valori e dei simboli del cristianesimo, c'è contrasto con le origini che affondano nelle radici più pagane possibili."

La guardò soddisfatto della sua esposizione ma, soprattutto, felice del fatto che Julianne l'aveva ascoltato con attenzione, senza distrarsi un attimo. Si misero in coda ai *metal detector* per entrare in San Pietro. Le file erano lunghissime e, mentre aspettavano, la ragazza guardò la cupola che i romani affettuosamente chiamavano il cupolone. Sebastian le spiegò che, passando attraverso un cunicolo al suo interno che saliva a spirale, si poteva arrivare sino alla sommità da dove si poteva ammirare un panorama mozzafiato.

Julianne lo guardò incuriosita. "Ma come hanno fatto a scavare un cunicolo?".

"Non l'hanno scavato dopo. La cupola è stata costruita appositamente così sin dall'origine, con due gusci sovrapposti all'interno dei quali c'è lo spazio ove è stata ricavata la scala che sale sino alla sommità."

Vide che si era interessata. "La costruzione della Basilica," proseguì il manager "fu commissionata da Papa Giulio II che affidò la progettazione al Bramante il quale ne diresse anche l'inizio dei lavori. Alla morte del Pontefice il suo successore, Papa Leone X de' Medici, incaricò Raffaello Sanzio che apportò qualche modifica alla progettazione originaria e diresse i lavori sino alla sua morte. Dopo di lui e una breve parentesi nella direzione dei lavori, affidata a Sangallo, subentrò Michelangelo. Il Buonarroti non approvava il lavoro precedentemente fatto e ne modificò, in maniera rilevante, la progettazione. Dal rinvenimento di alcuni disegni postumi sembra di capire che non fece una progettazione complessiva ma che, piuttosto, intervenne per parti. Comunque la realizzazione della Cupola, così come è stata ultimata, è generalmente attribuita a Michelangelo".

La ragazza lo guardò con i suoi occhi frizzanti. "Voglio andarci!" disse. Sebastian sapeva riconoscere il capriccio nello sguardo della cantante e sapeva che, se partiva l'embolo della monella, niente e nulla l'avrebbero distolta. Invece di dirigersi verso l'ingresso della Basilica la guidò verso il lato destro dove, all'esterno, vi era l'ingresso per accedere alla Cupola e da dove avrebbero preso gli ascensori per salire sino al livello del terrazzo corrispondente, occhio e croce, al soffitto della basilica.

Mentre aspettavano la guardò con decisione.

"Julianne, ti avverto, sono trecentoventi gradini e neanche comodi. Non si può tornare indietro perché le scale, per salire e scendere, sono diverse tra loro e si intrecciano in una sorta di doppia spirale elicoidale. Se ti stanchi o frigni ti lascio dove ti fermi e ti fai venire a prendere da Santarita. O dal Santo Padre."

Frattanto, con gli ascensori, erano arrivati al livello del tetto della chiesa e, attraversato il terrazzo sovrastante, erano entrati all'interno percorrendo la balconata circolare, posta esattamente alla base della cupola, che si affacciava sulla navata centrale. L'altare maggiore, sotto di loro, e le persone che si muovevano erano puntini indistinguibili. Da quel momento cominciava la salita vera e propria. Affrontarono subito una scala a chiocciola che passava all'interno di una delle colonne che sorreggevano la cupola e che facevano da cornice alle grandi finestre poste alla sua base. Dopo che quella vera e propria arrampicata era terminata cominciarono a salire lungo la più comoda gradinata che, all'interno della cupola, portava alla sommità. Giunsero in un punto in cui si doveva salire piegandosi di lato. Le pareti della cupola da verticali volgevano verso l'interno assumendo un assetto molto obliquo, quasi orizzontale. Arrivarono in uno spazio che dava accesso a un'altra scala a chiocciola, molto ripida. Erano in una delle colonne che, dal culmine della cupola, sorreggevano la cupoletta sovrastante attorno alla quale era posizionata la balconata circolare che faceva da belvedere.

La vista era spettacolare, specie in quella giornata serena e con l'aria ancora sufficientemente fresca da essere tersa, e permetteva di vedere davvero molto lontano. Sotto di loro la città eterna si estendeva maestosa, mentre in alto il cielo azzurro sembrava avvolgerli. Le persone in Piazza San Pietro sembravano minuscoli puntini ed era difficile apprezzarne anche il movimento.

Julianne guardò sotto di lei ammirata. "Certo che questo Michelangelo è stato proprio bravo. Anche la piazza è stupenda e dall'alto si capisce quanto è grande."

Lui le indicò l'obelisco. "Piazza San Pietro non è stata progettata da Michelangelo ma dal Bernini e fu realizzata qualche decennio dopo il completamento della Basilica. Quello al centro è un obelisco, in granito rosso, di origini egizie."

Girarono attorno, lungo la balconata, e sul retro apparvero i giardini vaticani, splendidi per la ricchezza della vegetazione e per la cura con la quale erano tenuti. Scorrendo ancora attorno Sebastian la fermò indicandole un tetto.

"Quella è la Cappella Sistina."

Julianne lo guardò con fare interrogativo.

"È la cappella ove si svolge il conclave, l'assemblea di Cardinali, che elegge il Papa," poi, indicando un punto del tetto, proseguì "lì, in quel punto, viene montato il comignolo dal quale esce la fumata prodotta dalle schede di votazione bruciate in una stufa. Nera se non è stato eletto nessuno, bianca se il collegio dei Cardinali è giunto alla elezione di un nuovo Pontefice. Saremmo dovuti andare a visitarla. All'interno vi sono affreschi di Michelangelo di una bellezza universale".

Julianne non sapeva nulla di tutto ciò e lo guardò incuriosita. Nonostante la dura e lunga salita lungo la scalinata non era stanca e aveva mantenuto tutta la sua vivacità. Dopo esser rimasti ancora un po' a guardare il panorama ridiscesero in silenzio, l'uno davanti l'altra, sino ad accedere all'interno della Basilica.

Si soffermarono a guardare la Pietà di Michelangelo, il gruppo marmoreo scolpito nel Cinquecento. Rappresentava la Vergine Maria che sorreggeva il corpo di Cristo. La scultura era considerata una delle più belle e significative esistenti. Quindi si avviarono verso la Cappella di San Sebastiano per un minuto di raccoglimento davanti la tomba di Papa Giovanni Paolo II.

Julianne, nonostante la frivolezza della sua vita da star, sapeva chi fosse.

Il Papa polacco, salito al soglio di Pietro nel 1978, aveva attraversato tutta l'adolescenza di Julianne. Erano gli anni in cui era ancora una frequentatrice degli oratori dove cantava come corista e dove la figura e le immagini del Papa erano più che ricorrenti. Del resto Papa Woityla, negli Stati Uniti, era molto ammirato e venerato per il ruolo che aveva avuto, nello scacchiere della politica internazionale, negli anni cruciali legati alla fase della frammentazione della cosiddetta cortina di ferro, culminati con l'abbattimento del muro di Berlino.

Uscirono da San Pietro e percorsero la immensa piazza per tornare verso la parte di Via della Conciliazione aperta al traffico. Presero un taxi e tornarono in albergo. Era quasi ora di pranzo e Julianne, prima o poi, quella canzone avrebbe dovuto cominciare ad impararla.

Tolse le cuffiette del lettore cd e si affacciò alla finestra. Guardò in lontananza la cupola di San Pietro che si stagliava maestosa. Era stata una splendida mattinata. I suoi pensieri ritornarono alla passeggiata lungo Via della Conciliazione e poi alla fila per accedere alla Basilica. Una giornata vissuta da persona normale, in mezzo alla gente, camminando libera di essere quello che aveva voglia di essere senza essere obbligata a recitare da diva. Ripensò alle tante coppiette che avevano incrociato e alle mille lingue diverse che aveva sentito pronunciare. Si chiese quanta parte di vita avesse rifiutato per essere Julianne Brooks. La mattinata era stata bellissima ma sarebbe stata ancora più bella se, invece di trascorrerla con il suo agente, l'avesse vissuta con un uomo da amare e da cui essere amata. Per l'amor di Dio: a Sebastian voleva un bene dell'anima. Se oggi era quello che era lo doveva anche a lui. Le era stato sempre vicino, aveva sempre ripagato la sua fiducia. Sapeva di essere diventata un tipo difficile, capriccioso e arrogante. La aveva sopportata per anni e supportata nel difficile processo di costruzione del suo personaggio. Ma era pur sempre un agente, un amico, forse un fratello maggiore. Ma non era un amore. Pensò a come sarebbe stato bello se quella giornata, invece di essere una pausa in una settimana di lavoro, fosse stata una vacanza vera, con un amore vero e non un partner per una sola notte incontrato per caso in un ricevimento. Giorni vissuti in libertà, con la spensieratezza dei fidanzati, decidendo le cose da fare un attimo prima di farle. Godendosi la bellezza della città e i colori dei tramonti, senza pensare alle bollette della luce o alla rata di mutuo che aspettavano a casa di essere pagate. Pensò a quello che quello che aveva: tanto, tantissimo. Ma pensò anche che non aveva mai riflettuto a quello che non aveva. Il dolce sapore di passeggiare mano nella mano con qualcuno in una città qualunque. Si sdraiò sul letto e cominciò a piangere. Un pianto intenso, profondo, irrefrenabile. Guardò le cuffiette, il foglio con il testo della canzone e tutto a un tratto si sentì prigioniera. Pensò che, sino a quel momento, aveva vissuto la vita che doveva vivere e non quella che avrebbe voluto vivere e che era stata quella che doveva essere e non quella che avrebbe voluto essere. Si chiese per quanti anni quei pensieri erano rimasti nascosti dentro di lei, tenuti a bada dal suo carattere ambizioso e volitivo e dall'inesorabile procedere della macchina del successo. Si chiese quale molla le avesse dato la forza di mentire, anche a sé stessa, e di fingere che quel che faceva era quello che davvero desiderava. O forse era andata proprio così. Non aveva mentito a sé stessa. Forse fino a quel momento aveva davvero desiderato di essere una star internazionale e di vivere come aveva vissuto, senza le emozioni e le passioni di una vita semplice vissuta da una ragazza semplice. E ora? Ora, forse, qualcosa era cambiato dentro di lei. Come succede con tutti i cambiamenti. Così all'improvviso e senza preavviso. O forse il cambiamento era stato lento. Era cominciato, dentro di lei, molto tempo prima senza averne il sentore e accorgendosene solo ora. L'animo umano è strano. Ma lei ora si sentiva infelice, sola e imprigionata e aveva un desiderio prepotente di fuggire ed evadere.

Poi il senso del dovere aveva sovrastato le emozioni, la aveva strappata alle malinconie e la aveva riportata, crudelmente, alla realtà. Si asciugò le lacrime. Guardò ancora una volta il cd e il foglio e ricominciò a canticchiare la canzone. '*When you love, nothing is impossible*'. Questa strofa le risuonò nella testa. La ripetette più volte. Come se volesse convincersene.

3
BUKAVU

Erano da poco rientrati a casa. Le coccole ai due cagnoloni, più che un obbligo, erano un piacere. Il cielo era intenso e le stelle si potevano contare una a una. L'aria era gradevolissima e stare fuori era una delizia. La cena con gli amici era stata come di consueto abbondante e si sentivano davvero sazi. Si sedettero in giardino.

"Faccio una bella camomilla? Ci aiuta a smaltire la cena" le disse Max e senza aspettare un cenno di consenso, dandolo per scontato, si avviò verso la cucina. "Mi controlli le mail sul tablet, per favore, mentre io faccio il barman?".

Non avevano problemi con i rispettivi telefoni e tablet. Sin da quando aveva avuto inizio la loro vicenda sentimentale era loro venuto quasi naturale condividere il telefono, per controllare mail o messaggi, quando l'altro era impegnato. Avevano proseguito il loro rapporto come era cominciato; del resto non avevano nulla da nascondersi. Era una libertà che si erano reciprocamente concessi della quale, tra l'altro, nessuno dei due abusava. Entrambi potevano farlo quando volevano ma nessuno dei due lo faceva se l'altro non gliela chiedeva.

"C'è una mail di Bruno. Leggo?" disse la ragazza.

Da dentro la cucina risuonò la voce di Max. "Certo. Cosa dice?".

"Dice che è molto contento di come vanno le cose tra noi. Non potrà venire per l'evento. È impegnato giù e non riesce a farcela. Augura un grosso 'in bocca al lupo' e ci manda la benedizione del Signore."

Max frattanto era tornato in giardino e stava servendo la camomilla addolcendola rigorosamente con abbondante zucchero di canna e fette di arancia.

"Ero sicuro che non sarebbe venuto, così come sono sicuro che col cuore è come se ci fosse. Lui non è tipo da questo genere di eventi. Non è mondano. Del resto lo conosci anche tu."

Rimasero un po' in silenzio, probabilmente ripensando entrambi a Bruno. Era stata la persona per la quale si era creata l'occasione che li aveva fatti conoscere. Come finirono di sorseggiare la loro bevanda salutarono i cagnoloni e salirono al piano superiore per coricarsi. Elisa seguiva Max e gli si attaccò alla maglia fingendo di farsi trascinare. Lui la lasciò fare sapendo che anche questi comportamenti erano silenziose dichiarazioni d'amore.

Erano distesi nel letto e, come sempre, lei lo cinse con il braccio poggiando la testa sul suo petto. Era il suo modo di prendere sonno, posizione che poi abbandonava lasciandogli la possibilità di respirare.

Lui, invece, non riuscì ad addormentarsi. Continuò a pensare a Bruno e a tutto quel che era successo dopo. Bruno era un suo vecchissimo amico. Avevano frequentato la prima elementare a Roma. La scuola era la Contardo Ferrini. Erano compagni di banco. I genitori di Max, in quel periodo, abitavano nella capitale in quello che veniva comunemente detto 'il quartiere africano'. Si chiamava così per il nome delle strade ed era compreso tra Viale Libia e Largo Somalia. Bruno abitava in Largo Somalia, Max in Via Boito, una strada parallela e retrostante a quella dove abitava il suo compagno di banco. I due palazzi erano esattamente uno dietro l'altro e il retro dell'uno fronteggiava il retro dell'altro. Erano divisi da uno spazio nel quale erano ricavati garage e cortili condominiali. In una epoca in cui non c'erano cellulari o smartphone, e whatsapp e messenger erano da film di fantascienza, comunicavano dalle finestre delle rispettive camere da letto, dalle quali si vedevano perfettamente, esponendo contro i vetri dei fogli da disegno sui quali avevano scritto in grande il loro messaggio. Data la vicinanza delle abitazioni, cosa non frequente a Roma, oltre che essere compagni di scuola e di banco erano diventati anche compagni di giochi frequentando, dopo aver fatto i compiti, le rispettive case o ritrovandosi nei cortili o nelle adiacenti aree verdi per interminabili partite di calcio. Avevano costruito un solido e affiatato rapporto di amicizia. Dopo la prima elementare Max era andato a vivere all'estero, con la famiglia, e vi era rimasto per tantissimi anni. L'amicizia con Bruno si allentò. In età adolescenziale si erano rivisti, con piacere, un paio di volte per andare a vedere qualche partita all'Olimpico. Successivamente si erano nuovamente incontrati quando erano già universitari. In quell'occasione avevano pranzato insieme e Bruno gli aveva raccontato di essersi molto accostato alla fede abbracciando lo stile di vita cristiana dell'Opus Dei. Invitò Max a un paio di eventi, forse pensando di coinvolgerlo, ma il suo animo laico era duro da scalfire. Non si erano più rivisti o risentiti se non con qualche cenno di saluto su Facebook. Fu per questo che Max rimase molto sorpreso quando qualche anno prima, sulla sua *home* di messenger, gli apparve il lungo messaggio di Bruno. Il suo amico gli narrava di essersi trasferito in Africa e di essere diventato il responsabile della residenza dell'Opus Dei di una importante città africana. Era Bukavu, capitale del Kivu, la regione orientale della Repubblica Democratica del Congo. Bruno sapeva che quella notizia lo avrebbe colpito e lo invitava ad andarlo a trovare.

Max vi aveva vissuto per ben due anni della sua infanzia, dall'età di sette anni a quella di nove. Suo padre era un ingegnere, funzionario della CEE, e quando la Comunità Economica Europea (antesignana della attuale Europa Unita) appaltava lavori a carattere umanitario, in paesi a economia debole come erano allora quelli africani, all'appalto rispondevano grosse imprese multinazionali ma, per capitolato, il direttore dei lavori doveva essere un tecnico alle dipendenze dell'ente europeo quale era, appunto, suo padre. Poiché i periodi in cui viveva all'estero erano prolungati e con pochi intervalli i suoi genitori avevano deciso di trasferirsi con tutta la famiglia. Dopo aver vissuto un anno in Senegal, il secondo periodo di vita all'estero fu in Congo ed esattamente a Bukavu. Quando i suoi genitori gli avevano comunicato la decisione di partire, Max aveva condiviso con Bruno l'entusiasmo, ma anche le paure, di quella avventura. Allora i viaggi erano un lusso per pochi, specie oltre continente, e l'Africa aveva ancora, nell'immaginario collettivo, il sapore della vita selvaggia e precaria. Quindi le incognite erano più pesanti degli aspetti positivi. E poi c'era anche il dolore per una sincera amicizia che si interrompeva e, anche se non se lo dicevano, c'era l'intimo timore che si potesse spezzare.

Era per questi motivi che Bruno, memore dei viaggi e delle residenze all'estero del suo amico, aveva avuto l'idea di invitarlo nella certezza che gli avrebbe fatto piacere tornare, dopo tantissimi anni, a rivedere posti dove aveva vissuto un importante spicchio della sua infanzia. Nel messaggio gli aveva specificato che avrebbe dovuto pensare solo all'acquisto dei biglietti per i voli di andata e ritorno. Sul posto avrebbe potuto utilizzare un autoveicolo, in dotazione alla residenza della organizzazione, e all'alloggio e al soggiorno avrebbe pensato lui. "Non ti preoccupare," aveva chiosato a conclusione "è solo per il piacere di rivederti. Non proverò a convertirti".

Max aveva deciso, ovviamente, di partire con lo spirito scanzonato di chi pregusta il divertimento di fare uno spensierato turismo nobilitato da una punta di nostalgica curiosità. Tra le altre cose, calcolando i giorni e il tempo necessari a organizzare il viaggio, sarebbe partito a gennaio, mese noto per le sue temperature gelide. E per lui lasciare il gelo, per volare al caldo, era il massimo delle soluzioni.

Guardava il soffitto che sovrastava il letto e, mentre nella mente scorrevano i ricordi, si disse che mai avrebbe pensato che da quel viaggio in Africa sarebbero succeduti fatti e accadimenti che avrebbero letteralmente trasformato la sua vita.

Elisa aveva abbandonato la sua posizione da edera, avvinta al suo torace, e Max si girò di fianco lasciando che i ricordi continuassero a scorrere nel fondo dei suoi occhi chiusi.

La organizzazione dei voli non era stata semplice. Non avendo l'aeroporto, per giungere a Bukavu bisognava fare un lungo e complicato giro, arrivando a Kigali via Amsterdam. Le due settimane, dedicate alle festività natalizie e di fine anno, furono impiegate a metà tra i preparativi e a metà tra le cene con i suoi amici per raccontare i dettagli e il programma del viaggio.

"Non è che ci riporti una fidanzata africana," esclamò Donatellina tra le risate generali, mentre erano a cena al Bagnaturo "che tu ogni volta che fai un viaggio parti da solo e ritorni in due".

Frattanto era sopraggiunto Adamo per assicurarsi che la cena procedesse secondo il verso giusto. Aveva sentito la conversazione e guardandolo rise di cuore.

"Max è una mina vagante. Ha bisogno di un tutore. Mi offro spontaneamente. Lo accompagno così, magari, la fidanzata me la riporto io."

La serata proseguì nella solita allegria della loro comitiva. Con Flavio e Donatella, Mauro e Franca, e Donatellina si vedevano quasi quotidianamente come se il tempo si fosse fermato ai giorni del liceo. Per cui tra loro si era consolidata una confidenza e una fiducia che poggiavano le loro fondamenta su un immenso affetto. Per Max erano come fratelli, forse anche più, perché i fratelli spesso prima o poi litigano. E sapeva che il suo sentimento era del tutto ricambiato.

Vennero finalmente i giorni della partenza. La sera prima avevano cenato ancora una volta insieme per salutarsi. Sembrava l'inizio di un viaggio senza ritorno. Invece si trattava solo di una decina di giorni.

Dormì pochissimo e malissimo. Il mattino, alle quattro, aveva il *check-in* al Leonardo da Vinci di Fiumicino per prendere il volo KLM che lo doveva portare ad Amsterdam. Da qui si sarebbe imbarcato per Kigali, la capitale del Rwanda.

Faceva un freddo cane. Era in piedi, a una delle fermate del parcheggio 'lunga sosta', in attesa della navetta che lo trasferisse sino al terminal. Aveva solo un 'Centogrammi' e una felpa. Era partito da Sulmona a -4 e sarebbe arrivato a Kigali a +30. Gli unici momenti in cui sarebbe stato all'aperto erano quelli. Per il resto era stato in automobile e poi sarebbe stato all'interno degli aeroporti o in aereo. Non valeva la pena vestirsi pesante e ingolfare i bagagli. In fondo era una sofferenza di una decina di minuti.

Entrò nel *terminal* semivuoto e fece tutto con grande rapidità. Al *gate* di ingresso c'erano pochissimi passeggeri. Aveva tutto il tempo per fare una abbondante colazione. Sarebbe arrivato a destinazione a tarda sera e probabilmente il pranzo in aereo sarebbe stato una mezza schifezza.

Amsterdam dall'alto con suoi canali era stupenda. Con i suoi genitori, quando aveva tredici anni, durante un anno in cui avevano soggiornato a Bruxelles, l'aveva visitata e la ricordava abbastanza bene. Il *trànsfer* sull'altro volo KLM, per Kigali, era stato agevole e, alle dieci meno cinque esatte, stavano rullando verso la pista per decollare, con precisione, alle dieci in punto. Quando sorvolarono la capitale Rwandese erano circa le sei del pomeriggio ed erano in perfetto orario con l'arrivo previsto. Guardando Kigali dall'alto Max si rese conto che non ne ricordava nulla. Non vi aveva soggiornato spesso e, quando era successo, era stato sempre per pochissimi giorni.

Come discese la scaletta dell'aereo fu avvolto da una vampata di aria calda. Per un attimo rimase immobile, poi la gradevolezza del caldo prese il sopravvento e si sentì davvero a suo agio. Zanzare permettendo. Il *trànsfer* per l'aereo che lo avrebbe portato a Bukavu fu del tutto informale. Non lo fecero entrare neanche nell'aerostazione. Una avvenente hostess Rwandese, con una impeccabile divisa e con un tacco vertiginoso, lo aveva accolto alla scaletta e con un sorriso lo aveva invitato a seguirlo.

"*Bonsoir Monsieur. Bien arrivé a Kigali. Suivez moi s'il vous plait. Il faut se dépêcher parce que l'avion il part dans quelques minutes.*"

Obbedendo all'invito la seguì verso l'altra parte del piazzale, in direzione dell'altro aereo che aveva la scaletta già pronta. Mentre da dietro osservava l'ancheggiare tipico delle donne africane, si chiese come facesse, con quei tacchi, a districarsi tra le buche e le irregolarità del grigio asfalto, senza avere neanche un'esitazione nell'incedere sinuoso. Da un aereo all'altro. Diretto. Senza cerimonie. Si augurò che anche i bagagli venissero trasferiti in tempo.

"*Mademoiselle, mais les bagages?*" le chiese per evitare disguidi.

"*Ne vous inquiétez pas monsieur. Regardez, ils vont d'être déjà chargés!*" gli rispose con aria flemmatica, guardandolo con un sorriso talmente bianco che era quasi luminoso e indicandogli con una mano un camioncino, posizionato sotto l'aereo, dal quale stavano caricando i bagagli.

Max si tranquillizzò avendo individuato subito le due valige arancioni. Del resto le aveva comperate di quel colore proprio per riconoscerle subito in situazioni come quelle.

Indubbiamente il comfort di un '747 Jumbo' non era quello di un Bombardier a elica e ala alta con una trentina di posti, ma il servizio della Rwandair era particolarmente attento e premuroso.

Ci volle quasi un'ora di volo per affacciarsi sulle luci di Bukavu. Dall'alto, con le sue cinque penisole, sembrava una mano appoggiata sulle azzurre acque del lago. Stavano sorvolando a bassa quota il lago Kivu per permettere al velivolo, con una ampia virata, di entrare nel corridoio di atterraggio.

Sentì il sobbalzo delle ruote che toccavano la pista ed ebbe un sussulto carico di emozione. Era ritornato in un posto che aveva conosciuto, e nel quale aveva vissuto, la bellezza di più di cinquanta anni prima. Allora era un bambino di sette anni che si cominciava ad affacciare nel mondo e c'erano ancora entrambi i suoi genitori. Gli anni di Bukavu erano stati particolarmente intensi ed emozionanti perché lì, con la sua famiglia, aveva vissuto in maniera diretta gli avvenimenti della 'Rivolta dei mercenari del Kivu'. Tra i tantissimi civili presi in ostaggio dal Battaglione Leopard, comandato dal maresciallo Jean Schramme, c'erano una quarantina di italiani che lavoravano alle dipendenze del padre. E ovviamente tutti i fatti di quelle vicende, che si succedettero sino alla liberazione dei prigionieri, li avevano totalmente coinvolti.

Quando scese dalla scaletta, se a Kigali erano stati informali, a Kamembe le formalità non esistevano proprio. Anzi non esisteva neanche l'aeroporto, salvo un piccolo fabbricato che ospitava un piccolo ufficio di funzionari di dogana e una sala d'aspetto con una biglietteria, al di sopra della quale si stagliava la torre di controllo. Bukavu non aveva un suo aeroporto. Vicino alla cittadina congolese, in Rwanda, a circa cinque chilometri oltre il confine, si arrivava a Cyangugu e, a seguire, c'era Kamembe che dava il nome allo scalo aereo. Era un piccolo aeroporto che aveva collegamenti unicamente con Kigali, garantiti da quattro voli settimanali.

Max, sin dal portello dell'areo, vide subito Bruno. Nonostante gli anni trascorsi lo aveva riconosciuto immediatamente. Era elegantissimo in una classica mise coloniale. Clark marroni, calzettoni, pantaloni corti all'inglese color verdone, con bretelle, e sopra una camicia kaki. Ci mancò poco che entrasse nella cabina per aiutarlo a scendere i bagagli a mano. Era vicinissimo all'aereo e, come poggiò piede a terra, si strinsero in un fortissimo abbraccio che si prolungò per diversi istanti.

"Amico mio, dovevo prenderti per il sentimento per riuscire a rivederti. Quanti anni sono passati. Davvero troppi" gli disse sorridendo.

"Non sono passati Bruno, non sono passati, l'affetto è caldo come cinquantadue anni fa. Ma fatti vedere, sei in splendida forma. Cosa fai per rimanere così ragazzino?"

Bruno lo guardò compiaciuto. "Anche tu mantieni intatta la tua faccina da scugnizzo. Andiamo a prendere i bagagli che sta imbrunendo e dobbiamo arrivare a Bukavu."

Presero le valigie direttamente dal cestello del furgoncino che le aveva scaricate dalla stiva dell'aereo. Il bimotore era già in fase di rullaggio sulla pista per ripartire.

"Ho notato che qui la dogana è un'ipotesi," disse Max.

"Sai, è un volo interno. Qui si sale e si scende dagli aerei un po' come dalla metropolitana in Europa. Poi qui siamo una organizzazione molto conosciuta e con noi sono molto tolleranti. Chiudono diversi occhi per l'azione benefattrice che facciamo sul territorio."

"E per l'enorme potere che esercitate."

Bruno si mise a ridere. "Allora cerchi la guerra. La sfida, se vuoi, è per stasera davanti a un bel vassoio di '*pollo mwambe*' e una fontana di birra. Ma magari sarai stanco per il viaggio e allora sarà meglio che le dispute dottrinarie le rinviamo ad altra occasione". Frattanto aveva aperto il portellone di un Land Rover 90 e gli stava tendendo la mano per aiutarlo a caricare i bagagli. "Era come tanti anni fa," pensò Max "le autovetture più gettonate, in Africa, sono sempre le Land Rover". All'epoca erano una necessità perché la maggior parte delle strade erano piste. Sicuramente le cose erano cambiate ma la probabilità di incappare in percorsi sterrati era certamente molto elevata. Del resto la vettura, bianca e con un visibile simbolo dell'Opus Dei sulle fiancate, era comunque sporca di rosso. La laterite. Era la natura del suolo tipica delle zone tropicali caratterizzate da un clima fortemente alternato da periodi secchi con altri molto piovosi. Il colore rosso scuro era dato dalla ricca presenza di ossidi di alluminio e ferro. Era tutto esattamente come ricordava dai tempi in cui aveva vissuto in quella città. Salirono in auto e Bruno si avviò verso Bukavu percorrendo lentamente i tornanti che portavano, attraverso Cyangugu, al posto di frontiera rappresentato da un ponte sul fiume Ruzizi che dal lago Kivu scorreva al lago Tanganica. Delineava dapprima il confine tra la Repubblica Democratica del Congo e il Rwanda poi, più a sud, tra la Repubblica Democratica del Congo e il Burundi.

Lo guardò con aria sfottente. "Immagino che anche alla frontiera la potenza dell'Opus Dei si farà valere".

Bruno rise allegramente.

"Diciamo… benevolenza. È meglio!"

E infatti alla frontiera bastò un suo saluto al gendarme, che stava sulla garitta, e li fecero passare senza problemi. Mentre percorrevano le strade di Bukavu si guardava attorno cercando di ricordare qualche dettaglio in più ma la memoria proprio non lo aiutava. Anche perché dovevano essere cambiate davvero molte cose rispetto agli anni in cui vi aveva vissuto lui. Quello che gli tornava familiare era la vita che evidentemente non era mutata rispetto ai tempi in cui ci aveva abitato lui. Le strade, anche se ormai era scuro tranne il chiarore del cielo che ancora disegnava i profili delle colline, erano piene di gente. Tutti andavano ognuno per la sua direzione, apparentemente indaffarati. Numerosi erano i bistrò, con i tavolini lungo i marciapiedi, dove parecchi avventori indugiavano per consumare la classica birra gelata. Era quasi ora di cena ma in Africa non c'era un'ora per mangiare, a pranzo come a cena. Ognuno si rifocillava quando aveva fame e bar e ristoranti erano aperti, quasi *full time*, attrezzati per assecondare le abitudini della popolazione.

"La residenza è sulla prima delle penisole, in Avenue Chantal" gli disse il suo amico, mentre lo guardava divertito dalla sua vorace curiosità.

Una cosa era cambiata. Max guardava attento il proliferare di antenne satellitari sui tetti dei fabbricati. Sembrava di essere in Europa. "La televisione se la concedono tutti".

Bruno lo guardò ridendo. "Sì ma la stragrande maggioranza la usa solo per seguire il calcio. In Africa, ormai, è diventata una passione incontenibile in tutto il continente. Seguono il calcio africano ma anche quello europeo, che rimane un modello da imitare. Raramente troverai qualcuno che non ti sappia dire il risultato dell'ultima partita del Real o del Manchester o delle stesse Juve, Inter o Milan. Per non parlare delle formazioni. Ma qui lo si vive davvero come un gioco, senza i veleni che inquinano lo sport in Europa. Ed è anche questo un veicolo di civilizzazione culturale e sociale".

Max lo guardò con aria golosa. "Quindi domenica prossima non rischio di perdermi il derby."

Bruno rispose con fare sornione. "Assolutamente no, ma forza Inter, così la Roma vi raggiunge."

Max non rispose, reprimendo la parolaccia che gli era venuta fin sulla punta della lingua. Ci mancavano solo le gufate in quel posto lontano cinquemila e passa chilometri da casa.

Il fuoristrada svoltò lentamente verso destra entrando, attraverso un cancello, in un alberato cortile molto ben curato. Una serie di fabbricati, in classico stile coloniale e con i muri dipinti di bianco, si affacciavano, a ferro di cavallo, sul piazzale. Come la autovettura sostò, in un'area posta di lato ove erano parcheggiate un altro paio di Land Rover, li raggiunsero due boys con un abbigliamento curatissimo.

"*Karibu Bukavu bwana Max*" lo salutarono in *swahili*.

"*Shukrani nzuri jioni*". Si sorprese da solo nel sentirsi rispondere, in maniera così immediata e spontanea, in una lingua che riteneva sepolta sotto decenni di oblio. Erano però le tradizionali formule, molto ricorrenti, di benvenuto e di saluto. Evidentemente erano rimaste nascoste nel suo inconscio, per essere rispolverate alla prima occasione utile. Solo che non immaginava che tale occasione si sarebbe ripresentata nella sua vita.

Lo *swahili o kiswahili* era una lingua bantu diffusa in gran parte dell'Africa centrale. Era la lingua nazionale di Tanzania, Kenya, Uganda, Rwanda e del versante orientale del Congo. La parlavano, come prima lingua, milioni di persone. Inoltre, essendo lo swahili una lingua storicamente legata al commercio marittimo, c'erano comunità che la parlavano sparse in molte città portuali anche al di fuori dell'Africa. Data la sua grande diffusione, e la parentela con le altre lingue bantu, lo swahili svolgeva la funzione di lingua franca in gran parte dell'Africa sub-sahariana. Il nome *swahili* derivava dall'aggettivo arabo *sawahili* al plurale *sawahil,* che significava 'costiero'.

I due ragazzi avevano preso le due valigie e Bruno lo guardò.

"Zacharie e Daniel ti accompagneranno alla tua camera. Fai con comodo la tua doccia e sistema le tue cose. Ceniamo tra una quarantina di minuti circa. Non troppo tardi così avrai il tempo di andare a riposare presto."

Max gli porse il cinque e si avviò, dietro i due ragazzi, salendo una scala che portava al primo piano di uno dei fabbricati. Passarono in un lungo balcone sul quale si aprivano numerose porte di ingresso. Probabilmente quella era la palazzina degli alloggi. Arrivarono all'ultima e Zacharie lo precedette mentre Daniel era rimasto fuori. Rimase colpito. Non era una stanza.

Era una piccola suite. C'era un ingresso con un salottino e una scrivania abbastanza ampia. Quindi una ulteriore porta dalla quale si accedeva alla camera da letto al cui interno, a sua volta, vi era l'ingresso per il bagno. Sulla parete, in fondo, una porta finestra si apriva probabilmente verso un balcone. Nulla di sfarzoso ma non per questo non elegante. La sobrietà dell'arredo, luminoso nella chiara tinta dell'Iroko, non cedeva affatto il passo a un innegabile gusto. Il boy gli fece vedere il funzionamento dell'aria condizionata, gli mostrò il frigobar e gli spiegò i canali televisivi.

"*Bonsoir bwana. A tout a l'heure*" gli dissero in coro congedandosi.

Mise le valige sugli appositi supporti, le aprì per prendere le cose necessarie alla doccia e si tuffò sotto il getto d'acqua per smaltire le fatiche del viaggio.

Mentre si asciugava si affacciò curioso al balcone. La camera dava sul retro della palazzina e dalla parte opposta del piazzale di ingresso. Sotto di lui si apriva un parco curatissimo, guantato da un bellissimo prato all'inglese. Aiuole di fiori di tutti i colori e cespugli di rose, di un rosso intenso, erano ovunque e alberi, ad alto fusto, garantivano una adeguata ombreggiatura. La illuminazione era bassa e soffusa. Quell'area dell'Africa era rigogliosissima. La vegetazione era dirompente. Era pieno di foreste selvagge. E non era difficile far crescere verde e piante. Si trattava solo di piantarle e curarle. Tra l'altro, l'area del Kivu era un altipiano posto a millecinquecento metri sul livello del mare. In Europa sarebbe stata una zona di alta montagna ideale per mettersi al riparo dalla calura e per fare dello sci anche estivo. A Bukavu, invece, la temperatura era solo un po' meno calda che in pianura. In fondo al parco vide le sponde del lago, con tanto di banchina per prendere il sole e fare presumibilmente il bagno e con due gommoni, di grosse dimensioni, ormeggiati a un piccolo molo. Mancavano i campi da tennis e lo sci nautico e invece di essere una residenza dell'Opus Dei sarebbe potuto essere benissimo un elegante resort.

Non aveva dimenticato lo stile coloniale e si vestì indossando abiti dai colori savana, accessoriati dalle immancabili clark, che si era premurato di acquistare prima di partire.

Scese dalla sua palazzina e varcò l'ingresso centrale che doveva accedere ai servizi comuni. Infatti trovò subito un salone deputato evidentemente al ricevimento e, dopo averlo attraversato, accedette alla sala successiva che era una specie di *club house* destinato all'intrattenimento degli ospiti. All'interno vi erano diversi salottini, sparpagliati nell'ampio salone, e a un lato era stato ricavato un bancone da bar. In un angolo vide un'area internet con computer e stampante.

Gli venne incontro una ragazza di colore, vestita a puntino da un abitino celeste leggero e sobrio, con un bustino accollatissimo stretto in vita e una gonna a campana a pieghe.

"*Bonsoir monsieur Max, je m'appelle Sandrine. Vous pouvez me suivre s'il vous plait? Monsieur Bruno vous attende.*"

Max le rivolse un sorriso. "*Bonsoir Sandrine, enchantè*".

In fondo alla sala vi era una parete tutta vetrata da diverse porte finestre che si affacciavano sul retro. Davano su un porticato e al suo interno vi era una tavola apparecchiata per la cena. Oltre iniziava il parco.

Bruno stava arrivando lungo il prato da un lato del giardino.

"Eccomi caro amico mio. Ero andato in cappella. Tutto bene? Hai trovato la camera confortevole e di tuo gusto? Ti sei rinfrescato?"

Max gli andò incontro abbracciandolo.

"Bruno è tutto stupendo. Non so come ringraziarti. Quella che tu chiami camera è un confortevolissimo appartamentino. Ho dato uno sguardo dal balcone. Non vi fate mancare proprio nulla. Evidentemente è più facile nutrire l'anima al riparo dalle scomodità."

Il suo amico gli indicò il tavolo invitandolo con un cenno ad accomodarsi.

"Il decoro dell'ambiente, nel quale viviamo, fa da esempio e da supporto per diffondere meglio la parola di Gesù. Una residenza pulita. Un parco curato. Il rispetto per ciò che ci circonda e per le piante non è un modo efficace per comunicare l'amore verso Cristo?"

Lo guardò evitando di replicare perché la serata e la sua gentilissima ospitalità non meritavano polemiche gratuite.

Gli porse un pacchetto. "Questo è un omaggio per te. Ancor più doveroso dopo aver visto il livello della tua accoglienza".

Bruno lo guardò incuriosito e lo aprì. Accarezzò con devozione la pelle che ricopriva le copertine del libro e, commosso, si alzò per abbracciarlo.

"Grazie non dovevi. Dove hai trovato questa pubblicazione su Celestino V? È pregiatissima. Lo si capisce dal cuoio delle copertine. Anno Domini MDCXXIV". Era compiaciuto per aver indovinato il regalo. "L'ho trovato per caso in un antiquario di Roma a Via dei Coronari. Ma siamo solo noi a cena?"

"Nella residenza siamo cinque persone. Ma adesso gli altri sono in un villaggio all'interno della foresta. C'è una comunità numerosa e stanno facendo opera di evangelizzazione. Se tornano li conoscerai tra qualche giorno."

Frattanto Sandrine stava cominciando a servire una *entrée* di *potage*.

"Dimmi una cosa. I due boys e Sandrine sono dipendenti e fanno solo servizio o sono deputati anche ad altre cose?"

Bruno cominciò a sorseggiare il *potage*. "Abbiamo Zacharie, Daniel e Sandrine, che hai conosciuto, più Ezechiele che fa il cuoco. Si occupano un po' di tutto, dalla cura della residenza alla organizzazione. Le pulizie e il giardinaggio sono affidate a persone esterne che vengono appositamente per tali servizi, quando necessario, sempre sotto la sorveglianza di loro tre che, abitando qui con noi, hanno ampie disponibilità organizzative e logistiche. Sono persone che vivevano in villaggi all'interno della foresta. Li abbiamo conosciuti durante una delle nostre missioni di evangelizzazione e gli abbiamo proposto di venire qui. Li abbiamo educati alla parola di Cristo e alle regole di un modo di vivere più consono ai livelli adeguati di civilizzazione. Li paghiamo con stipendi buoni che gli permettono non solo di avere una vita agiata ma addirittura di inviare fondi ai loro familiari. Sandrine è una ragazza madre. Il bimbo vive qui con lei. E frequenta la scuola elementare qui a Bukavu."

Frattanto la ragazza aveva servito il famosissimo 'pollo mwambe'. Lui non sapeva che il suo ospite era golosissimo di pollo, comunque cucinato. Max, dal canto suo, non sapeva minimamente come venisse preparato questo piatto ed era curiosissimo di assaggiarlo. Mentre gustava, compiaciuto, la pietanza rivolse uno sguardo interrogativo a Sandrine, che stava condendo una ricca *salade*.

"È una ricetta congolese che vede il pollo cotto in olio di palma, unito a una salsa a base di arachidi e di manioca" gli rispose la ragazza guardandolo con aria professionale.

"Per noi europei la manioca è più nota come tapioca e si trova in commercio come fecola o come radice," intervenne il suo ospite "questa ricetta, invece, prevede l'uso delle foglie. In mancanza è buona anche preparata con spinaci o bietole anche se il risultato sarà ovviamente diverso."

Proseguirono la serata parlando ancora un po' delle abitudini congolesi. Era tardi, era davvero stanco e non aveva la brillantezza per affrontare discorsi più profondi o impegnativi.

Conclusero la cena. Bruno prese un caffè mentre Max sorseggiò la solita camomilla. Chiese se vi era un orario per la prima colazione.

"La cucina è pronta dalle sette e trenta. Non c'è un orario di chiusura come in un albergo. Tu sarai stanco. Domani fai le cose con calma. Tanto io sono in sede. Quando sei pronto scendi e Sandrine ti farà preparare la colazione. Hai qualcosa di particolare da chiedere?"

"No, grazie," rispose "io vado a yogurt, orzo e biscotti."

Bruno lo guardò ridendo. "Per queste cose siamo attrezzatissimi".

Non ce la faceva più, era davvero stanco, si alzò, girò attorno al tavolo per raggiungerlo. I due amici si salutarono e si diedero appuntamento al mattino dopo.

Quando scese nel salone Bruno era al computer e, come lo vide, fece un fischio.

"Accidenti che mise coloniale, pure il cappello alla Indiana Jones. La frusta la porti avvolta alla cintura dei pantaloni?"

Si fecero una grassa risata.

"Sei abbastanza mattiniero," proseguì il suo amico "senti, io devo andare alla sede vescovile," aggiunse dopo, "devo parlare con Sua Eccellenza e pranzerò con lui. Una delle Land Rover è a tua disposizione. Hanno tutte il navigatore satellitare. Basta che premi il tasto *maison* e, dovunque ti trovi, ti riporta qui. Questo è un cellulare in cui sono memorizzati tutti i numeri. Il mio, quello della residenza e quelli dei tre ragazzi. Se hai bisogno chiama senza problemi. Se vuoi passare la giornata fuori ti consiglio il ristorante del *Cercle* in *Boulevard Reine Elizabeth*. Avvisa per tempo Sandrine circa le tue intenzioni per il pranzo anche se due uova al tegamino Ezechiele te le fa al volo. Domani passeremo tutta la giornata insieme. Ti aspetta una bella sorpresa. Emozioni a gogo." E allargò le braccia mimando i movimenti di un volo. Lo abbracciò e si allontanò di fretta.

Max salutò Sandrine, anticipandole che difficilmente avrebbe pranzato, e raggiunse il piazzale salendo sulla Land Rover che gli stava indicando Daniel. Era davvero curioso di fare un giro per Bukavu e vedere se ricordava qualcosa. Si chiese quante differenze ci fossero rispetto a come la conservava nei suoi ricordi. Lo incuriosiva soprattutto *le Cercle*. Voleva scoprire se era lo stesso posto che da ragazzino aveva frequentato con i suoi genitori. Qualcosa di quel resort ricordava.

Seguendo il navigatore procedette lentamente in un susseguirsi di tornanti che assecondavano l'andamento delle cinque penisole su cui si sviluppava la parte costiera di Bukavu. Finalmente arrivò nel punto in cui il cursore del navigatore cominciò a lampeggiare. Era giunto e gli sembrava di riconoscere l'ingresso. Guardò con familiarità il piazzale del parcheggio e il vialetto che conduceva al ristorante e che costeggiava, alla sua destra, i campi da tennis e quello di bocce.

Era caldo e sull'ingresso del bar gli venne incontro una bella ragazza in jeans, Lacoste e Superga. "*Bonjour Monsieur. Je vous en prie. Je m'appelle Ingrid. Vous êtes nouveau d'ici?*"

Max le sorrise. Era molto carina.

"*Bonjour Ingrid, enchantée. Oui je suis arrivé hier et je suis un invité de la residence de l'Opus Dei.*"

Lei lo guardò con un sorriso malizioso.

"Ah lei è italiano. Benvenuto. Si accomodi dove vuole. Può anche sistemarsi sotto un ombrellone, le porto un lettino. Se mi dice anche cosa posso servirle."

Max rimase un po' stupito per il perfetto italiano anche se addolcito dalla 'erre' tipica degli italo-francesi.

"Grazie molto gentile. Prenderò una cedrata corretta a un liquore da aperitivo. Cosa avete?"

"Campari, Aperol e Martini. Qui vengono molti italiani e siamo abbastanza attrezzati."

Lui le sorrise.

"Corretto al Campari, grazie, con una foglia di menta, se c'è". Ingrid, che nel frattempo gli aveva sistemato il lettino, si allontanò annuendo.

Max si distese e guardò l'intenso verde del prato attorno a lui che faceva da spiaggetta alla sponda del lago. Delle pedane in legno costeggiavano la riva per potersi bagnare e, un po' più in là, c'era un molo cui erano attraccati una decina tra motoscafi e gommoni. Frattanto Ingrid gli aveva portato, con un vassoio, il suo aperitivo e su un foglietto l'indicazione di *username* e *password* per il wi-fi.

Chiuse gli occhi e cominciò a ricordare. Era quasi identico alle immagini che aveva nella memoria. Allora era il circolo degli europei. Si radunavano lì la sera dopo il lavoro e nei week end. Al di là del prato c'era il parco dove andava a giocare con i suoi coetanei. Si scosse dal suo torpore e si alzò per fare un giro del circolo. Passeggiò lungo le banchine in legno. L'acqua era fredda. Salì sul molo per osservare le barche. Erano tutti natanti un po' datati ma in ottime condizioni. Fu raggiunto dalla ragazza che gli chiese se avrebbe pranzato lì.

"Certo," le rispose "se lei mi fa compagnia".

"Va bene, la ringrazio. Oggi non c'è nessuno. Quindi sono abbastanza libera e posso pranzare con lei. Però," aggiunse sorridendo "il pranzo, lo deve pagare lo stesso".

"Ma certamente," le disse guardandola serio negli occhi "e sarà un piacere offrire il pranzo anche a lei".

Ingrid lo fissò rispondendo con altrettanta serietà al suo sguardo. "Pollo alla brace e patatine, birra e per finire mango e banane. Mi spiace non abbiamo dolce. Tra mezz'ora è pronto".

Lo salutò con un sorriso e si voltò per tornare nel ristorante.

Lui proseguì la sua passeggiata, lungo le sponde del Kivu, uscendo dall'area riservata al *Cercle*.

Erano seduti all'interno. Sul soffitto una ventola girava lentamente muovendo l'aria.

"Quindi lei è tornato, qui a Bukavu, invitato da Padre Bruno per rivisitare i luoghi dove è vissuto nella sua infanzia."

Max la guardò ridendo. "Bruno non è un Padre".

"Vabbè, fa niente, è uguale. È come se lo fosse," gli rispose ricambiando la risata.

Lui le aveva raccontato un po' la sua storia. Come e perché fosse vissuto in quel posto. Si era dilungato a narrarle i fatti accaduti in quei giorni.

"Qui era il luogo ove gli europei si incontravano nel tempo libero. Per noi ragazzini era teatro di gioco e di svago e venivamo soprattutto per fare il bagno. Era il nostro 'mare'. Il circolo era stato anche il resort ove svernavano i mercenari del Battaglione Leopard."

Li ricordava bene. Giocavano spesso a pallone con loro su quel prato. "C'erano, tra loro, molti italiani e avevano nostalgia della loro gente e del loro paese" proseguì. "Veniva anche il loro comandante, il Maresciallo Jean Schramme. Era alto, affusolato, severo. Non trasparivano emozioni dalla sua figura. Anche se una volta, durante una partitella di calcio tenutasi sempre lì sul prato tra civili e militari, Schramme guardò l'incontro seduto al bordo dell'area di gioco. Mi tenne in braccio, per tutta la durata della gara, mentre chiacchierava amabilmente con mia mamma e con mio padre."

Le narrò come nessuno, e men che meno lui, aveva potuto immaginare che, di lì a qualche settimana, quell'amabile belga, con cui avevano parlato quella sera, si sarebbe reso nuovamente protagonista di uno dei passi più significativi della storia dell'area centroafricana. E men che meno avevano potuto immaginare che sarebbero stati direttamente coinvolti in quella vicenda giocando, loro malgrado, il ruolo di coprotagonisti.

"Il successivo 5 luglio, infatti, all'improvviso il Battaglione Leopard, guidato ovviamente da Schramme, dopo aver neutralizzato i soldati regolari dell'Armé National Congolaise si impossessò dei presidi sensibili e vitali di Bukavu. La rivolta faceva parte di un disegno più ampio, concertato con un altro comandante mercenario, il Colonnello Bob Denard, che doveva portare a rovesciare il presidente, allora in carica, Mobutu. La città fu immediatamente evacuata di tutti i residenti europei che ripiegarono su Cyangugu. I Soldati Mercenari non rimasero a lungo a Bukavu. Dopo un paio di giorni si addentrarono nella foresta prendendo prigionieri, con lo scopo di utilizzarli come ostaggi, i tecnici e operai che lavoravano alle dipendenze di mio padre tra cui diversi italiani. All'epoca erano dislocati in un cantiere non lontano da questa città. La colonna dei ribelli, con gli ostaggi, rimase nascosta nei boschi per circa un mese. Il successivo 9 agosto Schramme rientrò e attaccò Bukavu. I reparti dell'ANC furono rapidamente sopraffatti e si diedero alla fuga. Gli ostaggi civili furono liberati e trasferiti, attraverso il punto di frontiera sul Ruzizi, a Cyangugu. Il battaglione di Mercenari si trincerò a Bukavu dove fu costituito un 'governo provvisorio di salute pubblica'. Ma la loro posizione qui era isolata: rimasero fino a novembre quando ripiegarono anche loro in Rwanda ove trattarono la resa."

Mentre continuava a gustare il pollo le raccontò con quale sforzo, ma anche con quale emozione, si era ritrovato a dover considerare nemici, pronti a sparare e anche a uccidere, persone con le quali, nella incosciente innocenza di ragazzino, aveva giocato e scherzato fino a qualche giorno prima.

"Nei mesi in cui fummo rifugiati in Rwanda, dalle colline vedevamo Bukavu. Ci dividevano pochissimi chilometri da qui. Casa nostra era stata letteralmente invasa da giornalisti e diplomatici. Facevano riferimento anche a mio padre nella tessitura delle trattative per la liberazione degli ostaggi."

Lui era un fanciullo e, in quelle drammatiche settimane, non aveva del tutto perso lo spirito del gioco. Scherzava con molti, prendendo confidenze con diversi giornalisti e le raccontò, con una punta di vanità, come, tornato in Italia, gli amici gli avevano dato giornali, conservati apposta, nei quali c'erano articoli dedicati proprio a lui.

Ingrid era stata ad ascoltarlo con attenzione, affascinata dai suoi racconti e dal fatto che quel posto, esattamente dove loro stavano mangiando in quel momento, fosse stato frequentato da personaggi che appartenevano alla storia e che, degli eventi di quella storia, fosse stato un significativo teatro. Gli aveva raccontato di suo padre italiano emigrato in Belgio ove aveva conosciuto e sposato sua mamma di nazionalità Belga. Aveva aperto un ristorante italiano a Charleroi. Era finito male ed erano partiti per il Congo a cercare fortuna. Avevano rilevato *le Cercle* e ormai vivevano lì da una decina di anni. In quel giorno i suoi genitori non erano in sede. Erano a Goma per acquisti e rifornimenti.

Al termine del gustoso pasto Max si accinse ad accomiatarsi. Mentre firmava la ricevuta della carta di credito guardò Ingrid con un sorriso grato.

"È stata davvero gentile a farmi compagnia. Mi ha fatto molto piacere conversare con lei."

La ragazza ricambiò il suo sorriso. "Grazie a lei. È stato davvero interessante ascoltare i suoi racconti. Mi ha rivelato una storia che non sapevo se non in maniera molto vaga e per sentito dire. Sa qui non c'è una biblioteca che conserva documentazioni giornalistiche e bibliografiche. Le cose si tramandano con i racconti. Ci venga a ritrovare, prima che parta, le presenterò i miei".

Max ammiccò in segno di assenso e si allontanò verso il parcheggio. Frattanto si erano fatte quasi le quattro e aveva voglia di stendersi per riposare un po'.

Fece una abbondante doccia e si sdraiò sul letto appisolandosi. Scese per l'ora di cena e trovò Bruno di umore non buono. Mentre erano a tavola gli raccontò che aveva avuto una discussione con il Vescovo.

"Sai," lo guardò con un sorriso bonario "per quanto tu ti diverta a tacciarci di essere una potenza occulta, non siamo sempre ben visti dalla struttura clericale. Noi siamo laici e spesso ci considerano più dei concorrenti che dei collaboratori. Siamo una prelatura personale. Queste sono istituzioni che fanno parte della struttura gerarchica della Chiesa. Sono cioè una delle forme di auto-organizzazione che la Chiesa si dà, per raggiungere le finalità che Cristo le ha assegnato, e presentano la peculiarità che i loro fedeli continuano a far parte anche delle chiese locali o delle diocesi dove hanno il domicilio".

Poi, cercando di rilassarsi, aggiunse.

"Cambiamo argomento. Parliamo di cose piacevoli. Stasera a letto presto. Domani alle nove partiamo," fece una sapiente pausa con aria furba e, allo sguardo interrogativo di Max, proseguì "andiamo a Masaka, in Uganda. Lì c'è una nostra residenza dove accolgono bambini orfani".

Lo guardò incuriosito. "Caspita un bel viaggio. Quanti chilometri sono? Ci sono buone strade?"

Lui lo guardò divertito. "Ma no, Max. Non andiamo in macchina. Ci vorrebbero giorni. Sono solo quattrocento chilometri. Ma non ci sono strade. Sono piste o savana. Andiamo in aereo."

Un'espressione di stupore si disegnò sul viso. "Caspiterina ci trattiamo bene!"

"Non prendermi in giro," disse Bruno "qui è una necessità. Non ci si muove in automobile o fuoristrada. Per fare ottanta chilometri ci vorrebbero ore. Tutte le organizzazioni hanno un aereo. Sono velivoli piccoli. Mica parliamo di jet di linea. Però sarà un bel viaggio perché sorvoleremo il lago Vittoria e diverse zone davvero belle da vedere dall'alto".

Si accomiatarono e andarono a dormire. Se il volo partiva alle nove voleva dire essere pronti con congruo anticipo. Bisognava raggiungere Cyangugu e poi l'aeroporto di Kamembe almeno venti minuti prima del decollo e quindi dovevano uscire dalla residenza per le otto. Avevano prima bisogno del tempo necessario per fare la colazione ed ecco che le sette e trenta era l'ora giusta per essere pronti.

Stavano attraversando a piedi il piazzale per raggiungere l'area ove era parcheggiato il Piper Seneca. Era un bimotore a elica, tutto bianco, con la livrea azzurra e dorata e i simboli dell'Opus Dei sul timone posteriore. Il pilota era già a bordo e Bruno salì per primo accomodandosi dietro e facendo segno a Max di sedersi sul sedile di fianco al pilota.

"Godi meglio il panorama. Io l'ho già visto tante volte."

Lui salì, si sedette sulla poltroncina in pelle e si accorse che il pilota era Daniel, il quale gli rivolse un sorriso luminoso in segno di cordiale saluto.

Bruno anticipò le sue perplessità. "È bravissimo. E poi questi aggeggetti si guidano più facilmente di uno scooter. Lo piloto pure io".

Rullarono sulla pista e, giunti al suo limite, l'aereo voltò su se stesso. Senza troppe cerimonie Daniel diede subito gas al massimo. Dopo una decina di secondi si erano già staccati da terra. Fecero rotta verso nord-est. Si lasciarono ben presto alle spalle i rilievi che si affacciavano sul Kivu per fare capolino negli altipiani che circondavano il Lago Vittoria. Erano già nello spazio aereo ugandese e, sotto di loro, Max poteva ammirare le coste del grande lago, affollate di uccelli di tutti i colori che facevano sull'acqua uno strano effetto multicolore. Lungo le sponde branchi di gazzelle correvano in gruppo alla ricerca di nuove zone ove pascolare. Era uno spettacolo meraviglioso. Il susseguirsi di immagini, di questa fauna così ricca, era senza soluzione di continuità.

Atterrarono, dopo un'ora di volo, su una pista in terra battuta posta al di fuori del perimetro est della città. Era totalmente diversa da Bukavu. La cittadina congolese si districava su colli e penisole e aveva un andamento sinuoso. Masaka si sviluppava su una pianura. Erano anche lì a milleduecento metri di altezza ma comunque sempre pianura era. Dall'alto sembrava una città di affari commerciali e agricoli. La zona dove erano atterrati, però, aveva un aspetto vagamente residenziale.

Una Land Rover si affiancò all'aereo e, rapidamente, trasbordarono da un mezzo all'altro. In Uganda la lingua è l'inglese. Quel che disse l'autista, dopo il classico *"Good morning Sir. Welcome to Masaka"* fu, per lui, pressoché incomprensibile. Bruno lo guardò e rise.

"Tu di inglese capisci poco vero? Puoi parlare l'italiano. Nelle nostre residenze lo conoscono, chi più e chi meno, tutti quanti. Quanto basta per farti e farsi capire."

Arrivarono in un bellissimo complesso. Si entrava, passando attraverso un generoso cancello in ferro battuto nero con le punte dorate, in una grande area curata a giardino in maniera perfetta con prati e aiuole ovunque. I mille colori dei fiori, adagiati sul verde sgargiante dell'erba, donavano a quel piazzale un incredibile fascino di ricercata eleganza. Due bianchi viali, ottimamente brecciati e di forma curva, tagliavano il prato, a destra e a sinistra, formando un ovale e giungendosi, avanti il corpo centrale della residenza, in un ampio piazzale rettangolare destinato a parcheggio. Oltre vi era una rigogliosa vegetazione alberata, che faceva da corona a quel meraviglioso parco di ingresso, nascondendo alla vista i limiti della proprietà e il muro di recinzione.

Venne loro incontro una signora molto bella. Era bionda e aveva i capelli raccolti in una coda, un vestito blu con un colletto di pizzo bianco e scarpe basse. Li salutò con garbo. Era la Direttrice. Aveva dei modi dolci e delicati ma traspariva un carattere deciso e determinato. Una di quelle persone che se ti dice 'no' te lo sussurra con un sorriso, ma resta un 'no' che nessuna cosa

73

al mondo può rimuovere. E, sebbene Bruno fosse il suo responsabile, lo accolse senza mostrare alcuna riverenza o sudditanza. La seguirono accedendo al corpo centrale attraverso un grande portone a vetri. All'interno Max restò stupito. Era arredato in maniera totalmente differente dalla residenza di Bukavu, sembrava di stare in un palazzo di Londra. Camminando facevano scricchiolare un lucidissimo parquet scuro corredato di mobili dell'Ottocento. Librerie, salotti in pelle, tutto profumava di legno. Si fecero guidare da un vociare argentino che proveniva dall'esterno. Tagliarono dritti, attraverso l'ampio ingresso, e entrarono in una grande biblioteca con tanti scrittoi, ognuno con la sua lampada e successivamente, attraverso una porta finestra aperta sulla parete in fondo, accedettero in un altro parco. Erano evidentemente sul retro dell'edificio principale, dalla parte opposta dell'ingresso da dove erano entrati, in quello che doveva essere il vero parco della residenza, curatissimo e bellissimo. Era molto più grande di quello posto all'ingresso. Si sviluppava in profondità delimitato, a lunga distanza, da una boscaglia simile a quella che avevano visto prima, che nascondeva anche qui la recinzione. Era prato ovunque e era molto ampio. Vi erano numerosi cespugli di fiori, ma solo sui lati, probabilmente con lo scopo di lasciare libero lo spazio centrale per riunioni, celebrazioni o manifestazioni sportive, oppure per i giochi di bimbi. In quel momento, infatti, il parco era affollato da un centinaio di bambini. Erano vestiti con un grembiulino blu e anche se stavano tutti insieme facevano, a gruppi, riferimento a diverse ragazze adulte, vestite esattamente come la Direttrice, che si confondevano tra loro e partecipavano al loro vociare e ai loro giochi. Evidentemente erano divisi in classi scolastiche e le ragazze dovevano essere le educatrici. Rimasero per un po' a guardare divertiti il gioco dei bimbi e il loro vociare gioioso.

"È la ricreazione," disse Bruno "tra un po' torneranno in classe. Sono bimbi che o non hanno i genitori, o li hanno ma i genitori non hanno le sostanze per mantenerli, o li hanno ma sarebbe stato meglio se non li avessero avuti. La nostra residenza ospita ragazzi da cinque a quindici anni. Da noi c'è solo la scuola elementare. Dormono e mangiano tutti qui. Ma quelli fino a dieci anni frequentano la scuola interna con le nostre educatrici. I ragazzi più grandi, ogni mattina, vanno in città alla scuola pubblica e tornano alle sedici".

Sui lati del grande parco, a fare da ferro di cavallo con quello principale, c'erano due edifici. Uno doveva contenere i dormitori e l'altro le aule. Un porticato contornava, partendo da un estremo per finire all'altro, tutto il complesso a forma di U. In fondo, e sul retro del corpo del lato destro, spiccava un piccolo campanile bianco sotto il quale doveva esserci una chiesa.

La Direttrice li invitò a seguirla, attraverso il parco, verso una delle ali. Passarono in mezzo ai bambini che giocavano vociando.

Un gruppetto seguiva un pallone in una improbabile partita di calcio. Uno di essi, nella foga di raggiungere la palla, franò sulle gambe di Max cadendo a terra. Lui si chinò per aiutarlo a rialzarsi e per vedere se si era fatto male. Alle sue si unirono due mani di colore curatissime rese eleganti da uno smalto trasparente.

Sentì una voce dolcissima. "Lo scusi, sono bambini, spero che non si sia fatto male".

Max, mentre era ancora chino sul bimbo, rispose quasi automaticamente: "Ma sta scherzando, si figuri, non mi ha fatto niente, spero piuttosto che non si sia fatto male lui".

Alzò lo sguardo e incrociò due occhi scuri di una bellezza incredibile. Un sorriso bianchissimo lo illuminò. Rimasero a guardarsi. Non seppe per quanto tempo. Forse istanti. Ma quegli istanti furono gocce di tempo incastonate come gemme nella caverna dell'eternità. Nell'aiutare il bambino a rialzarsi le loro mani, per un attimo, si incrociarono nuovamente sfiorandosi.

Dietro di sé sentì delle risate.

"Sei proprio un milanista," gli disse Bruno "te la prendi pure con i ragazzini con interventi a gamba tesa. Dai andiamo che non si è fatto nulla".

Lui non si girò, rimase rivolto verso il bimbo ma, in realtà, guardava l'educatrice. Anche lei continuava a guardarlo. Faticarono a voltarsi e a prendere ognuno il suo cammino.

Il volo di ritorno fu al calar del sole. In Africa i tramonti sono una cosa totalmente diversa da quelli del resto del mondo. Dovunque sono una pennellata di colore che dipinge il cielo, in Africa sono un vapore colorato che avvolge te e ogni cosa che ti circonda. Altrove i tramonti si guardano e si ammirano, in Africa si respirano e si vivono. Nonostante quella esplosione di colori, che in altri momenti gli avrebbe scatenato mille emozioni, Max guardava fuori del finestrino con il gomito appoggiato sul bracciolo e la mano raccolta sul mento. Era in aereo ma con la mente era da un'altra parte e aveva stampata negli occhi l'immagine del cartoncino, fermato con una spilla sul lato sinistro del corpetto del grembiule della ragazza, su cui c'era scritto il suo nome.

Il ricordo di quel viaggio in aereo era scorso, nei suoi occhi chiusi, nello stesso modo con il quale un film scorre seguendo la direzione della pellicola.

Mentre era steso sul letto supino, intento a rivivere quelle giornate nei suoi occhi chiusi, lei si voltò verso di lui. Sentiva il suo respiro sul collo. Si distolse dalla fantasia, che nella sua mente si era creata, e stette un po' a guardarla. Aveva gli angoli della bocca leggermente rivolti all'insù. Forse gli sorrideva. Restò sveglio con questa piacevole convinzione mentre la perlata luce della luna entrava tra le persiane e dava all'intorno un magico chiarore che rendeva tutto più affascinante e misterioso.

4
Los Angeles

La limousine seguiva la fila secondo l'ordine e il percorso pre-stabilito. L'organizzazione era maniacale e del resto non poteva essere diversamente.

La cerimonia di assegnazione degli Academy Awards raduna-va un numero incredibile di celebrità del mondo del cinema e dello spettacolo. Se si consideravano le circa quaranta categorie del premio Oscar e il fatto che, per ogni categoria, erano previste quattro o cinque nomination si potevano calcolare quasi mille persone solo tra i candidati e i loro entourage. A questi andava-no sommate le personalità invitate per assegnare i premi, quelle invitate come ospiti, le grandi firme della stampa mondiale e le autorità politiche. C'era da far tremare i polsi anche ai servizi di sicurezza più agguerriti del mondo. E, chiaramente, tutti questi personaggi così famosi andavano gestiti non solo sotto il profilo della sicurezza ma anche sotto quello dell'etichetta.

Gli arrivi erano cadenzati e ordinati. Le autovetture, tutte di gran lusso, sfilavano una dietro l'altra sostando davanti l'ingresso il tempo necessario per far scendere gli ospiti, i quali si concede-vano al saluto dei numerosi fan che si ammassavano contro le transenne e poi posavano per essere fotografati e per concedere le interviste flash di rito. Uno speaker, in guisa di moderno gran ciambellano di corte, ne annunciava i nomi man mano che arri-vavano, specificando se fossero presenti come candidati od ospiti. Ovviamente l'organizzazione aveva previsto che gli arrivi fossero scaglionati per gruppi, legati tra loro per nomination o per film.

La automobile, con a bordo Julianne e Sebastian, era l'ul-tima e seguiva quella di Santarita e quella di Sophia. Ancora prima aveva sfilato la Limousine del presidente e del regista. Il film '*When you love*' aveva ricevuto la nomination per la mi-gliore colonna sonora, per la migliore canzone ufficiale e per la regia confermando ancora una volta che Santarita aveva una tale esperienza da non fallire mai né le sue scelte e tantomeno le sue previsioni.

Julianne scese dal lato dell'ingresso, aiutata da un valletto, mentre Sebastian girò rapidamente attorno alla autovettura e la raggiunse per porgerle il braccio. Quando lo speaker annunciò il suo arrivo si levò un boato e la ragazza si girò per salutare tutti gli appassionati assiepati, oltre le transenne, ai bordi dell'ingresso del Dolby Theatre.

Raggiunsero gli altri sul tradizionale *red carpet* e si voltarono per le foto. Sophia e Julianne si posero ai lati del compositore e a fianco a loro vi erano il Presidente ed il regista. La presenza delle due cantanti e di Santarita rendeva quel gruppo il più famoso e il più ammirato di tutta la serata e la sicurezza faceva davvero difficoltà a contenere la massa di fotografi e di *cameraman* che si ammassavano per riprenderli.

Lo speaker si avvicinò al compositore e gli chiese cosa si aspettasse da quella serata.

Santarita sornione guardò nel mirino della telecamera.

"Non mi aspetto mai nulla, ma sono sempre pronto a tutto."

Julianne sorrise e mentre entrava strinse la mano a Sophia.

Si erano accomodati ai posti loro riservati, tutti su un'unica fila, e restarono in attesa che iniziasse la serata. Sarebbe stata lunga. In genere le assegnazioni degli Oscar per le canzoni, le colonne sonore e la regia erano tra le ultime e, prima di loro, vi erano tantissime premiazioni, intervallate dagli ospiti che avrebbero riempito gli spazi vuoti esibendosi in intermezzi di intrattenimento.

Lo squillo delle fanfare annunciò la apertura della manifestazione e, mentre il presentatore ufficiale dava avvio al programma, Julianne ripensò alle giornate romane. Era partito tutto da lì, da Roma, dalle emozioni vissute in quella meravigliosa città, da quella improvvisa consapevolezza di quanto fosse più importante ciò che le sarebbe piaciuto vivere rispetto a quello che aveva vissuto.

Sebbene stesse assistendo a una manifestazione nel corso della quale, di lì a qualche minuto, sarebbe potuta essere consacrata come una stella di prima e unica grandezza vincendo l'unico premio che mancava al suo *palmares* e che, sommato agli altri, lo rendeva inarrivabile, la indifferenza le prese il sopravvento. Socchiudendo le palpebre e annoiata dai preliminari dell'evento si lasciò cullare dai ricordi delle emozioni di quei giorni vissuti cominciando da quando, quel lunedì, era entrata nell'Auditorium della Conciliazione per la registrazione del brano. Quei momenti iniziarono a scorrere nei suoi occhi, che aveva inconsapevolmente chiuso, per poterli rivivere e gustarne il dolce ricordo.

Sin dall'atrio, di quel magnifico teatro romano, si sentiva l'orchestra che provava la introduzione del brano e rimase colpita dalla bravura degli orchestrali. Del resto erano tutti professori di conservatorio.

Entrò sul palcoscenico e Santarita la accolse con uno smagliante sorriso mentre i musicisti sospendevano, per un attimo, le loro accordature guardandola ammirati. Il compositore la pregò di avvicinarsi mentre Sophia, dall'altro lato, le lanciava un cordiale cenno di saluto con la mano. Si era seduto al pianoforte e la stava accompagnando in alcuni vocalizzi di riscaldamento.

"Bene. Lei è un soprano drammatico con tre ottave e tre semitoni" le disse dopo averla invitata a seguire alcune note che aveva suonato.

Julianne non restò stupita. Non aveva dubbi che Santarita fosse in grado di inquadrare la sua voce con quattro passaggi al pianoforte. La sua esperienza musicale era talmente elevata da porsi ai livelli di quei grandi medici che ti fanno la diagnosi semplicemente guardandoti negli occhi. Con un sorriso fece capire che era pronta e iniziarono a provare il brano.

Avevano provato prima la canzone a pezzi, suddivisa per parti. Lei, che doveva introdurre il brano e cantare le prime due strofe, provò per prima. La musica era melodica e il tempo era un adagio. Andava cantata piano. Il maestro la fece provare più volte anche se i risultati erano stati, da subito, più che soddisfacenti. Ma il compositore era attento anche al più banale dettaglio e spiegò come il livello della voce dovesse essere dolce ma non sussurrato. Provarono tutta la mattinata.

Il pomeriggio invece fu la volta di Sophia. Lei doveva cantare la terza e la quarta strofa che avevano esattamente il tempo delle due cantate da Julianne.

Nonostante fossero due parti praticamente uguali, le due artiste le cantarono in maniera del tutto differente, dando al brano quel fascino che Santarita aveva sicuramente immaginato e voluto.

Provarono per tutti i primi due giorni. La canzone era bellissima ed era, rispetto a come era cantata nel film, così arricchita dall'arrangiamento suonato dall'orchestra, che prendeva un corpo del tutto differente. La interpretazione delle cantanti la rendeva una vera canzone mentre, nel film, le due attrici la eseguivano quasi come un dialogo musicato.

La sera, mentre era in camera per riposare, Julianne pensò che il difficile sarebbe venuto adesso. Non era stato complicato entrare nella musicalità delle due strofe cantate da lei, così come non lo era stato per Sophia entrare nelle sue. Ora però dovevano provare la parte da cantare in coro tra l'altro arricchita, nel finale, anche dal controcanto dei coristi. Il tempo della musica aumentava e anche il livello della voce era in crescendo culminando in un acuto che preludeva al finale della canzone.

Il giorno successivo Santarita fece provare la parte centrale solo a orchestra e coro ma volle, ugualmente, che lei e Sophia fossero presenti perché entrassero bene nello spirito della canzone e del messaggio che voleva dare.

"Giulietta e Romeo si sono conosciuti a una festa in maschera," esordì il compositore, "Romeo era andato per incontrare Rosalina invece conosce Giulietta e se ne innamora perdutamente. Anche la ragazza è totalmente coinvolta dal giovane Montecchi," proseguì arringando con passione le due cantanti ma anche tutti le persone presenti in sala, "e solo dopo essersi conosciuti i due giovani scoprono, perché a loro detto dai rispettivi amici, che appartengono l'uno alla famiglia dei Montecchi e Giulietta a quella dei Capuleti. Due famiglie la cui rivalità sfocia in un odio tanto forte che in ossequio del quale sarebbero stati capaci anche di uccidere. La canzone, che noi stiamo eseguendo, è l'aria cantata da Giulietta e dalla sua amica Berenice nei pressi del balcone al di sotto del quale c'è Romeo che, loro ignare, sente tutto."

Fece una pausa per catturare l'attenzione di tutti, specie delle due cantanti che lo ascoltavano rapite.

"Le due ragazze si dicono che sarebbe un amore impossibile e che le due famiglie mai avrebbero permesso ai due giovani non solo di fidanzarsi e sposarsi ma, addirittura, neanche di vivere serenamente la loro storia d'amore in silenzio e nascosti agli occhi dei veronesi."

Guardò le due cantanti per carpirne l'attenzione. "Queste sono le quattro strofe iniziali eseguite da Julianne e Sophia. E sono un adagio, cantato piano, perché deve esprimere la rassegnazione e la frustrazione di Giulietta ma anche di Berenice che chiaramente la sostiene, ne è complice e vorrebbe che si realizzasse la felicità della amica, ma deve prendere atto della dura realtà."

Si fermò, rendendo più grave e possente il tono della voce, quasi stesse mimando l'andamento della musica.

"Ma poi le due giovani si dicono un'altra cosa: è quasi una rivelazione che fanno a loro stesse, un pensiero geniale che ha attraversato loro la mente in contemporanea e che si rivelano all'unisono e in coro. 'Questo amore è impossibile ma è vero e quindi è giusto e, quando un amore è giusto, niente è impossibile'. Appunto *'When you love nothing is impossible'*. Questa certezza è talmente liberatoria che la pronunciano con voce alta, quasi gridata per rafforzare, l'una all'altra, il reciproco convincimento e lo sprone a crederci, ad avere fiducia e a non rinunciare al sentimento che era nato."

Fece una ulteriore pausa certo di avere in pugno l'attenzione di tutti.

"Questa è la parte che le due signorine canteranno in *ensemble*. Deve esser cantata in un crescendo che culmina con l'acuto. Al termine entra il coro, che ripete il ritornello, mentre voi giocate, con variazioni e controcanto, con le parole 'un amore impossibile ma giusto'. Dovete dare alle note la stessa potenza che dareste se, guardando qualcosa che vi sembra impossibile da conquistare, decideste, rompendo ogni forma di indugio anche accompagnato da una sorta di mistica incoscienza, di andarvela a prendere."

Si voltò verso le due cantanti. "Le due ragazze sono ignare che Romeo è sotto il balcone e ha ascoltato tutta la conversazione e che, quasi fosse un disegno del destino che voleva l'incontro dei sentimenti dei due giovani, scopre che anche Giulietta lo ama: questo rafforza anche il suo di sentimento e, soprattutto, il convincimento che realizzare il suo sogno d'amore, con la giovane fanciulla veronese, non è una impossibile fantasia."

Tutti avevano ascoltato il racconto del compositore ma, soprattutto, avevano capito con quale intensità dovevano eseguire il brano.

Julianne pensò che mai, nella sua carriera di cantante, aveva ricevuto delle indicazioni su come fare una interpretazione più significative di quelle appena ascoltate.

Il giorno successivo provarono più volte la parte cantata *ensemble.*

Alla fine della serata Santarita era visibilmente soddisfatto. Evidentemente le due cantanti avevano percepito benissimo lo spirito della canzone che aveva narrato con il suo piccolo sermone il giorno prima.

"Signori," annunciò con tono solenne, "domani proveremo il brano per intero e, se le cose andranno come presumo che vadano, a sera dovremmo avere la registrazione della versione definitiva."

A cena Sebastian non fece altro che ascoltare Julianne che ripeteva, di continuo, le raccomandazioni che dava a sé stessa su come interpretare il brano il giorno dopo.

Con Sophia si erano intese a meraviglia e lei aveva apprezzato le qualità tecniche e canore della sua cointerprete. Non voleva essere da meno. Un po' per una sorta di sana rivalità femminile.

Un po' perché voleva fare bella figura. Ma soprattutto perché voleva che il brano fosse strepitoso e per far questo doveva metterci anche molto del suo. Credeva in quella canzone. La melodia era incredibilmente bella. L'arrangiamento di Santarita la rendeva fantastica e davvero poteva sperare di vincere un Oscar.

Il giorno dopo si ritrovarono, di buon mattino, nella grande sala dell'auditorium. Evidentemente le parole del compositore avevano lasciato un profondo segno in tutti loro perché la tensione, dovuta alla concentrazione, era palpabile e quasi si poteva toccare con mano. Dagli orchestrali ai tecnici, dal coro alle due cantanti, tutti avevano capito che in quella giornata avrebbero dovuto dare il massimo perché un grande risultato era pronto per essere realizzato. Santarita fu bravissimo a fare una serie di prove senza forzare, quasi fossero il riscaldamento che gli atleti fanno per preparare la prestazione finale e conclusiva, quella in cui si dà il massimo di sé stessi perché o è vita o è morte. Precedeva o interrompeva, spesso, le esecuzioni con battute ironiche o spiritose proprio per allentare la tensione e rilassare tutti. Una gestione delle persone perfetta e frutto di una esperienza assoluta.

Dopo la colazione di mezzogiorno ripresero posto nelle proprie posizioni e, anche se non se ne era parlato, tutti avevano capito che era giunto il momento clou.

Salì sul podio in un silenzio tombale. Si girò attorno dedicando, dai tecnici in consolle, agli orchestrali e ai coristi, uno sguardo silenzioso e grave. Infine rivolse la sua attenzione alle due ragazze. Erano in piedi, davanti a lui, in profondo silenzio.

Senza dir nulla, e dopo qualche secondo di pausa, alzò la mano destra per battere il tempo. Con la sinistra invitò i violini ad avviare la introduzione. Con la mano destra fece un ampio gesto invitando il resto dell'orchestra a unirsi ai violini e, dopo che le prime battute erano state suonate, indicò Julianne per darle l'attacco della sua parte.

La ragazza pronunciò le prime note con una dolcezza infinita, scandendole una per una e senza sbagliarne neanche mezza.

Sebastian ascoltava rapito.

Terminò le sue due strofe in maniera perfetta e sul volto del compositore si lesse una ampia soddisfazione.

Poi toccò a Sophia. Aveva una voce meno soave ma più calda di quella di Julianne. Un timbro diverso che dava alla canzone quel senso di novità, evitando che le due parti fossero ripetitive.

Anche la interpretazione della cantante messicana era stata sublime e ora, pensò Sebastian, veniva il bello ma anche il difficile.

Ci fu un brevissimo intermezzo orchestrale, poi le due ragazze iniziarono a cantare insieme, con un tono prima molto dolce ma poi con una potenza crescente che aumentò, progressivamente, sino al grande acuto.

Il coro attaccò la sua parte e, a quel punto, le due cantanti si esibirono in un saggio di purissimo virtuosismo canoro intrecciando il ritornello, ripetuto dal coro, con una serie di variazioni e controcanti, cantando ognuna una parte diversa, per riunirsi poi nella strofa finale che culminò con un acuto, potente e prolungato, talmente intenso che a Sebastian vennero i brividi.

Dopo l'ultima nota le ragazze rimasero ferme e Santarita chiuse l'orchestra piegandosi su se stesso e restando così per diversi secondi.

Tutti rimasero in silenzio.

Poi si erse sul podio e li guardò.

"Siete stati perfetti… tutti!" disse con una voce bassissima e appena sussurrata. Scese in platea e si avvicinò alla consolle di regia da dove volle risentire la registrazione in cuffia, mentre i coristi e gli orchestrali parlottavano tra loro e Julianne e Sophia erano rimaste sul palcoscenico guardandosi con espressione interrogativa.

Ascoltò il brano a occhi chiusi e con le mani pressate sulle conchiglie delle cuffie. Poi le sfilò e rimase per diversi secondi seduto e il capo chino.

Tutti erano consapevoli di aver fatto una ottima prestazione e di aver dato il massimo però lo guardavano in attesa che si pronunciasse. Si alzò, risalì sul palcoscenico, raggiunse il podio coinvolgendoli tutti con lo sguardo.

"La mia carriera di compositore è iniziata tanti anni fa. Ho diretto centinaia e centinaia di orchestrali, coristi e cantanti. Ho perso il conto delle musiche che ho composto e di quelle che hanno ottenuto premi e riconoscimenti. Ma di una cosa sono certo. Mai sono rimasto soddisfatto di una registrazione di un mio brano come questa volta. Abbiamo fatto un capolavoro."

Nel silenzio generale dell'uditorio, rimasto letteralmente impietrito dalle sue parole, iniziò a battere le mani volgendosi in maniera corale verso di loro affinché il suo applauso abbracciasse tutti.

"Ascoltatevi e siate fieri di voi. Domani aspetto il coro e le signorine Julianne e Sophia al teatro del Salone Margherita per la registrazione del video. Canterete su base musicale e senza orchestra ma le vostre voci e quelle del coro saranno tutte dal vivo. Sapete già il tipo di abbigliamento da indossare. Buona serata a tutti."

Scese dal podio e si allontanò rapidamente mentre, dagli enormi altoparlanti posti ai lati del palcoscenico, cominciava a diffondersi la parte introduttiva della canzone.

Le due cantanti, gli orchestrali, i coristi e tutti i tecnici rimasero in silenzio, ai loro posti, ad ascoltare la registrazione del brano.

Il volume dei potenti diffusori era alto ma anche talmente nitido che fece sì che ogni singola nota entrasse dentro il cuore di ognuno di loro.

Al termine ci fu un applauso fragoroso. Ognuno applaudiva sé stesso e contemporaneamente tutti gli altri. Ognuno di loro aveva capito che era stato partecipe di una esecuzione perfetta e che Santarita aveva ragione: avevano fatto un capolavoro.

La mattina successiva, Julianne e Sebastian avevano raggiunto il Salone Margherita di buon'ora.

Non doveva essere solo interpretata la canzone. Si doveva registrare il video e quindi bisognava avere il tempo per i trucchi, le acconciature e la preparazione degli abiti di scena. I corridoi, del dietro le quinte del grazioso teatro romano, erano un via vai di tecnici, coristi, truccatrici, macchinisti di scena: ognuno correva per il suo da fare. C'erano da allestire le scene e il palcoscenico e sistemare le telecamere per le varie angolature di ripresa. In fondo alla sala gli addetti alla regia stavano sistemando i banchi con le consolle e i mixer intanto che i tecnici delle luci regolavano i vari spot. Dalla sala erano state tolte le poltroncine e, nel fondo della platea, c'erano tutti gli orchestrali che attendevano di distribuirsi nel salone per fare da spettatori.

In un unico camerino sedevano sia Julianne che Sophia, ognuna con il suo parrucchiere, mentre le visagiste preparavano il trucco. I primi piani sarebbero stati tantissimi e gli sguardi delle due ragazze dovevano essere perfetti, mentre bisognava anche impedire che le violente luci facessero strani riflessi sui volti delle due cantanti. Assieme alla capo assistente di scena avevano già provato i movimenti che dovevano fare durante la interpretazione del brano. Sul palcoscenico il compositore passeggiava tranquillo, assolutamente fiducioso del lavoro che si stava svolgendo. Stava scambiando con Sebastian le impressioni sulla interpretazione del giorno prima quando, dal microfono di servizio, si sentì la voce del regista.

"Noi siamo pronti. Se cortesemente il Maestro ci vuol raggiungere in regia. Anche dalla capo assistente di scena ho la conferma che le signorine sono pronte". Santarita, prima di scendere, si fece dare un microfono e, dal centro del palco, spiegò quel che desiderava che venisse fatto.

"Signori, cortesemente, un momento di attenzione. Ci accingiamo a registrare il video ufficiale della canzone. È un passaggio fondamentale perché queste immagini saranno il nostro più potente veicolo mediatico. Sarà diffuso sulle reti televisive della maggior parte dei paesi di ogni continente. Non basterà fare una bella esibizione musicale. Dovrà anche essere effettuata una recitazione esemplare. Le immagini dovranno essere perfette quanto il sonoro. La nostra sfida sarà di cantare dal vivo, anche se con la base musicale al posto dell'accompagnamento orchestrale. La gente amerà la nostra canzone se sarà rapita anche dalle immagini. Registreremo a oltranza finché il video non sarà soddisfacente. Tutti i tecnici e i macchinisti di scena, che non sono impegnati nella registrazione, si predispongano, gentilmente, assieme agli orchestrali, a ventaglio nella sala. Contornate anche la passerella che, dal palco, si spinge all'interno del pubblico. Mi raccomando: un fragoroso applauso quando le signorine intoneranno l'acuto centrale. Voglio che, in occasione di tale passaggio, l'esplosione delle luci sia al massimo. Tra il fragore del pubblico e le luci si deve dare la sensazione dell'apoteosi."

Si voltò poi verso le due ragazze. "In bocca al lupo," disse con tono stentoreo concludendo il suo discorso.

Raggiunse il banco della console e controllò, assieme al regista, la funzionalità di alcuni strumenti, guardò Sebastian che si era posizionato in piedi dietro di lui e alzando una mano diede il via.

Tutte le luci si spensero. Nel buio totale, della sala e del palcoscenico, iniziarono a risuonare le prime note della introduzione strumentale.

Un faro illuminò di rosso la parte destra del palco e, lentamente, si materializzò la figura di Julianne. La luce cambiò quasi subito in un colore caldo e la figura della cantante apparve totalmente dettagliata. L'abito blu notte a sirena, attillatissimo, le fasciava le spalle lasciandole nude. I capelli ricci erano raccolti sulla nuca. Fece qualche passo in avanti, restando sempre sulla destra del palcoscenico, e cominciò a cantare le strofe che rappresentavano la sua parte.

Con una serie di primi piani la inquadrarono da vicino rendendo un viso dalla bellezza mozzafiato.

La ragazza cantò restando ferma dov'era e tenendo il microfono vicino la bocca, con una delicatezza angelica.

Al termine delle sue strofe le luci su di lei si attenuarono e il lato opposto del palcoscenico fu illuminato di azzurro. All'interno del cono di luce apparve Sophia, anche lei con un vestito a sirena ma rosso sangue. Una bellezza diversa, con i capelli sciolti, ma non meno sconvolgente. Nella luce diventata calda cominciò la sua parte e dopo la prima strofa iniziò a dirigersi lentamente verso Julianne che stava facendo lo stesso movimento. Mentre Sophia completava la sua seconda strofa le ragazze si incontrarono al centro del palco e si presero per mano.

Durante la fase strumentale che preludeva ai due ritornelli centrali, sempre tenendosi per mano, avanzarono lungo la passerella per fermarsi alla fine di essa tra il fragore entusiasta del pubblico.

Cantarono in coro, giocando con i movimenti, ora ammiccandosi l'un l'altra, ora dandosi le spalle. Una leggera pausa e una esplosione di luce bianca sottolineò l'acuto che prolungarono per molti secondi strappando, a tutta la platea, un boato e un applauso troppo spontaneo per essere finto e recitato.

Il coro, frattanto, era entrato e stava concludendo le sue ultime strofe mentre la sala era diventata un tripudio. La parte conclusiva fu accolta da un silenzio totale e l'acuto finale fu più dolce e meno profondo ma non meno lungo. Allo scoccare della ultima nota esplose un applauso prolungato e la ovazione di tutti fu fragorosa.

Erano tecnici e orchestrali e capivano fin troppo bene di musica, di sistemi di registrazione e di procedimenti per le riprese video: avevano sentito che le due cantanti non avevano sbagliato una nota e avevano visto che avevano interpretato la canzone con delle movenze perfette.

Santarita era in piedi dietro la consolle della regia. Con le cuffie sulla testa stava riguardando il video. A un tratto si voltò verso il regista e gli fece un cenno di assenso con il capo.

Dal microfono di servizio una voce diede delle istruzioni.

"Julianne, Sophia, il coro e tutto il personale di scena: potete cortesemente venire giù in sala, grazie."

Un grandissimo schermo bianco scese, a coprire il palcoscenico, e le luci si spensero.

Su di esso cominciarono a scorrere le immagini mentre le note risuonavano potenti dalle enormi casse poste ai lati del palco.

Il video rendeva i giochi dei primi piani che dal vivo, ovviamente, non si erano visti. La grande musicalità della canzone e della interpretazione e la spettacolarità della scenografia furono ingigantite dalle inquadrature dei volti delle due cantanti. Due bellezze così diverse ma così complementari che rendevano le immagini semplicemente uniche.

Alla fine del filmato si ripetette l'applauso, colmo di soddisfazione, del giorno precedente.

Dal microfono di servizio risuonò la voce di Santarita.

"Signore e signori, il nostro lavoro è terminato. Come potete vedere il risultato è perfetto. Grazie a Julianne e Sophia e grazie a voi tutti. Bravissimi e ancora grazie. Questa sera sarete miei ospiti a cena a Villa Piccolomini. Vi aspetto per le otto. Buona giornata."

"Mise informale!" aggiunse guardando tutti con un sorriso furbo e uscì rapidamente dal teatro.

Julianne ammirava, dal finestrino, il lungotevere. Avevano da poco superato Castel Sant'Angelo con lo scorcio, lontano, di San Pietro e stavano attraversando Trastevere per imboccare l'Aurelia che, superato il belvedere del Gianicolo, li avrebbe portati a Villa Piccolomini.

Sebastian la guardò con aria seria.

"Non riuscirai mai a immaginare dove stiamo andando e cosa potrai ammirare quando saremo arrivati."

E, allo sguardo preoccupato che la ragazza gli rivolgeva in segno di risposta, fece risuonare una allegra risata.

La vettura risaliva lungo l'Aurelia antica. Il cielo era ancora illuminato dal sole ma i colori già stavano assumendo un tono più caldo per via dell'approssimarsi del tramonto.

"Ma siamo ancora dentro Roma?" chiese Julianne.

"Siamo nel quartiere Aurelio che si adagia sul colle del Gianicolo. Questo colle non fa parte del novero dei sette colli fatali di Roma, quelli sui quali Romolo e Remo fondarono la città eterna. Il Gianicolo si trova quasi alle spalle del Vaticano e lo sovrasta. Per il suo panorama mozzafiato è una delle zone più belle ed esclusive di Roma."

"E perché questo quartiere si chiama Aurelio?" domandò la ragazza palesemente incuriosita.

"Prende il nome dalla Via Aurelia Antica che lo taglia nel mezzo. È la strada che stiamo percorrendo ed è una antica via Consolare iniziata, intorno alla metà del III secolo a.C., dal console Gaio Aurelio Cotta per unire Roma a Cerveteri. Fu poi prolungata fino a collegare il litorale tirrenico in seguito alla definitiva sottomissione dell'Etruria. Oggi l'Aurelia da Roma giunge sino in Francia costeggiando il mar Tirreno e il mar Ligure.

"Ma all'epoca già facevano le strade?"

"Nell'antica Roma vi era una profonda cultura dei collegamenti e dalla Capitale dell'Impero partivano numerose strade che raggiungevano i territori di frontiera. Erano le Vie Consolari e, tra queste, la Aurelia fu la prima e la più antica a essere costruita.

"Cosa vuol dire consolare?"

"Si chiamavano così perché prendevano il nome dal Console che ne aveva voluto la costruzione come la Flaminia, la Cassia, la Appia eccetera. Esse partono tutte dal Foro Romano, nei pressi del Tempio di Saturno, dove nel 20 a.C. Cesare Augusto fece erigere una colonna in marmo, rivestita di bronzo dorato, il cosiddetto Miliario Aureo che rappresentava il chilometro zero. Da qui il detto che tutte le strade portano a Roma."

Frattanto erano arrivati all'ingresso della Villa. Già da quel primo approccio Julianne rimase a bocca aperta. Avevano lasciato il piazzale e avevano imboccato uno stupendo porticato, che costeggiava il giardino, dal quale si poteva godere una vista strepitosa. Tutta Roma era ai loro piedi e, sulla sinistra, si ergeva maestosa la cupola michelangiolesca di San Pietro. Il panorama era abbellito dai colori del tramonto e aveva un effetto ipnotico sulla ragazza, che stentava a distogliere l'attenzione da quello spettacolo. Uscirono dal portico e, lungo il giardino, si avvicinarono al fabbricato principale. Villa Piccolomini era uno splendido palazzo seicentesco costituito da due *dépendances*. Era inserita in un grande parco, forse di circa di trenta ettari, di cui una parte ridotta, di dieci ettari, era quella in cui si trovavano, adibita a giardino privato della residenza.

"Che meraviglia!" La cantante, abituata alle modernità americane, non immaginava la esistenza di gemme architettoniche così belle e ne era rimasta estasiata.

"La storia della Villa inizia a metà del Quattrocento quando il Papa umanista Pio II, noto come Enea Silvio Piccolomini promotore della 'città ideale', fece costruire il fastoso complesso nel quale la Villa era inserita," le spiegò Seby mentre lei si girava attorno con una espressione ammirata. "Essa, successivamente, beneficiò di una serie di migliorie e, agli inizi del Seicento, fu corredata da una vasta porzione di terreno destinata alla produzione del vino."

Avevano, frattanto, raggiunto l'area dove era stato allestito il ricevimento, che era già affollato di ospiti. Al loro arrivo furono accolti da un applauso e Sebastian si discostò, raggiungendo il regista del video, mentre Julianne si univa a Santarita, che la salutò con un elegante baciamano, accogliendola assieme a Sophia che era già accanto a lui.

Il buffet era stato allestito all'interno del salone prospiciente il giardino, mentre tutti i tavoli erano all'esterno. Il clima era gradevolissimo e i colori del cielo erano incantati. Tutte le tensioni dei giorni precedenti, con il completamento della registrazione della traccia del brano e del video, erano sfumate e tra gli ospiti c'era un clima di allegra euforia.

Un'orchestra suonava, ovviamente, i brani più melodici e orecchiabili del compositore. Il repertorio era comunque abbondantemente vasto. La serata scorreva allegra e tranquilla. Julianne se la stava godendo, chiacchierando con gli altri ospiti, gustando l'ottima cena e lo splendido scenario che li circondava. Quella sarebbe stata l'ultima serata trascorsa a Roma. Al termine del ricevimento tutti, con discrezione e alla spicciolata, la andarono a salutare. Si abbracciò con Sophia e diede un bacio a un imbarazzatissimo Santarita. Era il suo commiato dalla Città Eterna e da tutto quel gruppo di artisti e professionisti con i quali aveva vissuto quella bella esperienza. Mentre, con la automobile, uscivano dalla tenuta pensò che molti non li avrebbe più rivisti. Una lacrima le scese lungo la guancia.

Con qualcuno, invece, si sarebbero rivisti a Los Angeles.

Richiamata alla realtà da Sophia, con un colpettino sul braccio, si distolse dal suo girovagare nei ricordi delle giornate romane e ritornò al presente in quella grande sala dell'hotel di Los Angeles. La enorme statua dell'Oscar, che campeggiava sullo sfondo del palcoscenico, le ricordò all'improvviso dove stavano e perché si trovavano in quel lussuoso anfiteatro. Guardò la gag tra i due comici con fare annoiato. Non la faceva ridere per niente. O forse non aveva molta voglia di ridere. Eppure era seduta assieme al più grande musicista esistente, a una delle più grandi cantanti in attività in attesa di essere, probabilmente, proclamati vincitori di un premio che lei non aveva mai vinto e che le avrebbe resa completa una carriera strepitosa.

Era arrivata tra le acclamazioni della folla a testimonianza di un amore, che il pubblico nutriva per lei, genuino e sincero.

La fila di poltrone, ove erano seduti, era di gran lunga la più osservata di tutte. La ammirazione per il loro gruppo era totale, in un ambiente che non era proprio composto da gente presa per caso e priva di competenze musicali o cinematografiche.

Lei era, indiscutibilmente, una stella tra le stelle. Forse la più stella di tutte. Sarebbe dovuta essere felice e soddisfatta di vivere quei momenti. Anche se si faceva trovare sempre pronta e sorridente, rispondendo ai tanti saluti che le venivano inviati da tutti i settori della sala o ammiccando maliziosa alle centinaia di foto che le venivano scattate, il suo animo era, al contrario, distaccato e con la mente viaggiava lontano, verso altri pensieri. Le riflessioni che aveva fatto a Roma diventavano sempre più ricorrenti e le domande, che si era posta sulla sua vita, le si riproponevano di continuo lasciandole più di un interrogativo in attesa di risposta.

La cerimonia procedeva lentamente secondo il programma in uso ormai da tantissimi anni. La celebrazione dell'assegnazione dei premi Oscar aveva origini lontane.

Il nome ufficiale della celebre statuetta dorata, che rappresentava il segno tangibile della vittoria del premio, era *Academy Award of Merit*.

La denominazione 'Oscar', divenuta corrente, era un nomignolo di cui nessuno ancora oggi rammentava le vere e autentiche origini e come, e da chi, fosse stato coniato. La statuetta, placcata in 'oro 24 carati', era alta trentacinque centimetri.

La sua prima edizione avvenne nel 1929, organizzata dalla *Academy of Motion Picture Arts and Sciences* che, con il passare degli anni, per brevità fu chiamata *Academy*. Era composta da moltissimi membri, quasi tutti professionisti del cinema, di nazionalità prevalentemente statunitense, tra cui figuravano anche grandi cineasti di altre nazioni.

Le sezioni erano numerose e le premiazioni erano iniziate da quelle considerate le meno importanti.

I premi per il miglior film e per i migliori attori, protagonisti e non protagonisti, venivano ovviamente proclamati e assegnati al termine della manifestazione.

Fino a ora erano stati consegnati gli Oscar per i migliori trucchi, i costumi, le migliori fotografie, le migliori didascalie. Ogni premiazione veniva intervallata o da un siparietto tra attori comici oppure dalla interpretazione di qualche canzone. All'atto delle consegne della statuetta, poi, c'era il rituale delle dichiarazioni e delle interviste dei premiati.

Man mano che si avvicinavano al momento delle premiazioni dedicate alle categorie relative agli audio dei film, l'attenzione attorno a loro cresceva.

"Siamo nell'occhio del ciclone" disse sorridendo Santarita, senza nascondere una punta di vanitosa soddisfazione.

Sophia, pur essendo una cantante di successo ma di nicchia, non era abituata ad attenzioni così diffuse e pressanti.

"Mi sento osservata!"

Julianne, che al contrario a tutto quell'interesse era abituata, la guardò divertita.

"Cara, ci tocca. Forse è meglio che mi dia una ripassata alle labbra," prendendo la piccola trousse dalla pochette e dandosi una ritoccata al trucco.

"Come sto? Posso sperare in qualche conquista?" disse ridendo a Sophia.

"E dove lo trovo un grande amore qui in mezzo," aggiunse parlando, amaramente, tra sé e sé.

Julianne notò che fotografi e cameraman si stavano, piano piano, avvicinando e avevano iniziato a occupare i corridoi di passaggio, adiacenti alla fila di poltrone ove erano accomodati loro, mettendosi in ginocchio per non dare fastidio agli spettatori.

L'attenzione della sala, attirata anche da questo affollato movimento, era ormai totalmente rivolta verso le loro posizioni.

Sarebbe stato premiato prima il miglior montaggio sonoro, poi il miglior sonoro, la migliore colonna sonora e infine la migliore canzone ufficiale.

Sebbene i premi più importanti erano sempre stati quelli per il miglior film e per i migliori attori e attrice protagonisti, la notorietà di Santarita e di Julianne, e in tono minore quella di Sophia, avevano letteralmente ribaltato le gerarchie. Tutto il mondo dello spettacolo, dell'intero pianeta, aspettava di sapere se Julianne Brooks avrebbe aggiunto anche l'Oscar al suo *palmares* composto da un numero incredibile di *Grammy Awards* e *American Music Awards*.

"Se vinciamo lo capirete subito prima ancora della lettura del cartoncino," disse il compositore. "Non dimenticate che il video ufficiale della canzone è inedito. Anche se il film è uscito qualche mese fa il tema ufficiale è stato tagliato dai titoli di coda, e il cd della colonna sonora non è stato ancora pubblicato."

Le guardò con aria furba. "Abbiamo volutamente fatto in modo che a oggi nessuno, tra critica e pubblico, avesse visto il video o ascoltato la canzone se non per quella piccola parte che è cantata dalle attrici nel film. Tutti ne hanno parlato e tutti sanno che è un brano bellissimo, ottimamente arrangiato e cantato ma, in effetti, nessuno l'ha mai ascoltato per intero. Questo alone di mistero è servito a creare un clima di curiosità e di attesa incredibile," concluse concentrandosi sull'evento.

Avevano appena premiato il miglior montaggio sonoro.

La tensione in sala era salita all'inverosimile. Toccava alla miglior canzone, toccava forse a loro.

Un gruppo musicale inglese eseguiva '*Night Fever*', il brano dei Bee Gees tratto dal famoso film '*Saturday Night Fever*'.

Julianne e Sophia non riuscivano a stare ferme e ballavano sedute seguendo il ritmo della musica. Santarita le guardò e, tra sé e sé, si chiese se fosse un buon segno o troppo nervosismo.

Apparve il presentatore della manifestazione che salutò e ringraziò il complesso inglese congedandolo mentre, dietro di lui, si chiudeva il sipario.

Annunciò l'ospite che avrebbe aperto la busta e avrebbe letto il nome della canzone vincitrice.

Si spensero le luci e quattro coni illuminarono, ritrovandoli in sala, gli autori e gli interpreti dei quattro brani che avevano ricevuto le nomination.

La loro postazione ormai, a differenza delle altre, era totalmente circondata dai fotografi.

"E se non vinciamo?" disse Julianne provocando una allegra risata degli altri. L'ospite aprì la busta. "*The winner is…*" proclamò solennemente.

A quel punto si schiuse il sipario su un immenso schermo video e Santarita strinse forte le mani delle due ragazze. "Abbiamo vinto!" esclamò sorridendo.

Cominciò a scorrere il video ufficiale e sullo schermo apparvero le immagini di Julianne e Sophia che, mano nella mano, raggiungevano il bordo del palcoscenico, lungo la passerella centrale realizzata nel Salone Margherita. La musica risuonava forte e sullo schermo, in dissolvenza, apparve la scritta enorme: '*WHEN YOU LOVE*'

In sala esplose un boato, furono avvolti da una luce accecante. Si alzarono per ringraziare e rispondere all'ovazione. Tutta la sala era in piedi e i fotografi erano letteralmente impazziti. Julianne baciò Sebastian, a fianco a lei, e seguì gli altri due che faticavano a uscire dalla loro fila di poltrone.

Come arrivarono sul palco fu un tripudio coronato da un applauso interminabile.

Il presentatore li pregò di posizionarsi di lato e annunciò che sarebbe stato trasmesso, per intero, il video ufficiale della canzone.

Nessuno aveva mai ascoltato il brano e tantomeno aveva visto le immagini e quindi tutti, curiosi di ascoltare finalmente la canzone vincitrice dell'Oscar, si placarono e si sedettero mentre in sala furono spente tutte le luci. La proiezione fu accompagnata da un silenzio totale e anche i fotografi e i cameraman avevano smesso di scattare o di riprendere.

Quando l'ultima nota dell'acuto finale si spense nel teatro esplose un boato, ancora più fragoroso del primo, e i tre vincitori furono invitati a raggiungere il centro del palcoscenico. La interpretazione delle due cantanti era stata perfetta e, oltre alle indiscutibili qualità vocali, avevano aggiunto una capacità recitativa notevole: tutte le movenze, che le due ragazze avevano compiuto durante la esibizione contenuta nel video, erano totalmente armoniose, quanto le note che avevano cantato. Nessuno poteva dubitare che il duetto tra Julianne e Sophia potesse essere annoverato tra i più strepitosi della storia della musica di sempre.

Il pubblico esigente ma anche competente, che solitamente partecipava alla cerimonia per la assegnazione degli *Accademy Awards*, aveva apprezzato fino in fondo la esibizione e se ne mostrava giustamente entusiasta. In platea si erano alzati tutti ad applaudire e i flash e i proiettori delle telecamere erano diventati una sorta di esplosione di luci, facendo sembrare la sala più uno scenario di guerra che il parterre di uno dei più famosi auditorium del mondo.

L'applauso non cessava e il presentatore aveva difficoltà ad annunciare i nomi dei vincitori ed effettuare la consegna dell'Oscar. Finalmente, approfittando di una leggera pausa dell'entusiasmo degli spettatori, venne consegnata la magica statuetta a

Santarita che, tenendo per mano le due ragazze, avanzò fino ai bordi del palcoscenico alzandola e rivolgendola verso la platea. L'ovazione, divenuta ormai interminabile, si ravvivò. La consegnò prima a Sophia e poi a Julianne e a quel punto l'entusiasmo, nella sala, esplose.

Julianne si avviò verso il centro, alzò la statuetta al cielo, chinò il capo in segno di ringraziamento e rimase ferma a lungo mentre l'applauso continuava incessante. Con la vittoria dell'Oscar la sua carriera veniva definitivamente consacrata come la più luminosa di quegli anni. Glorificata dalla critica, apprezzata dalla stragrande maggioranza delle sue colleghe, delle quali moltissime avevano apertamente dichiarato di ispirarsi a lei, amata dalla gente, vincitrice di un numero incalcolabile di premi, Julianne Brooks, che per molti era la più grande di sempre, era indiscutibilmente la cantante più iconica, talentuosa e amata della sua epoca.

Aveva ancora nella testa i suoni e i rumori del momento della premiazione ma i pensieri andavano altrove. Erano usciti a fatica dal salone dei premi, circondati dai giornalisti e dalle tante persone che avevano partecipato all'evento, che non li avrebbero voluti lasciare andare. Nella ressa, che si era creata attorno a loro, concessero comunque a ognuno le attenzioni dovute, cercando di centellinarle per far sì che nessuno si sentisse escluso. Finalmente riuscirono a guadagnare le loro autovetture. Al termine di quella giornata, esaltante ma anche estenuante, Julianne era infine giunta nella lussuosa suite del suo albergo e si era potuta rilassare facendosi accarezzare, per un'oretta, dalla profumata spuma che ornava la calda acqua nella vasca.

Si alzò dalla poltrona del salotto facendo tintinnare il ghiaccio nel bicchiere. Dalla finestra della sua camera, all'ultimo piano, guardò in basso le luci del traffico che si snodava nel centro della metropoli californiana. Ripensò a quel che, invece, aveva visto a Roma e anche a Parigi. E pensò come quelle immagini, che stava guardando in quel momento, erano l'icona emblematica della sua vita. Nessuno l'aveva spinta a entrare nel mondo della musica. Ci si era ritrovata, provenendo da una famiglia di musicisti, anche se non di primo piano. Suo padre era pianista e sua madre vocalist. Entrambi frequentavano il mondo del blues. Era cresciuta giocando, in salotto, tra una madre che faceva i vocalizzi e un padre che provava gli accordi su un vecchio pianoforte a muro. Durante l'adolescenza aveva fatto parte del coro della chiesa, che ogni domenica accompagnava la messa, eseguendo brani tratti dai più classici dei repertori gospel. Era il suo ambiente, i suoi amici, la sua infanzia, la sua adolescenza. Era cresciuta spensieratamente nella musica e con la musica che, da lei e dai suoi amici, era vissuta come un gioco e un divertimento. Intorno ai 17 anni si era ritrovata a fare spesso la solista e a cantare nelle feste del quartiere, durante le ricorrenze o nei raduni studenteschi. Era in una di quelle occasioni che Sebastian l'aveva ascoltata e le aveva proposto di legarsi a lui come agente. La cosa non era stata facile. Il manager aveva dovuto fare frequenti visite a casa di Julianne incontrandosi, più volte, con i genitori per conquistare la loro fiducia. In quegli anni gli afroamericani guardavano con sospetto i bianchi che si accostavano loro per proporre affari e accordi economici. Anni e anni di sfruttamento erano duri da scardinare, nella mentalità delle persone di colore, provocando verso gli americani un atteggiamento difensivo e di esagerata prudenza che sfociava spesso nella diffidenza. Quando, infine, acconsentirono a che Julianne si affidasse alle cure di Sebastian, tutto ebbe una incredibile accelerazione. Il manager sapeva molto bene il fatto suo e, in meno di un anno, le aveva fatto firmare un contratto con la più prestigiosa e importante casa discografica statunitense. Da quel momento la sua vita era diventata una sequenza di passaggi che si susseguivano con un inesorabile automatismo. La scalata al successo procedeva con gradini che andavano saliti l'uno dietro l'altro, senza potersi fermare neanche per un respiro, perché ci sarebbe stato il rischio di ricadere in basso. Viveva come in un ingranaggio di un orologio, che andava avanti senza sosta, senza che potesse essere fermato o sospeso. Non c'era spazio per delle pause da dedicare alle emozioni. Non aveva alcuna possibilità di avere momenti di stanchezza, di abbattimento o di ripensamento per i quali gridare stop, fermate tutto, ho bisogno di pensare. Non aveva diritto alle debolezze e di essere debole. Lo spettacolo inesorabilmente andava avanti, continuava e doveva continuare. Un meccanismo che definire infernale era poco. Lei vi si era lasciata andare ben sapendo che il successo, quello che aveva cercato, andava conquistato solo in quel modo e non guardando, con una lucida incoscienza, a quell'altra parte della vita che inevitabilmente era costretta a lasciare e alla quale rinunciava e che forse non avrebbe ritrovato mai più. E la sua vita era esattamente come quello che vedeva dall'alto di quell'albergo di Los Angeles. Una città che aveva degli automatismi che funzionavano esattamente come il suo traffico: quando ci eri dentro non potevi fermarti, non potevi tornare indietro e potevi andare solo in una direzione, ai tempi e alla cadenze che il flusso di autovetture avrebbe dato e imposto. La città californiana non era che il simbolo di una intera nazione: tutta l'America funzionava in quel modo e, specie se eri ai vertici del successo, ci vivevi bene solo decidevi di accettare quel tipo di vita.

Ripensò a Roma, a quella città dove il traffico caotico era forse l'indice di una vita disordinata, o forse solo non organizzata, ma pensò anche che la disorganizzazione è l'emblema della libertà. È meno meccanismi inesorabili, meno regole, meno catene. Ripensò alle passeggiate per le fascinose strade della città eterna, a quel fantastico gusto di stare mischiata tra la gente a fare quel che voleva fare, quando lo voleva fare, come lo voleva fare. Ripensò a come era stata libera di sentirsi una persona qualunque, che poteva fermarsi a godere dei colori di un tramonto, delle grida di bambini che corrono, del vociare di una folla, dei richiami di un venditore di gelati. Ripensò a quei momenti vissuti, ai quali aveva da tempo rinunciato, che ora sapeva che le erano incredibilmente mancati.

Assieme a un amore che la rendesse felice.

5
MASAKA

La luna entrava dalla persiana socchiusa con la sua polvere di luce bianca. Entrambi non amavano dormire con le finestre totalmente chiuse e gradivano, al risveglio del mattino, avere la percezione del tempo guardandosi illuminati dai primi raggi del sole. Max fissava il gioco di ombre, che si proiettava oscillando sul fondo della parete, e pensò che la danza della luce seguiva quasi il tempo del lieve gorgoglio del sonno di Elisa. La guardò mentre il velo di seta del *negligée*, spinto dal piccolo seno impertinente, si sollevava dolcemente seguendo l'ondeggiare del respiro. Gli occhi chiusi tradivano il taglio da cerbiatto rendendo per intero il fascino esotico tipico della sua genia. Quello sguardo era stato fatale.

Continuava a pensare a quel giorno passato a Masaka e a quello strano incontro. Se quel bimbo non fosse caduto sui suoi piedi probabilmente sarebbe passato oltre, assorto a seguire Bruno e i suoi compagni di viaggio e a guardare il contorno della residenza, e non si sarebbe accorto di quella ragazza ma soprattutto non avrebbe avuto la possibilità di incrociare quello sguardo disegnato da quegli occhi così profondi e intensi. Lo sguardo e gli occhi avevano sempre rappresentato per lui una sorta di mantra. Era sempre diretto nel guardare negli occhi, quando parlava con qualcuno, e parimenti era infastidito se il suo interlocutore non faceva altrettanto. Detestava parlare al telefono nella convinzione che fosse solo uno strumento di comunicazione e non di conversazione. Sosteneva che un dialogo con la cornetta in mano, o peggio ancora in una chat, era come un film in bianco e nero rispetto a un incontro di persona dove l'incrocio degli sguardi, l'ammiccamento del viso o l'angolatura delle labbra, erano il colore di una conversazione. Aveva sempre pensato che anche la fisicità non potesse prescindere dagli occhi. Una bellezza fisica non era compiuta senza uno sguardo intenso e gli occhi profondi davano un'anima anche a un aspetto fisico non bellissimo.

Quell'incrocio di sguardi era stato la scintilla scatenante di un fuoco interiore molto vivo e, se non ci fosse stato, il semplice vedersi a distanza forse non avrebbe provocato le stesse emozioni.

Piano piano il sonno si allontanò ancora di più e riprese a scorrere il corso dei suoi pensieri nel quale si abbandonò come il nuotatore che, dopo essersi aggrappato a un ramo per riposarsi, si lascia nuovamente trasportare dalla corrente del fiume, viaggiando verso la sua meta sconosciuta.

E si ritrovò nuovamente in Africa, sulle sponde di quel meraviglioso lago sulle quali, come una mano posata sull'acqua, si estendeva con le sue cinque penisole la cittadina che aveva segnato la sua infanzia.

La sera prima, tornando da Masaka, erano atterrati quando il sole era già tramontato ma vi era ancora luce a sufficienza per vedere Bukavu e il lago dall'alto. Era come se vi avessero soffiato sopra attraverso una nuvola, cospargendola di un vapore di colore rosso. Quando sentì il carrello ruotare sull'asfalto il cielo era imbrunito e le luci della pista e del piazzale si stavano piano piano sostituendo ai raggi del sole. Salirono sulla Land Rover e si avviarono verso la residenza.

Erano seduti a tavola e l'atmosfera era insolitamente allegra e briosa. Da dentro la cucina, e dalle parti della dispensa, si sentivano le voci di Ezechiele, Zaccaria e Daniel che ridevano di gusto e la stessa Sandrine, quando li raggiungeva per portare le pietanze o sparecchiare, si intratteneva a fare qualche battuta con Bruno. Max continuava a essere taciturno mentre il suo amico lo osservava con un sorriso sornione.

"Tu non sei abituato alla autodisciplina dell'anima che a sua volta comanda gli istinti. Ti farebbe bene fare un po' di meditazione. L'ascetismo è un pane importante e ogni tanto andrebbe dato in pasto all'anima. Serve a farla crescere e a maturare in maniera compiuta."

Lui lo guardò serio. "Mi sto 'ascetizzando' da solo".

Bruno rise allegro. "Ma non esiste. Ti sei inventato un verbo? Dove l'hai trovato 'ascetizzando'?"

"Non esiste ma mi piace," rispose fingendosi arrabbiato, "e poi rende l'idea. E tu mi hai capito benissimo".

Poi facendosi serio. "Indubbiamente, per voi credenti la meditazione, sui cardini della vostra fede e dei vostri valori religiosi, serve a fortificare l'anima specie per il compimento della sua missione di osservanza delle vostre regole di disciplina e delle rinunce che spesso vi imponete. Ma non è detto che l'anima debba crescere per forza a colpi di privazioni e non è detto che debba esistere necessariamente una hit parade del sacrificio, da seguire a tutti i costi per ottenere la nobilitazione dell'animo umano. A volte si soffre perché la vita ti procura occasioni di dolore. Si soffre per una sconfitta, per una delusione, per un rimpianto o anche per un rimorso, si può soffrire per un affetto o un amore che finisce o che, presentatosi all'orizzonte della tua vita, non si concretizza. Anche queste sono tutte sofferenze," proseguì, guardandolo seriamente negli occhi, "che, anche se non sono frutto dell'autoflagellazione mentale che la vostra disciplina vi impone, portano a delle riflessioni, a delle meditazioni che rappresentano una palestra dell'anima quanto gli esercizi ascetici propri della vita confessionale. Non pensare che si possa essere buoni, eticamente retti e profondi, solo se messi in coda davanti a un altare. Santa Romana Chiesa, che rispetto ma non condivido, non deve credere di possedere l'esclusiva del marchio per la produzione di persone per bene."

Bruno lo guardò con attenzione. Non poteva ritenere che si potesse vivere al di fuori della fede. Era però una persona molto intelligente e sapeva che il ragionamento del suo amico aveva una logica. E, come tutte le cose logiche, era meritevole di rispetto.

"Max, non dimenticare che vivere al di fuori delle fede ti priva della gioia dell'amore di Dio. È come se vivessi single per tutta la vita."

"Amico mio," gli replicò con voce dolce "perché Dio deve per forza essere amato all'interno delle regole che voi vi siete posti e che, parimenti, agli altri ponete? Se amo un fiore, un calabrone, un tramonto, la luna o le stelle, il mare o la montagna o una donna o un uomo, amando tutto ciò che è stato creato, non amo contemporaneamente il suo creatore cioè Dio?" concluse guardandolo con uno sguardo molto intenso. "E a proposito di tali argomenti," aggiunse con voce sottile "io sono davvero confuso".

Bruno rise. "La tua architrave della laicità sta forse crollando? La potenza dell'amore di Cristo sta forse mettendo in discussione le tue tetragone convinzioni da agnostico aconfessionale?"

Scosse la testa sorridendo. "No Bruno. Oggi è successo qualcosa che mi sta occupando la mente. Anzi l'ha invasa. Non riesco a distogliere l'attenzione da questi pensieri."

Il suo vecchio amico lo guardò attentamente. "C'è qualcosa che ti preoccupa? Hai qualche problema serio? Ti ha chiamato forse Filippo e ti ha dato qualche notizia preoccupante?"

"No Bruno. Ho l'impressione che si stia compiendo qualche passo importante del destino. Ti prego, non mi fare il predicozzo che il destino non è altro che la volontà di Dio che si compie sulla terra. Ascoltami. Sai che nella vita succedono tante cose. Anzi, la vita è una sequenza interminabile di cose, di fatti, avvenimenti, tante piccolissime microscopiche storie collegate l'una all'altra da una filiera che si succede nel tempo. Esci, scendi le scale, sali in macchina, guidi fino a casa, prendi il caffè, incontri persone. Ogni segmento vissuto è una piccola storia a sé che ha un suo svolgimento che può andare in un senso o in un altro."

Fece una pausa e lo guardò. "Puoi uscire normalmente o chiuderti fuori con le chiavi dentro casa, sali in macchina e può partire o si guasta e non si mette in moto, arrivi all'incrocio lo puoi superare senza problemi o puoi andare a sbattere e via discorrendo. Ognuna delle diverse opzioni rivoluzionerebbe la tua giornata rispetto a quello che sembrava ormai disegnato e programmato. Ma quando vivi questi momenti non avverti mai la percezione che, a seconda di come possano andare le cose, potrebbe essere la mano del destino che ti cambia la vita. Senti che qualunque cosa possa succedere tutto resterà sempre uguale."

Fece silenzio a capo chino come per riordinare le idee.

"Poi invece avvengono fatti o avvenimenti che ti colpiscono come una palla di cannone. Sai quelle dei pirati del Corsaro Nero? Quelle bocce grosse tutte nere che vedevamo nei fumetti? Ecco, immagina una cosa di quelle che ti arriva, sparata da un cannone, nello stomaco! Senti una botta dentro che ti scuote l'anima e capisci che quel fatto che è avvenuto non è una delle tante microscopiche porzioni di vita. È una cosa più grande, molto più grande, che la può stravolgere e ribaltare. È come se passeggiassi lungo uno dei viali della tua città e all'improvviso ti si presentasse un crocevia. Andando dritto seguiti per la solita strada che conosci bene se svolti, invece, hai la percezione di arrivare sul ciglio di un burrone nel quale cadendo ti rivolti su te stesso più volte non sapendo se in fondo trovi le rocce o un immenso cuscino profumato che ti accoglie. E il dramma è che ne sei affascinato e attratto."

Bruno lo guardò con aria preoccupata.

"Caspita Max, ma cosa è successo? Non mi sono accorto di niente."

Fece un grosso respiro e riprese il racconto.

"Oggi, mentre eravamo in quel collegio a Masaka, è successa una cosa che sembrava casuale, una delle tante mini storie che può andare in un modo o nell'altro. Ma non è stato così. O meglio, sento dentro di me che non sarà così. Mentre attraversavamo il prato tra i bambini uno di loro, inseguendo la palla, è caduto sul mio piede. Tu ti sei messo a ridere e sembrava una banalità. Mentre mi chinavo a raccoglierlo ho sentito, accostata a me, una presenza. Voltandomi ho incrociato un viso. Era vicinissimo. Non erano occhi comuni. Non era uno sguardo qualunque. Era uno sguardo che ti catturava. Erano due occhi profondi che ti trascinavano e ti facevano entrare dentro di loro. Erano due universi che ti raccontavano, in un colpo solo, la storia del firmamento, del mondo, dell'umanità, di lei e di te. La storia passata e quella futura. Una storia che tu non sai raccontare, né a ad altri né a te stesso, ma sai di sapere. È stata una frazione di secondo. Poi, nell'aiutare il bimbo a rialzarsi, ci siamo sfiorati le mani e lei mi ha detto qualcosa. Una scarica di brividi mi ha attraversato per intero. Non sapevo cosa mi succedesse. Non ho mai provato ciò. Almeno non con tale intensità."

Il suo amico lo guardò molto seriamente. "Era l'educatrice, vero? È una ragazza che sta con noi da pochi anni. Me la mandò il Cardinal Martinez. Non so da quale villaggio venga e da quale area dell'Uganda. È molto compita e molto, molto efficiente. Ha un carattere forte ed è determinata. Lavora con una precisione e con una diligenza notevoli. Fa una vita molto riservata. Esce molto poco. Almeno così mi dicono dall'istituto."

Sul volto di Max si dipinse la disperazione. "Bruno! Io devo rivederla!"

Il suo amico alzò lo sguardo su di lui e lo fissò incredulo. Cambiò tono ed espressione. Smise i panni dell'amico e si rivestì di quelli propri del suo ruolo di responsabile della residenza dell'Opus Dei.

"Max. Queste cose non mi piacciono. Anche se non sono chiese le nostre residenze sono sempre luoghi ove si compiono missioni in nome di Dio. Non posso tollerare avventure e tanto meno tentativi in tal senso, posto che quella ragazza sia disponibile a venirti appresso, cosa che dubito fortemente."

Lui capì di essere stato frainteso. "Bruno! Ma quali avventure! Devo conoscerla per capire chi è. Devo capire se quel che ho provato dentro è un messaggio che lei mi ha inconsciamente inviato. Devo capire cosa erano quelle sensazioni così violente che ho avuto. Quella donna è un mistero e ho bisogno di svelarlo o quantomeno provare a svelarlo. Bruno capisco le tue perplessità e, con sincerità, non ti nascondo che ne sono attratto, la trovo molto bella e molto affascinante. Ma credimi non ho intenzioni boccaccesche. Le priorità sono altre e comunque, pure se fosse, non lo farei per rispetto a te. Ma anche per un altro motivo," fece una voluta e non breve pausa, "quella ragazza non è una donna da scopare, è una donna da amare, con tutta la forza e la potenza che un grande amore può dare."

Bruno restò colpito non tanto dalle parole di Max quanto dal tono con cui le aveva pronunciate. Non venivano solo dal cuore. Era la voce dell'anima che aveva parlato. Rimase assorto a pensare per un po'. Aveva gli occhi bassi e guardava in direzione di un punto imprecisato sulla tovaglia tra il piatto e il bicchiere.

Max lo scrutò. Non riusciva a percepire cosa stesse meditando e la incertezza della sua reazione lo disorientò.

A un tratto il suo amico si scosse. "E sia. Va bene. Ma esigo la più totale discrezione. Parlerò con la Direttrice. Devo trovare un motivo per giustificare il tuo ritorno. Ma non domani, è troppo presto. Ora andiamo a dormire che si è fatto molto tardi."

Si alzò e, per compensare il tono duro delle sue ultime parole, lo cinse con un abbraccio intenso e prolungato. Erano due amici che si ritrovavano.

Al mattino scese con calma ma non tardi.

Sandrine gli venne incontro sorridendo.

"Bonjour *monsieur* Max, si accomodi per la colazione. È pronta. Bruno sarà fuori per tutto il giorno. Mi ha detto di avvisarla che è dovuto andare all'interno per raggiungere il resto del gruppo e tornerà stasera. Però ha dato istruzioni di affidarla a Daniel. Le proporrà una cosa interessante."

Si era svegliato presto. Era rimasto in camera a navigare su internet, per leggere un po' di notizie provenienti dall'Italia e da Sulmona. La guardò ricambiando il suo sorriso. "*Bonjour* Sandrine, allora sarà una colazione a sorpresa."

Stava terminando il suo croissant quando lo raggiunse Daniel. Indossava camicia caki, pantaloni corti, calzettoni con le Clark ma, soprattutto, aveva in mano un cappello a falde larghe. "Abbigliamento da safari" pensò Max.

"Bonjour *monsieur* Max. Bruno non c'è. Le farò compagnia io e abbiamo pensato di farle fare un giro esotico. Le piacciono i gorilla?"

"Dipende," rispose lui perplesso, "a spezzatino non credo e neanche per fare un giro di valzer."

Daniel lo guardò divertito. "Andiamo a fare una escursione nel Parco Nazionale del Kahuzi-Biega per vedere i gorilla."

"Va bene, mi vado a cambiare anche io?"

"Oui *monsieur*. È meglio, viaggeremo con la Land Rover aperta e la zona è abbastanza selvaggia. Se l'ha portata con sé prenda la macchina fotografica. I binocoli li ho già presi io."

Si affrettò verso le camere. "Ci metto cinque minuti".

Quando scese, vestito anche lui con una tenuta da safari, cappello compreso e Nikon al collo con tanto di teleobiettivo, sembrava un giovane esploratore.

Daniel era già pronto nel piazzale con la Land Rover accesa. Salutarono Sandrine, che era venuta sull'ingresso per assistere alla loro partenza, e il ragazzo avviò la vettura verso l'esterno della residenza.

Attraversarono tutta Bukavu.

"Il Parco si trova verso ovest all'interno della foresta, a cinquanta chilometri da qui," aveva spiegato il suo autista, mentre guidava. Daniel seguì il tragitto costiero. Procedettero lungo le cinque penisole di Bukavu attraverso la stessa strada tortuosa che Max aveva percorso, il primo giorno, per andare al *Cercle*.

Dopo una ventina di minuti erano usciti dalla città. Stavano ancora costeggiando il lago ma, ai bordi della strada, le case erano state sostituite da una rigogliosa vegetazione. Bukavu era a circa millecinquecento metri di altezza e la sua regione, che prendeva il nome dal lago Kivu, era un altipiano che ospitava la 'Foresta montana della faglia Albertina'. Max si era documentato e aveva letto che era una tipologia che apparteneva alla grande famiglia della 'Foresta del Congo'.

"È una enorme area boschiva a carattere pluviale e di tipo equatoriale," esordì Daniel mentre guidava "occupa gran parte dell'Africa Centrale, estendendosi dal bacino del Congo fino al di dentro dei confini di altri quattro grandi paesi: Camerun, Gabon, Guinea, Repubblica Centroafricana."

"È molto vasta?"

"Con una superficie che supera i duecento milioni di ettari costituisce la seconda più grande foresta tropicale del mondo, dopo quella dell'Amazzonia."

"È un altro polmone verde della terra!" esclamò Max.

"Sì, infatti ha una grande importanza per il mantenimento del clima e dei livelli di ossigenazione dell'aria. È stato calcolato che assorbe circa quasi un quarto dell'anidride carbonica del pianeta."

Avevano abbandonato la linea costiera e ora la strada era diventata quasi una pista perdendo, in certi tratti, l'asfalto che veniva sostituito dal fondo sterrato. La Land Rover proseguiva inesorabile nella sua marcia lasciando, dietro di sé, una colonna di polvere. Il sole si stava ponendo alto nel cielo e attorno a loro la boscaglia si faceva sempre più fitta anche se non occupava mai il fondo stradale. Scimmie di piccola taglia attraversavano loro la strada e si sentivano i rumori tipici della voce della foresta.

"Ci sono serpenti?" chiese voltandosi verso il suo autista.

Daniel lo guardò incuriosito. "*Bien sûr monsieur*. Se vuole prenderne uno possiamo fermarci e proviamo a cercarli. Dovrei avere un sacchetto nel baule."

Sul volto di Max si disegnò una espressione inorridita. "No, no grazie. Odio i rettili e i serpenti. Mi fanno senso. Quando li vedo al cinema o mi appaiono su un libro chiudo gli occhi per il ribrezzo. Se vuoi farmi morire avvicinami a un serpente."

Il ragazzo rise. "*Monsieur* allora non doveva venire in Africa. Molti li hanno in casa. Li allevano e li usano per la guardia."

"Lo sapevo. Ho vissuto in Africa da piccolo," gli disse con lo sguardo preoccupato, "ma la cosa non mi interessa affatto. Se è possibile vorrei che tu mi aiutassi a fare di tutto per evitarli."

"Sì *bwana*," ammiccò Daniel "tanto hanno paura, scappano."

Max lo guardò: "Paura il piffero," pensò, "qua chi ha paura sono io."

Preferì cambiare discorso. "Cos'è la faglia Albertina?"

La domanda era specifica e complessa rispetto alle informazioni generiche che gli aveva dato poc'anzi e allora il suo compagno di viaggio, rivestitosi di una certa professionalità, lo guardò serio. "È il ramo occidentale della *Rift Valley*. Congiunge l'estremità settentrionale del lago Alberto con l'estremità meridionale del lago Tanganica. Tocca i confini di cinque diverse nazioni: Burundi, Congo, Rwanda, Tanzania e Uganda."

"E la *Rift Valley* cosa sarebbe?" lo incalzò mentre si girava attorno incantato dallo splendore della vegetazione.

"La *Rift Valley* si estende per circa tremilacinquecento chilometri in direzione nord-sud, dalla Siria alla parte orientale dell'Africa, sino al Mozambico. Si è creata dalla separazione delle placche tettoniche africana e araba che iniziò trentacinque milioni di anni fa. Si ritiene che in quest'area si sia evoluta la specie umana."

"Ci manca molto?" gli chiese.

"Una quindicina di chilometri."

"La faglia Albertina," proseguì Daniel "è delimitata da montagne tra le più alte dell'Africa, quale il Ruwenzori alto oltre cinquemila metri e sul quale c'è anche la neve. La faglia ospita alcuni dei più grandi laghi africani, tra cui il Tanganica che arriva a una profondità di circa millequattrocento metri. Il fiume Ruzizi lo collega con il lago Kivu".

Il ragazzo indicò la forestazione che li circondava. "Questa vegetazione è tipica della 'Foresta montana della Faglia Albertina'. È particolare perché qui siamo ad altitudini elevate ed è diversa da quella del resto della Foresta del Congo, della quale questa è una sottofamiglia. Siamo in un'area di notevole importanza sotto il profilo faunistico, in quanto ospita, tra l'altro, le ultime popolazioni esistenti del gorilla di montagna orientale. Che poi sono quelle che stiamo andando a vedere."

Ormai avevano percorso molti chilometri e si erano abbondantemente addentrati all'interno della foresta. Erano attorniati da fitte pareti di vegetazione. Alberi altissimi si stagliavano sul cielo mentre, più in basso, erano adornati da caleidoscopiche macchie di cespugli di un verde intenso e, a volte, dipinti da coloratissime nuvole di fiori. Il paesaggio era come lo ricordava. Da bambino, quando accompagnava il padre in qualche escursione sui cantieri, all'interno della foresta, si divertiva a giocare immaginando di essere Sandokan, tanto la boscaglia che lo circondava era simile a quelle descritte da Salgari, nelle avventure dell'eroe della Malesia.

"Che alberi sono?" chiese a Daniel.

"Non sono esperto di botanica, *bwana*, ma qui, in genere, sono tutte piante di Moabi, un albero molto alto che può raggiungere i settanta metri di altezza, e di Afrormosia, che anch'essa raggiunge quaranta metri di altezza, poi ci sono altri alberi quali il Bubinga e l'Iroko. Purtroppo sono tutte piante che forniscono ottimo legno per i parquet e spesso si verificano veri e propri assalti finalizzati al taglio illegale."

Mentre conversavano giunsero di fronte a un cartello, un po' rudimentale e malmesso, che mostrava un faccione di un gorilla e a fianco una scritta:

PARC NATIONAL DU KAHUZI-BIEGA
Sanctuaries des Gorilles

Erano giunti a destinazione.

Un palo in ferro, di traverso lungo la strada che andava alzato manualmente, segnalava l'ingresso del parco.

Max fece cenno a Daniel di restare al volante e scese ad alzare quel simpatico passaggio a livello 'fatto in casa'.

Mentre il suo compagno di viaggio attraversava l'accesso al parco lui si soffermò a leggere alcune informazioni su una tabella posta accanto al cartello.

Il parco nazionale di Kahuzi-Biega era un'area protetta con una estensione di circa seimila chilometri quadrati e, al suo interno, trovavano rifugio e protezione circa seicento esemplari di 'gorilla di montagna'. Per questa presenza, divenuta rara, l'Unesco nel 1980 lo aveva inserito tra i 'patrimoni dell'umanità'. Prendeva il nome da due vulcani, il Kahuzi alto circa tremilatrecento metri, il monte più alto della regione del Kivu, e il Biéga alto più di duemilasettecento metri.

Dopo una decina di minuti giunsero a un piazzale ove c'era un piccolo fabbricato, su un lieve rilievo contornato da un bellissimo prato naturale, che fungeva da centro informazioni e punto di ristoro. Avevano parcheggiato la Land Rover e, mentre stavano ammirando lo spettacolo di quella radura che si confrontava con le vette delle montagne, venne loro incontro un ragazzo, vestito in maniera molto tecnica, che aveva l'aspetto di un Ranger.

"*Bonjour monsieur, bonjour Daniel, enchantée de vous connaitre. Je m'appelle Laurent et je suis vôtre guide.*"

Max ricambiò il saluto e studiò, con fare indifferente, il ragazzo.

La guida portava, alla cintura, una fondina con una pistola e, dall'altro lato, un fodero con un lungo coltello. Sembrava molto bene attrezzata per il compito che doveva svolgere, che era anche quello di proteggerli oltre che guidarli per il territorio.

Era stata prenotata da Daniel evidentemente prima della loro partenza.

Prima di addentrarsi nella escursione Max offrì ai suoi due compagni di viaggio una birra ghiacciata. Se fossero stati a Roccaraso, sulle cime dell'Aremogna, avrebbero dovuto mettersi una maglia, se non un giubbino, lì in Congo a quasi duemila metri sembrava di stare al mare in pieno agosto.

Dopo essersi rinfrescati, mentre la loro guida raggiante per la birra gli illustrava il percorso, si addentrarono a piedi lungo uno dei sentieri appositamente tracciati.

Se il tragitto a bordo del fuoristrada scoperto era stato emozionante, per il contatto diretto con la natura della foresta con i suoi odori e i suoi rumori, a piedi tutte le sensazioni, che potevano giungere da quel mondo meraviglioso, erano esaltate dalle mille luci che si creavano dalla frantumazione dei raggi tra gli arbusti e i rami degli alberi. Lo spettacolo che il sole dona, quando gioca sé stesso con la natura, rendeva immagini inarrivabili dal pensiero, prima ancora che dalla mano dell'uomo. Infiniti erano i colori dei cespugli fioriti e dei frutti pendenti, così come milioni apparivano le tonalità del verde del fogliame. Marciavano lentamente anche se il sentiero era ben tracciato a terra e non presentava ostacoli di sorta.

"Ma se esce un serpente che faccio?" chiese Max.

112

Daniel fece una allegra risata. "*Bwana* non si preoccupi arriva Laurent e 'zac', con un colpo solo del suo *macete*, gli taglia la testa," aggiunse mimando con la mano il gesto di un fendente.

Da ragazzino, quando vivevano in Africa, non ricordava di avere questa fobia dei serpenti. Eppure faceva una vita tutta volta a divertirsi con i suoi amici nei giochi di avventure in mezzo a boschi, siepi e vegetazione varia. Definirla spericolata, sotto il profilo del rischio di incappare in qualche serpente, era poco. Probabilmente era l'incoscienza dei sette anni. O forse la mancanza di consapevolezza dell'orrore per i rettili da cui era stato preso in età adulta.

"C'è chi si affida a Dio, chi a Paolo Fox e io mi affido a Laurent," pensò tra sé e sé.

Dopo circa un'ora di cammino giunsero a una cresta. Laurent fece loro cenno di abbassarsi e di fare silenzio indicando, con una mano, verso il basso sul fondo di una radura. Si sdraiarono a terra e guardarono verso la valletta.

Una coppia di gorilla pascolava pacificamente. Non erano distanti. Due, trecento metri li dividevano da loro e, con i binocoli, li vedevano quasi a dimensione d'uomo. Uno era più grande e doveva essere il maschio. Il pelo era molto lungo e scuro e, sulla schiena, si formavano dei riflessi che gli facevano assumere un colore grigio argenteo.

"È un capo branco," spiegò loro Laurent. "I gruppi sono guidati da un maschio adulto dominante. Lo si distingue per la colorazione argentea che caratterizza il dorso. Per questo è chiamato '*silverback*' che vuol dire schiena d'argento."

I due animali erano molto tranquilli e mangiavano ciò che trovavano attorno, tra la vegetazione. Il maschio sporadicamente offriva alla femmina pezzi di cibo presi dagli alberi.

"Siamo tranquilli?" gli disse indeciso se essere più preoccupato per i serpenti o per i gorilla.

Laurent lo guardò con espressione rassicurante. "Se si sono allontanati dal gruppo vuol dire che sono i giorni dell'amore.

Lei *bwana* quando è con una bella donna e la sta corteggiando per farci l'amore si farebbe distrarre da una cosa qualunque?".

"Assolutamente no" rispose.

"Appunto," disse la guida ridendo, "si figuri un gorilla."

Spiegò che i gorilla, specie il '*silverback*', in posizione eretta sono spaventosi. Raggiungono facilmente quasi i due metri di altezza e il peso di circa duecento chili. Quando si innalzano, per affermare la autorità sul gruppo, si battono il grande petto ed emettono versi profondi e spaventosi ruggiti. Ma, nonostante queste esibizioni e l'evidente forza fisica, se non vengono disturbati sono di solito creature calme e non aggressive.

"Cosa mangiano?"

"Sono erbivori. Si nutrono di foglie, gambi, germogli e, in minor misura, di cortecce, radici e fiori. Integrano la dieta con piccole quantità di insetti, formiche, larve e lumache. Un maschio adulto può mangiare, in un giorno, anche trentaquattro chili di cibo vegetale, una femmina poco più della metà."

Laurent indicò i due animali in fondo alla radura.

"Ora sono soli, per la loro intimità, ma in genere sono in gruppo. Di solito è composto da cinque a trenta esemplari, comprende un '*silverback*', pochi maschi sottodominanti e alcune femmine con la loro prole. I capi sono i possenti e indiscussi leader e guidano la comunità verso le fonti di cibo. Hanno anche la responsabilità di proteggerla dai pericoli."

Poi, si voltò con il suo binocolo verso i due esemplari che stavano seguendo.

"Osservateli bene sulla testa. Sul cranio sono presenti due creste ossee. Sono più sviluppate nei maschi: una superiore, chiamata sagittale, e una sulla nuca. Questo aspetto morfologico li distingue da tutta l'altra genia di gorilla."

I due gorilla si aggiravano tra gli arbusti e si muovevano a quattro zampe.

"Ma quand'è che si rizzano su due zampe?" chiese Max.

Laurent continuò a guardare gli animali.

"I gorilla di montagna sono animali diurni e terrestri; anche se sono in grado di arrampicarsi sugli alberi sono i primati meglio adattati alla vita al suolo. La locomozione è essenzialmente quadrupede ma possono percorrere brevi tratti in posizione bipede. Le fitte foreste dell'Africa centrale e occidentale garantiscono ai gorilla tutto il cibo necessario a soddisfare le esigenze della loro dieta vegetariana. Si alzano per nutrirsi perché strappano solo poche foglie da ogni albero permettendo così alla pianta di ricrescere. Sono molto più rispettosi della natura di quanto lo siano gli umani."

A un tratto uscirono dalla foresta un paio di gorilla con dei cuccioli.

"Sta per arrivare il resto del gruppo," aggiunse Laurent, "queste sono due femmine con i loro cuccioli. Sono in cerca di cibo e sono stati richiamati dal rumore e dall'odore degli altri due. Ora però è meglio che ci allontaniamo."

Si ritirarono indietro, strisciando oltre la cresta e, quando furono scomparsi alla loro vista, si alzarono e si allontanarono.

"Non ci hanno visti," sussurrò Max.

Laurent lo guardò serio e poi con un sorriso indicò la cresta che avevano appena abbandonato.

"Ci hanno visti eccome. Non ci siamo sdraiati a terra per non farci vedere ma per non essere percepiti come un pericolo. I gorilla non attaccano se non si sentono in pericolo e, in posizione sdraiata, ci hanno classificati come soggetti pacifici e non aggressivi o pericolosi."

Mentre ritornavano lungo il cammino percorso al mattino, Max sbirciava nello schermo della Nikon.

"Spero abbiate fatto belle foto."

"Posso rifornire National Geographic" rispose ridendo.

Ritornarono al campo base dopo una cinquantina di minuti di marcia. Era abbondantemente trascorsa l'ora del pranzo ma non era un problema per i suoi accompagnatori. In Africa non si mangia a orari stabiliti ma solo quando si ha fame.

Daniel si diresse verso la Land Rover e ne ritornò con un canestro che aveva tutta l'aria di essere la scorta per un picnic in piena regola. Si avviò verso uno dei tavoli di legno attrezzati sul prato, con panche già predisposte, e rapidamente apparecchiò rinvenendo, dal fondo del cesto, una quantità abbondante di prelibatezze. Panini, tramezzini, rustici, frittate e anche delle porzioni di lasagne. Ezechiele, presumibilmente sotto la direzione di Sandrine, aveva dato il meglio di sé. Invitarono anche Laurent, il quale non si fece certo ripregare, e, mentre i due ragazzi cominciavano a dare fondo alle scorte, Max andò a comprare delle bottiglie di birra.

Mangiarono con gusto e il loro ospite, che mostrava in tutti i modi di aver gradito moltissimo l'invito, raccontò di come fosse stato ingaggiato, tra i Rangers di guardia al parco, perché abitante in quella zona e quindi ottimo conoscitore del territorio ma soprattutto delle abitudini degli animali.

Era nato in un piccolo villaggio non distante dai confini del parco e, sin da piccolo, si era addentrato nel territorio e nelle montagne, seguendo il padre e lo zio che andavano a caccia di rettili da rivendere a istituti zoologici o a compagnie circensi. Era stato abituato, da sempre, a muoversi nella foresta, a riconoscere i rumori di pericolo e a rinvenire le tracce. Sapeva orientarsi alla perfezione. Conosceva gli animali, le loro abitudini e sapeva perfettamente con quale approccio si dovesse accostarli o affrontarli. E quindi, quando l'ente che gestiva il parco aveva avviato un reclutamento di Ranger, era stato selezionato immediatamente per la particolare dimestichezza con il territorio e con gli animali che aveva mostrato nelle prove pratiche.

Conversarono amabilmente e Laurent chiese molto dell'Italia. Come tutti gli africani era tifosissimo di calcio e in particolare della Juventus. Si fece descrivere gli stadi di cui non riusciva a misurare, nella mente, la grandezza. Si informò sulle abitudini delle tifoserie e su come ci si preparava per le partite. Mentre Max raccontava gli brillavano gli occhi e si capiva che il suo sogno sarebbe stato quello di vedere una partita della Juve allo stadio di Torino.

Era ormai metà pomeriggio e, dopo aver calorosamente salutato la loro guida, alla quale Max aveva lasciato un regalo per ringraziarlo della sua disponibilità, si avviarono verso Bukavu. Il tramonto, tra l'altro, era vicino e viaggiare di notte, nella foresta, con una vettura aperta non era il massimo della sicurezza.

Arrivarono in vista di Bukavu in tempo per accompagnare il calar del sole.

Erano giunti sull'ultimo rilievo e dall'alto videro la cittadina che cominciava a occhieggiare, nel crepuscolo, con le sue prime luci mentre gli ultimi raggi del sole giocavano sulle acque del lago, tingendole di riflessi che dal dorato sfumavano nel rosso e che solo la fantasia di una pittrice, chiamata natura, poteva immaginare e disegnare.

Avevano imboccato il cancello di ingresso della residenza che un'altra Land Rover, appena parcheggiata, spegneva il suo motore. Ne scese Bruno.

"Ehi amico mio. Allora? Hai trovato la fidanzata tra le 'gorille'?" Il suo volto era più che canzonatorio.

"Se mi hai mandato tra le montagne più ostiche del Congo per scoraggiarmi ad andare a Masaka hai sbagliato tattica! Le donne le amo depilate!"

Scoppiarono entrambi in una fragorosa risata e si abbracciarono. Si diedero appuntamento, di lì a poco, per la cena.

Max lasciò scorrere sulla pelle l'acqua bollente della doccia. Si distese sul letto e pensò al suo amico. Non gli aveva detto niente e lui non gli aveva chiesto niente. Gli era sembrato rassicurante. Francamente sperava che non ci fossero ostacoli. Lui doveva rivedere quella ragazza. Non poteva partire senza averla rivista. Senza aver capito che tipo di donna fosse e cosa significavano quegli sguardi che si erano incrociati.

La tavola era imbandita come di consueto sotto il porticato e Sandrine stava apparecchiando le ultime cose. Come arrivò la ringraziò per l'abbondante spuntino che aveva preparato per il pranzo.

"Ma non è merito mio," rispose ridendo "è tutta opera di Ezechiele".

"Sì, certo e lo ringrazierò dopo cena. Ma si vedeva, e anche molto bene, il tocco della tua eleganza femminile. Hai preparato un cesto davvero delizioso. Grazie."

"Sandrine spesso rasenta la perfezione," precisò Bruno, che nel frattempo era sopraggiunto "poi magari per altre cose devi correrle dietro! Vero Sandrine?".

La ragazza sorrise e arrossì abbassando gli occhi. Evidentemente aveva qualche cosuccia da farsi perdonare, ma sapeva che il loro responsabile aveva sempre un tocco benevolo e, anche quando rimproverava, lo faceva sempre con gli angoli delle labbra rivolti all'insù.

Si sedettero a tavola e, mentre iniziarono a sorseggiare il tradizionale '*potage*', il suo amico restò pensieroso. Osservava il piatto quasi cercasse una concentrazione particolare per ciò che stava pensando o per ciò che, di lì a poco, sarebbe stato in procinto di dire.

Lui lo guardò e non disse niente. Era in apprensione e non sapeva cosa ne sarebbe sortito.

"Ascolta Max," esordì all'improvviso "ho riflettuto a lungo su questa cosa. Questa tua richiesta, che al momento mi è sembrata bizzarra e inopportuna, per noi è inusuale e non rientra nei nostri canoni mentali e organizzativi. Noi siamo abituati a ricevere visite di persone che cercano delle ispirazioni, per capire e penetrare nella propria fede e che a volte desiderano di potersi isolare, in forme di ascetismo, per rafforzarla. Comunque la nostra opera è quella di diffondere il messaggio di Gesù, come forma di vita quotidiana, affinché la esistenza di ogni uomo sia con Cristo e in Cristo. Quando ieri mi hai chiesto di rivedere quella ragazza ti ho subito fermato perché, proprio per la nostra funzione e la nostra missione ma soprattutto per il nostro credo, siamo all'opposto di un *resort* nel quale si organizzano incontri. Avrai notato il mio tono scandalizzato e inorridito. Poi tu mi hai parlato. Ho visto un lampo nei tuoi occhi e ho avvertito le vibrazioni della tua anima. Ho capito cosa muovesse la tua richiesta e da quali profondità del tuo cuore arrivasse."

Max ascoltava Bruno con un approccio attento e severo ma non poté evitare di notare che, un po' distante, dietro il suo interlocutore, nascosta dalla penombra disegnata dai cespugli di rose, vi era Sandrine.

In piedi e con le mani intrecciate in basso ascoltava attentamente le parole del suo responsabile. Sembrava come se avesse voluto che quel discorso venisse fatto a lei, immaginandone, forse, la conclusione.

"Ho capito," proseguì Bruno "che le tue intenzioni, prima ancora che le tue parole, avevano una finalità nobile che non potevo ignorare. Ovviamente comprendiamo che anche l'amore verso una donna è un modo di vivere Cristo e per chi sceglie di vivere la fede in maniera laica, non prendendo i voti, è naturale cercare una donna alla quale unire la propria esistenza per realizzare una vita in comune. E, solo se nasce da un sincero e pulito amore, questa unione può sorgere e prosperare in nome di quello che Gesù ha insegnato. Ma, anche di fronte a situazioni così belle e pulite, in genere ci facciamo i fatti nostri, evitando di recitare qualunque ruolo, lasciando che sia la volontà di Dio a far sì che le cose vadano come devono andare. Non siamo una agenzia matrimoniale e non vogliamo diventarla. Tu invece mi chiedi un ruolo attivo. Mi chiedi di organizzare un incontro. Capisci che la mia credibilità, anche di fronte alla Direttrice, rischia di essere incrinata?".

Fece una pausa per bere una sorsata di birra. La sua prolusione gli aveva evidentemente resa arida la bocca o forse aveva fatto una pausa per preparare il suo amico alle comunicazioni finali, probabilmente non piacevoli. Guardò Max fisso negli occhi.

"Andrai domani mattina. La ragazza farà solo la prima ora e poi sarà attenta ad attività di organizzazione del programma scolastico. Ho parlato con la Direttrice e ho spiegato che sei un funzionario del Ministero della Istruzione e vuoi conoscere i metodi e programmi di insegnamento nelle scuole come le nostre. Ovviamente non ci ha creduto neanche per un po'. Mi ha replicato che queste informazioni poteva darle, forse meglio, anche lei. E aveva perfettamente ragione. Io le ho risposto che tu preferivi parlare con chi era a diretto contatto con i ragazzi. Le ho detto di lasciarti spazio. Ci sarà Daniel che ti accompagnerà. Ti darà una mano."

Guardò Max e, mentre dava una abbondante sorsata al boccale di birra, lasciò trasparire un sorriso sardonico.

"Bruno, io capisco tutte le cose che mi hai spiegato e comprendo le tue e le vostre difficoltà, ma mi hai reso felice per due motivi. Primo, perché hai esaudito un mio desiderio facendo un enorme sforzo; secondo, perché sei stato capace di leggere nella mia anima e questo è il segno di una amicizia che, anche se è stata interrotta molto presto, aveva evidentemente scritto molte belle cose sulle pagine della nostra vita."

"Ora basta altrimenti finisce a lacrime. Domani promettimi di essere discreto, riservato e soprattutto di non forzare la situazione con la ragazza. Buonanotte amico mio e buona fortuna. Che il Signore ti protegga."

Si abbracciarono e si accomiatarono mentre Sandrine, come se si fosse materializzata dal nulla, cominciò a sparecchiare.

"*Monsieur* gradisce la sua camomilla?" gli disse guardando poi Bruno in attesa di una sua reazione.

"Io sono stanco. Se vuoi fermati pure a prendere la tua tisana. Sandrine ti posso lasciare sola con lui. Tanto è innamorato. Non è pericoloso, non ti insidierà."

Max sorrise sia a lui che alla ragazza.

"Sì grazie, è gentile, la prendo volentieri" le rispose.

Si accomodò sul divano e rimase solo a godersi l'aria tiepida e a guardare le stelle. Il cielo della notte, in Africa, è diverso da quello europeo. Se lo era ricordato così da sempre. Anche se vi era una luminosità di ambiente che avrebbe potuto disturbare, le stelle luccicavano egualmente in maniera netta e definita, non sbiadivano ed erano così stagliate nel cielo che si riuscivano a vedere nello stesso modo in cui, nel buio più totale quando d'estate era in alto mare durante le traversate dell'Adriatico a bordo della barca, riusciva a vedere gli astri del cielo europeo.

Lì, in quell'immenso e colorato continente, non c'era un cielo che ti sovrastava ma un manto che ti avvolgeva profumando, di polvere di stelle, anche l'aria che respiravi.

Sentì il tintinnio della tazza e vide arrivare Sandrine con il vassoio. Lo poggiò sul tavolo. Aveva portato anche un bicchiere di latte.

Lo prese e rimase in piedi. "Le dispiace se mi siedo un po' con lei?"

Al suo sorriso si sedette sul muretto basso, che divideva il portico dal giardino, esattamente davanti a lui ma un po' in ombra forse per proteggersi dall'imbarazzo.

Lui cominciò a sorseggiare la camomilla e la guardò mentre lei stava in silenzio con gli occhi bassi.

"Sandrine," la incoraggiò "ha forse voglia di dirmi qualcosa?".

La ragazza sorrise e, spinta dalla sua espressione benevola, prese il coraggio a due mani.

"Non volendo ho sentito l'avvio dei vostri discorsi e mi sono fermata ad ascoltare. Non me ne voglia, non era curiosità maligna. Ero interessata a sentire cosa diceva Bruno. Io è diversi anni che sono qui, in residenza, a collaborare con lui e, prima ancora, con chi lo aveva preceduto. Devo ringraziarli perché mi hanno strappato da un villaggio, mi hanno dato istruzione e avvicinato alla fede. Mi hanno insegnato a vestirmi e a comportarmi. Mi hanno aiutata con il mio bimbo al quale stanno dando una educazione e una istruzione. Devo molto a loro, tutto! Se non ci fossero stati a quest'ora ero ancora nel mio villaggio a pestare manioca. Ma il mio desiderio è trovare un amore. Un uomo buono e giusto, che mi rispetti e con il quale sposarmi, che faccia da padre al mio bimbo, con il quale fare altri figli e avere una famiglia. Non ho mai accennato a un argomento del genere con Bruno. Non sapevo come avrebbe potuto reagire. Con lui questi tipi di discorsi non escono mai e non si trova mai lo spunto per avviarli. Io credo che, se sorge la scintilla dell'amore, si deve seguire il cuore sino a dove le forze ti sorreggono. Io sono sempre qui dentro. Dormo qui. È difficile conoscere persone al di fuori e avere la opportunità di veder nascere qualcosa. Ma spero, come è successo a lei, che la volontà di Dio permetta che si verifichi, anche per me, un momento magico che mi faccia trovare l'amore. Lei fa bene a tornare lì se ha visto il bagliore di quella scintilla. La volontà di Dio ti aiuta, ti fa lo scavo, ma le fondamenta della tua vita le devi costruire tu."

Tacque all'improvviso come se si fosse intimorita e pentita di quel che aveva detto.

Max la guardò per un po'.

"Sandrine, sei dolcissima," le disse con voce sussurrata "sono sicuro che anche tu vivrai il tuo momento magico. Ma ricordati! Stai attenta, non ti distrarre, cerca di accorgertene e soprattutto, quando capisci che lo stai vivendo, inseguilo con tutte le tue forze. Non te lo lasciar sfuggire. Io penso che ognuno di noi ha almeno un grande amore. Una anima gemella nascosta nel pianeta. Non sai dov'è. Ma c'è. È quella persona che ha un'anima e una personalità che si incastrano in maniera perfetta con la tua. È una questione di sensibilità, di magnetismi, di empatia. È la congiunzione astrale delle due anime. Se c'è, da qualche parte e anche se vive a distanze siderali, il destino te la farà incontrare e qualcosa ti farà capire che la stai incontrando. Avrai delle sensazioni, delle emozioni che ti sfonderanno lo stomaco e ti sconvolgeranno l'anima e, se l'avrà pure l'altra persona, allora vuol dire che è l'anima gemella e che il gioco del destino si è compiuto. Senti la voce che viene dalla parte sinistra del tuo petto perché è con il cuore che si misura il sentimento, la mente non è altro che la lente per leggere meglio il risultato. Io domani torno lì proprio per sapere se quella ragazza è la mia anima gemella. Devo capire quali emozioni ha vissuto perché sono sicuro che le ha vissute. Devo capire se ha provato quello che ho provato io. Certe cose le riconosci subito proprio da quegli sguardi che ti trasmettono emozioni come quelle che, credo, ci siamo trasmessi tra noi. Vado lì perché, se è così, il destino si deve compiere. E io vorrò con tutte le mie forze che si compia".

Si alzò, abbracciò Sandrine, dandole un affettuoso bacio sulla fronte e, mentre lei era rimasta a guardarlo con gli occhi umidi, salì in camera.

Nessuno dei due si era accorto che Bruno, dal suo balcone, li aveva ascoltati, e che, mentre rientrava in camera, con un sorriso dolce aveva pensato che anche per Sandrine era giusto che potesse compiersi la volontà di Dio.

L'indomani Max era in piedi e pronto da molto presto. L'avvicinarsi dell'incontro con la ragazza lo rendeva euforico e anche un pochino frenetico.

Bruno, quando scese e arrivò sotto il portico, lo guardò ridendo.

"Accidenti! Elegantissimo! Pantalone ghiaccio e camicia blu! Fammi vedere le scarpe? Clark scure! Mi sembri un adolescente al primo appuntamento. In questi casi quello che conta è l'eleganza del cuore e non del corpo. Vai in cappella e vai a fare qualche minuto di meditazione."

"La mise è per conquistare la tua Direttrice," gli rispose allegramente "e quanto alle meditazioni le ho fatte per tutta la notte."

"Muoviti che Daniel è fuori che ti aspetta. Non andate solo a fare la gita. Lui deve fare delle cose presso l'istituto. E, soprattutto, ti darà una mano. Buon viaggio amico mio. E non fare danni."

Poi, volgendosi verso Sandrine, la guardò con aria severa ma adornata con un lieve sorriso. "Io e te dobbiamo parlare. Credo che anche tu abbia bisogno di un po' di medicine per curare l'anima. O forse il cuore".

Per un attimo Max si rabbuiò. Aveva capito che Bruno aveva ascoltato la conversazione dell'altra notte e aveva temuto una reprimenda per la ragazza. Ma il tono benevolo e il sorriso largo del suo amico lo rassicurarono sulle sue intenzioni. Lo conosceva troppo bene. Strizzò un occhio alla ragazza, che aveva il faccino preoccupato, e si avviò verso il piazzale.

Daniel era già a bordo della Land Rover con il motore acceso. Max salì al volo e si avviarono rapidamente verso il punto di frontiera sul Ruzizi.

Erano fermi entrambi, fuori dell'aereo, a osservare l'operatore della cisterna che faceva il pieno di carburante al Piper.

"Con un pieno quanto ci facciamo?" chiese.

"Tre volte andata e ritorno. Sei tratte," rispose Daniel.

"Bene, quindi possiamo andarci tre giorni di fila!"

Più che una frase, rivolta al ragazzo, quello era stato un pensiero formulato a voce alta ma scatenò lo stesso la risata fragorosa del suo compagno di viaggio.

"Certo *bwana*. Però dobbiamo prima superare la prova del fucile di *monsieur* Bruno."

Max scoppiò a ridere anche lui. Sdrammatizzare faceva bene a tutti.

Il volo fu regolare. Del resto il tempo era stupendo e il panorama pure. E la bellezza di quel cielo azzurro, che si fondeva con le acque del lago Vittoria, era amplificata dall'entusiasmo che lo aveva avvolto.

Max non era il tipo che dava qualcosa per scontato, specie quando di mezzo c'erano altre persone, ben sapendo che si dovevano sempre fare i conti con le personalità, i caratteri e soprattutto le volontà degli altri. Non riusciva, però, a guardare in maniera negativa alla vicenda che si stava accingendo a vivere. Diciamo che era sicuro di una cosa: non sarebbe stato un disastro.

Sentì il carrello rullare sulla pista e invece di avere una improvvisa ondata emotiva successe esattamente il contrario. Una calma quasi catalettica lo invase. Ma era fatto così. Non era affatto ansioso. E alla vigilia, o nella imminenza, di momenti particolari svaniva ogni apprensione. Non era freddezza. Era una tranquillità di fondo. Era più inquietante l'incontro con la Direttrice che quello con la ragazza.

Mentre si trasferivano, dalla pista al collegio, Daniel gli disse che doveva svolgere delle operazioni amministrative complicate. Si trattava di ordinare scorte e derrate alimentari per quindici giorni. Controllare l'esistente e fare nuovi ordini. Oltre che approvvigionare l'istituto con materiale per la didattica. La contabilità veniva controllata direttamente da Roma e Bruno esigeva che tutto quadrasse al centesimo.

Entrarono dal portone principale e Daniel lo guidò verso l'ala di destra direttamente verso gli uffici della direzione.

Era seduta alla sua scrivania. Tutto l'arredo era un tardo Ottocento. La sua espressione non era piacevole per niente. Li salutò senza alzarsi e si rivolse direttamente a Daniel.

"In cucina hanno già l'elenco delle scorte in magazzino."

Era un implicito invito ad andare a prenderlo. Voleva restare da sola con Max.

Come il ragazzo fu uscito si rivolse al suo interlocutore.

"Bruno mi ha detto che lei è un funzionario del Ministero e vuole approfondire le nostre tematiche di insegnamento. Mi dica, può parlarne con me."

Aveva previsto quell'esordio.

"Non sono un funzionario. Sono un consulente. Purtroppo, per quanto sia consapevole e convinto delle sue capacità e della sua esperienza, ho bisogno di capire come vengono recepiti i programmi didattici dagli insegnanti del posto e capire come, e con quali metodi, persone, che provengono dalla etnia e cultura locale, li trasmettono ai bimbi anch'essi del posto. Ritengo che lei sia bravissima, ma se mi limitassi a parlare con lei sarebbe come parlare con un qualunque direttore didattico o insegnante italiano."

La Direttrice lo guardò sorpresa. Non si aspettava una risposta argomentata così bene da togliergli ogni capacità di replica.

Daniel entrò. "Eccomi. Ho tutti i tabulati. Mettiamoci al lavoro, ne avremo per parecchio. Non si dimentichi che dobbiamo rientrare".

Fu provvidenziale e, dall'occhiolino che gli rivolse, capì che la cosa era stata anche studiata ad arte.

"Esca da questa vetrata, si diriga a destra, in fondo c'è la cappella e, a fianco, l'ingresso della sala dei docenti. Faccia una capatina in chiesa. Le farà bene."

Max, reprimendo il sorriso che gli stava spuntando sulle labbra, mantenne un aplomb professionale e, con fare severo, la ringraziò salutandola e uscì.

Non ci mise molto a trovare l'ingresso della sala docenti. Varcò la porta a vetri entrando in un ambiente simile alla biblioteca che aveva ammirato la prima volta. Vi erano diversi tavoli, ognuno con una lampada pendente dal soffitto che lo sovrastava, e le pareti erano foderate da diverse librerie. La stanza era vuota e silenziosa. Raggiunse il centro della sala e poi si accostò a una delle librerie. Aveva, da poco, cominciato a scorrere i titoli dei volumi quando sentì parlare dietro di sé.

"Buongiorno."

Sobbalzò nel sentire quella voce, pulita e limpida, che lo aveva salutato con un accento anglofono.

Si girò e la vide sul fondo della sala, a un lato della porta dalla quale era entrato. Era rimasta, dietro di lui, nascosta dalla penombra.

Capì che si era messa, volutamente, in quella posizione per far in modo che lui le desse le spalle quando entrava. Evidentemente aveva voluto riservarsi la possibilità di studiarlo per qualche istante.

Era in piedi, con la divisa del collegio, e le mani raccolte in grembo. Era di una bellezza stupefacente. Era alta, le braccia e le gambe lunghe le davano uno slancio particolare. I lunghi capelli lisci erano raccolti in una piccola e accennata treccia e, con una riga di lato, incorniciavano un volto bellissimo. Due occhi grandi, di un nero profondo, erano incastonati dentro delle palpebre leggermente allungate, coronate da sopracciglia appena accennate. Li divideva un delizioso nasino all'insù, dipinto tra due zigomi alti, al di sotto del quale, da due labbra disegnate in maniera perfetta, spuntavano dei denti bianchissimi che si stagliavano sulla pelle ambrata.

Lo sguardo era dolce ma le labbra, appena socchiuse, e il particolare modo di guardarlo, con la testa volta leggermente di lato, tradivano un carattere forte e con una punta di impertinenza che non guastava.

126

Lei si accostò alla scrivania più vicina, lasciandola tra loro, e lo guardò senza dire nulla. Era come se gli stesse proponendo di sedersi ma non voleva mostrare di essere lei a fare il primo passo.

Max capì che si era posizionata su un atteggiamento difensivo. Evidentemente non voleva che una sua disponibilità a sedersi fosse interpretata come il consenso a una conversazione di lunga durata.

Non si aspettava una situazione diversa e, comunque, pensò che un atteggiamento difensivo era indice di una sorta di interesse. Se, al contrario, fosse stata indifferente non avrebbe avuto difficoltà a trovare modi e argomenti per liquidarlo in pochi minuti.

Si avvicinò mantenendo il tavolo tra loro.

"Buongiorno," disse rispondendo al suo saluto e, indicando la sedia, aggiunse "le andrebbe di sederci? Non amo vedere le signore in piedi".

Aspettò che la ragazza sedesse e poi si accomodò anche lui, avendo cura di posizionarsi non esattamente dritto davanti a lei. Non sapeva da dove cominciare ma di una cosa era certo. Voleva dare, sin da subito, a quell'incontro il sapore della morbidezza, eliminando atteggiamenti che potessero sembrare duri e diretti. Sapeva che avrebbe dovuto fare lui tutti i passi, anche quello di avviare la conversazione. La ragazza, infatti, lo guardava in silenzio in posizione di attesa. Non sarebbe rimasto lì a lungo e, quando sarebbe ripartito, li avrebbero divisi migliaia di chilometri e ore di aereo. Non c'era tempo per un approccio galante tipico del corteggiamento lungo all'italiana. Doveva essere chiaro sin dall'inizio.

"Se le dicessi che non so da dove partire non sarebbe una battuta, o un escamotage per rendermi simpatico, sarebbe la verità. So perché sono qui ma non so perché c'è lei. E tutto questo riempie la mia testa di tante cose in una sorta di traffico caotico nel quale è difficile districarsi. Ma di una cosa sono certo. Credo che si debba cominciare con il piede giusto. Questo dialogo non può avere inizio con una menzogna. Questo colloquio può anche esaurirsi tra qualche minuto ma è giusto che, pur se fosse un incontro destinato a durare un secondo, cominci, sin dalla prima parola, con uno spirito sincero e leale."

Lei continuava a guardarlo negli occhi e in totale silenzio.

"Io non sono un funzionario, tanto meno un consulente, del Ministero e di didattica e programmi scolastici non capisco nulla. È una storia raccontata alla Direttrice alla quale non volevo e non voglio far sapere il vero motivo per il quale ho chiesto di incontrarla."

Da come lo guardava, e dal suo silenzio, ebbe come la sensazione che la ragazza sapesse già tutto e avesse capito il reale motivo che lo aveva spinto lì.

Aveva cominciato. Non poteva più fermarsi o tornare indietro. Aveva aperto il vaso di Pandora e ora non poteva più richiuderlo. Doveva proseguire nel suo discorso.

"L'altro giorno ci siamo incontrati per aiutare quel bambino caduto addosso a me mentre rincorreva il pallone. Ci siamo guardati negli occhi e ci siamo sfiorati le mani. Abbiamo scambiato qualche parola."

Si fermò un attimo per osservarla e vedere se tradiva qualche reazione. La ragazza continuava a essere impassibile. Inspirò profondamente e decise di andare fino in fondo.

"Io non so cosa ha pensato lei in quei momenti e non ho né l'ardire né l'arroganza di pretendere che lei abbia, per forza, pensato qualcosa e, nella eventualità, di sapere cosa. Desidero però che lei sappia cosa ho pensato io e cosa è successo dentro di me. E quindi la prego di ascoltare il mio racconto." La guardò diretto negli occhi. "Quando abbiamo incrociato gli occhi da vicino e ho sentito la sua voce mi è successo qualcosa che non mi era mai accaduto prima nella vita. Io penso che, quando si incontra una persona per la prima volta, i primi dieci secondi sono fondamentali. In quei primi istanti si trasmettono tutte le sensazioni che ci permettono di capire quali emozioni quella persona provoca dentro di noi, negative o positive che siano.

E queste prime sensazioni ci danno anche la misura della loro intensità, facendoci percepire quanto quella persona ci piaccia o non ci piaccia."

La pausa questa volta fu voluta per permettere alla ragazza di elaborare quello che aveva appena detto. Infatti lei aveva abbassato gli occhi, come se stesse riflettendo su quello che aveva ascoltato, e, solo dopo che li rialzò, lui riprese a parlare.

"Il suo sguardo non era uno sguardo qualunque. Per me è stato come essere colpito da un missile che ha scatenato, dentro di me, una deflagrazione nucleare. Mi sono sentito prelevato e avvolto. Ho sentito i suoi occhi penetrarmi dentro e scuotermi l'anima. Era come se, entrando dentro di me, mi avessero raccontato un universo. Il suo universo. Milioni di emozioni mi hanno attraversato il corpo. Sono stati istanti in cui mi sono sentito unito a lei, in unica entità, ed è come se lei, leggendo il mio universo, mi avesse donato, in un colpo solo e contemporaneamente, anche l'universo che è in lei."

Indugiò un attimo come per riordinare le idee.

"Io penso che ognuno di noi ha sparso, per il mondo, il suo grande amore. Può essere vicino o a migliaia di chilometri di distanza. Ma, anche se fosse dall'altra parte del pianeta, se questo amore esiste, Dio o il fato o il grande architetto che governa le coscienze del mondo, lo chiami come desidera, fa in modo di farcelo incontrare per realizzare il destino. Quando i grandi amori si incontrano si riconoscono. Si avvertono proprio in quei dieci secondi. E ognuno sente le esplosioni delle emozioni dell'altro. E se si riconoscono nulla, nessun ostacolo, può impedire che si uniscano. Non basteranno montagne od oceani a separarli. Se dovessero perdersi si ricercheranno e si inseguiranno ovunque, fino a ricongiungersi con una forza, una determinazione e una tenacia sovrumane che solo un grande amore può infondere. È quello che è successo a me l'altro giorno. E quella forza e quella determinazione mi hanno portato qui a rivederla, a farle capire che penso di averla riconosciuta e cercare di capire se lei, provando le stesse cose, mi abbia riconosciuto."

Lei lo guardò con i suoi occhi, dai quali era impossibile distogliere lo sguardo.

"Lei è una persona davvero gradevole, gentile," rispose con voce garbata "e il suo discorso è stato molto appassionato, a tratti poetico ma, mi dispiace, non sono io la sua anima gemella. Mi fa piacere che lei sia rimasto colpito da me ma mi creda: è stato un incontro del tutto casuale".

Mentre pronunciava queste parole aveva fatto scivolare le mani, da sopra il tavolo, nel grembo, per nasconderle alla sua vista, e Max notò, dai movimenti degli avambracci, che se le stava sfregando. Capì, in quel momento, che le sue parole non rispondevano a verità. Capì che anche a lei era successo qualcosa in quell'incontro. In quel momento era la sua ragione che cercava di azzittire le emozioni e i sentimenti, respingendoli forse per paura o per difendersi.

"Signorina, capisco ma prima di congedarmi vorrei raccontarle un'ultima cosa."

"Mi dica."

"Le sembrerà strano che, in un colloquio così particolare e intimo, io le parli di cose che, con emozioni e sentimenti, non sembrano entrarci nulla. Ma vorrei solo farle percepire quanto sono convinto di quel che le ho detto."

La guardò sorridendo.

"Non rida, la prego, provi a ascoltarmi perché questa digressione porterà a una conclusione. Le sembrerà strano ma è una questione di fisica. La nuova scienza, che si era evoluta dalla fisica classica di stampo Newtoniano, attraverso la scoperte di Einstein sulla relatività e le sue nuove concezioni dello spazio e del tempo, scoprì che accadevano fenomeni paradossali che non potevano essere spiegati in maniera tradizionale. Si è verificato che le particelle quantistiche hanno una loro energia che le fa muovere e il loro comportamento cambia a seconda che siano o meno osservate. Ma si è anche scoperto che sono soggette all'*entanglement*. Quando due particelle quantistiche vengono legate tra loro si determina un destino parallelo ed eterno per il quale, anche quando vengono poste a grande distanza l'una dall'altra, quello che accade all'una inevitabilmente accade anche all'altra e si inseguiranno e si cercheranno per sempre come se avessero una loro coscienza."

Lei lo aveva ascoltato in silenzio e incuriosita da quella strana digressione, e allora lui la incalzò.

"Con questo voglio solo dire che, se si legano tra loro indissolubilmente ed eternamente due particelle di materia come roccia o ferro, si figuri le tante particelle di due persone che sono attratte tra loro come lo sono due anime gemelle."

Fece una pausa guardandola intensamente negli occhi.

"So perfettamente che quel che le ho detto sono mie riflessioni, che non necessariamente devono coincidere con le sue. E so perfettamente che parlare di legami eterni, tra due persone che neppure si conoscono, può sembrare ridicolo. Ma la prego, mi perdoni se ho osato parlarle in questo modo. Penso che una delle prime regole della galanteria dica che, nel corteggiamento, bisogna avere il coraggio di osare ma non l'arroganza di pretendere. Ho ascoltato le sue brevi parole e ho capito cosa voleva dirmi. Tra tre giorni riparto, sono a Bukavu ospite di Bruno, siamo amici di infanzia sin dalla prima elementare. Io non le chiedo nulla. La prego solo di pensare a questo incontro. Mi rendo conto che, al di là delle sensazioni e delle emozioni, non si può chiedere nulla a una persona a seguito di un incontro così breve e casuale. Ma, se il suo cuore le ha detto qualcosa e le sue emozioni le hanno scosso l'anima, mi dia la possibilità di conoscerla e di farmi conoscere. Non le chiedo impegni, di alcun genere. Le chiedo solo di lasciare aperta una finestra per permettere di incontrarci nuovamente, conoscerci, studiarci e capirci. Sono pronto a ritornare qui, in Africa, da lei a trovarla e anche spesso. Non so dirle ora quante volte e con quale frequenza ma, se dovessi ascoltare la voce che ho dentro, io non vorrei ripartire per niente. So che non devo aspettarmi nulla ma so che devo e voglio essere pronto a tutto. Sono perfettamente consapevole che questa potrebbe restare una semplice conoscenza. Se invece lei dovesse lanciarmi una apertura non farò fughe in avanti e non mi creerò delle illusioni. Ma, se davvero pensa che possa valere la pena capire chi siamo e cosa desideriamo, prima che io parta mi faccia pervenire un cenno. Se ciò non dovesse accadere partirò per tornare nel mio paese, non rivedrò mai più questi posti e cercherò di dimenticare questa vicenda. E così avremo dato un calcio a tutte le nuove regole che la fisica quantistica e la noetica hanno riscritto."

Lei si alzò cercando di mostrarsi impassibile.

"La ringrazio. Parlare con lei è stato molto piacevole. Comunque il mio nome è Elisa. Lei invece è il Signor...?"

Si rese conto del suo grande sgarbo. "Mi perdoni, sono stato un villano. Non mi sono neanche presentato. Mi rendo conto, adesso, che mi sono accostato a lei facendomi anticipare dal biglietto da visita peggiore."

"Non si preoccupi, ha avuto tante altre belle cose da dire."

"Max, mi chiamo Max e vivo in Abruzzo, a Sulmona, nel centro dell'Italia. La ringrazio. Lei è stata davvero deliziosa a glissare su questa mia villania."

"Se non avessi saputo il suo nome sarebbe stato tutto più complicato. Non trova? Faccia buon viaggio di ritorno..." e dopo una sapiente pausa aggiunse con un sorriso allusivo "...a Bukavu".

Lui le strinse la mano e avvertì che lei la lasciò, nella sua, più di quanto fosse necessario per un saluto, per dargli forse un impercettibile segnale.

Nonostante fosse nel letto, a Sulmona e a distanza di tanto tempo da quel momento, sentì ancora quelle vibrazioni positive che percepì in quel momento, quando la mano della ragazza indugiò nella sua trasformando un saluto in una carezza. Si scosse. Sfuggì da questi ricordi da cui si era fatto prendere. Da Bukavu era tornato completamente nel suo letto di Sulmona e da quell'anno era tornato in quella notte. Poteri della mente. Il peso della digestione, evidentemente, incombeva sempre. Si rigirò ancora una volta tra le lenzuola e allungò la mano per toccarla. Sì, c'era. Era lì vicino a lui. Era tutto vero.

6
VIA DANTE

Il sole entrava dalle feritoie delle persiane e creava, nella stanza, lame di luce che si spargevano qua e là ferendo la penombra. Non aveva dormito bene. Il sonno era stato a tratti e aveva alternato momenti di veglia a momenti di riposo. Non sapeva perché quella marea di ricordi lo avesse inondato. Attribuirlo alla cena, ottima ma abbondante, era forse troppo semplicistico. L'imminenza dell'inizio dei lavori di montaggio, sicuramente, era un evento che gli arrecava un po' di apprensione. Ma non era questo che aveva turbato il suo sonno. Quello che era successo tra lui ed Elisa aveva così dell'incredibile che a volte si chiedeva se davvero era tutto reale e non fosse piuttosto un sogno dal quale stentava a svegliarsi. Si girò e fu quasi avvolto dai capelli neri della sua compagna che, al contrario, sembrava riposare in totale pace e tranquillità. Mentre lui faceva questa riflessione il braccio di lei, tirandosi indietro, lo avvolse e con la schiena si spinse verso il suo petto aderendo completamente a lui.

"Mmm! Come ho dormito bene" gli sussurrò. Poi si voltò, incastrando il viso tra il collo e la spalla di Max.

"Amoreeeee?"

Quando esordiva con quella parola e usava quel tono stava annunciando un capriccio. Una di quelle richieste che, per quanto poste in maniera morbida e con tono dolce, non acconsentivano a dinieghi o rifiuti.

"Dimmi tesoro," rispose preparandosi ad ascoltare la richiesta e soprattutto a non manifestare, di primo acchito, perplessità.

"Andiamo al mare?"

Max fece, volutamente, una pausa per farle credere che ci stava pensando.

"Non è una cattiva idea."

In effetti non lo era per niente. Una giornata di mare sarebbe servita a distrarlo e a far scendere un pochino la tensione che si stava accumulando in quei giorni. Lui amava il mare ed anche Elisa, e quando andavano erano soliti passarvi la intera giornata sino al tramonto.

Girandosi supino la fece roteare su se stessa strapazzandola un po' e portatola col bacino verso di sé, le diede una serie di morsetti sui glutei. Elisa cominciò a ridere lanciando gridolini squillanti.

"È presto. Se ci diamo una mossa facciamo a tempo a goderci tutta la giornata come piace a noi. Però non devi metterci una quaresima in bagno. Se non fai tutto in fretta giuro che le chiappette te le stacco a morsi."

"Allora ci metto un sacco di tempo," rispose lei continuando a ridere di gusto. Gridolini divertiti che si tramutarono rapidamente in piccole grida di dolore quando Max cominciò a premere i denti, con più forza, sulle sue natiche.

"Va bene, va bene!" gridò allegramente la ragazza. "Mi muovo!".

Tutto a un tratto si inserirono nella conversazione anche i due ragazzotti che stavano fuori sul prato i quali, sentendo le grida che venivano dal piano superiore e avendo riconosciuto le voci dei loro padroni, stavano abbaiando con i soliti colpi singoli del loro vocione.

Elisa rise ancor più forte. "Li senti? Vogliono partecipare anche loro alla lotta."

"Manco per niente. Quei due hanno sentito che siamo svegli e stanno ordinando la loro colazione. Come in albergo! Io faccio contemporaneamente da chef e cameriere a te e a loro."

"*Mr. Max, a light breakfast for me, please.*"

"Agli ordini *madame*. Ma niente colazione a letto. Vatti a preparare!"

Non potette fare a meno di notare che questa volta Elisa fu di parola. Mentre lui si alzava per andare giù in cucina ad approntare la colazione lei, con la leggiadria che la contraddistingueva, era già volata verso la toilette. La giornata si stava mettendo bene. Aveva apparecchiato fuori e, mentre stava facendo le coccole ai due cagnolini, la vide arrivare. Era splendida. Due Superga bianche facevano *pendant* con un paio di pantaloncini in jeans anche essi bianchi. Sopra una camicetta blu era annodata all'altezza dell'ombelico. I lunghi capelli neri erano legati in una morbida coda di cavallo. Un paio di occhiali da sole le guarnivano il volto. Sembrava una star.

"Amore! Quanto cacchio sei bella!"

Lei gli sorrise compiaciuta. Era felice di piacergli. Ma soprattutto era felice che la passione fisica fosse accompagnata da un sentimento forte perché rendeva tutto più autentico e completo.

Salirono in macchina e si avviarono non senza che lei avesse, prima, fatto le coccole a Rambo e Silas e non avesse loro raccomandato di fare una buona guardia alla casa. I due cuccioloni la guardarono scodinzolando e annuirono con la testa dando l'impressione di aver capito la raccomandazione. Era presto, la strada era sgombra ed era gradevole viaggiare, con la autovettura aperta, accarezzati dalla tiepida aria di giugno.

"Hai avuto proprio una ottima idea. Ci voleva una domenica così. Lunedì cominciano ad arrivare i T.I.R. e in piazza inizierà il montaggio. Sarà una settimana molto intensa, nella quale la testa sarà totalmente presa dalla organizzazione, e precederla con una giornata al mare, in totale relax, sicuramente sarà salutare," poi, facendo la faccia golosa, aggiunse, "e inoltre, l'idea di un bel pranzetto di pesce su quella terrazza sul mare, con tutte le cose buone che cucina Adriana, mi alletta parecchio."

Elisa rise.

"Non so se ami più me o la chitarrina allo scoglio del tuo stabilimento."

Era il lido nel quale, ormai da più di dieci anni, Max andava al mare. Prendeva ogni anno l'ombrellone stagionale per avere la libertà di andare, quando voleva, senza avere oneri organizzativi. A parte i canonici dieci giorni di agosto, nei quali si fermava in albergo, era solito viaggiare con la sacca del mare nel bagagliaio perché, da maggio, in qualunque occasione si presentasse un giorno di libertà, partiva anche all'improvviso. A parte queste estemporaneità poi, nei week end, vi andava quasi sempre pernottando, dal venerdì alla domenica, presso un delizioso agriturismo un po' all'interno, avvolto nel verde della campagna che lo rendeva fresco anche nelle giornate più torride, dove Matilde e Alessia lo riempivano di coccole e manicaretti. Molti anni prima era stato solito frequentare posti diversi, seguendo le abitudini di amici o di chi lo aveva affiancato nelle varie epoche. Poi diversi anni prima, in una fase in cui non si accompagnava con nessuno, decise di trovarsi uno stabilimento che fosse suo. A lui piaceva andare nello stesso posto, vedere il rapporto con i titolari crescere e consolidarsi, per poi ricevere tutte quelle attenzioni che vengono riservate ai clienti storici. Quando si trattò di scegliere la zona si fidò delle sue reminiscenze giovanili. Da adolescente andava in vacanza, assieme alla sua famiglia, a Pescara nel quartiere della Pineta Dannunziana. Con gli amici, però, spesso andava a fare il bagno al Lido Riccio, una zona di mare dopo Francavilla, a ridosso del promontorio di Ortona. Quel tratto di mare era fatto di spiaggia mista a scogli e loro si divertivano, con maschere e pinne, a fingersi subacquei e fare immersioni per pescare poi alla fine solo un po' di cozze e qualche cannolicchio ma, non per questo, senza sentirsi degli eroi ed essersi divertiti di gusto. Quindi decise di ritornarvi e fare un giro per vedere se trovava un bagno che gli piacesse. Era un giorno di fine maggio e partendo dal promontorio si fece a piedi tutto il tratto, lato spiaggia, sino al penultimo stabilimento. Lo aveva colpito la bellezza del giardino alberato, a ridosso del mare, che fungeva da sala ristorante. Si fermò a mangiare e la proprietaria Adriana, sul finire di un ottimo pranzo, gli venne a chiedere se tutto era andato bene. Luciano, che gestiva la sala, lo aveva fatto servire con accuratezza e si era fermato a scambiare due chiacchiere con lui per conoscere il nuovo cliente. Infine, al bar, Paola e Lorenzo erano stati gentilissimi nello spiegargli le condizioni e i prezzi per quanto riguardava gli ombrelloni e il parcheggio.

Insomma era stato un amore a prima vista. Prese l'ombrellone stagionale e da quel giorno divenne un cliente talmente fisso da trasformarsi in un elemento architettonico permanente di quel complesso balneare. Poi, con il passare del tempo, aveva esteso ai suoi amici la passione per quel posto ed era frequente che facessero delle vere e proprie gite di gruppo.

Il viaggio era stato piacevole e già verso Manoppello si cominciava a sentire la fragranza della brezza marina. Fecero la solita fila alla rotonda del foro di Francavilla ma, appena giunti alla rotatoria, svoltarono verso l'entroterra per imboccare una scorciatoia che, attraverso le campagne, avrebbe loro consentito di saltare la coda. L'aveva scoperta Max, gli anni addietro, esasperato da una delle ennesime file. Finalmente giunsero al piazzale dello stabilimento. Già prima di arrivare avevano visto il mare che era una tavola ed era molto invitante. Era giugno e ancora non era il tempo dei grandi affollamenti, però c'era un discreto traffico e ciò faceva presagire che ci sarebbe stata una buona affluenza di bagnanti.

Passarono al bar per prenotare il tavolo e prendere il caffè.

"Ciao ben arrivati. Veramente non vi aspettavo."

Paola li aveva accolti con il consueto sorriso smagliante.

Nel frattempo si erano avvicinati anche Luciano e Lorenzo. "Tutti i giornali parlano di questo grande evento che hai allestito e pensavamo che oggi fossi già in piena fase organizzativa."

"L'ho obbligato io a venire," intervenne Elisa "è diventato insopportabile e allora l'ho portato qui almeno si rilassa, mangia e riposa al sole. A proposito Adriana è in cucina? La voglio salutare."

"La più bella di tutte," disse Adriana, rivolgendosi alla ragazza.

Sentendo le voci, era uscita dalla cucina. "Che vi preparo? Il solito?"

"Sì Adriana, così si sazia e oggi pomeriggio dorme."

"Va bene. Allora cozze, chitarrina allo scoglio e frittura. A dopo."

"I camion arrivano domani," disse Max rivolgendosi ai tre ragazzi, "quindi oggi siamo ancora liberi ed Elisa ha avuto la saggia idea di venire a rilassarci qui. Lorè ci fai due caffè cortesemente?"

"Avete fatto bene," disse Paola, "ma sabato a che ora dobbiamo stare a Sulmona? Per le nove e un quarto va bene?"

"Sì, ma non più tardi," rispose, "non vorrei che, tra il parcheggio e la folla, abbiate qualche ritardo a raggiungere la piazza."

Luciano rise con aria rassicurante. "Veniamo con la macchina mia, voliamo! Andatevi a stendere al sole, ci vediamo a pranzo".

Arrivarono sotto l'ombrellone e, il tempo di salutare i loro vicini Bruno e Cristina e Franco e Paola, vide che Elisa era già pronta. Costume bianco latte intero, fascia in tinta che le teneva i capelli tirati indietro, occhiali da sole bianchi *pendant* con il resto.

"Vado a sentire l'acqua". E si avviò verso il mare mentre tutti la guardavano. Non si sapeva se fosse più il costume a risaltare sulla pelle scura o la pelle scura a risaltare sotto il costume.

"Ti manca una croce rossa sulla schiena e potresti essere il pronto soccorso da spiaggia" le gridò dietro mentre lei, ancheggiando, passava tra gli ombrelloni facendogli, senza voltarsi, un gesto di ripicca col braccio.

"Ma dai!" esclamarono in coro Cristina e Paola, mentre Bruno e Franco ridevano a crepapelle. "Sta benissimo, è bellissima e poi, con quel fisico, può permettersi di tutto," aggiunsero, mentre la guardavano arrivare sul bagnasciuga ed entrare in acqua, tra lo sguardo ammirato della gente che si attardava tra l'acqua e la riva.

Indubbiamente in quella zona non si vedevano persone di colore, se non tra i venditori ambulanti, ma non era certo il colore della pelle ad attrarre l'attenzione dei passanti. A voler essere buoni si poteva pensare al fisico statuario e, a essere maliziosi, alla curiosità di vedere che effetto faceva il costume bianco dopo che si era bagnato.

"È meglio che la raggiunga. Me la rapiscono" disse Max mentre si avviava per seguire i suoi passi.

"Ti ci vuole la Delta Force per proteggere uno schianto di donna come Elisa" disse Franco con il suo accento modenese scatenando le risate generali.

Nonostante avessero iniziato ad andare al mare dai primi di maggio, anche in quel gruppo di amici estivi si era ambientata benissimo, prendendo confidenza specie con le signore.

Fecero una bella nuotata senza allontanarsi troppo dalla zona dove si toccava, perché Elisa non è che fosse un pesce e voleva rimanere sempre con la sensazione della sabbia sotto i piedi.

Quando uscirono Max la osservò attentamente ma non apprezzò trasparenze. Lei lo vide e capì il senso del suo sguardo.

Lo squadrò ridendo. "Ma secondo te sono così scema che mi compro un costume bianco senza stare attenta alla consistenza del tessuto?" gli disse con un sorriso malizioso. "Se volevo essere guardata, andavo nuda!".

Lui le lanciò uno sguardo fulminante e poi, ridendo, le apparecchiò il telo sul lettino e si sdraiò a fianco a lei per asciugarsi al sole. Si appisolarono quasi subito, accarezzati dalla brezza di giugno. Il pesce cucinato da Adriana era stato, come al solito, gustosissimo e sotto le palme della terrazza a pochi passi dal mare l'atmosfera era gradevole e rilassante.

Durante il pranzo avevano parlato dell'evento.

"Poi non mi hai più raccontato bene come hai fatto a convincere quelli della televisione ad entrare nel progetto," gli disse guardandolo con una espressione tra il serio e il divertito.

Max alternò lo sguardo tra lei e quella pantagruelica porzione di cozze, che riempiva il grande tegame di coccio, e ritornò, con il pensiero, a quei primi giorni di gennaio, appena dopo l'Epifania, quando da Pescara aveva preso l'aereo per Milano.

Erano arrivati dall'Africa verso la metà di settembre. In quei mesi, in cui Elisa si stava ambientando a Sulmona dove tutto, anche farsi una semplice tisana, era per lei nuovo rispetto ai modi di vivere ugandesi, era maturata quella sua idea che oggi reputava un pochino malsana. Ne aveva parlato con lei qualche tempo dopo il loro arrivo. Quando le aveva spiegato cosa aveva in mente era rimasta molto perplessa. Da donna molto riflessiva vedeva più ombre che luci. La reputava un'idea troppo ambiziosa e magnificente perché qualcuno potesse aderire e parteciparvi. Gli aspetti economici seguivano di pari passo la sontuosità del progetto e le risorse finanziarie da reperire non erano di poco conto. Ove, poi, avesse trovato chi lo volesse realizzare Max avrebbe dovuto profondervi tante energie e impiegarvi molto lavoro e tempo. Infine era una iniziativa che non gli cambiava la vita e della quale si poteva, francamente, fare anche a meno. Ma era una donna che tendeva a rispettare molto la libertà degli altri, anche del suo compagno. Lo aveva solo pregato di aspettare qualche mese affinché avesse, in quei primi tempi, ancora la possibilità di starle vicino e dedicarsi a lei nel primo periodo di ambientamento in quella nuova città. Lui non era potuto restare insensibile a quella richiesta e soprattutto non aveva potuto trascurare quelle sagge riflessioni. Le aveva promesso che non ci avrebbe più pensato e che non ne avrebbe più parlato sino a Natale. In quel periodo avrebbero ripreso il discorso. Tutto sarebbe dipeso da quanto Elisa si sarebbe trovata bene in Italia, dal livello di confidenza con la lingua, dal suo inserimento con le sue amicizie e con il tessuto sociale di quella città. Se le cose fossero andate bene e la situazione della sua compagna fosse stata tranquilla ne avrebbero riparlato, valutando se, come e quando lui avrebbe fatto quella vera e propria pazzia. L'idea era folle, ma lui se n'era innamorato. Non aveva però, al contempo, nessuna intenzione di lasciarla da sola, anche se per intervalli di tempo più o meno brevi, se non aveva la certezza che non avesse bisogno di lui e non si sentisse trascurata.

La guardò mentre immergeva una cozza nel sughetto. "Non è stato difficile dopo. È stato difficoltoso quello che i latini chiamano *l'incipit*. L'inizio. Il primo passo. L'attacco. Il modo come si affronta il primo gradino di una lunga scalinata o si entra in scena in un teatro affollato o, se vuoi, la prima parola con cui si apre un discorso in una sperduta sala docenti dell'Uganda, con una donna che non si conosce, ma di cui ci si è perdutamente innamorati, per conquistarla".

Fece una pausa strategica, sorridendole sornione.

"Sciocchino, non sei stato bravo tu," replicò lei, con un broncio impertinente e dispettoso, "sono stata io che ho ceduto subito, perché mi sono mossa a compassione," illuminandolo poi con un caldo sorriso. Lui si ricompose in un tono serio.

"I Romani avevano il dono della sintesi e il latino era una lingua essenziale. Una parola racchiudeva il significato di un discorso o di una intera filosofia. L'*incipit* non è una parola, è un concetto; è quel primo passo di una impresa talmente importante che, a seconda di come viene compiuto, fa conseguire tutta la riuscita dell'opera o del progetto."

"Ma tu non riesci a dare una risposta semplice senza fare ogni volta una conferenza?" gli disse ridendo.

"Ormai mi hai conquistata, non c'è bisogno che fai il dotto e il sapiente," concluse prendendogli la mano e accarezzandola con tenerezza, facendo così intendere che pensava esattamente il contrario di quello che aveva detto.

"E poi questo '*inkipit*' come è andato?"

"Amore, *incipit, incipit*, con la 'c' dolce come se, in inglese, fosse il 'ch' di *children*."

Dopo i festeggiamenti di Capodanno, una sera, erano allungati sul divano, scaldati dallo scoppiettante fuoco del camino, e guardavano distrattamente un programma musicale. Aveva notato che Elisa, ormai, seguiva l'italiano televisivo in maniera abbastanza fluente. Avevano passato delle belle feste.

La domenica che precedeva il Natale si giocava l'ultima giornata di campionato, prima della sosta natalizia, e c'era Juve - Milan, una partita che raccoglieva sempre grande attesa tra gli appassionati di entrambe le squadre. Lei, di calcio, non sapeva praticamente nulla ma, durante l'autunno, si era unita al suo compagno quando guardava le partite e aveva cominciato a incuriosirsi e a divertirsi soprattutto per il colore del tifo, che lui metteva in mostra urlando e imprecando come un forsennato. Quando un amico di Max li aveva inviatati a vedere la partita a casa sua, lei aveva accettato con entusiasmo.

"Sono curiosa di vedere se questa malattia è solo tua o è contagiosa."

"Assolutamente sì," le rispose "si chiamano pure come noi".

"Cioè?"

"Massimo ed Elisa."

Lei si mise a ridere. "Allora devono essere proprio simpatici."

Massimo aveva esteso l'invito anche a Filippo e a Davide e Antonella.

Quando arrivarono li aveva accolti indossando una sciarpa bianconera ma la risposta di Max e Filippo fu immediata. Si aprirono i giacconi mostrando i vividi colori di due magliette rossonere.

Avevano preparato un simpatico buffet a base di focacce bianche, affettati e porchetta.

Elisa andò incontro alla sua ospite abbracciandola. "Siamo omonime, un motivo in più per stringere una lunga amicizia."

"Così, se uscite in coppia, quando vi incontriamo risparmiamo le parole. Basta dire 'Ciao Elisa'," disse Antonella ridendo andandole incontro per salutarla. Era la moglie di Davide, il collega di Max, il quale già stava amabilmente commentando con Filippo le formazioni che sarebbero scese in campo.

"Filippo guarda che non ti ho invitato per affiancare tuo padre con un secondo milanista e bilanciare l'equilibrio del tifo, visto che io e Davide siamo juventini, ma perché mi stai più simpatico di lui," gli disse Massimo mentre gli porgeva il piatto con gli affettati.

"Lo so, lo so," disse Filippo "ma tanto perdete lo stesso. Nonostante mi lusinghi sai che sono implacabile".

"Forse sarebbe il caso di affrettarci, tra un po' comincia la partita."

Mentre consumavano le stuzzicanti leccornie, Davide spiegò a Elisa il rituale delle partite viste a casa di amici.

"Si mangia sempre prima. La cena è dedicata al momento più bello che è quello del pre-partita, quando si fanno tutti i commenti sulle formazioni e le previsioni su quel che accadrà."

"Perché il più bello?" chiese Elisa.

"Perché non c'è ancora nessuno che abbia perso," rispose Davide con un sorriso furbo.

"Durante la partita dobbiamo essere tutti concentrati con questo slogan 'birra, pop-corn e parolaccia libera'. Alla fine un quarto d'ora di commenti nei quali i vincitori consolano gli sconfitti e poi tutti a casa."

Elisa rise di gusto e alzò il pollice in segno di approvazione.

La partita finì 2 a 2, senza vinti né vincitori. Montagne di pop-corn e diverse birre avevano accompagnato lo spettacolo che avevano guardato in un clima cordiale e di grande allegria.

"Mi sono davvero divertita," gli disse, mentre tornavano a casa "i tuoi amici sono simpatici ma, quando guardate le partite tutti insieme, diventate davvero esilaranti".

La vigilia di Natale avevano avuto ospite Filippo il quale, dopo cena, era stato raggiunto dagli amici con i quali avevano scherzato allegramente e brindato allo scoccar della mezzanotte. Il giorno dopo Annarita li aveva invitati a pranzo. Era l'ex moglie di Max. Con lei, come con Filippo, Elisa aveva subito familiarizzato, era entrata in un certa confidenza, aiutata dal suo carattere accondiscendente e dal suo garbo che si incontrava particolarmente con quello di Annarita. Era andata un po' prima per aiutarla nei preparativi del pranzo e, mentre avevano sistemato la sala, si era deliziata a commentare la bellezza dei mobili e delle tante cose che arredavano la casa.

A Capodanno erano stati a cena, insieme agli amici, a casa di Franca e si erano divertiti tantissimo nell'ascoltare i racconti delle loro vicende giovanili, delle tante sciocchezze e delle varie brutte figure che a turno avevano fatto. Insomma avevano rispolverato la storia della loro intera goliardia giovanile. Ovviamente Max era stato il bersaglio più colpito, nelle schermaglie di prese in giro e di scherni, che si erano vicendevolmente fatti. Le feste di Natale erano state la cartina tornasole dalla quale si era potuto misurare il grado di inserimento di Elisa nella sua nuova vita a fianco al suo compagno.

Quella sera, davanti al camino, era stata lei a riaprire il discorso, probabilmente leggendogli nella mente, ben sapendo che lui difficilmente avrebbe ripreso l'argomento senza un suo cenno o segnale di disponibilità. Lei lo aveva rassicurato circa il suo adattamento. Non avrebbe sofferto e tantomeno si sarebbe sentita persa se lui, impegnato nella organizzazione dell'evento, si fosse assentato per qualche giorno. Ormai aveva padronanza anche della guida della autovettura e conosceva bene le strade non solo di Sulmona ma anche del circondario. Nei mesi precedenti avevano girato abbastanza anche perché c'erano posti che meritavano di essere visti. Avevano fatto il giro della Majella che, partendo da Pacentro e Passo San Leonardo e attraverso Campo di Giove, portava fino a Roccaraso. Così come, in un'altra occasione, dopo aver visto Scanno, si erano spinti sino a Barrea ed erano andati a visitare il Parco Nazionale d'Abruzzo. Tutte le volte aveva fatto guidare lei, pure sulla neve dell'Aremogna, allo scopo di renderla padrona della situazione ma anche della aderenza della strada in avverse condizioni atmosferiche. Specie a gennaio erano solite, a Sulmona, abbondanti nevicate ed Elisa doveva essere in grado di muoversi anche da sola.

Rifletterono insieme che una manifestazione, tipo quella che era nella testa di Max, poteva celebrarsi solo all'aperto e quindi nei mesi estivi. La Giostra Cavalleresca e i suoi preparativi occupavano tutto il mese di luglio e buona parte di quello di agosto, quindi il mese migliore per organizzare il tutto era giugno, anche perché, in quel periodo, non vi erano eventi che arricchissero le serate sulmonesi. Valutarono che non era poi così lontano e che, se non si voleva entrare in affanno, lui doveva mettersi in movimento subito dopo l'Epifania.

E si era quindi trovato a bordo del volo Alitalia che lo portava da Pescara a Milano. Elisa non si era interessata più di tanto al resto della organizzazione. Seguiva i suoi racconti ma non interloquiva molto. Si era fatta coinvolgere limitatamente alla decisione iniziale e alla individuazione della data. Per il resto era una scelta del suo uomo e lei, oltre che a dargli ascolto e qualche consiglio, cercava di non interferire. Max le aveva raccontato che, per trovare qualcuno che finanziasse un evento di quel tipo, bisognava individuare chi vi ravvisasse l'interesse e le potenzialità per poterci trarre un utile e quindi guadagnarci. E l'unico tipo di imprenditore che avrebbe rinvenuto un sicuro guadagno, da una cosa del genere, sarebbe potuto essere esclusivamente l'editore di una rete televisiva. Vi avrebbe intuito la potenzialità di poter realizzare una importante raccolta pubblicitaria e di poterla rivendere al maggior numero di televisioni. Lui aveva in mano la carta che avrebbe recitato il ruolo risolutivo, per scatenare quel tipo di interesse, ma, per farla fruttare, era necessario trovare un imprenditore che avesse rapporti a livello planetario. Bisognava quindi contattare una rete televisiva che fosse in grado di arrivare in tutto il mondo e che avesse una dimensione non solo italiana ma anche internazionale. L'unica era la 'Comet among the star' chiamata più brevemente 'Comet'. Si trattava di una rete televisiva satellitare, fondata in Gran Bretagna, che rapidamente aveva assunto dimensioni continentali aprendo sedi in ciascuno dei paesi europei. Aveva una struttura e una disponibilità economica smisurata, tanto da potersi permettere un finanziamento importante come quello necessario per realizzare il progetto di Max, e aveva le dimensioni per diffonderne le immagini in tutto il mondo sì da realizzare guadagni talmente ingenti da giustificare l'investimento.

"Amore" le disse, distogliendosi dalle cozze, e cominciando a rispondere finalmente alla sua domanda.

"Si trattava solo di convincerli che quell'evento sollecitasse l'interesse, non solo del pubblico italiano o dell'intera Europa, ma addirittura di tutto il pianeta."

"Una bazzecola," disse lei con un sorriso furbo, "io non ci avrei mai creduto."

"Neanche io."

E affondò una fetta di pane abbruscato nel sugo delle cozze.

Quando era sceso dal taxi si era guardato attorno ammirando Via Dante. Lui era innamorato di Roma ma aveva dovuto riconoscere che Milano aveva il suo fascino. Gli alti e imponenti palazzi, che facevano da cornice a una delle strade più importanti della capitale lombarda, trasudavano operosità, senso degli affari, progettualità.

La statua del Parini, per la sua storia binaria di religioso e di illuminista, sembrava essere un monito affinché, anche negli affari, non si perdesse di vista il senso dell'etica e del rispetto dei valori.

La importante arteria milanese collegava largo Cairoli e il Castello con Piazza Cordusio, nella quale sfociava assumendo una forma triangolare. Fu aperta al transito all'incirca dopo il 1880 allo scopo di creare un collegamento viario con il Castello. L'idea di creare tale collegamento fu contestuale agli interventi che, in quegli anni, avevano ridisegnato il centro della città.

Una lucente targa in ottone con la scritta COMET decorava l'elegante portone dal quale si accedeva all'androne, sorvegliato dalla portineria. Sul fondo faceva capolino un cortile interno con diverse autovetture parcheggiate. Il portiere gli disse che gli uffici direzionali della compagnia erano all'ultimo piano e gli indicò l'ingresso all'ascensore.

"Mentre salivo pensai a quel che avrei dovuto dire, a quel che non avrei dovuto dire e quindi giunsi alla conclusione che non sapevo da dove cominciare," le disse, guardando poi Luciano che stava servendo loro una nuova terrina con due gigantesche porzioni di chitarra allo scoglio.

Aveva preso l'appuntamento inviando una lettera con la sua carta intestata e rappresentando, semplicemente, che aveva delle importanti proposte di affari da sottoporre all'attenzione del Presidente. Sarà per il carattere professionale della lettera, che incute sempre una certa autorevolezza, o per il tono di mistero del messaggio, che poteva ingenerare una certa curiosità, resta il fatto che, dopo due giorni, aveva ricevuto, per e-mail, l'indicazione del giorno e dell'ora in cui si sarebbe dovuto recare a Milano per incontrare i dirigenti della rete televisiva.

Quando la segretaria lo aveva fatto entrare un grande silenzio avvolgeva l'ampio corridoio, sul quale si affacciavano diverse porte bianche molto grandi con maniglie di ottone, tutte rigorosamente chiuse.

"Come entrai apprezzai il carattere asburgico dell'atmosfera."

Mentre lui parlava Elisa stava gustando la chitarrina come un bambino goloso e aveva, attorno alle labbra, un cerchio rosso di sugo.

"Nonostante sembrasse un appartamento deserto si avvertiva che dietro ogni porta vi era una fucina di operosità. Mi fecero entrare nella anticamera dell'ufficio del Presidente e, ti giuro, ancora non sapevo da dove cacchio cominciare. Poi, quando si affacciò la segretaria per dirmi che mi potevo acco modare, come mi alzai pensai a te, pensai che non ti potevo dare una delusione e, all'improvviso, mi venne l'ispirazione."

"Mmmm! Mi fai sentire importante" disse Elisa guardandolo con aria compiaciuta.

Lui la guardò ridendo.

"Pulisciti la boccuccia che sembri una creatura," le disse proseguendo il racconto.

Il Presidente, molto distinto ed elegante, lo aveva accolto con un sorriso cordiale e, invece di farlo sedere davanti la scrivania, lo aveva invitato ad accomodarsi in un comodo salotto posto di lato sotto la finestra. Sulla parete di fronte vi era un quadro che rappresentava una strada di Milano sotto la pioggia con una carrozza al centro.

Max lo guardò. "Quello è un Mosè Bianchi, 'Vecchia Milano'. Da Monza".

Il Presidente aveva seguito il suo sguardo e annuì un po' sorpreso.

"Lei si intende di pittura?"

"No! Ma mi appassionano le storie strane e, quando le incontro, tendo ad approfondirle. La storia di due pittori contemporanei, entrambi di nome Mosè Bianchi, ma distinti, perché l'uno di Lodi e l'altro di Monza, mi incuriosì e andai a leggere le loro vicende."

Il Presidente lo guardò con espressione sempre più interessata.

"Gradisce un caffè?"

All'assenso di Max si alzò per premere un pulsante sulla scrivania e quindi si risedette davanti il suo ospite.

"Mi dica, quali sono le ragioni che la hanno spinta a venire a trovarmi?"

Lui lo guardò, restando rilassato sul divano con la gamba accavallata, perfettamente consapevole che quello era il momento più importante, era *l'incipit*, di Romana memoria, di cui aveva parlato a Elisa.

"Credo sia opportuno premetterle che non prenderei mai sul serio una persona che venisse a dirmi quel che io sto per dire a lei."

Aveva esitato affinché il concetto fosse ben metabolizzato dal suo interlocutore.

"Sono un professionista, di una certa esperienza, nel mio ambiente abbastanza apprezzato, che ha raccolto risultati lusinghieri. So capire perfettamente quando un discorso o una proposta rappresentano una assurdità. E so perfettamente che quello che sto per dirle rappresenta una assurdità. Ma se con tale consapevolezza sono venuto egualmente da lei a parlargliene, considerando che per quel che le ho detto su di me non sono da annoverare tra i pazzi, vuol dire che i casi sono due..."

"Quali?" gli chiese il Presidente.

"...o quel che le sto per dire non è affatto assurdo, a dispetto della prima apparenza, o è talmente assurdo da essere geniale," concluse Max, mantenendo sempre un atteggiamento di totale rilassatezza fisica e psicologica.

"Spero molto nella seconda opzione. Continui," disse il Presidente attentamente interessato al suo discorso.

Lui lo guardò. Aveva capito che aveva vinto. Come scuola latina insegna, *l'incipit* è fondamentale.

"Lei non conosce Sulmona. Ha una piazza meravigliosa. È il teatro di numerose manifestazioni e colora tutto quello che vi viene celebrato, con le eleganti tinte del fascino e del bello. Lì si svolgono due eventi molto particolari. Uno è la 'Giostra Cavalleresca'. L'altro è la processione della 'Madonna che scappa in piazza'." Prese il tablet e lo offrì al Presidente. Aveva appositamente preparato delle immagini delle due manifestazioni. Attese che il suo interlocutore finisse di guardare quello che gli aveva preparato.

148

"Davvero un bello scenario. Specie le foto fatte di sera con il campo di terra. Quelle sono le foto della giostra vero?"

"Sì, la manifestazione si svolge il tardo pomeriggio e finisce la sera regalando, a chi ha la fortuna di vederla, delle suggestioni dettate dal tramonto davvero incredibili."

"Me ne parli."

"Si tratta di una manifestazione rinascimentale che trae le sue origini dagli ultimi anni del Quattrocento, anche se le documentazioni esistenti risalgono solo alla metà del Seicento. Era una giostra equestre che si svolgeva a Sulmona, nella medesima piazza attuale, due volte l'anno in occasione di due importanti fiere che cadevano una il 25 marzo e l'altra il 15 agosto. Nella edizione moderna, che è stata rievocata per la prima volta nel 1995, l'appuntamento è annuale e cade nell'ultima settimana di luglio. La città di Sulmona è stata divisa in sette rioni o quartieri o, per dirla alla senese, in sette contrade di cui quattro Sestieri e tre Borghi. I Sestieri erano i sei quartieri nei quali erano, all'epoca, tradizionalmente divise le città mentre i Borghi erano le comunità fuori le mura. A Sulmona se ne annoverano solo quattro, perché gli altri due non partecipano alla giostra. A ognuno dei Sestieri e dei Borghi è abbinato un cavaliere e si sfidano l'uno contro l'altro. La competizione consiste nel percorrere un otto, tracciato nel campo di gara che è quello rappresentato nelle foto, e i cavalieri devono infilare con le lance degli anelli di diverso diametro, appesi alle tre sagome chiamate mantenitori, che incontrano lungo il loro percorso completo. Per stabilire chi è il vincitore della sfida viene assegnato a ognuno dei due cavalieri un punteggio, determinato dal numero degli anelli infilati e dal loro diametro. Più piccolo è l'anello e maggiore è il suo punteggio. Infine si tiene conto del tempo impiegato per compiere il percorso. Come le ho detto la manifestazione si svolge in due giorni nella splendida cornice della piazza che, per l'occasione, viene riempita di terra raffinata, per favorire la corsa dei cavalli, e viene corredata di tribune. Dai risultati delle singole sfide incrociate si stila una classifica e i primi quattro si contendono una semifinale e poi la finale che si svolgono, a eliminazione diretta, nella giornata di domenica. Al Sestiere o Borgo vincitore viene assegnato un Palio, uno stendardo artistico realizzato all'uopo per quella edizione della competizione. Corollario di tale manifestazione è il corteo storico che sfila per la città, sia il sabato che la domenica, in apertura e chiusura della manifestazione. È la sfilata con la quale tutti i Borghi e Sestieri, muovendo dalle loro sedi, raggiungono il campo di gara. Ognuno di essi vi partecipa facendo sfilare il Capitano, il cavaliere, gli armigeri, le dame, i nobili e altri figuranti. Tali rappresentanze sono precedute ognuna dal proprio gonfalone e dal proprio battaglione di tamburini, suonatori di fiati e sbandieratori, tutti abbigliati con splendidi vestiti rinascimentali perfettamente curati, dalle acconciature dei capelli ornati di gioielli sino alla punta delle scarpe e assolutamente fedeli a quelli dell'epoca. Chiude il corteo la Regina d'Aragona, che premierà il vincitore, impersonata quasi sempre da una stella del cinema o dello spettacolo. Io ricordo, con particolare piacere, Anna Falchi che interpretò quel ruolo con molta eleganza e classe. Si tratta di un corteo molto bello e suggestivo e di una notevole importanza in quanto, solitamente, sfilano tra i cinquecento e seicento figuranti."

Max fece una voluta pausa, per stimolare un commento del suo ascoltatore, che non tardò ad arrivare.

"Molto interessante. Non sapevo di questa manifestazione. Strano ci sia sfuggita. Credo che sarò costretto a fare un giretto nelle nostre redazioni per verificare come passano il tempo," sottolineò, con un sorriso, il Presidente.

"Mentre l'altro evento di cui mi parlava? Dalle foto mi sembra una manifestazione religiosa."

"Infatti. È una sacra rappresentazione. Si svolge ogni anno la domenica di Pasqua. Ha origini molto antiche. La Confraternita di Santa Maria di Loreto, detta anche della Tomba, che la organizza ha una storia che si fa risalire alla figura di Celestino V, anche se gli atti più datati rinvenuti risalgono ai primissimi anni del Settecento. È la rievocazione dell'evento nel quale gli Apostoli Pietro e Giovanni si recano a casa di Maria per comunicarle che Cristo è risorto. Nella manifestazione sono rappresentati da due statue, così come la Madonna e il Cristo. I due Apostoli, per darle la novella, salgono alla sua casa, simbolicamente posta nella chiesa di San Filippo, a una delle estremità del lato lungo della piazza. Lei non crede a una notizia che in effetti appare del tutto inverosimile; non crede a Giovanni e tantomeno a Pietro, di cui non si fida per le tre volte in cui, il giorno prima, aveva rinnegato Gesù. Al secondo tentativo di Giovanni però, il terzo della serie, accetta di uscire per andare a vedere cosa sia successo, anche se ancora fortemente dubbiosa e scettica. Infatti, la statua esce dalla chiesa totalmente vestita di nero e scende nella piazza ove comincia a percorrere, con passo lento, ondeggiante e cadenzato, il lungo percorso tracciato con le transenne tra la folla, al termine del quale vi è la statua di Gesù risorto. La statua della Madonna è sostenuta da quattro portatori e una guida che si posiziona davanti e al centro dei primi due. Esattamente sotto la statua, con la testa dentro la sua base, cammina, a passo con gli altri cinque, un sesto elemento che recita un ruolo importantissimo e fondamentale. Giunta più o meno alla metà del suo percorso la Madonna scorge da lontano Gesù, lo riconosce e capisce che è davvero risorto e quindi esplode tutta la sua gioia. Come avrà visto dalle immagini, a un preciso comando della guida con delle parole tradizionali e rituali, la statua, simultaneamente e in una frazione di secondo, dismette il vestito nero, perde il fazzoletto con cui si asciugava il pianto e al posto del quale spunta una rosa, e, apparendo in un festoso e gioioso abito verde, comincia a correre verso Gesù mentre da sotto il manto caduto volano i colombi bianchi in segno di pace e festa. Il vestito nero cade in virtù di un complesso e segreto meccanismo, fatto di cavi e tiranti, che l'uomo sotto la statua tira al momento del via della guida. Tale meccanismo è un segreto che si tramanda da anni all'interno di una sola famiglia sulmonese. Dalla buona riuscita della caduta del manto e della corsa è tradizione trarre i buoni auspici per l'anno a venire."

151

"Molto bello, affascinante e credo che se visto dal vivo, anche molto emozionante," disse, "ma lei non è venuto per propormi di fare un video su una di queste manifestazioni, vero?"

"Invero no" rispose mostrando di apprezzarne l'acutezza.

"Volevo solo farle percepire la bellezza del posto, le emozioni che può suscitare e che quindi può valer la pena organizzarci qualcosa di importante e straordinario."

"Dunque?" replicò il suo interlocutore, guardandolo in segno di attesa.

Capì che era ora di scoprire le carte. Prolungare la fase introduttiva avrebbe rischiato di creare solo irritazione e il sospetto che tutto fosse una montatura.

Armatosi di un piglio risoluto gli espose la sua idea illustrando, nel dettaglio, il tema dell'evento. Ne descrisse tutte le pieghe e i risvolti. Come sistemare la piazza, come portare e dove convogliare il pubblico, gli artisti da coinvolgere come protagonisti e interpreti dell'evento, chi invitare tra gli ospiti di eccezione. Gli illustrò la tempistica e la scaletta. Chi avrebbe dovuto condurre l'evento. Gli espose quali sarebbero state le fonti dei proventi e tutte le strutture logistiche e di trasferimento da allestire.

Infine trasse dalla borsa un corposo fascicolo, che non era altro che quanto appena illustrato, trascritto in un dossier fatto di schede molto dettagliate e corredato anche da foto e disegni dei posti.

Il manager lo guardò perplesso.

"Mi devo innanzitutto complimentare perché lei mi ha illustrato un progetto esecutivo che è risultato di gran lunga migliore di quanto sarebbero stati capaci di fare nelle mie strutture tecniche. Ma mi spiega per quale motivo, secondo lei, questa manifestazione, per quanto così importante e di alta attrattiva tra l'opinione pubblica per il prestigio, la popolarità e le qualità dei personaggi che lei mi ha elencato, dovrebbe avere una risonanza mondiale talmente grande da indurre le televisioni di mezzo pianeta a comprarne, dalla mia compagnia, i diritti di trasmissione e a permetterci di fare anche una raccolta pubblicitaria strepitosa?" Si accomodò meglio sulla poltrona. "Un investimento," proseguì, "come quello che si presenta necessario, per compensi, trasferimenti da oltre oceano, soggiorni in alberghi, sicurezza, tecnici, palco e quant'altro, si giustifica solo se l'evento raggiunge una *audience* di un miliardo e mezzo di persone. Tenga conto che stiamo parlando di numeri da finale di coppa del mondo di calcio o da eventi straordinari come i funerali di Papa Giovanni Paolo II. E ripeto, sebbene i nomi fatti attrarrebbero moltitudini di folle, non sarebbe la prima volta che viene realizzato uno spettacolo del genere, non sarebbe una novità assoluta e, pure se lo fosse, non credo che possa raccogliere una *audience* planetaria quale quella di cui stiamo parlando."

Lui lo aveva guardato sapendo che gli argomenti posti sul tappeto erano più che fondati, ma doveva ancora trarre fuori la carta vincente.

"Lei ha perfettamente ragione," disse, "ma non so se ha notato che io le ho illustrato solo la prima parte dell'evento, che si terrà nella prima ora circa, e non la seconda che si terrà dopo."

"Sì, infatti l'ho notato ma ho pensato che anche la seconda seguisse il canovaccio della prima parte. Perché? Cosa dovrebbe succedere di così straordinario?"

Max rimase a fissarlo per qualche istante.

"Nella seconda parte verranno rivelati e illustrati fatti che scuoteranno violentemente fin dalle viscere, come se cadesse sul pianeta l'asteroide del film Armageddon, l'intero mondo dello spettacolo. Una cosa talmente grande e stupefacente che tutto il mondo ne sarà colpito e ne parlerà per anni."

Il Presidente lo guardò con tono sarcastico.

"Lei sta bluffando spudoratamente."

"Lei si rende conto, perché è manager di una impresa che lavora nel campo della comunicazione, che la parte del programma, di cui le ho fatto cenno, per scatenare una attenzione planetaria deve rimanere un segreto. Diversamente il suo effetto di novità e sorpresa si esaurirebbe nel momento in cui venisse rivelato. Comprenderà certamente che si deve lavorare, per creare l'attesa della scoperta, facendo sapere che vi è un mistero che sarà svelato nel corso della manifestazione. Ciò farà sorgere su di esso la attenzione e la curiosità della gente e, di conseguenza l'*audience*, che aprirà le porte a un mercato pubblicitario florido. Cosa di cui credo lei sia un maestro."

"Io non vado avanti se non mi dice di cosa stiamo parlando."

"Cosa mi garantisce che, dopo che io le abbia rivelato la cosa più importante della vicenda, lei accetti di realizzare l'evento e firmi sicuramente il contratto? Se lei non accetta io devo trovare un altro interlocutore, ma lei sarebbe a conoscenza di un segreto che non avrebbe alcun interesse a mantenere."

"Uno di noi due deve rischiare. Ma se lei vuole che questo progetto si completi deve valutare l'ipotesi di essere lei quello che azzarda perché, finché non so di che si tratta, io lo ritengo e lo valuto una cosa di ordinarissima amministrazione e non meritevole di investimenti di alcun genere."

Max capì che erano al capolinea. Aveva ragione il Presidente: uno dei due doveva rischiare ma l'unico che aveva un concreto interesse a farlo era lui.

"Ci sono momenti nella vita in cui ti rendi conto che nel disegno che ti sei fatto nella testa, circa la realizzazione di un progetto o il raggiungimento di un obiettivo, qualcosa sfugge alla pianificazione. Non puoi programmare tutto in maniera tale da essere garantito alla perfezione. Subentra sempre qualcosa di imponderabile che non dipende più dalla capacità organizzativa ma dipende da eventi esterni, a volte accidentali, a volte legati alla volontà o al comportamento di altri soggetti. In questo ultimo caso l'unico elemento che può subentrare, per colmare le lacune della programmazione e della mancanza di garanzie, è la lealtà, l'onore."

Il Presidente lo ascoltò con attenzione. Aveva capito il senso del suo ragionamento e aveva intuito ove volesse arrivare.

"Non posso far nulla d'altro se non fidarmi del mio intuito

e delle sensazioni 'a pelle' che ho avuto stringendole la mano e parlando con lei. Queste sensazioni mi dicono che lei è una persona seria e leale. Io sono sicuro che, quando le rivelerò la seconda parte del programma dell'evento, lei sarà disposto a finanziare la manifestazione. Mi dia la sua parola d'onore che lei, subito dopo aver ascoltato quello che le ho da dire, mi fornirà un impegno scritto alla realizzazione del progetto."

Il Presidente lo guardò con piglio molto serio. "Le do la mia parola d'onore che, dopo aver ascoltato il suo racconto, le firmerò un impegno scritto qualora ritenga davvero meritevole l'iniziativa. Mi impegno altresì a non divulgare ad altri quello che oggi mi racconta."

Max aveva tratto un foglio, dalla sua borsa, e con la penna vi scrisse sopra poche righe per porgerlo poi al suo interlocutore.

Il Presidente lo prese e lesse quanto vi era scritto. Rimase per diversi secondi stupefatto.

"Lei non sta scherzando? Quello che è scritto qui è vero?"

Lui aveva ripreso la borsa e ne prese un secondo fascicolo che gli porse.

"Contiene il programma della seconda parte dell'evento nel dettaglio. E anche delle foto che le confermano che quel che le ho scritto è vero."

Il manager prese i documenti e li esaminò ma con molta rapidità. Si soffermò, invece, sulle foto che guardò con attenzione.

"Questa è la piazza dove si svolgerà l'evento vero? Quella di cui mi ha mostrato le immagini e i video della Giostra e della processione della Madonna?"

"Esatto" rispose Max.

"Lei ha ragione. Ci troviamo davvero di fronte a qualcosa di sensazionale ed esplosivo. Non immaginavo affatto si trattasse di una cosa del genere. Davvero scuoterà il mondo dello spettacolo dalle fondamenta."

Il Presidente alzatosi si avvicinò alla sua scrivania e premette un pulsante. Mentre entrava la segretaria lo invitò ad avvicinarsi e a sedersi davanti a lui.

La signorina prese posto davanti un computer, posto di lato alla scrivania, e rimase in attesa.

"Scriva sulla mia carta intestata" le disse, iniziando poi a dettare.

"Nella mia qualità di Presidente della Comet among the star -divisione Italia S.p.A. assumo formale impegno, in nome e per conto della società da me rappresentata, a finanziare integralmente l'evento descritto nelle schede allegate alla presente dichiarazione e secondo lo schema di programmazione ivi illustrato. Riservo, per la società da me rappresentata, tutti i diritti di trasmissione dell'evento in diretta televisiva, con facoltà di cederli o sub-cederli a uno o più soggetti. Entro dieci giorni da oggi verrà stilato regolare contratto.'".

"Signorina cortesemente stampi quello che ha appena scritto e faccia fare una copia di questi due fascicoli" aggiunse poi a chiusura della sua dettatura.

Max lo guardò con un sorriso sornione. "Non c'è bisogno. Le ho io."

Si chinò verso la borsa e trasse due fascicoli perfettamente identici ai primi. Il Presidente lo guardò sorridendo e gli disse.

"Lei o è un ottimista o è un tipo sicuro."

"Non sono mai certo del risultato ma sono sempre sicuro dei miei mezzi, dei miei argomenti e del mio impegno!"

Il manager esitò un attimo, a tale risposta, e poi si alzò per accomiatarlo.

"Come vede sono stato di parola. Ci vediamo tra dieci giorni per la stesura del contratto definitivo. Ma lei cosa ci guadagna?"

"Non ho pensato al guadagno quando ho concepito questa idea. E francamente ora non è un aspetto che mi interessa. Ci sono ben altre motivazioni che mi hanno spinto. Tantomeno andrò alla ricerca ossessiva di un utile. Vivrò questa esperienza della organizzazione con serenità e senza particolari aspettative. Se si dovessero presentare delle opportunità saranno valutate e forse anche ben accette."

Si era alzato e lo aveva salutato calorosamente.

Via Dante e Milano ora erano più belle, si era girato a guardarsi intorno un attimo ma il taxi era già arrivato.

Max guardò Elisa, che nel frattempo stava gustando la frittura di paranza, facendole intendere, con l'espressione, di aver concluso il lungo racconto.

Lei lo aveva ascoltato con molta attenzione ma, con altrettanto impegno, si era gustata anche tutte le portate compresa la valanga di chitarrina allo scoglio di cui era golosissima. Non c'era niente da fare, gli stranieri, che decidevano di vivere in Italia, diventavano i più accaniti ed entusiasti 'pastaroli' che potessero esistere.

"Certo che sei stato abile. Devo riconoscerlo. Io ti avrei cacciato a pedate."

"Tu non mi avresti cacciato da nessuna parte perché non facevi a tempo a conoscermi e ti innamoravi di me."

"Già fatto. E già totalmente pentita."

"Guarda che i pentiti, in Italia, fanno una brutta fine."

"Che vuoi dire?"

"Niente... cose nostre!" concluse Max ridendo.

Erano ridiscesi in spiaggia e si erano allungati sui lettini. Il transito attraverso la terrazza non era passato inosservato agli ospiti del ristorante, tutti con gli occhi incollati addosso a Elisa.

Dopo pochi minuti, in piena fase digestiva per l'abbondante pranzo, crollò in un sonno profondo e, a tratti, anche rumoroso.

Max riposò a lungo e anche profondamente perché si svegliò solo quando sentì un brivido gelido sulla schiena e una pericolosa sensazione di umido e poi di bagnato.

Aprì gli occhi e, senza alzarsi per niente ma girando solo la testa, vide Elisa che rideva a crepapelle mentre gli stava versando piano piano, con un annaffiatoio recuperato chissà dove, una colata di acqua di mare partendo dal collo per scendere lungo la schiena. Al contempo sentì le risate dei loro amici che, come al solito, si godevano tutti gli scherzi che gli faceva la ragazza.

Si sollevò all'improvviso dal lettino con atteggiamento bellicoso.

Lei aveva capito le sue intenzioni e si era prontamente scostata ridendo e fingendo di fuggire.

Lui la rincorse e l'afferrò dopo pochi metri, la sollevò di peso e, caricatasela su una spalla, si avviò verso il mare mentre lei alternava risate a gridolini e agitava freneticamente le gambe. Giunto a un punto in cui l'acqua gli arrivava al costume fece precipitare la ragazza in acqua.

Lei emerse, sempre ridendo.

"Adesso ti acchiappo stronzetto!" gli gridò.

Gli saltò letteralmente addosso sulla schiena cercando col suo peso di farlo cadere in mare.

Non ci sarebbe riuscita ma lui si fece battere e finirono entrambi sotto l'acqua. Dopo pochi secondi riemersero intrecciati in un intenso e profondo bacio.

"Passiamoci un po' i teli e poi ci finiamo di asciugare mentre camminiamo verso la stazione" disse lei.

Si presero per mano e si avviarono camminando sul bagnasciuga.

Il loro era il penultimo stabilimento poi iniziava, verso Francavilla, un lunghissimo tratto di spiaggia libera che presentava dei caratteri selvaggi e incontaminati molto belli. Specie la seconda metà del pomeriggio i raggi del sole, che già cominciava a scendere sull'orizzonte, davano alla spiaggia e al mare dei colori incantevoli. Un singolare gioco di riflessi filava tra la sabbia, la macchia mediterranea che la coronava e le piccolissime onde di un mare quasi piatto che scivolavano sul bagnasciuga.

I gabbiani erano ovunque e volavano bassi posandosi, frequentemente, lungo il loro cammino. Più avanzavano e più i colori prendevano tinte che davano alla scena una atmosfera di magia. Il sole era quasi oltre i monti e i suoi raggi tingevano di rosso tutto ciò che li contornava.

"Che spettacolo e che pace. Vorrei non finisse mai," disse la ragazza stringendo di più la sua mano.

Lui la fermò, l'attirò ponendola con la sua schiena contro il suo petto e volsero lo sguardo verso il tramonto.

"I tramonti sono i luoghi ove è solita albergare l'eternità!" le disse e lei strinse le sue mani che la cingevano da dietro.

7
JENNIFER

Julianne guardò dalla finestra dell'albergo. Giù, lungo la strada, un lento fiume di autovetture procedeva nella medesima direzione. La parete totalmente vetrata da cielo a terra le permetteva, pur stando seduta in poltrona, di vedere tutto quello che la circondava e di giungere ovunque volesse posare lo sguardo.

Il ghiaccio roteava dentro il bicchiere e si ritrovò a scrutarvi dentro quasi fosse una sfera magica dalla quale trarre auspici sul futuro o le ragioni di alcuni misteri del passato.

Era lo stesso hotel di Los Angeles nel quale, qualche anno prima, aveva soggiornato in occasione della premiazione degli Oscar.

Quella era stata l'ultima tappa della sua carriera di cantante. Era il premio che le mancava e con quel riconoscimento aveva vinto praticamente tutto. 'When you love' era stato un successo planetario. Aveva perso il conto dei milioni di copie vendute. Il film era stato campione di incassi, però la canzone tema del film aveva avuto un successo ancora più strepitoso. L'album, contenente la colonna sonora, aveva registrato delle vendite incredibili, ma il singolo aveva frantumato tutti i record possibili e immaginabili. Lei e Sophia, per quasi un anno e mezzo, erano state invitate, insieme o singolarmente, a partecipare a manifestazioni in tutto il mondo per la interpretazione di quel brano. Avevano ricevuto innumerevoli riconoscimenti e premi in occasione delle varie esibizioni alle quali avevano partecipato e alle quali si registravano afflussi di pubblico strabilianti. Tantissime aziende, specie nel settore della moda e dei profumi, avevano voluto inserire stralci del brano nei video pubblicitari dei loro prodotti.

In quelle dolci giornate romane Julianne aveva percepito che stavano preparando qualcosa che avrebbe avuto un notevole successo ma certamente, all'epoca, non poteva immaginare che le proporzioni sarebbero state così grandi.

In quei mesi la vita di Julianne era stata ancora più frenetica di quanto lo fosse di solito. E, se da un lato, questo successo le dava una grande gratificazione, dall'altro, i disagi derivanti dalla mancanza di un tempo per sè, per avere una vita sua, si erano accresciuti amplificando quel senso di oppressione che spesso le dava la sensazione che le mancasse il respiro, una boccata d'aria di libertà, di vita semplice, di quotidianità e soprattutto di affetti e sentimenti. Si sentiva sempre più sola.

Aveva provato a parlarne a sua madre, come in occasione dell'ultima volta. Non solo non aveva ricevuto conforto ma addirittura il suo malessere era stato quasi minimizzato e banalizzato, retrocesso al rango di un capriccio di una bambina incontentabile.

Qualche mese prima era stata pregata di tenere un piccolo concerto di beneficenza nella scuola gestita dalla parrocchia di West Orange, ove aveva passato l'infanzia e l'adolescenza. Lei aveva accettato da subito e anche con un notevole entusiasmo. Nonostante avesse continuato a vivere nella piccola cittadina che, per la sua contiguità con East Orange e Newark, era di fatto un sobborgo di New York, per i suoi impegni artistici e professionali erano poche le settimane durante l'anno nelle quali poteva godersi la sua splendida villa ma anche la tranquillità della sua città, ove la vita era davvero a dimensione d'uomo.

West Orange non era grande. Contava meno di cinquantamila abitanti. Era deliziosa con le sue case basse, ognuna con il proprio giardinetto, che rappresentavano il suo prevalente assetto urbano. I quartieri erano squadrati dalle strade larghe e prive di traffico. Era una piccola comunità con i suoi ritmi di vita tranquilli che si snodavano attorno alle attività della chiesa, del municipio e di qualche istituzione culturale.

Julianne era rimasta legata alla sua città, alla comunità ecclesiale e alla scuola che aveva frequentato da ragazza e, anche se era diventata una stella inarrivabile, quelle volte in cui era stata invitata a fare qualche esibizione o a partecipare a qualche evento, organizzato dalla scuola, aveva sempre accettato senza esitazioni.

Era il suo modo di riassaporare il gusto dolce dell'adolescenza, della vita semplice e spensierata. Era un tuffo nel passato del quale cominciava ad avere nostalgia.

L'aveva invitata il nuovo parroco. Era di colore ma aveva vissuto e studiato in Italia, dove si era laureato in teologia presso la Pontificia Università della Santa Croce a Roma, in Piazza Sant'Apollinare. Sebbene avesse una preparazione culturale di notevole livello, che gli avrebbe permesso di recitare ruoli di ben altra importanza all'interno della gerarchia ecclesiastica, aveva sempre prediletto la attività pastorale presso le parrocchie scegliendo, possibilmente e compatibilmente con le esigenze episcopali, sedi di frontiera. Non disdegnava di spostarsi da una parte all'altra del mondo. Avrebbe così arricchito la sua esperienza umana vivendo in trincea, accanto a piccole comunità, ove si imparano cose che nessuna università potrà mai insegnare.

Quando la sua segretaria le preannunciò la visita di un certo Padre Ebenezer, Julianne non capì di chi e di cosa si trattasse. Data la sua popolarità arrivava, sulla scrivania della segreteria, un'innumerevole quantità di richieste di appuntamento. Venivano interamente esaminate ma quasi tutte cestinate per l'elevato numero di fans, fanatici e mitomani che si proponevano. A fronte di richieste di religiosi, invece, aveva dato disposizioni di accordare sempre gli incontri.

Il sacerdote entrò con discrezione, girandosi intorno incuriosito.

Indubbiamente il lusso, con il quale era stata arredata la villa della cantante, non era affatto comune e non se ne rinveniva facilmente traccia negli ambienti frequentati da persone normali. Non aveva un gusto pacchiano, l'arredo era essenzialmente classico, ma la qualità e il disegno dei mobili era certamente di una eleganza e di un pregio esclusivi.

Come la vide le andò incontro con un fare sicuro e con una espressione che denotava una totale tranquillità.

Julianne aveva apprezzato che la delicatezza, con la quale aveva fatto ingresso, era una manifestazione di grande garbo, piuttosto che la esitazione di una persona intimorita dall'ambiente ma anche dalla notorietà della persona che andava a incontrare.

Era un uomo alto, aveva i capelli cortissimi, crespi e il volto era coronato da una sottile barba. Sia i capelli che la barba erano brizzolati. Nonostante fosse vestito con l'ormai tradizionale clergymen, Julianne aveva notato la particolare eleganza della fattura e del taglio dell'abito. Indossava un tasmania grigio antracite, tre bottoni, ingentilito da due spacchetti posteriori. Al collo della camicia, anch'essa antracite, spiccava il collarino bianco e la giacca era chiusa solo dal bottone centrale. La sua mise era, infine, corredata da un paio di mocassini brown di chiara foggia britannica. Probabilmente erano dei Crocket & Jones.

Gli tese la mano e notò la sua stretta sicura e determinata. Doveva essere un uomo molto sicuro di sé, con un notevole bagaglio culturale e, perché no, da come vestiva anche di grande classe.

Lo invitò ad accomodarsi nel salotto illuminato in maniera soffusa.

Nella sua casa non esistevano lampadari pendenti dai soffitti. La luce era diffusa esclusivamente da lampade, piantane e qualche applique.

"Si accomodi Padre. Gradisce un caffè?"

Lui chiese un tè nero con del latte.

"Lei ha delle abitudini inglesi" gli rispose con un lieve sorriso.

"Ho studiato a Roma dove mi sono laureato in Teologia. Ma, in ragione dei miei incarichi pastorali, ho vissuto prevalentemente in paesi di lingua e cultura anglosassone."

"In cosa posso esserle utile?"

"Sono il nuovo reggente della parrocchia e della scuola nella quale credo che lei abbia studiato, oltre che aver frequentato anche la chiesa ove, mi dicono, avrebbe gettato le basi per la sua formazione musicale."

"Sono contenta di conoscerla. Sì! Da adolescente ho frequentato la sua scuola e la sua chiesa e cantavo durante la messa, oltre che nei vari concerti studenteschi o della nostra comunità parrocchiale."

"Ecco. Per l'appunto. Sono venuto da lei proprio per una iniziativa del genere. Vorremmo fare una festa per i bambini orfani, ospitati in quella comunità poco lontano da qui e gestita dalle suore, con due finalità: raccogliere dei fondi, da devolvere in beneficenza ai bambini, e creare una opportunità di incontro, con le famiglie della nostra cittadina, allo scopo di sperare in qualche adozione. Ero venuto per sapere se, in qualche modo, poteva aiutarci."

"Certo Padre, le faccio fare subito un assegno o preferisce che le faccia un mandato di pagamento?"

"La ringrazio Signorina Brooks. Sapevo della sua generosità, che lei oggi sta confermando, ma sono venuto per un altro motivo. Volevo chiederle di partecipare alla festa e magari di cantare qualche canzone. Sarebbe una gioia per noi avere la letizia di ascoltarla dal vivo, cosa che ci è per varie ragioni impossibile. Ma, mi perdoni per quello che le sto per dire, sarebbe anche un richiamo per i nostri concittadini che si sentirebbero incoraggiati a venire."

"Ma certamente. Sono felicissima del suo invito. Io partecipo sempre con grande piacere alle manifestazioni della parrocchia quando posso e quando il lavoro non mi porta lontano da qui. È come tornare indietro nel tempo, rituffarmi nella spensieratezza degli anni dell'adolescenza e riviverne quel senso di libertà. Domani venga, le farò avere le basi musicali delle canzoni che sceglierò di eseguire e le faccio trovare un assegno quale mio contributo personale alla riuscita della festa."

"Mi raccomando," aggiunse ridendo, "faccia in modo che l'evento resti a carattere privato, altrimenti vi troverete mezza New York che vuole entrare."

Padre Ebenezer si alzò e lei, sorridendogli, gli fece cenno che l'avrebbe accompagnato all'ingresso.

"La ringrazio tantissimo. Lei è proprio una persona squisita," e dopo una leggera pausa aggiunse "ma anche molto, troppo triste".

"Mi venga a trovare in chiesa," le disse concludendo "in fondo siamo il Pronto Soccorso delle anime."

Le strinse la mano con un lieve sorriso sulle labbra e si accomiatò lasciando Julianne interdetta e sorpresa per l'acuto intuito di quel prete.

La ragazza rimase a fissare la grande porta a vetri del salone, dalla quale era uscito il parroco, e pensò che quell'incontro non era casuale. Ebbe come la sensazione che fosse l'incastro di un oscuro disegno del destino finalizzato a rivestire, nel suo futuro, una certa importanza.

Era entrata nell'area parrocchiale dal grande portone laterale che accedeva alla vasta corte, guarnita da un impeccabile prato, e sulla quale si affacciavano gli edifici destinati alla scuola e alle attività amministrative. Una moltitudine di palloncini colorati e ghirlande decorava l'ingresso e il manto erboso, disegnando sull'erba una sorta di cammino che guidava sino alla grande palestra ove si teneva la festa. Si era trovata a entrare e a percorrere tale sentiero decorato in concomitanza con l'arrivo di molti altri invitati. Tutti, ovviamente, l'avevano riconosciuta ma per lei, che era abituata alle scene a volte di vero isterismo che le riservavano le folle dei suoi fan nei suoi concerti, era insolito l'approccio garbato dei suoi concittadini. La guardavano con rispetto, non le avevano fatto ressa attorno, le sorridevano e accennavano a porgerle la mano timorosi solo se vedevano un suo cenno di invito. Per loro Julianne, prima di essere il mito della canzone che era diventata nel mondo, era un orgoglio cittadino di cui si sentivano fieri proprietari più di quanto lo si sentissero i milioni di appassionati sparsi nel pianeta. Sebbene circondata da molte persone aveva camminato lungo il vialetto in completa e insolita tranquillità, senza bisogno di uomini della sicurezza o di guardie del corpo. Si era sentita finalmente una persona come le altre, con la libertà di uscire tra la gente, sentirne il calore della presenza, i suoni del vociare e i colori delle facce come quando, giovane fanciulla, andava a fare la spesa per la mamma in piena naturalezza. Quell'aria di libertà le piaceva, la faceva sentire vera e viva e aveva fatto un profondo respiro per gustarsela e godersela fino in fondo.

Padre Ebenezer l'accolse nell'atrio della palestra e le fece cenno di accedere all'interno da un ingresso distinto da quello ove stava entrando il resto degli ospiti.

"Finalmente è arrivata," le disse "tutti la stanno aspettando. Venga che l'accompagno dal vescovo che, ovviamente, desidera conoscerla. Sa, anche noi, uomini di meditazione, abbiamo le nostre debolezze che ci richiamano tra i fasti della vita terrena e alle quali, molto spesso, ci piace lasciarci andare."

Nella palestra c'era un gran vociare di gente. Un piccolo palco, ornato di tante ghirlande, era stato montato a una delle estremità del lato lungo della sala. Nella grande area di fronte si stavano affollando gli ospiti che si mescolavano con i bambini. Lungo i muri, che perimetravano la palestra, erano stati allestiti i buffet. Dalla parte opposta erano state approntate le tavolate e, tra queste e il palco, era stato lasciato uno spazio libero per chi, forse, volesse ballare o per i giochi dei bimbi. Le pareti e le finestre poste in alto, erano tutte decorate da palloncini colorati e grandi fiori di carta. All'interno regnava una allegra confusione che creava un clima festoso e gioioso.

Il parroco la guidò verso un gruppo di persone che stava vicino alla scaletta di accesso al palco.

"Eccellenza, sono onorato di presentarle la nostra ospite di eccezione, la signorina Julianne Brooks."

Il vescovo si voltò e le tese la mano con entusiasmo.

Lei rispose al saluto senza il tradizionale inchino ma piegando lievemente il capo.

"Sono onoratissimo di conoscerla. Anche se il mio cuore appartiene alla Madonna le devo confessare che un pochino mi batte nello stringere la mano di un personaggio così famoso e che milioni di persone, in questo momento, vorrebbero salutare ponendosi al mio posto."

"Eccellenza, la ringrazio ma sono una persona molto normale che vorrebbe esserlo più spesso di quel che le succede."

"Signorina, la devo davvero ringraziare di cuore. Padre Ebenezer mi ha detto della sua generosa donazione per questo evento ma, soprattutto, la ringrazio per essere venuta ad arricchire questa festa e ad allietarci con la sua splendida voce."

"Lei non immagina quanto sia io a esservi grata per permettermi di vivere una serata come questa in quella normalità di cui le ho fatto cenno poc'anzi."

Il parroco, interrompendo la conversazione probabilmente per affrettare i tempi, invitò il vescovo a salire sul palco.

"Eccellenza, apra la festa. Le sorelle credo che avranno difficoltà a trattenere, ancora per altro tempo, i bimbi lontano dal buffet. E poi comunque si fa tardi, devono rientrare in comunità."

Lui salì e si accostò al microfono.

"Fratelli e sorelle. Siamo lieti di ospitarvi e di ospitare questi bambini. Sapete tutti quali sono le finalità di questa festa. Il nostro desiderio, e quello del Signore, è che questa sia la felice occasione perché, con questi bimbi, si formi una calorosa amicizia e, perché no, qualche famiglia. Il Signore è contento di questa iniziativa e ci ha mandato un angelo ad aiutarci e ad allietarla. Sono lieto di annunciarvi che è nostra ospite, e lo sarà per tutta la serata, la signorina Julianne Brooks."

E, guardando giù, la invitò a raggiungerlo.

Quando la cantante apparve sul palco il vociare si fece più forte ed entusiasta e un caloroso, intenso ma garbato applauso la accolse, mescolato alle grida e al vociare dei bimbi.

"Vi ringrazio per il vostro calore e per la vostra accoglienza. Ringrazio il vescovo e Padre Ebenezer per avermi dato questa opportunità. Sono felice di stare tra voi e sono sicura che questa sera, tutti insieme, ci divertiremo tantissimo."

Un giovane studente fungeva da dj e mandava musica da intrattenimento per allietare la festa.

Julianne era seduta al tavolo con il vescovo, altri sacerdoti e Padre Ebenezer che, molto galantemente, provvedeva a servirla per evitarle di andare al buffet. Se non avesse avuto il collarino il suo sarebbe sembrato un corteggiamento da vero gentiluomo.

Non potette restare seduta a lungo perché i bimbi la vennero a cercare per invitarla a partecipare ai loro giochi al centro della palestra. Si alzò spesso, ora per saltare alla corda con delle bimbe, ora per giocare a basket con dei maschietti, ma la cosa più divertente fu quando un gruppo di bambini la coinvolse in un gioco di cowboy, in cui lei dovette fare il fuorilegge ucciso dallo sceriffo. Lei si prestò, senza esitazioni, divertendosi come una matta, puranco quando dovette fingere di essere uccisa, piegandosi prima sulle ginocchia e poi lasciandosi cadere a terra, spacciandosi come morta. Senza aspettarsi poi che a quel punto i bimbi le erano saltati addosso sommergendola, ridendo divertiti di pieno cuore, riempiendola di baci. Le sue risate furono più rumorose delle grida dei bimbi e fu salvata da un paio di suore che, divertite pure loro, erano venute in suo soccorso per liberarla dai suoi giovani assalitori. Per fortuna che si era vestita in jeans e giubbetto di pelle nell'intento di mettersi in sintonia con lo spirito festaiolo dell'evento. Un'altra mise la avrebbe obbligata a un comportamento più compito ma sicuramente meno divertente.

La cena stava volgendo al termine e stavano servendo i dolci e le torte per poi brindare con spumanti rigorosamente italiani quando il dj la chiamò sul palco. Il vescovo, sorridendo, le fece un cenno di incoraggiamento. Padre Ebenezer la accompagnò sino alla scaletta. Le luci erano state spente e quando Julianne fu al centro del palco, illuminata da un cono di luce rossa, un grande silenzio avvolse la sala.

Aveva scelto alcuni brani che più degli altri manifestavano una profonda sensibilità spirituale e avevano tutti un tempo lento, molto dolce e romantico.

La prima canzone esordiva con alcune strofe cantate 'a cappella'. Lei le intonò, ancora prima che si avviasse la base musicale, e la sua voce risuonò limpida, pastosa, pulita, di una dolcezza vellutata.

Padre Ebenezer, in piedi e un po' distaccato dagli altri, come se volesse gustarsela da solo in una sorta di intima e inconfessata gelosia, la guardò rapito.

"È proprio la voce più bella del mondo," si disse tra sé e sé con un sussurro.

Julianne cantò cinque brani, l'uno dietro l'altro, senza interruzioni.

Il pubblico era rimasto in silenzio e anche i bambini avevano seguito le sue interpretazioni tutti seduti per terra a ridosso del palco. La musica era stata dolce e la sua voce lo era stata ancora di più e non c'era da meravigliarsi se dei bambini, la cui unica e vera famiglia era una struttura di ricovero che per quanto ben gestita sempre tale restava, fossero stati conquistati dalla sua dolcezza, l'ingrediente che più mancava nella loro vita e della quale avevano un disperato bisogno.

Quando con un prolungato e vibrato acuto aveva concluso il suo ultimo brano, che parlava proprio dell'amore più grande del mondo, quello che si nutre verso i piccoli, i bimbi erano esplosi in un vero e proprio boato di gioia mentre le persone più adulte avevano manifestato il loro entusiasmo con un applauso prolungato e fragoroso. Molte signore si asciugavano gli occhi visibilmente commosse.

I bimbi corsero ad attenderla ai piedi della scaletta e la circondarono festosi. Lei si chinò per accogliere il loro abbraccio e vederla così, tra una miriade di fanciullini che le si stringevano attorno, mentre a turno li baciava e li abbracciava tutti, era stata davvero una scena che aveva scatenato tra i presenti mille emozioni.

Padre Ebenezer, che era rimasto un pochino nell'ombra, quando Julianne si alzò, scioltasi dall'ultimo abbraccio, le andò incontro.

"Lei mi ha estasiato e, devo dirle, anche commosso..."

"La voce degli angeli sulla terra," disse con voce tuonante il vescovo che nel frattempo era sopraggiunto interrompendo quell'inizio di conversazione che forse il parroco avrebbe gradito poter proseguire certamente anche in maniera più intima.

"Signorina Brooks, grazie, grazie, grazie e ancora grazie. Lei ha reso felice questa comunità e questi bambini che oggi, anche se per qualche istante, hanno sentito la presenza di una loro mamma," proseguì il porporato.

"Eccellenza lei è troppo buono, io ho solo fatto il mio mestiere…"

"Mestiere fatto in maniera sublime…" la interruppe non riuscendo, come un fiume in piena, a trattenere il suo entusiasmo.

"Grazie ancora Eccellenza, sono lieta di aver portato un po' di gioia a questi bimbi, alla nostra comunità, a lei e al nostro parroco."

Julianne si allontanò verso la sala per offrirsi al saluto degli invitati i quali, man mano che lei procedeva verso il centro della palestra, le si accostavano per ringraziarla e complimentarsi.

Una bimba piccolina, con due scopette sui lati, che però i capelli riccissimi facevano sembrare due cipollette, e con un faccino vispo, le si accostò e le prese la mano strattonandola un pochino per attirare la sua attenzione.

Lei si chinò, piegandosi sulle ginocchia, e le sorrise guardandola negli occhi.

"Ma tu sei la mia mamma?" le chiese sgranando due occhioni scuri profondi come un oceano.

La tenerezza di quella domanda lasciò Julianne senza parole. Il volto della bimba tradiva più di una speranza che lei rispondesse di sì. Mai, come in quel momento, si sentì prigioniera di una angoscia diabolica. Non sapeva cosa rispondere. Avrebbe voluto rispondere a quella piccolina così deliziosa quel che si aspettava di sentirsi dire. Si sentì malissimo al solo immaginare la sua delusione nel sentire l'unica risposta sincera che poteva darle, ma sapeva di non poterle mentire e crearle crudeli illusioni.

La guardò negli occhi e poi se la strinse a sé per cercare di nascondere le lacrime che le stavano rigando il viso. In quel momento un coltello infilato nel cuore non le avrebbe fatto sgorgare una goccia di sangue.

"No tesoro mio. Purtroppo non sono la tua mamma. Mi sarebbe molto piaciuto esserlo perché sei davvero deliziosa. Ma sono certa che la tua mamma sicuramente è molto, ma molto, più bella e più buona di me."

"E sa cantare bene come canti tu?"

"Sono sicura di sì."

"Peccato che non sei tu la mia mamma perché se lo eri mi avresti cantato un sacco di belle canzoni," aggiunse la bimba con la boccuccia imbronciata, "una sera di queste mi vieni a cantare una canzone per farmi fare la nanna?"

"Come ti chiami tesoro?"

"Jennifer e tu ti chiami Julianne?"

"Jennifer io, purtroppo, faccio un lavoro che mi porta troppo spesso molto lontano da qui. Mi piacerebbe molto venire a cantare delle canzoni per farti fare la nanna, ma non so se potrò. Spero molto che, un giorno, qualcuno venga a cantartela e ti faccia felice."

"Ma non sarà mai brava come te."

Lei strinse ancora di più la bimba a sé e la baciò mentre le sue lacrime le bagnavano le sue morbide guancine tonde.

"Jenny, Jenny andiamo a giocare a nascondino," le disse all'improvviso una sua amichetta che la prese per mano e la trascinò via.

Julianne si alzò e rimase a guardarla mentre si allontanava di corsa con le due cipollette che si scuotevano impertinenti mentre copiose lacrime le rendevano gli occhi ancora più lucenti.

I bambini avevano una logica stringente, dalla quale era davvero difficile uscire, e l'intervento della sua amichetta era stato provvidenziale, ma il senso di vuoto e di profonda, malinconica, tristezza che quell'incontro le aveva procurato le era rimasto addosso.

Padre Ebenezer le si avvicinò con un calice di spumante.

"Forse ne avrà bisogno e le darà sollievo," le disse con un caldo sorriso.

"Grazie Padre, lei è davvero molto gentile e molto galante. Sì ne avevo bisogno. Ho la gola un po' secca."

"È stato tutto molto bello e molto commovente."

"Allude all'incontro con quella bimba?"

"Alludo a tutto. Ho visto la scena con la piccolina. Ma ho sentito anche il suo piccolo concerto. Lei è in grado, con la sua voce, di suonare le corde dell'anima di chi ha la fortuna di ascoltarla."

"La ringrazio, lei mi dice davvero delle cose gentili però adesso vado a salutare e mi avvio verso casa. Sono po' stanca."

"Se non le dispiace l'accompagno. Non amo stare nel frastuono a lungo e un po' di aria fresca mi farà certamente piacere."

Se non fosse stato un sacerdote avrebbe rifiutato. La offerta di accompagnarla aveva il vago sapore di un corteggiamento avanzato.

"La ringrazio Padre, molto volentieri."

Si accomiatarono dal vescovo e Julianne ringraziò e salutò tutti gli ospiti con ampi gesti della mano, mandando mille baci a tutti.

"Lei è molto differente da come l'immaginavo. Noi, gente comune, ci facciamo una idea di voi, che siete dei personaggi dello spettacolo di fama mondiale, un po' distorta," esordì il parroco mentre, attraversato il giardino, erano usciti sulla strada.

"Pensava che fossi snob, distaccata, un po' sprezzante, vanitosa? Insomma che me la tirassi?"

"Forse non in maniera così cruda ma che lei fosse un pochino più snob, lo pensavo. Invece mi ha sorpreso il suo essere alla mano. L'aver dato confidenza a tutti e, soprattutto, il suo modo di accostarsi ai bimbi. Quando poi mi è stramazzata, al centro della palestra, colpita a morte da uno sceriffo, mi sono sbellicato dal ridere. La scena con Jennifer è stata infine davvero toccante. Ho ammirato molto con quale delicatezza ha dialogato con la bambina senza crearle aspettative e, al contempo, senza portarle delusioni."

"Amo i bambini. Non ne ho. Mi mancano e forse mi è mancato di non esserlo stata neanche io."

"È questo che provoca quel velo di tristezza che leggo nei suoi occhi?" aggiunse il parroco.

"Non sto vivendo un bel periodo. Da qualche tempo ho realizzato di essere parte di un meccanismo che, per quanto mi abbia portato a un successo indescrivibile e a un benessere economico fuori del comune, mi ha privato di tante cose. La mia vita prosegue, gli anni passano e il tempo scorre. Ma mi sto accorgendo che quello che avrei potuto fare, in certe fasi della mia vita, non potrò farlo più. A fronte di tante cose, che il mio lavoro mi ha dato, tante me ne ha tolte e questo mi crea rimpianti."

Padre Ebenezer le sorrise, incoraggiandola a proseguire.

"A un tratto mi sono resa conto di non essere stata mai bambina. I miei genitori erano entrambi musicisti, mio padre pianista e mia madre cantante, e io ho passato la mia infanzia tra una quinta di palcoscenico e un camerino, addormentandomi su qualche divano di teatro e non godendo di una fiaba letta a letto per farmi prendere sonno, di una bambola con cui giocare su un tappeto di un soggiorno qualunque, del gusto di fare un albero di Natale o un presepe."

Fece una pausa per lasciarsi andare a un sospiro che denotava tristezza.

"Non sono mai stata neanche adolescente. Frequentavo questa parrocchia e la sua scuola. È vero che stavo con le amiche e sono cresciuta serena ma il canto occupava i miei pensieri o meglio, altri facevano sì che li occupasse. In casa si parlava solo di quello e mia mamma non faceva altro che chiedermi come avessi cantato, quanto mi avessero applaudito e quali note avessi stonato, quasi fossi una cantante di successo e dimenticandosi che si trattava dell'oratorio, e che per noi cantare era più un gioco che la manifestazione di una vena artistica."

Aveva affondato il piede tra le foglie e aveva guardato il parroco, il quale la stava ascoltando con molta attenzione.

"Non sono mai stata neanche signorina. Mi sono trovata proiettata immediatamente, giovanissima, nel pieno del successo. La mia vita è cambiata totalmente. E da quel momento ho perso il sapore, il gusto, la gioia, di essere una persona normale che fa cose normali, in mezzo a gente normale e in posti normali. E di avere un fidanzato trovato tra persone normali. Per molto tempo mi è piaciuto. A chi non piacerebbe essere venerata dalle folle e avere una montagna di soldi. Ma poi mi sono accorta che, per avere quello che ho avuto, ho dovuto rinunciare a cose che non riavrò mai e che forse valgono molto di più di quello che ho ricevuto. Per recuperare quello che ho perso dovrei riavvolgere indietro il film della mia vita. Ma questo è impossibile e ciò mi avvilisce."

Erano arrivati e si era accostata al cancelletto pedonale che dava accesso alla sua villa.

"Infine, e questa è la cosa più amara, mi sto rendendo conto che quello che nella vita ho fatto, il successo che ho raggiunto, la popolarità e la grande gratificazione economica, non era quello che esattamente volevo, ma era più quello che qualcun altro voleva al posto mio e forse neanche per me, ma per sé stessa e per soddisfare e appagare le sue ambizioni, quello che non era mai riuscita ad essere."

"Mi dispiace e mi mette profonda tristezza il suo racconto, Signorina Brooks, specie dopo aver visto quanto calore lei mette nei rapporti con le persone," le disse Padre Ebenezer "lei è davvero speciale, molto più speciale di quanto la vedano speciale i suoi milioni di fan quando sale sul palco."

"Grazie Padre. Lei è stato molto gentile ad accompagnarmi e ad ascoltarmi. Purtroppo sono stata una semplice pedina in un meccanismo, prima di qualcuno, e poi del successo. Buona serata e grazie di avermi invitato."

"Buona notte Signorina Brooks. Mi venga a trovare. Noi curiamo anime."

"C'è poco da curare. Si tratterebbe di darci un drastico taglio."

Prima di coricarsi si era preparata una tisana. Non aveva molto sonno. Si era accovacciata nella sua poltrona preferita. Si era aggiustata il plaid sulle gambe e si era immersa nei suoi pensieri mentre si scaldava stringendo la tazza tra le mani. Era contenta di aver partecipato a quella festa. Non era solo per quella dolce nostalgia che aveva assaporato dai primi momenti in cui era uscita di casa. Le era piaciuto tutto. E aveva apprezzato molto

Padre Ebenezer. Aveva avuto la sensazione che fosse una persona che, in ogni momento, sapesse cosa andava fatto e con ogni persona sapesse perfettamente cosa andava detto. Lui sapeva sempre come bisognava comportarsi. Ma era proprio quel suo particolare carisma che colpiva e che, innegabilmente, la aveva attratta. Quel che invece lei non sapeva era che, in quel preciso istante, anche il parroco stava pensando a lei.

Stava rientrando verso la parrocchia ma aveva volutamente rallentato il passo e aveva fatto un giro più lungo, rispetto alla strada più diretta che aveva prima percorso con la ragazza. Voleva stare solo con sé stesso per poter raccogliere meglio i suoi pensieri ben sapendo che, se fosse rientrato subito, gli sarebbe stato impossibile. Probabilmente la gente stava andando via, così come i bambini, e si sarebbe dovuto impegnare nei convenevoli dei saluti e dei commiati oltre che nel gestire la ingombrante presenza del vescovo che, a dispetto della sacralità della cattedra che occupava, era molto amante della mondanità e gustava molto il 'tirar per le lunghe' tipico di simili circostanze.

Stava ripensando a quelle contrastanti sensazioni che si percepivano stando accanto a Julianne. Era una donna sicuramente affascinante oltre che straordinariamente bella. La percezione di tali qualità era, però, accresciuta da quel divino dono che mostrava quando saliva su un palco e iniziava a cantare. Non aveva capito se fosse dipeso dal tipo di canzoni che aveva interpretato o dal tipo di circostanza nella quale si era esibita. L'aveva immaginata aggressiva, dominatrice del pubblico, capace di piegarlo al suo volere con quel particolare approccio istrionico dei cantanti di successo, sostanziale più che formale. Autentici predatori del palcoscenico che catturavano la platea facendosela salire addosso o, addirittura, facendosela entrare dentro. Invece aveva cantato quasi scomparendo dal palco, lasciando che la sua voce si sostituisse alla sua figura. Era così avvolgente che non era importante quel che le persone vedevano ma quel che ascoltavano. Ma, proprio per questo, non si erano sentiti meno prigionieri perché quel che avevano udito aveva fatto sì che lei entrasse dentro ognuno di loro.

Dall'altro lato aveva avuto la sensazione di avere di fronte una donna profondamente triste, molto di più di quel che gli aveva confessato nella breve passeggiata che avevano fatto mentre l'accompagnava a casa. Era stato sin dal primo momento del loro incontro che aveva letto, nei suoi occhi, una malinconia che denunciava una incredibile somma di rimpianti, se rivolta al passato, e un profondo disagio quando guardava al presente. Doveva essere attraversata da un tormento interiore che, a un approccio superficiale, poteva sembrare incomprensibile considerate le enormi soddisfazioni artistiche ed economiche che la sua carriera le aveva procurato. Ma, proprio per questo, aveva pensato che se questo tormento era riuscito a scardinare le soddisfazioni, derivanti dall'appagamento edonistico del successo, doveva essere ancora più profondo di quanto potesse intuire e doveva avere delle radici che si ancoravano in un vissuto lontano. Un tormento che non doveva certo essere frutto di stati d'animo recenti e superficiali.

I rumori delle autovetture, il vociare di piccoli gruppi di persone e il suono lontano della musica gli avevano detto che si stava riavvicinando alla chiesa e all'area della festa.

Era ora che si rimettesse a fare il parroco.

In quel momento Julianne si era alzata dalla poltrona. Aveva ripensato alla festa, ai suoi vari momenti, alla sua serenità, al suo divertimento. Un pensiero, però, le tornava e ritornava nella mente. Non sapeva perché stava per fare quella cosa. Anzi lo sapeva. Perché era una cosa giusta e sapeva che la doveva fare. Aveva cercato una tuta da ginnastica ed era uscita fuori. Accese il motore della sua autovettura e si avviò lungo la strada.

Arrivò all'istituto in pochi minuti. Uno dei minibus, che aveva portato i bimbi, era ancora fermo davanti l'ingresso e alcune sorelle stavano accompagnando gli ultimi bambini verso l'interno.

Le era andata incontro una suora incuriosita.

"Ma lei è la signorina Julianne. Ma come canta bene. Grazie per i nostri bimbi. Cosa è successo? Forse uno dei bambini le ha preso qualcosa. Sicuramente sarà stato inavvertitamente."

"No, sorella. Nulla di grave. Sono venuta per un altro motivo."

"Mi dica. Tutto quello che posso fare..."

Alla richiesta di Julianne non ebbe esitazioni, la accompagnò all'interno e quindi a uno dei piani superiori dove, su un lungo corridoio decorato da disegni appesi ai muri assieme a poster di personaggi di Disney, si aprivano una serie di porte.

"Ecco, è qui. Io resto nel corridoio. Faccia con comodo. Tanto io devo fare ancora diverse cose su questo piano."

Entrò senza fare rumore. La stanza era piccola ma arredata in maniera graziosa. I mobili erano piccolini e colorati di rosa. Una abat-jour, con una luce tenue, spargeva un discreto chiarore a un lettino, nel quale una piccola sagoma riempiva le coperte.

Sentì un suono inconfondibile. Si avvicinò e, con accanto un grosso gattone di peluche, vide Jennifer coricata di fianco che si ciucciava il pollice con gli occhioni ancora spalancati. Prese una sedia e si accostò al letto accarezzando il faccino della bimba.

Lei, senza staccare il ditino dalla bocca, con l'altra mano cercò la sua e la tenne stretta. Non aveva detto nulla ma i suoi occhioni tradivano felicità.

Julianne tenne quella piccola manina nella sua e cominciò a cantare, piano piano. Era un brano molto lento e riuscì a cantarlo, quasi con un sussurro, rendendo la melodia molto dolce. La bimba, senza cambiare posizione, le strinse ancora di più la mano e continuò a guardarla, mentre gli occhi si facevano cerulei per l'approssimarsi del sonno. Era una ballata dal testo forse ancor più bello della melodia. Esattamente come lei e Jennifer in quell'istante le parole narravano quel che una mamma diceva alla sua bimba al momento del sonno.

"Tu non resterai mai sola perché io sarò sempre accanto a te," aveva ripetuto più volte nel dolce ritornello.

Jennifer dopo un pochino si addormentò. Julianne restò ancora per un po' accanto a lei in silenzio. Guardava quegli occhi che, seppur chiusi, manifestavano la gioia per quel momento appena vissuto, accarezzò quelle guancette tonde mentre un profumo di innocenza colorava l'aria. Poi, pian piano e in silenzio, si alzò e si avviò per uscire dalla stanza. Sull'uscio trovò la suora che aveva assistito a tutta la scena. Aveva gli occhi colmi di copiose lacrime. Le prese le mani e l'abbracciò forte.

Fu in grado di dirle una sola parola: "Grazie!" ma in maniera così intensa, che l'eco di quelle due sillabe si protrasse all'infinito nel cuore di Julianne.

Mentre continuava a far tintinnare il ghiaccio nel bicchiere il ricordo di quella dolcissima bambina si sovrappose alla immagine del traffico, che vedeva in basso dalla grande finestra della sua camera, e quei grandi occhioni scuri, che occupavano ancora la sua mente in quel gioco di ricordi cui si era lasciata andare, sembrarono, come un ologramma, avvolgere totalmente il panorama di Los Angeles.

8
GWENDOLINE

Ritornarono verso lo stabilimento tenendosi per mano. Il sole si era appena coricato oltre il Gran Sasso ma il chiarore era ancora diffuso nell'aria e dava al mare dei riflessi dorati che il più magnificente dei pittori non sarebbe stato capace di immaginare. Si era fatto tardi e l'aria che li circondava raccontava loro quanto fossero meravigliosamente lunghe le giornate di giugno.

"Sono le nove di sera. Fermatevi a cena!" aveva detto Paola, quando erano entrati per pagare il conto, "ora che fate ritorno a casa si fanno le dieci. Cenare così tardi non va bene. Andreste a letto in piena digestione."

Elisa guardò Max con l'aria furba. Se fosse stato per lei avrebbe dormito sul lettino, tanto amava stare al mare. Sapeva anche che, l'indomani, c'era l'arrivo dei camion e voleva far decidere a lui, senza forzarlo.

"Vi faccio fare uno spaghettino alle vongole e una soglioletta ai ferri leggera, leggera?" li aveva incalzati Paola.

Lo spaghetto lo allettava, fare contenta Elisa ancora di più, infine mangiare sul terrazzo a quattro metri dal mare, con quell'aria così chiara, era il degno epilogo della giornata.

"Okay, ci diamo una rinfrescata, un'aggiustata e arriviamo. Al diavolo i T.I.R., tanto domani mattina ci sono i vigili. Solo che, con i panni da mare, non siamo il massimo dell'eleganza" le rispose Max, evidentemente ingolosito dal menu che lei gli aveva proposto.

Paola sbottò a ridere e li guardò con aria compiaciuta.

"Elisa, qualunque cosa possa indossare, è sempre stupenda. Tu, qualunque cosa indossi, sei sempre... te stesso!"

"Ti ringrazio del garbo con il quale mi hai relegato tra i 'diversamente belli'" le rispose ridendo.

181

Cenarono decorati da un'atmosfera intima e romantica. La luna, che si stava alzando sull'orizzonte, disegnava sul mare un fascio di luce argentata che giungeva sino al loro tavolo rendendo gli spaghetti alle vongole ancora più gustosi di quello che erano.

Avevano finito di cenare ed erano davvero arrivati alla conclusione della giornata. Bisognava ripartire. Salutarono Paola e scesero giù nella spiaggia per voltare verso il parcheggio. Elisa trattenne Max, lo attrasse a sé e lo baciò con una infinita e prolungata dolcezza. Restarono così, avvinti per qualche secondo, illuminati dalla lunga lama d'argento disegnata dalla luna.

"Grazie di farmi sempre felice, grazie di esserci, resta sempre così, non cambiare mai!"

Salirono in macchina e si riavviarono verso casa. Lei gli teneva la mano, in silenzio, mentre la musica accompagnava i loro pensieri.

E quelli di Elisa volarono lontano. Lasciò che il capo si abbandonasse all'indietro, contro il poggiatesta, e rivide negli occhi chiusi quello che successe quel giorno quando, a Masaka, la Direttrice del collegio accompagnò quelle persone attraverso il parco ove stavano facendo la ricreazione i bambini.

Lei era intenta a seguire la sua classe e non aveva prestato attenzione a chi fossero.

Quando il bimbo era caduto sulle gambe di quel signore i loro sguardi si erano incrociati, aveva sentito la sua voce, aveva toccato le sue mani; improvvisamente si era sentita percorrere il corpo da una scossa e una lunga serie di brividi le avevano attraversato la pelle. Mentre si stavano allontanando era rimasta a osservarlo e si era chiesta cos'era che l'aveva colpita. Era alto, ma non si poteva certo dire che fosse un uomo che ti stupiva, di quelli che a prima vista ti lasciano senza fiato perché o sono troppo belli o sono incredibilmente affascinanti.

Per il resto della giornata non ci aveva più ripensato. Aveva terminato le lezioni del mattino e, nel tardo pomeriggio, si era dedicata alle tante attività organizzative che le loro funzioni di educatrici richiedevano.

Prima di cena era andata a Masaka assieme a Gwendoline, per fare alcune compere per il collegio e avevano approfittato per fare una passeggiata per la strada commerciale del centro ugandese. Era la sua compagna di stanza. Avevano molte affinità e c'erano molte cose che le legavano. Lei aveva un buon rapporto con tutte le sue colleghe e anche con la Direttrice. Era abbastanza socievole da non apparire schiva o scostante ma, al contempo, non dava confidenza facilmente, lasciando che i rapporti con gli altri non andassero oltre una cordialità di facciata. Del resto era una persona tranquilla, faceva bene il suo lavoro e gestiva il tempo nel collegio e il suo tempo libero in maniera discreta, senza che potesse essere oggetto di chiacchiere o di pettegolezzi.

Gwendoline era giunta all'istituto poco meno di un anno dopo di lei. Se l'era ritrovata in camera all'improvviso. Non l'avevano avvisata di questo nuovo arrivo e si erano conosciute in quella occasione. Prima era sola in stanza e con l'arrivo della ragazza aveva giocoforza rinunciato, accogliendola nel suo alloggio, a questo suo privilegio dovuto esclusivamente al caso e al fatto che il numero delle educatrici era dispari. Elisa era comunque tollerante e non se ne era fatta un problema. Anche la ragazza era abbastanza disponibile. Di lei non si sapeva nulla. Non si sapeva da quale regione dell'Uganda venisse, non si sapeva chi l'avesse segnalata e parlava un inglese un po' strano che faceva anche dubitare che fosse effettivamente ugandese. Era un pochino meno alta di lei ed era un po' più formosetta, nei punti in cui il sex appeal femminile si avvantaggia del fisico curvilineo. Dei folti ricci frizzantini guarnivano un visino allegro e impertinente. Dopo le prime settimane di ambientamento le due ragazze avevano trovato diverse affinità, a cominciare dai ritmi di vita, ed era stato quasi automatico che questa sintonia si tramutasse prima in una accesa simpatia e poi in una confidenza che sfociava, non di rado, in pieghe di profonda e intima amicizia. Tale clima di cordialità, alimentato dal carattere spumeggiante di Gwen, fece dimenticare a Elisa l'alone di mistero che avvolgeva le sue origini. Il fatto di dormire nella stessa stanza permetteva loro poi di fare gruppo senza per questo, durante il giorno, isolarsi dalle altre.

"Un uomo non bello può piacere? Può colpire?" chiese alla sua amica mentre passeggiavano guardando le vetrine tutte uguali degli innumerevoli bazar che riempivano il centro di Masaka.

"Certo, se stai senza un uomo per troppo tempo ti si guasta il palato e rischi di farti piacere pure un rospo," rispose ridendo la sua compagna di stanza.

"Scemetta!" le disse ricambiando la sua risata "oggi è successa una cosa singolare. Quando mi sono avvicinata a quel signore, che stava con la Direttrice e con Bruno, per raccogliere il bimbo, ho sentito delle sensazioni strane."

"Cosa avevi mangiato a pranzo?" rispose Gwendoline continuando a ridere.

"Forse è così. Non era per niente bello. Solo… la voce…!"

"Sarà stata una sensazione. Poi chissà chi era, chissà dove vive e chissà se mai lo rivedrai."

Entrarono in uno dei bazar. La sua amica aveva visto un vestitino che le piaceva e voleva provarlo.

"È carino," le disse "ti starà sicuramente bene. Però non ci mettere una settimana, dobbiamo affrettarci, tra un po' sarà ora di rientrare."

Gwendoline uscì dal camerino con un abitino aderente che le disegnava tutte le forme, non lasciando nulla all'immaginazione e, dall'esterno del bazar, diverse persone che passavano si erano soffermate a guardarla.

"Ecco! Vieni vestita così, a mensa, e la Direttrice ti caccia a pedate su quel bel culetto tondo tondo che ti ritrovi."

"Però magari, per uscire, qualche bel fustacchione me lo rimorchio."

"Io non credo ai fusti. Questa parola mi ricorda solo quelli che abbiamo nel parco con l'acqua per annaffiare," le rispose ridendo.

"Se alla vita togli i 'fusti' ci rimane una foresta di tristezza."

Elisa sapeva che questa sua spregiudicatezza da mangiatrice di uomini era solo una ostentazione volta un po' a scherzare e un po' anche a provocarla, per demolire l'atteggiamento serioso che lei riservava al genere maschile.

Arrivarono puntuali per l'ora di cena. Non c'era nessun obbligo in tal senso. Loro erano lavoratrici dipendenti e, terminato l'orario di lavoro, erano padrone del loro tempo. Sarebbero potute anche non tornare a cena ma, vivendo in una comunità, sapevano che oltre alle regole contrattuali vi erano anche buone norme di comportamento. Era come una grande famiglia e, come tale, ci si viveva. Quando capitava di voler restare fuori in genere si avvisava prima, più che altro per evitare che potessero insorgere preoccupazioni. Tutto sommato si viveva sempre in Africa e le notti non erano mai completamente sicure. Sapevano anche che era opportuno fare in modo che tali divagazioni non fossero troppo frequenti. Nessuno avrebbe loro impedito di restare a cena fuori ogni sera ma, indubbiamente, tali comportamenti non avrebbero escluso che chi li osservava si facesse delle idee che sarebbero potute anche essere sbagliate. Insomma la condotta delle educatrici, nel tempo libero, non aveva obblighi ma doveva comunque conformarsi a un certo decoro.

Cenarono tutti insieme nel grande refettorio, nella solita allegria, mescolando le loro chiacchiere con il vociare dei bimbi e dopo cena, per un'oretta, si trattennero nel parco. Quella pausa era sempre piacevole, per il clima particolarmente gradevole che offrivano le notti africane, ma aveva anche la finalità di permettere che i bambini, sfrenandosi nei loro giochi, digerissero bene prima di andare a dormire. I bimbi erano rientrati nelle loro stanze e i vigilanti avevano già cominciato i loro giri di osservazione. Il loro compito terminava alle sedici e trenta, quando finivano le attività educative nelle quali erano comprese quelle propriamente didattiche e quelle complementari come l'educazione fisica o la introduzione alle attività artistiche, in particolare quelle musicali e figurative. Avevano anche il compito di assistere i bambini durante il pranzo e nella mezz'ora di ricreazione, subito dopo aver mangiato. Nel pomeriggio, finito il loro orario, venivano sostituite dai sorveglianti pomeridiani, una sorta di bidelli con compiti allargati, che seguivano i bambini sino a quando venivano accompagnati nelle loro stanze per coricarsi. Da quel momento la sorveglianza dell'intero complesso e dei suoi ospiti era affidata ai vigilanti che terminavano il loro incarico il mattino successivo, alle otto e trenta, con l'inizio della prima colazione.

Mentre tutte le altre colleghe si erano fermate il tempo necessario per riordinare le poltrone e i vari arredi del parco, Elisa si trattenne al fresco della sera e rimase seduta a osservare il cielo. Aveva imparato a riconoscere la Croce del Sud ed era affascinata da quelle stelle, così luminose e a forma di croce, che si stagliavano in alto verso sud. Le ispiravano sempre molte riflessioni. Stava ripensando a quella mattina. I pensieri sono come le farfalle, vanno qua e là, si posano dove gli pare e se ne vanno quando vogliono loro. Si era chiesta perché il pensiero di quell'incontro le ritornava in mente. Forse perché era una persona nuova e straniera. Bruno gli aveva parlato in italiano. Lei qualcosa aveva capito. In un istituto come quello, il cui supporto organizzativo e finanziario proveniva dall'Italia, un po' di italiano lo aveva appreso e, bene o male, riusciva a capire e a farsi a capire anche se con un accento pessimo.

Era sicuramente per il carattere casuale e insolito dell'accaduto che ci ritornava con la mente. Ma non era solo per quello. L'aveva colpita la voce. E poi la sua pelle. Quando si erano toccati le mani era stata invasa dai brividi. Ma forse aveva tirato un soffio di vento fresco. Aveva parlato con una voce particolare senza far trasparire alcun cenno di alterazione. Era una voce straordinariamente tranquilla che trasmetteva un grandissimo senso di pace. La pace di chi vive in maniera così piena e consapevole con sé stesso da avere il dono di estenderla irresistibilmente a chi gli si accostava. Sembrava non avesse ansie di alcun tipo e doveva essere talmente sicuro dei suoi mezzi e di quel che si aspettava dalla vita da poter davvero vivere in pace con sé stesso. Evidentemente aveva raggiunto una piena maturità e, se quel che pensava era vero, lei stava molto invidiando ma anche ammirando quest'uomo apparso così misteriosamente nella sua vita.

Si alzò e, mentre riordinava la poltrona, pensò a quanto era scema. Stava perdendo tempo dietro a una persona che sicuramente non avrebbe mai più rivisto. "Ma nulla nella vita accade per caso," si disse mentre saliva le scale per raggiungere la sua stanza, e se qualcosa era scritta nel suo destino non sarebbe riuscita a sfuggirgli. Che confusione in testa. Stava cominciando proprio a delirare.

Entrò in camera. Gwendoline era già sotto le lenzuola e la guardava mentre si spogliava. Sulle sue labbra si era disegnato un sorriso malizioso.

Non c'era niente da fare, quell'uomo la aveva attratta.

Il giorno successivo, a pranzo, la sua classe era capitata alla tavolata a fianco a quella dove erano seduti gli allievi della sua compagna di stanza. E loro erano sedute di schiena dandosi reciprocamente le spalle.

"Ehi Miss Confusa? Come ti senti oggi?" le disse Gwen "più confusa di ieri," aggiunse ridendo mimando la voce della sua amica.

Lei le diede una gomitata allegramente affettuosa. "Non ti rispondo perché non lo meriti. Non sei una vera amica. Non hai intenzione di diradare la nebbia che mi avvolge ma solo di intensificarla."

"C'è poco da diradare, sei peggio di una palude nella stagione delle piogge. La nebbia te la crei da sola in continuazione. Stasera usciamo e andiamo alla ricerca dell'uomo più bello e prestante di Masaka. È l'unico rimedio."

Elisa rise di gusto.

"Neanche un attore di quel genere, scelto tra i top, riuscirebbe a schiarirmi la testa," poi aggiunse ironica "non vedi che sto benissimo? Sono pimpante e perfettamente in forma! La Direttrice mi ha anche convocata nel suo ufficio, al termine delle lezioni. Chissà cosa diavolo vorrà!"

"Come no? Si vede proprio il contrario! Non fare la furba con me."

I bambini, finito di mangiare, si erano alzati costringendole a corrergli dietro e a interrompere la loro conversazione.

Mentre osservava la solita, improbabile, partita di calcio dei maschietti della sua classe cercò di lacerare quello strano legame mistico che si era creato con quella persona. Si sforzò di far prevalere la razionalità sulle emozioni ripetendosi, più volte, che era una persona che con la sua vita non aveva nulla a che fare e che ben presto sarebbe ripartito per il suo paese. Stava facendo questi ragionamenti quando, da dietro la sua spalla, una vocina dispettosa le sussurrò.

"Scusa, ma fattelo dire dalla Direttrice chi era quel signore. Magari ti dà il suo numero di telefono. Magari è pure il suo amante."

"Gwen! Finiscila! Mi stai sabotando!" le rispose con tono brusco.

"Wow. Sei già diventata gelosa! Allora si mette proprio male."

Una pallonata provvidenziale le separò. Dopo qualche minuto erano rientrate nelle rispettive classi.

Al termine delle lezioni andò dalla Direttrice. Tutto si aspettava tranne che sentire quello che le fu detto. Uscita dal suo ufficio Elisa corse verso la camera alla ricerca della sua amica.

"Gwen, Gwen!" disse con voce concitata entrando in stanza.

"Sono in bagno, vieni che ti devo parlare," le rispose la sua amica.

"Senti Elisa io ci ho ripensato," le disse uscendo avvolta da un telo mentre si strofinava i capelli con una salvietta "io ti devo chiedere scusa. In effetti hai ragione. Io non ti sono stata di aiuto, non mi sto comportando da amica. Anzi, mi rendo conto che sto facendo un po' troppo la stronzetta. Stavo riflettendo che tu ti stai fissando e non è giusto che io alimenti questa tua fissazione su una cosa che non esiste. Di quella persona non sai nulla. Non sai come si chiama, da dove viene, dove vive. Non la rivedrai mai più. Quella persona non esiste. Quella persona è un fantasma…"

"Aspetta Gwen, aspetta. Fermati. Non sai cosa è successo..." disse con voce concitata interrompendo il discorso la sua amica che sembrava un inarrestabile fiume in piena.

"Cosa è successo?" le rispose Gwen con un tono leggermente allarmato.

"Una cosa incredibile. Non so. Non è possibile."

"Okay calmati. Sei agitatissima. Dimmi. Mi stai mettendo apprensione."

"Sì va bene, ascoltami. È venuta in classe la Direttrice. Mi ha detto di passare da lei, in direzione, al termine delle lezioni."

"Lo so, me lo hai già detto oggi" le rispose Gwen.

Fece un lungo respiro come per riprendere fiato. "Io pensavo che mi dovesse fare la solita predica sulle divise dei bambini o sul fatto che giocano sempre a pallone. Tu non immagini invece cosa volesse dirmi".

"E allora dimmelo. Spicciati. Mi stai facendo venire il batticuore."

"Aveva un'aria contrariata e un po' sospettosa. Mi ha detto che aveva chiamato Bruno. Che quel signore, che era con loro l'altro giorno, era un funzionario del Ministero dell'Istruzione. Che era in giro per l'Africa per approfondire le tematiche, i programmi e i metodi didattici in scuole di particolari sedi, come la nostra."

"E allora? Tu che c'entravi?"

"Bruno ha detto che quel signore voleva parlare con me."

"Con te? Non può parlarne con la Direttrice?"

"È quello che le ho detto io ed è quello che lei ha risposto a Bruno. Ma pare che lui abbia espresso il desiderio di parlare con una insegnante del posto perché vuole sapere come recepiamo, anche noi, i loro programmi e i loro metodi."

"E tu che pensi?" le disse Gwen, con una faccetta maliziosa, consapevole che Elisa non ci stava capendo più nulla.

"Certo che è una casualità strana. Per certi versi fortunata. Posso vedere che effetto mi fa rivederlo. Parlarci un po' più a lungo. Rendermi conto se le sensazioni avute in quel fugace incontro sono state un'impressione o hanno un fondamento più profondo."

"E quindi, secondo te, la storia del Ministero, dei programmi, della didattica è vera? Quello riviene qui per questo e, guarda caso, vuole parlare proprio con te?" La aveva guardata ridendo.

"Sveglia! È tutta una scusa. Quel tipo viene solo per rivedere te. Lo hai *flashato*. Hai fatto colpo. Bambina hai fatto conquiste."

Elisa arrossì schernendosi.

"Ma dai, cosa dici. Sei la solita maliziosa. Cosa c'entro io."

"C'entri perché ci entri! Secondo me, della storia del Ministero non è vero nulla. Ma, pure se fosse vera, perché parlare solo con te? Sarebbe stato più giusto farlo con la Direttrice o magari con più insegnanti insieme per avere testimonianze più complete. Non trovi?"

Lei annuì, ma era totalmente confusa. Da un lato il ragionamento della sua amica non faceva una piega. Dall'altro non voleva farsi illusioni. Se il ritorno di quell'uomo fosse stato davvero motivato dal desiderio di incontrarla lei ne sarebbe stata indubbiamente felice. Ma non voleva trovarsi di fronte a una delusione, nell'eventualità che non fosse così e che quell'incontro avesse, davvero, delle finalità di ispezione ministeriale. Essere lei il vero scopo del ritorno di quel signore era una speranza alla quale si rifiutava di credere, sicuramente per prudenza e per non scottarsi con qualche cocente delusione.

"Insomma viene domani mattina."

"Wow. Allora stasera andiamo dal parrucchiere. Ti presto il mio vestitino aderente. I tacchi li hai vero?"

"Dai su. Smettila. Tanto non sarà per me. È meglio che non ci pensi per niente. Domani sarà un polpettone che parlerà di teorie, sillabari e risorse finanziarie."

"Secondo me, domani, ti fidanzi."

Risero di gusto e uscirono per andare a curare un po' la loro aiuola del parco. Era un piccolo passatempo che si erano create. Ogni insegnante, o gruppo di insegnanti, aveva adottato un angolo del parco e lo curava a proprio gusto. Non era un obbligo imposto dalla scuola. Se lo erano scelto come passatempo anche in omaggio all'innato gusto delle donne per la bellezza e la delicatezza dei fiori.

Non avevano più parlato di tale appuntamento neanche quando, dopo cena e dopo la tradizionale sosta al fresco del giardino sotto la stellatissima notte africana, erano rientrate in camera e si stavano preparando per la notte. Gwendoline non ci era più tornata su. Non voleva creare stress alla sua amica e, soprattutto, voleva che lei elaborasse il fatto, con i suoi tempi, affinché il giorno dopo i suoi comportamenti fossero i più naturali possibili.

Al mattino dopo si prepararono e Gwen notò che Elisa, pur non rivoluzionando il suo abbigliamento, aveva particolarmente curato la pettinatura dei capelli, tra l'altro talmente lunghi, belli, lisci e lucidi che non avevano bisogno di granché, e aveva reso un po' più intenso il trucco anche se, come al solito, era molto leggero. Ma non ne aveva bisogno. Aveva occhi così belli che sembravano ornati di maquillage naturale permanente. Prima di scendere giù al refettorio la trattenne con la mano e le disse con fare serio.

"Mi raccomando. Non stare troppo sulla difensiva. Non lo scoraggiare. Non lo far scappare."

La Direttrice le aveva detto di recarsi alla sala docenti e attendere lì.

"Visto che si deve parlare di programmi è il luogo più adatto, dirò all'Ispettore Ministeriale di raggiungerti lì."

Le sue parole tradivano ironia a ogni sillaba. Ed erano state sottolineate anche con un fondo di acidità. Evidentemente la Direttrice, come Gwen, era convinta che fosse tutta una scusa e, forse, intuiva anche il vero scopo di tale visita, non nascondendo la sua totale disapprovazione.

La sala era il luogo ove le insegnanti, nelle ore in cui non avevano lezione, si intrattenevano per approfondire e aggiornare la loro formazione didattica. Era una sorta di grande biblioteca arredata con diversi tavoli e molte librerie. Vi erano anche un paio di computer, collegati a internet, per ricerche e per guardare gli audiovisivi destinati agli approfondimenti.

Le finestre erano aperte ma le persiane erano chiuse per evitare che il sole entrasse e scaldasse l'ambiente.

Non aveva pensato ad accendere le luci e, per ingannare l'attesa ma anche per sedare l'ansia, spulciando nella libreria vicino all'ingresso, stava guardando una pubblicazione sui pinguini e se vi fossero anche dei materiali video di corredo. La prossima lezione era sulla geografia e verteva sull'Antartide. I ragazzi si sarebbero divertiti a vedere dei filmati su quei buffi animaletti.

Sentì la porta aprirsi e la calma, che si era imposta, si volatilizzò tutta di un colpo. Per un attimo si chiese cosa diavolo ci facesse lì, dicendosi che era tutto sbagliato, che avrebbe dovuto dire alla Direttrice di mandare un'altra educatrice e che tutta quella storia era una stupida follia. Le mancò il fiato per l'agitazione e per quella somma di scrupoli e rimorsi che, tutto a un tratto, la avevano attanagliata.

L'ispettore apparve nella penombra. Non si accorse di lei e si addentrò verso il centro della biblioteca. Quindi si avvicinò a una libreria, in fondo, al lato opposto della sala.

Lei, in quel momento, si rese conto che posizionarsi di fianco all'ingresso le aveva dato la possibilità di non farsi scorgere subito e quindi di avere il tempo di ritrovare un po' di calma ma anche di poter osservare meglio quella persona prima di rompere il ghiaccio e richiamare la sua attenzione. Aveva anche perfidamente pensato che, nella convinzione di essere solo, si sarebbe mosso con spontaneità senza artifici o atteggiamenti mascherati.

Lo osservò con attenzione. Non aveva un fisico snello ma era alto ed era abbastanza imponente. Quello che certamente colpiva era il suo modo di muoversi. Lo aveva visto camminare, dirigersi verso uno scaffale, prendere dei libri, sfogliarli. Tutti i suoi gesti erano misurati. Non era lentezza, piuttosto si muoveva con una incredibile calma, senza un minimo di agitazione, dava l'impressione di essere una persona talmente sicura di sé stessa e che nessuna cosa al mondo avrebbe potuto creargli turbamento o arrecargli ansie o apprensioni. Quel suo modo di fare le aveva confermato le sensazioni avute nel loro primo fugace incontro. Quell'uomo aveva raggiunto la totale pace con sé stesso e quindi con il mondo. Aveva avuto la percezione piena che questo suo stato non fosse un aspetto del carattere o della personalità ma, probabilmente, era il risultato di un lungo processo di maturazione passato attraverso un lavoro di autodisciplina e autoeducazione.

"Buongiorno," disse e rimase ferma e in piedi, tenendo un tavolo tra loro.

Lui si voltò e le sorrise. La raggiunse muovendosi sempre con quella impressionante calma. Non era bello e non aveva lineamenti affascinanti, era alto ma non altissimo, era robusto ma non tondo e neanche magro ma, quel suo modo di fare, quella sua sicurezza e la pace interiore, che mostrava di poter donare a chiunque gli si accostasse, lo rendeva magneticamente attraente.

Lei era rimasta in piedi, aspettando che lui avviasse la conversazione.

Aveva atteso un pochino, prima di iniziare, ma quella esitazione non tradiva incertezza. Piuttosto dava la sensazione che fosse una voluta scansione dei tempi, esattamente come quelle pause che i compositori inseriscono nei brani musicali per dare una armoniosità alla sequenza delle note.

Cominciò a parlarle e la sua voce profonda pronunciava le parole senza fretta, con i giusti tempi tra una frase e un'altra.

Le sensazioni di Gwendoline ma, da quel che aveva potuto capire anche della Direttrice, si erano confermate in pieno.

Non era certo un Ispettore Ministeriale e il motivo per cui era lì con lei era tutt'altro che didattico. Lei se lo era aspettato ma non aveva voluto crederci fino all'ultimo.

Le aveva detto delle cose singolari. Le aveva narrato del suo interesse esploso per lei in maniera così strana. Non le aveva rivolto delle parole romantiche, di quelle che strappano le lacrime e fanno palpitare il cuore, ma era stato capace di descrivere, alla perfezione, quello che gli era successo e soprattutto, nel raccontare quello che provava e aveva provato, le aveva dato la assoluta certezza di essere sincero. Le emozioni, che le aveva procurato quell'incontro, l'avevano lasciata ammutolita. Non era rimasta colpita tanto nel sentire quelle cose, ma nell'ascoltare come le erano state raccontate.

Si sarebbe voluta mangiare le mani quando, contravvenendo alle raccomandazioni di Gwen e rompendo il silenzio con il quale era stata ad ascoltarlo, aveva provato a scoraggiarlo. Quando lui aveva terminato aveva avuto lo scrupolo di essere stata troppo sulla difensiva.

Lui aveva fatto l'unica cosa che potesse davvero colpirla. Era stato sincero e aveva mostrato con totale trasparenza il fondo della sua anima.

Lo guardò e pensò a tutto quello che era successo. Quell'uomo non era un bello da copertina e non aveva neanche lo sguardo fascinoso da attore del cinema ma tutto quello che faceva e diceva era assolutamente perfetto! Le piaceva! Il suo pudore, tipicamente femminile, le impedì di essere esplicita ma doveva lasciargli un segnale, un'apertura.

Lui si alzò per salutarla e accomiatarsi.

Lei con un sorriso gli fece notare che non si erano presentati.

"Se non avessi saputo il suo nome sarebbe stato tutto più complicato. Non trova? Faccia buon viaggio di ritorno" e, dopo una sapiente pausa, aggiunse "a Bukavu".

Lo guardò uscire e, attraverso le finestre, lo seguì, con lo sguardo, mentre si allontanava. Istintivamente lo salutò con un cenno della mano.

Tra sé e sé si disse: "Che scema non può neanche vedermi."

Invece lui, in quel preciso momento, pur non potendola vedere perché era distante e già dall'altro lato del parco, si era voltato guardando verso la sala dei docenti soffermandosi un attimo pensieroso prima di proseguire verso l'uscita.

Poteri della mente.

Rivide Gwendoline a pranzo ma non potettero parlare e il pomeriggio, mentre gli altri erano a lezione, si dedicò alle sue aiuole. Era il miglior modo di svuotarsi la mente e riflettere con serenità.

Era una storia impossibile, da cancellare. Quell'uomo certamente le piaceva, le dava la sensazione di avere dei valori ed era la cosa che più le interessava. Non era mai stata attratta dalla fisicità. Indubbiamente un uomo doveva piacerle ma non doveva essere necessariamente bello nel senso stretto del termine. Più che fisico, per lei, il coinvolgimento doveva essere mentale. Tra l'altro i 'patinati' non le erano mai piaciuti, avendo sempre prediletto gli 'interessanti'.

Lei cercava una storia d'amore, di quelle vere, destinata a durare nel tempo e sapeva perfettamente che i legami sentimentali fondano le loro basi sui valori piuttosto che sul colore degli occhi. Però, anche se sotto questo punto di vista Max sembrava essere una persona giusta, c'era tutto il resto che non funzionava. Ammesso e non concesso che, per come lui era fatto, ci fossero i presupposti perché una storia tra loro progredisse come era germogliata, sulle basi di un amore vero e sincero, non c'erano le condizioni oggettive. Lei immaginava, e voleva, una storia di coppia, un rapporto di due che vivono insieme e condividono l'esistenza come una sequenza interminabile di momenti legati l'uno all'altro. Ma, nella loro situazione, per poter fare questo era necessario rivoluzionare una vita, anzi due. Lui viveva a cinquemila chilometri di distanza e dieci ore di viaggio. Le prospettive erano quelle di una storia a distanza che a lei proprio non interessava. Per essere coppia, nel senso che lei intendeva con tale termine, uno dei due avrebbe dovuto trasferirsi e lei sapeva che, nel loro caso, sarebbe dovuta essere lei a farlo. Ma non si poteva rivoluzionare una esistenza, cambiare continente, nazione, lingua, cultura, usanze e abitudini sulla base di una conoscenza così fragile, fatta più di sensazioni che di fatti. Le sarebbe piaciuto vivere nella sua stessa città, avere la possibilità di frequentarlo, conoscerlo meglio, accertarsi che fosse davvero come appariva e poi fare scelte più radicali. E comunque sarebbero state scelte reversibili. Ma, con quelle distanze, non sarebbe stato possibile. E decidere di andare a vivere con lui, in quelle condizioni e senza quel tempo che lei riteneva necessario per conoscersi, era una scommessa che non si sentiva di affrontare. Avrebbe dovuto abbandonare un mondo, che era il suo, con il rischio che se fosse andata male si sarebbe ritrovata senza nulla, con il niente nella mano e nel cuore. Anche se lui era stato gentile e molto disponibile, chiedendole di rincontrarsi senza impegno e solo per conoscersi, dimostrandole anche una coraggiosa disponibilità a tornare a trovarla, era convinta che non sarebbe potuta durare se non un paio di volte. Non avrebbe funzionato. Anche se aveva la forte sensazione che non avrebbe mai più incontrato una persona che le desse le stesse emozioni che aveva provato con lui aveva deciso: quella vicenda doveva essere chiusa e subito.

Tornò in camera e si sdraiò sul letto a occhi chiusi cercando di riposare.

"Wow, wow. La principessa è tornata senza scarpetta di cristallo. Quando verrà il principe a fartela provare?" La voce allegra di Gwendoline l'aveva scossa dal sopore e, aperti gli occhi, l'aveva vista in piedi vicino al suo letto, spumeggiante come al solito, con i suoi ricci che a ogni movimento del capo scoppiettavano come fuochi di artificio, che la osservava sorridendo.

Questa ragazza, così strana e così oscura, era stata una delle cose più fortunate della sua vita. Non sapeva niente di lei eppure sapeva che si poteva fidare e che la sua amicizia era sincera e disinteressata.

"Allora," la incalzò "andiamo a scegliere l'abito? Per le bomboniere ho una mia idea".

Lei la guardò con un sorriso amaro. "Gwen, sei davvero cara, ma non se ne fa niente".

"Non è venuto? O è rozzo da morire?"

"Nulla di tutto questo, anzi, è una persona davvero attraente e molto, molto gradevole, ma è una vicenda senza futuro. Una storia impossibile. Da non cominciare per niente. Rischierà solo di far male a me e, forse, anche a lui."

Gwendoline la guardò con aria perplessa e lei allora cominciò a raccontarle l'incontro e poi le amare riflessioni che aveva fatto quando era rimasta da sola. Le raccontò della disponibilità di Max a tornare a trovarla per conoscerla, ma le spiegò anche tutte le sue perplessità sulle difficoltà della vicenda. Gwen rimase ad ascoltarla con attenzione e con fare serio. Quando lei finì restò per un po' in silenzio. Era seduta sul suo letto. A un tratto prese la mano di Elisa e, dopo un profondo respiro, esordì.

"Capisco il tuo ragionamento e lo condivido. Non mi permetto di dirti quello che devi fare. Sei una ragazza con la testa sulle spalle e sai fare le tue scelte, tenendo conto di quello che ti dice la tua mente e di quello che ti sussurra il cuore. Ma questo non vuol dire che io non ti dica quello che penso e quello che farei al posto tuo. Hai abbastanza carattere da valutare quello che ti sto per dire senza farti condizionare, ma senza neanche sottovalutare le mie parole. Concordo totalmente con te che un amore vero, come quello che tu desideri e che forse anche io spero di trovare, si fonda sui valori delle persone e della coppia che si forma. Si fonda anche sulle affinità, sulle sintonie, sulle complicità, sulla attrazione, insomma su quello che noi definiamo *feeling*. Per poter realizzare una unione vera, come quella cui tu aneli, c'è bisogno dei valori ma anche di questo *feeling*. Spesso o troviamo l'uno o troviamo l'altro, ma non tutti e due insieme e alla fine si sfascia tutto. Incontrare persone che, a prima vista e dalle prime impressioni, ci danno la sensazione di poter avere con esse entrambi è difficile e, spesso, ci rendiamo conto che è solo apparenza. Trovare persone che, addirittura anche oltre le prime impressioni, abbiano davvero quelle qualità interiori e con le quali raggiungiamo anche quel *feeling*, è una cosa rarissima: forse ce ne saranno due o tre, nell'intero pianeta, ed è difficilissimo incontrarle. I casi sono due. O rinunciamo ai nostri sogni di vivere un amore con la A maiuscola, oppure dobbiamo essere vigili su quel che ci succede attorno e sperare di accorgerci se ci capita di incrociare una di queste persone. Perché incontrarle è una occasione irripetibile e sarebbe un delitto lasciarsela sfuggire. Non è facile perché le cose che ci succedono sono tante e spesso nulla è come sembra. Vedi, la nostra vita è come quella di un albero. Da giovani siamo arbusti. Un ceppo diritto, lungo, sottile e liscio. Poi il ceppo comincia a crescere e a irrobustirsi e diventa rapidamente fusto. Dopo un po' iniziano a spuntare i rami e il fusto si trasforma, piano, piano, in tronco. I rami sono le tante strade che attraversano la nostra esistenza e che, di volta in volta, siamo chiamati a percorrere. Ogni strada è una vicenda, una piccola o importante storia, e tutte insieme formano il grande libro della nostra esistenza. Sui rami, ben presto, spuntano dei bottoncini. Sono le persone che incontriamo mentre percorriamo queste strade. Ed esattamente come quei bottoncini, che sui rami sono i germogli e possono diventare foglioline, fiori o frutti più o meno grandi, più o meno colorati, più o meno profumati, più o meno saporiti, parimenti le persone che incrociamo possono restare incontri occasionali, semplici conoscenze, amicizie e affetti o amori, ognuna con la sua importanza e con la sua intensità. Quando vediamo quel bottoncino sul ramo noi non sappiamo cosa potrà diventare ma una cosa è certa: la cosa più sbagliata è grattarlo con l'unghietta e farlo cadere prima di aver aspettato che germogli. Dopo che si sarà tramutato in foglia, fiore o frutto, potremo sempre staccarlo dal ramo della nostra vita, se non dovesse essere bello, buono o se fosse guasto. Farlo prima, però, è un peccato mortale perché rischiamo di staccare un bocciolo che, magari, potrebbe diventare il frutto più dolce che esista o il fiore più bello e profumato che sia mai fiorito e noi così rischiamo di precluderci una conquista che potrebbe apportare qualcosa di importante alla nostra vita, potrebbe essere una gioia, potrebbe farci felici ed essere quanto mai appagante per i nostri desideri e adatta alle nostre aspettative."

Ci fu qualche minuto di silenzio, come se stesse metabolizzando le lunghe riflessioni che le aveva appena esposto.

"Giusto. E quindi?" le disse ad un tratto Elisa.

"E quindi," concluse Gwen "non dare a quell'uomo la possibilità di incontrarti significa tagliarsi ogni possibilità di vedere cosa ne sarebbe potuto venire fuori. Lui non ti ha chiesto nulla. Nessun impegno. Ha solo chiesto di poterti vedere, conoscerti e farsi conoscere. Ti ha detto che sa perfettamente quali sono le regole del gioco. Si è impegnato a fare dei viaggi lunghissimi, e anche frequenti, per venire da te. Già se dovesse rispettare questo impegno, sarà per te un segnale importante. Perché negargli questa possibilità? È una persona che ti ha suscitato buone e belle impressioni. Perché non scoprire se può divenire un amore bello e profondo? Se non lo sarà, la cosa si esaurirà da sola e con naturalezza. Se vogliamo avere la speranza, e una probabilità su un miliardo, di vincere la lotteria della vita almeno un biglietto lo dobbiamo comprare. Tu non vuoi fare neanche questo?"

Lei rimase a guardarla molto pensierosa. Gwen, forse, non aveva il suo stesso vissuto ma era, per carattere, molto più decisa di lei. Però il suo ragionamento era di una logica perfetta e, anche sotto il profilo emotivo e sentimentale, non faceva una grinza. Lei si fidava di questa ragazza allegra e scoppiettante, sapeva che solo apparentemente sembrava una che si buttava e invece era molto riflessiva solo che, a differenza sua, aveva un pizzico di audacia che in lei, a volte, latitava.

Sentiva che si stavano totalmente ribaltando le perplessità del pomeriggio.

"Ti ha detto dove vive?" aggiunse Gwen.

"Sì, nel centro dell'Italia, in una città che si chiama Sulmona."

"E tu sei andata su internet a vedere di che si tratta? Magari è un postaccio."

"No, francamente a tutto ho pensato tranne che a questo."

Gwen prese il suo telefono e cominciò a digitare sullo schermo.

A un tratto scoppiò in una fragorosa risata.

"E io che mi preoccupavo per le bomboniere. Non potevamo capitare meglio, Sulmona è la capitale mondiale del confetto. Cavolo quanto è bellina. Guarda queste foto?"

Allungò a Elisa il suo telefono e le fece vedere delle immagini di una piazza molto grande, poi di un palazzo antico con dei gradini davanti e infine di un lunga fila di archi. Tutte le foto erano notturne e rappresentavano dei monumenti attorno ai quali era pieno di vita e di gente.

"Almeno non è un buco, sembra molto carina," sottolineò Gwen.

"Sì è vero," annuì, anche se, per ora, l'aspetto della cittadina era la cosa che le interessava meno.

"Quando parte?"

"Tra tre giorni."

"Baby! Non hai tempo."

"Credo di sapere cosa fare. Se deciderò di farlo." E aveva spiegato a Gwendoline quali sarebbero potute essere le sue intenzioni.

Il suono prolungato del clacson aveva riportato Elisa al presente.

"Ma tu guarda che imbecille!" disse Max rivolgendosi a una autovettura che gli aveva tagliato la strada, non rispettando lo stop, al bivio delle Marane. Erano arrivati.

"Hai dormito? Sei stata per tutto il viaggio con gli occhi chiusi."

Elisa si scosse come per togliersi qualcosa di dosso.

"No. Ho pensato, anzi, ho ricordato."

Lui sorrise: "Romanticona."

"E chi ti ha detto che ho pensato a te."

"Tanto lo so."

9
LA PORTA DEL MORTO

Era già lunedì e la domenica era passata troppo velocemente, ma era il primo giorno di una settimana davvero elettrizzante.

Scendendo dalle scale dell'acquedotto vide che i T.I.R. avevano già invaso il lato più vicino della piazza. Facevano impressione così grandi e così numerosi. Era presto. Mancavano diversi minuti alle otto ma già vi erano diversi curiosi. Gli operai stavano perimetrando, con delle transenne, l'area prospiciente l'acquedotto dove avrebbero iniziato il montaggio. Dall'alto della scalinata scorse una figura, con delle planimetrie in mano, che dirigeva le varie squadre e rapidamente la raggiunse.

"Ehi, non si può stare qui, si allontani. Dobbiamo scaricare cose pesanti e può essere pericoloso."

Max aveva apprezzato questo rigore organizzativo che l'operaio gli aveva manifestato con quell'ammonimento ad allontanarsi. Con la mano gli indicò l'uomo con i disegni in mano e gli fece capire che doveva raggiungerlo. L'operaio fece una smorfia e gli fece cenno di proseguire.

"Salve," gli disse distogliendolo dall'esame delle tavole.

"Salve. Scusi ho da fare. Stiamo facendo un lavoro delicato," gli aveva risposto parlandogli con un marcato accento inglese.

"Sono Mr. Max. Lei dovrebbe avere istruzioni di mettersi in contatto con me."

"*Yes, yes. Sorry Mr. Max,*" gli disse porgendogli la mano "non l'avevo riconosciuta. *Nice to meet you. My name is Gregory,* Greg per gli amici. Sono il team manager".

"Piacere mio di conoscerla. Benvenuto a Sulmona," gli tese la mano raccogliendo il suo saluto "non si preoccupi. Anzi ho apprezzato con quale severità state curando la organizzazione del cantiere. Avete avuto problemi nel raggiungere la piazza?"

"No, affatto. I vigili sono stati gentilissimi. Ci hanno aspettato fuori della città e ci hanno scortato sino qui. Questa piazza è spettacolare. Io ho organizzato centinaia di manifestazioni e devo dire che questo posto è uno dei teatri naturali più belli che abbia visto."

"Sono contento che le piaccia. Spero che lo dica al più presto al Presidente. Così saprà che, quando gliel'ho descritta, non lo avevo preso in giro."

"Promesso. Allora mi dica quali sono le sue indicazioni."

"Io credo che con le misure ci siamo, ma vorrei che venissero rispettati tre limiti. Che non ci sia una invasione del plateatico e che quindi la struttura, in profondità, si fermi un paio di metri prima del marciapiede."

Si accostarono entrambi verso l'inizio della banchina e, voltandosi verso gli archi, cercarono di misurare con lo sguardo le distanze.

"Su questo non dovremmo avere problemi. Di spazio ce n'è e la struttura non sarà molto profonda. Abbiamo tutta l'area sotto gli archi che utilizzeremo come *backstage*. Solitamente lo allestiamo nel retro palco ma, avendo a disposizione questo spazio esterno, potremo realizzarla in maniera tale da non invadere anche il plateatico."

"Perfetto. Credo che possa essere utile montare al centro dei gradini che, dal calpestio del palco, scendano a terra."

"Sì, certo. Li abbiamo già previsti."

"Poi ci sarebbe l'esigenza," proseguì Max "che, ai lati, ci sia lo spazio sufficiente per utilizzare le due scalinate, quella dell'acquedotto e quella di Santa Chiara".

Andarono prima verso Santa Chiara e poi tornarono indietro verso gli archi.

"Ma credo proprio di sì," disse il capo dello staff, "dovremmo restare nei limiti del profilo della piazza lasciando, a destra e a sinistra, uno spazio libero della stessa misura della larghezza della strada."

"Perfetto. Anche qui vorrei due scale di accesso, una per lato."

"Sì, sì. Sono già previste."

Mentre parlavano l'opera dei tecnici proseguiva incessante e, dai rimorchi dei camion, era stata già scaricata molta attrezzatura che stavano posizionando proprio nell'area indicata da Greg, per poi essere assemblata. Lui rimase colpito dalle dimensioni di ogni singolo elemento. La Comet aveva fatto davvero le cose in grande.

Il manager gli indicò la grande fontana.

"Contro la fontana allestiremo la torre di controllo. Tanto dietro non ci sarà pubblico. Mentre," aggiunse "nello spazio rappresentato dalla strada, sia a destra che a sinistra, allestiremo due coppie di tribune. Il resto lo decideremo più in là. Per adesso dobbiamo dedicarci al montaggio della struttura centrale".

"Quando penserete di completarla?"

"La giornata di oggi è dedicata allo scarico dei camion e al posizionamento degli elementi nei vari settori della piazza nel luogo esatto dove saranno assemblati, nel frattempo inizieremo il montaggio della struttura centrale. Per stasera sarà pronta. Poi, mentre i tecnici provvederanno a corredarla dei pannelli laterali e dello sfondo e di tutti gli altri elementi necessari, passeremo ad erigere le strutture degli altri corpi."

"Quindi lei si occupa solo delle strutture?"

"Io sono il manager di tutto il team ma, in maniera diretta, mi occupo prevalentemente del posizionamento e quindi del montaggio delle strutture. Poi, per il completamento di tutto il necessario, il lavoro è diviso a settori e ognuno ha il suo responsabile. C'è il settore elettrico, quello delle luci, quello acustico, il settore scenografico, logistico e via via discorrendo. Rispondono tutti a me. Ma io mi limito a un controllo di supervisione."

"E la tempistica come funziona?"

"Man mano che viene terminata una struttura, mentre passiamo a montare quella successiva, i responsabili degli altri settori intervengono, su quella ultimata, allestendo le varie componenti di propria competenza."

"Caspita. Una organizzazione perfetta. Adesso capisco come fate, in così poco tempo, a montare tutta questa roba."

"Entro giovedì sera tutte le strutture devono essere complete. Nelle giornate di venerdì e sabato vengono fatte tutte le prove elettriche, audio, video e luci. Nel frattempo si procede ad allestire la platea. Sabato alle quattro sarà tutto pronto e si farà solo un lavoro di rifinitura e messa a punto."

"Siete velocissimi."

"Si tratta di strutture modulari. Sono come dei grandi 'Lego'. È più complicato posizionarle in maniera precisa e corretta che montarle. Lei capisce che, se sono poste a terra nella direzione sbagliata e ce ne accorgiamo solo dopo averle montate, diventa problematico apportare correzioni. Allora il primo lavoro, di individuazione dell'esatto orientamento, è il più delicato. Ma il Gps ci aiuta."

Lui si accorse che l'attenzione del manager, che stava guardando oltre la sua spalla, era stata attratta da qualcosa dietro di sé. Prima ancora di voltarsi aveva capito di cosa si trattasse.

Infatti sentì, quasi subito, una voce inconfondibile.

"Amò! Certo che state a fare un bel casino. Vorrei proprio sapere dove vado a comprare il pesce."

Greg, che aveva capito il legame tra la ragazza che stava arrivando e Mr. Max, cercò di camuffare la sua attenzione con un atteggiamento più distratto. Ma togliere gli occhi di dosso a Elisa non era facile. Non era una bomba sexy, di quelle donne che hanno le curve talmente al punto giusto e della misura giusta, da sconvolgere i sogni sensuali della stragrande maggioranza dei maschietti, anzi al contrario era abbastanza snella con delle forme elegantemente accennate, ma era il modo di muoversi che stupiva e poi la carnagione appena scura e quel sorriso smagliante, su un viso molto raffinato, la rendevano una donna di grande fascino.

Max sorrise osservando la sua espressione. Non era geloso e si compiaceva molto della ammirazione degli altri uomini per la sua compagna, trovando molto divertenti le loro attenzioni e senza provarne fastidio.

Mentre si stava celebrando questo gustoso siparietto furono distratti da un rumore abbastanza fragoroso che veniva dall'alto.

"Accipicchia abbiamo visite" disse Greg con un sorriso ammirato.

Alzarono gli occhi e lessero la scritta 'Comet' sotto la pancia di un elicottero che volteggiava sopra di loro.

Mentre Elisa gli si era accostata ed erano ancora rivolti con lo sguardo in alto, Max sentì squillare il suo telefono.

"Presidente buongiorno. Benvenuto. Immagino che lei sia su questo 'fenicottero' che, dall'alto, ci rinfresca l'aria facendoci da ventilatore."

"Buongiorno Max. Certo, sono venuto apposta a darvi sollievo dalla calura, a lei e ai miei uomini."

"Ho sempre apprezzato il suo marcato senso della solidarietà. Cosa fa? Ci raggiunge? O resta lì sopra a godersi il panorama?"

"Il piano di volo ci dice che dobbiamo atterrare in un grande parcheggio vicino un campo sportivo, che da quassù vediamo distintamente. Immagino che lei sappia dov'è. Se mi viene a prendere ne sarò felice."

"Arriviamo."

"Era il Presidente," disse volgendosi verso Greg "stanno per atterrare qui vicino, lo vado a prendere". Poi notò la direzione degli occhi del suo interlocutore. "Mi scusi, non ho avuto il tempo di presentarle la mia compagna". Girandosi verso la ragazza le fece un cenno.

"Elisa ti presento il Signor Greg, è il team manager di tutta la organizzazione," poi, mentre lei salutava il manager, aggiunse "andiamo a prendere il Presidente, ci vediamo tra un po'".

Arrivarono al parcheggio del campo sportivo della Potenza mentre l'elicottero cominciava ad abbassarsi e un nugolo di curiosi si stava raggruppando ai bordi del grande piazzale.

La gente di Sulmona, sebbene avesse saputo da tempo della programmazione dell'evento, solo adesso cominciava a rendersi conto del trambusto che ne sarebbe derivato. Vedere atterrare un elicottero in quella zona era, per loro, comunque una circostanza indubbiamente insolita.

Il rotore era ancora in movimento e già lo sportello si era aperto. Ne scese il Presidente. Jeans e camicia sportiva e un piccolo trolley.

Max gli andò incontro e si abbracciarono, quindi gli presentò Elisa che era rimasta un tantino distaccata.

Mentre il motore dell'elicottero riprendeva numero di giri salirono in macchina.

"Allora Signor Max… signora… mi ha lasciato il posto davanti, potevo sedermi io dietro."

"Non si preoccupi," disse Elisa "così potete parlare meglio".

"Ho deciso di venire giù un po' per seguire, nei primi giorni di lavoro, l'andamento dell'allestimento e poi anche perché lei mi ha incuriosito, con i suoi racconti, e volevo conoscere questa città e, se possibile, anche un pochettino d'Abruzzo. Devo dire che dall'alto è molto carina e la piazza fa davvero un grande effetto."

"Ha già prenotato un albergo o devo provvedere io?" gli disse mentre guidava per rientrare verso il centro della città.

"La mia segretaria mi ha prenotato una camera in un albergo vicino ai giardini pubblici. Il nome ora non lo ricordo. Più tardi la chiamo e me lo faccio dire."

"Non si preoccupi. So dov'è. Vuole andarci subito?"

"No grazie, andiamo subito a vedere le location. Poi, prima di pranzo, vado a prendere la camera e mi darò anche una rinfrescata."

Raggiunsero la piazza e il Presidente rimase a osservarla a lungo, girandosi più volte in tondo.

"Presidente la saluto. Ho delle cose da fare. Vi lascio al montaggio del vostro 'Lego'. Ci vediamo dopo."

Elisa lo salutò e si allontanò verso la sua macchina.

Si avvicinarono verso l'area dove stava iniziando il montaggio.

"Questa piazza ha una particolarità. Ci faccia caso. In genere o sono molto grandi, tanto da avere i confini così lontani da far perdere la percezione di stare in una piazza, oppure sono talmente raccolte da dare la sensazione di stare in una strada molto larga. Qui invece, come sono entrato, ho avuto il respiro ampio dello spazio ma, al contempo, non ho perso la percezione del perimetro e ho avuto netta la sensazione di stare in una piazza grande in una maniera giusta. Comunque aveva ragione, è davvero molto bella e le manifestazioni che mi ha raccontato, che si celebrano qui, devono essere davvero stupende specie se vissute dal vivo."

Greg come li vide si avvicinò a passo veloce e con espressione ossequiosa.

"Vedo che state procedendo spediti," gli disse.

"Presidente ben arrivato. Sì, stiamo perfettamente al di dentro del cronoprogramma. La tabella oraria è rispettata a sufficienza."

Si avvicinarono e potettero vedere che il cielo della struttura era stato totalmente assemblato a terra.

"Adesso stiamo montando, ai quattro spigoli, i pilastri in ferro autoportanti. Come avremo finito lo tireremo su e poi si tratterà di assemblare la base del palco e il calpestio. Ma, completato il montaggio della parte alta, la più complicata e la più delicata, il resto sarà molto più facile e rapido."

"Perfetto," disse il Presidente, poi, rivolgendosi a Max, gli chiese "lo prendiamo un caffè?".

"Glielo stavo per proporre. Tanto credo che, per ora, non avverrà nulla di emozionante."

"No, infatti, la parte delicata sarà la sopraelevazione ma ci vuole ancora un po'."

Si erano seduti al tavolo di uno dei bar che corredavano la piazza.

"Cosa sa la sua compagna della vicenda?"

"Nulla più del necessario," rispose Max.

"Virginia, cortesemente, due caffè e dei dolcetti di contorno," disse poi alla ragazza che si era accostata al loro tavolo per prendere l'ordine.

"Ho letto Piazza Garibaldi ma lei mi parla di Piazza Maggiore."

"Sì. Il nome toponomastico è Garibaldi. Ma, da quando è stata rievocata la Giostra Cavalleresca, le è stato nuovamente attribuito il nome che aveva anticamente, quello di *Piazza Maggiore*. La stessa cosa è stata fatta per altre piazzette che sono sedi dei sestieri e dei borghi, come per esempio *Piazza Solimo* che ha lasciato il posto a *Santa Monica*. Purtroppo non si è potuto fare il cambiamento ufficiale perché all'anagrafe avrebbero dovuto cambiare la residenza a migliaia di cittadini, obbligandoli a modificare i loro documenti di identità, ma nella cultura locale, ormai, i nomi con cui si indicano alcuni luoghi sono quelli fascinosi dell'epoca rinascimentale o addirittura medievale."

"Quella fontana è importante."

"È stata aggiunta intorno al 1820. Ma l'opera non fu completata secondo il progetto originario nel quale alle bocche d'acqua dovevano essere addossati quattro delfini i quali, con le teste poggiate sugli scogli e con le code attorcigliate, dovevano servire di sostegno al bacino monolite. Mi sembra," proseguì Max, "che, per quanto riguarda l'interesse internazionale per questo evento, lei abbia raggiunto un notevole successo. Se ne parla in tutto il mondo."

"Sì, abbiamo raggiunto numeri da finale di Mondiali di calcio o di Champions League. Saranno poco meno di duecento i paesi che si collegheranno. Sono distribuiti tra tutti i continenti, ma la parte del leone la fanno Europa e America. Anche i paesi dell'Asia mediterranea seguiranno l'evento. Le altre nazioni dell'Asia sino al Giappone e i paesi oceanici a quell'ora dormono e quindi hanno acquistato la trasmissione ma non per la diretta, riservandosi di trasmetterla, in differita, al mattino."

"Però lei è riuscito a destare una notevole attenzione."

"Certo. Del resto ne parlammo insieme a Milano. Il mistero, sulla seconda parte dell'evento, ha accresciuto l'interesse già di per sé alto per il prestigio della prima parte del programma."

"Missione compiuta?" gli disse facendo un'aria furba.

"Sì, missione compiuta. Ma, se lei non mi avesse rivelato tutto, io non avrei mai acconsentito a firmare il contratto."

"Sì. Lo so. C'è stato un momento, nel nostro colloquio, nel quale ho capito che uno dei due doveva rischiare e che quel qualcuno non sarebbe mai stato lei. Però ammetta che ha avuto la conferma che non ero venuto a venderle fumo."

"Assolutamente no! Lei aveva ragione, la sua era una follia che, o era una follia talmente folle da non essere una follia, o lo era a tal punto da essere geniale."

"E quindi?" lo incalzò Max.

"Non ho ancora deciso se non è una follia o è una folle genialità. So solo che stiamo qui, che gli accordi in campo internazionale sono stati fatti e che, sapendo come va a finire, sono certo che non daremo bufale a nessuno. Ma molti lo temono. Non tutti si sono fidati. Hanno firmato i contratti perché sanno che Comet è un colosso planetario e che, se si fosse rivelato un fiasco, avrebbero avuto ben più di una ragione per rivalersi. Specie gli asiatici che sono molto diffidenti."

Rimase a guardarlo per qualche istante.

"Piuttosto mi dica, a lei come è andata? Si era riservato i diritti di proprietà delle immagini concedendoci solo quelli della diretta e della differita nei limiti delle quarantotto ore dall'evento."

Si aspettava questa domanda dal Presidente.

"Bene, tutto il video verrà masterizzato in un dvd. Se ne faranno due edizioni. Una comprenderà tutta la manifestazione, completa della prima e della seconda parte, e un'altra edizione, più economica, conterrà solo la seconda parte."

"Alla fine ci guadagnerà più lei che noi."

"Non so se andrà così. Dipenderà dalle vendite. Ma le assicuro che, quando questa iniziativa mi è venuta in mente, a tutto ho pensato tranne che al guadagno." Si girò attorno come per indicare il mondo che lo circondava. "Il primo pensiero è stato quello di vedere se riuscivo a fare, di questa città, il teatro per un evento talmente spettacolare da avere risonanza mondiale. A livello personale potevo non farne nulla, restare fermo e forse mi sarei riposato di più. Amo le follie ma, se non ci fosse stata la prospettiva di una ricaduta molto positiva per questa terra, difficilmente mi sarei messo in movimento. L'idea di uno sfruttamento economico delle registrazioni video dell'evento non mi aveva neanche sfiorato. Successivamente al nostro incontro a Milano, e prima che ritornassi per la firma dei contratti definitivi, una casa discografica mi chiese di acquistare i diritti per riprodurre e commercializzare l'evento su supporti magnetici. Se avessi rifiutato avrei posto un limite al mio progetto che era quello di diffondere, il più possibile, le bellezze e il nome di questa terra e la storicità dell'evento. Al contempo accettare, ma rinunciare alla propria percentuale sulle vendite, significava fare un regalo alla casa discografica, cosa che non avrebbe avuto alcun senso."

"Poi ha chiuso con i giapponesi."

"Sì. E grazie alla esistenza di una sede italiana, un po' come con voi, mi sono risparmiato il viaggio in Giappone, a Minato. Anche se, a forza di inchini, mi era venuta una sciatalgia."

Scoppiarono entrambi a ridere.

"Loro," proseguì, "hanno, ormai, il monopolio mondiale per la distribuzione e la commercializzazione di tali prodotti, ma devo dire che l'interesse lo hanno avuto alto da subito. Ovviamente anche i giapponesi, prima di firmare, hanno voluto sapere cosa ci fosse sotto."

Da lontano videro che diversi operai avevano incrementato la loro attività nei pressi delle basi dei quattro pilastri posti ai vertici del cielo. Stavano iniziando la sopraelevazione. Si avvicinarono e venne loro incontro Greg.

"Presidente ci siamo. Adesso iniziamo ad innalzare il cielo."

"Accidenti," intervenne Max, "sarà dura alzare i pilastri con quel pannellone così grande steso a terra."

"No, affatto! Il cielo della struttura è composto da tanti piccoli pannelli in fibra sintetica. Sono resistenti ma sono leggeri quasi quanto un foglio di carta. E sono retti da un telaio, in fibra, anch'esso molto leggero. I meccanismi all'interno dei pilastri, che faranno scorrere in alto gli elementi a periscopio, hanno sufficiente forza per alzare il tutto."

Infatti, dopo pochi minuti, tutto il cielo era alzato e un'ampia ombra aveva avvolto l'area. Il più era fatto.

"Adesso dobbiamo solo riempire lo spazio a terra, incastrando le capriate e successivamente coprendole con il fondo della struttura. Ma è un lavoro di montaggio, a incastri guidati, talmente intuitivo che non ci vorrà molto." Fece un cenno di saluto con la mano e si allontanò tornando tra gli operai e i tecnici.

"Presidente, allora l'accompagno, così si rinfresca e poi andiamo a pranzo."

"Se non le dispiace preferisco prendere un aperitivo e poi andare in albergo. Nel pomeriggio ho diverse telefonate da fare e devo esaminare una serie di documenti. Possiamo darci appuntamento direttamente per il tardo pomeriggio. Così, con il fresco, mi fate fare una bella visita per la città e poi mi farebbe piacere avervi ospiti a cena. Sempre se non abbiate preso altri impegni."

Max lo accompagnò davanti l'hotel e rimasero d'accordo di sentirsi per telefono.

Avevano lasciato la macchina sotto gli uffici e stavano scendendo a piedi lungo i viali della villa comunale, verso la cattedrale di San Panfilo, per raggiungere il Presidente. Lo trovarono nel grande piazzale che osservava la facciata della chiesa. Come li vide li salutò allegramente.

"Ero uscito un po' prima e stavo godendo il fresco degli alberi mentre ammiravo questa chiesa. Molto bella," disse volgendosi verso Elisa.

Max sorrise. "È San Panfilo. È la cattedrale. Il Santo è il Patrono di Sulmona."

"È molto antica!" esclamò, continuando a guardarla stupito.

"Sì. Secondo gli storici locali, fu costruita sulle rovine di un antico tempio dedicato a Apollo e a Vesta. Originariamente fu dedicata alla Beata Vergine. Solo dopo la morte del Vescovo Panfilo, nel corso dell'VIII secolo, prese il suo nome."

Il Presidente lo guardò interessato.

"Come potrà facilmente notare la facciata appartiene a due diversi periodi architettonici. La parte più antica è quella nella quale si apre il portale. Lo stile è gotico. La porzione al di sopra della cornice marcapiano, invece, è più recente. È stata ricostruita dopo il terremoto."

"Ai lati del portale ci sono due leoni. E le figure in alto?"

"Sono San Pelino, a sinistra, e San Panfilo. I leoni, posti alle basi delle colonne, afferrano con le zampe un animale, forse una capra, a simboleggiare il capro espiatorio."

"E quello posto sul lato della cattedrale?"

"Il portale sulla sinistra, dotato di una bella iscrizione a caratteri longobardi, e le tre absidi, sono invece chiaramente romanici. Di fronte, a terra, vi è un frammento di lapide romana."

"È ben conservata."

"Questo territorio, purtroppo, è stato oggetto di diversi eventi sismici che hanno danneggiato il suo patrimonio monumentale, obbligando i Sulmonesi a svariati interventi di ricostruzione. Come le dicevo prima, la cattedrale fu colpita soprattutto dal terremoto del 1706. Crollarono le sagrestie e subirono danni notevoli il campanile trecentesco e l'adiacente palazzo vescovile, mai più ricostruito."

"E l'interno? Il portone è chiuso!"

"L'interno non ha più nulla di molto antico, se non il bellissimo colonnato romanico e la cripta, che è la parte più storica della chiesa. È un ambiente diviso in tre navate perimetrate da tre absidi. È interessante perché ci sono diverse colonne che ne sorreggono la volta. Sono quattordici. Al centro c'è l'altare seicentesco al cui interno si trova una nicchia con il busto reliquiario di San Panfilo, in rame dorato e argento, un'opera della metà del Quattrocento. Attigua alla cripta vi è una sala dedicata a Celestino V, nella quale vi sono conservate alcune reliquie del santo e dei cimeli: una parte del cuore in una teca, indumenti e paramenti sacri, un busto, alcuni documenti redatti di suo pugno e un cilicio penitenziale."

"Il Papa del gran rifiuto."

"Esatto. Di dantesca memoria."

Si riavviarono verso il centro di Sulmona e, prima di imboccare il Corso, tagliarono attraverso i vicoletti retrostanti Piazza Santa Monica.

L'attenzione del Presidente fu attratta da un'evidenza su un muro in pietra di un palazzotto. Si notavano i piedritti e un architrave che, incassati nella facciata, disegnavano la sagoma di un portale. L'interno però, invece di contenere un portoncino, era murato in pietra. Era anche rialzato da terra di un gradino abbondante.

"Un errore progettuale? O è un ripensamento del nobile proprietario del palazzotto?" disse con una allegra intonazione ironica.

"No Presidente, è una cosa un pochino più lugubre e, se vogliamo, anche un po' misteriosa," gli rispose Max mentre Elisa sorrideva divertita.

"Come vede è più stretto, non distante dal portone principale ed è rialzato rispetto al piano di calpestio di quest'ultimo. Le due porte non sono simmetriche. Questa chiusa è la cosiddetta 'porta del morto'. Veniva aperta solo quando, in coincidenza di un lutto, si doveva far passare la bara del defunto che usciva di casa, piedi in avanti, per non farvi più ritorno. Subito dopo la porta veniva nuovamente murata. Questo perché il morto non doveva passare dalla porta dei vivi e viceversa, dopo, i vivi non dovevano passare dalla porta del morto. Questo rituale a cui, in epoca medievale, erano aduse le popolazioni della Toscana, dell'Umbria, del Lazio e, anche se raramente, dell'Abruzzo, ha origini antichissime, che gli storici fanno risalire agli Etruschi. Nella loro usanza si voleva 'evitare' il ritorno del defunto nella terra dei vivi, affinché la sua anima potesse restare per sempre nell'Ade. Così nelle tombe etrusche esisteva la 'finta porta'. Una porta, per lo più disegnata o talvolta scolpita, a indicare un tramite 'aperto' solo alle anime dei defunti e impraticabile ai viventi. Questa credenza diventa, nel Medioevo, la 'porta del morto', murata subito dopo il passaggio del defunto, per impedire il ritorno della morte in quella casa."

Il Presidente era rimasto ad ascoltarlo rapito da quanti piccoli segreti si nascondessero nelle comunità che avevano radici così lontane nella storia.

Nel frattempo erano giunti sul Corso e stavano transitando davanti all'Annunziata.

"Questo è il punto in cui, durante la sfilata della Giostra Cavalleresca, entra nel corteo la Regina d'Aragona?"

"Esatto" intervenne Elisa. Quando era arrivata in Italia, pian piano, aveva preso confidenza con le tante manifestazioni tradizionali che si svolgevano a Sulmona e se ne era innamorata, affascinata dai riti, dai simbolismi, dai costumi così particolari che si potevano ammirare osservandole durante il loro svolgimento. Non aveva ancora assistito alla Giostra, tranne che qualche assaggio durante le feste preliminari di avvicinamento, quale la 'Festa dei fuochi'. Però aveva visto le manifestazioni della settimana della Pasqua e ne era rimasta rapita.

"Max le avrà sicuramente parlato della particolarità della Pasqua Sulmonese."

"Sì," rispose il Presidente "mi ha narrato della Madonna che corre in piazza. Una singolare processione che si svolge nella piazza grande dove stiamo montando le strutture."

"Ecco, quella è la processione della Domenica della Resurrezione, mentre il Venerdì Santo si svolge la processione del Cristo Morto. E qui, dove siamo ora, è uno dei punti più suggestivi per vederla."

"Quindi è una Via Crucis."

"No. La Via Crucis è una rievocazione a tappe del calvario di Cristo, dalla presentazione a Pilato sino al monte Golgota. Questo invece è un vero e proprio funerale."

"Funerale?"

"Sì, una rievocazione di un funerale fatto a Gesù dopo che il suo corpo fu sceso dalla croce. Ovviamente di tale funerale non v'è traccia nei Vangeli, ma per celebrare il Venerdì di Passione, in alternativa alla Via Crucis, sono molte le località ove si svolge la processione del Cristo Morto. Questa di Sulmona è molto particolare."

"In che senso?"

"Essa è organizzata dalla Arciconfraternita della Santissima Trinità, mentre, quella della domenica, dalla Confraternita di Santa Maria Di Loreto."

"Sì, Max mi ha fatto vedere i video, portano un saio bianco con una mantellina verde."

"Esatto. Invece quelli della Trinità indossano un saio di colore rosso, con pettorina plissettata bianca. Il camice è stretto in vita da un cingolo rosso ed è guarnita, per coloro che ricoprono ruoli gerarchici, da un medaglione argentato con le insegne dell'Arciconfraternita, chiamato 'placca'."

"Ma nelle immagini ho notato che spunta un papillon sulle camicie di quelli che corrono."

"I costumi, per entrambe le Confraternite, hanno origini antichissime. Tenga conto che quella della Trinità fonda le sue radici circa nel XIV secolo. Il suo camice risale alla metà del Cinquecento avendolo mutuato dalla omonima Confraternita di Roma. Attualmente, ma non so da quanto tempo, sotto il camice si indossa un vestito da sera nero, possibilmente uno smoking, con camicia bianca e papillon, e il camice, invece di essere chiuso in collo, viene rivoltato sotto i revers della giacca lasciando in mostra una V nella quale spicca la camicia bianca con la farfalla e sopra la pettorina plissettata."

"Mi sembra molto elegante."

"Credo che, con l'avvento degli abiti moderni, sia stata adottata questa foggia in omaggio e riverenza alla particolare solennità del momento."

"E come è composta la processione?"

"È un lungo corteo composto da fanali."

"Fanali?"

"Sì, in gergo, si chiamano fanali. Sono dei lampioni con il fusto in ottone e, sulla sommità, vi sono agganciate sei bocce di vetro illuminate da altrettanti ceri posti all'interno. Un crisantemo, in carta bianca, posto al centro, ne completa la decorazione. Essi sono portati dai partecipanti alla processione che ne infilano l'estremità in un bicchierino retto da un cinturone di cuoio."

Elisa era sempre più intenta nel suo racconto.

"Quindi è una processione con questi... fanali". Osservò il manager della Comet.

"Esatto, quasi tutta la processione è composta da questi portatori di fanali. Con delle bellissime aggiunte. Le racconto. La processione si apre con il cosidetto 'quadrato', composto da due fila orizzontali di sette 'fanali' che assieme a due file laterali, di tre fanali ognuna, forma appunto un quadrato. All'interno di tale formazione sfila una stupenda croce che viene chiamata 'Tronco'. Si tratta di una grande croce in sughero vuota al suo interno, foderata di velluto rosso, guarnita di tralci d'argento e un cartiglio alla sommità con la scritta I.N.R.I."

Mentre ascoltava attento il racconto di Elisa, il Presidente si stava girando attorno, ammirando il Palazzo della Annunziata e la piazzetta antistante.

"La singolarità è che il quadrato procede con un passo che segue la musica di due marce funebri eseguite dalla banda che precede il corteo e viene chiamato lo 'struscio', a simboleggiare la solennità del dolore ma soprattutto il sentimento di penitenza di cui l'umanità si fa carico per la colpa del sacrifico di Cristo."

"La processione si chiude qui?"

"No. Al quadrato segue una lunga teoria di 'fanali' che si chiude con il coro composto da più di cento cantori che, procedendo anche loro con passo cadenzato, eseguono un trittico di salmi cantati: 'Miserere', 'Tibi Soli' e 'Amplius'."

"Deve essere molto suggestivo."

"Al coro segue infine la bara del Cristo e la statua della Madonna vestita a lutto. Entrambe sono molto antiche e risalgono alla metà del Settecento. La statua del Cristo ed è adagiata, per essere portata in processione, su una bara adorna di gramaglie, con quattro angioletti recanti i simboli della Passione. Anche la Madonna, vestita a lutto, è molto antica."

"La stessa che corre la domenica?"

"No, sono due statue totalmente diverse. Qui, di fronte il Palazzo dell'Annunziata, dove la processione sfila verso le nove e mezza e poi al rientro verso la mezzanotte, è il punto più suggestivo ed emozionante per vederla. Dopo che transitò la prima volta non volevo lasciare la scalinata, per restare in attesa che ripassasse, e accettai, su insistenza di Max, solo perché in quel vicoletto lì vicino c'è una graziosa pizzeria e perché grazie a Mirella, la proprietaria, che è sua amica, ci fecero mangiare in fretta e furia."

"Vedo che lei è bene informata, pur essendo straniera."

"Quando l'ho vista me ne sono invaghita, come di quella della 'Madonna che scappa' che si svolge la domenica. Poi Max, che a questa del Venerdì Santo ha partecipato per più di quarant'anni, mi ha raccontato tutta la sua storia e tante altre curiosità."

"Deve essere davvero suggestiva. L'anno prossimo vedrò di venire a passare le vacanze pasquali qui a Sulmona e se, come sono convinto, le manifestazioni meriteranno, penserò di organizzare una diretta televisiva per l'anno successivo."

Erano frattanto giunti alle scale che conducevano giù nella piazza e rimasero colpiti dalla struttura che, ormai completa, si ergeva quasi accostata agli archi, dominando letteralmente tutta la scena. Scesero sul plateatico e si avviarono verso la fontana per vedere l'effetto che faceva da lontano.

Era imponente, larghissima ma, ciononostante, non oscurava l'acquedotto, lasciandolo intravedere da dietro e dando così un tocco di eleganza a tutta la scenografia.

Ai due lati erano stati già montati i quattro scheletri che avrebbero ospitato le due coppie di tribune. Max pensò a come veniva allestita la piazza per la Giostra Cavalleresca. Sebbene completamente circondata da tribune manteneva, per intero, il suo carattere gentile. In questo caso, invece, la dimensione delle strutture dava, per stile e imponenza, proprio il senso dell'allestimento per una manifestazione di massa come quella che si sarebbe svolta di lì a pochi giorni. Il più era fatto e, visti i tempi così stretti con cui avevano montato tutta quella roba, non c'era da dubitare che davvero per giovedì tutto sarebbe stato pronto.

Non aveva avuto perplessità su ciò, visto il colosso finanziario che si era fatto carico della organizzazione ma, ora che vedeva con i suoi occhi la macchina crescere e completarsi, era sicuramente più tranquillo.

Cenarono in una graziosa trattoria con tavoli all'aperto dove, in genere, si mangiavano cose fresche. Nino servì dell'ottimo prosciutto con delle bruschette e poi mangiarono la sua ottima pizza. Come al solito quella di Max venne ovale invece che tonda. Lui si era sempre chiesto se quella fosse una casualità o uno scherzo di Marina.

Conversarono amabilmente di tante cose. Dalla politica, al calcio, ai viaggi. Quando affrontarono quest'ultimo tema, inevitabilmente, il discorso cadde su lui ed Elisa. Anche se il Presidente si mostrò molto garbato e delicato nel manifestarlo, era rimasto incuriosito dalla diversità di etnia tra loro due e, come succedeva spesso, aveva timidamente chiesto come si fossero conosciuti. A Elisa questa cosa divertiva e quindi si lanciò nella narrazione, mentre Max la stava ad ascoltare visibilmente compiaciuto. Lei si fece trascinare dall'enfasi nel raccontare la fatalità che li aveva portati a conoscersi.

"Quindi il calcio c'entra sempre. Poi ci accusano di speculare sul pallone. Non sono i media che alimentano l'interesse della gente per ragioni di business. È proprio il gioco pedatorio che è entrato nella nostra coscienza. Questo ruolo galeotto del calcio," proseguì ridendo il manager, "deve essere in qualche modo suggellato. Questo autunno sarete miei ospiti, per il derby o per Milan - Juve, nella tribuna stampa della Comet a San Siro."

A Max brillarono gli occhi, mentre lei li guardò incuriosita.

"Io il calcio non lo conosco. Dove stavo non lo seguivo e qui in Italia ogni tanto ho visto, assieme a lui, qualche partita in televisione. Non riesco neanche a rendermi conto di quanto sia grande uno stadio. Però mi diverte tantissimo il colore che si crea attorno a una partita."

"Vedrà. Sarà una esperienza divertente anche perché, vissuta con i nostri pass e nei nostri settori, potrete godere delle comodità di arrivare in automobile direttamente nel parcheggio di San Siro e di usufruire del ristorante o dello snack bar interni."

Elisa era curiosa di tutto ciò che non conosceva. Era come se avesse passato la sua vita rinchiusa dentro una gabbietta a fare solo una cosa e quindi era attratta da tutto ciò che avesse il sapore della novità e della scoperta. Si doveva solo abituare all'idea e poi Max sarebbe stato pronto a scommettere che, di lì a qualche giorno, avrebbe cominciato a tempestare il Presidente su come avere i biglietti.

La serata si concluse con la consueta cremina fatta a mano da Marina.

Si era fatto tardi e quindi accompagnarono il loro ospite in albergo e si accomiatarono dandosi appuntamento per la mattina successiva. Non fecero programmi. Lui disse che sarebbe ripartito mercoledì mattina per poi tornare il giorno della manifestazione. Ma sul da farsi del giorno dopo si sarebbero regolati a seconda dell'andamento dell'allestimento. Disse che gli sarebbe piaciuto visitare le zone di montagna, ma rimasero d'accordo che avrebbero deciso il da farsi l'indomani, solo dopo un sopralluogo all'area dei lavori.

Tornarono al casale e si apprestarono al solito rito delle affettuosità con i cuccioli. Quando rientravano, i due giovanottini di casa sceglievano ognuno il suo padrone per attorcigliarsi alle loro gambe ed estorcere la dovuta dose di coccole.

Max guardò compiaciuto l'affetto con i quali i cuccioloni avevano poi assalito Elisa. "È entrata proprio a far parte di me, della mia vita ed è il segreto di un rapporto," si disse tra sé e sé, mentre continuava a osservare la scena.

"Non lasciare che la tua storia narri di te; fa sì che appartenga a chi avrai" gli disse una volta sua mamma e aveva ragione.

Quella incredibile manifestazione di amore dei due cagnoloni veniva sempre ripagata con uno stuzzichino che Elisa era prontamente andata a prendere dal frigorifero. Max si chiedeva spesso se quei due, senza il premio gastronomico, avessero fatto le stesse feste. "Pensavo fosse amore invece era una salsiccia," si disse tra sé e sé. Ma no quello era un film.

10
IL LAGO KIVU

I cuccioloni non smettevano di attorcigliarsi alle loro gambe e loro, compiaciuti per il calore del 'benvenuto', non lesinarono carezze e salsicce. Il volo di un uccello, che sfiorò radente il prato, distolse i due ragazzotti di casa i quali si lanciarono alla caccia del pennuto, ignari che la veste di predatori era loro così inappropriata da renderli incredibilmente comici.

Li guardarono a lungo divertirsi mentre si atteggiavano goffamente a cani da cattura ma poi, vinti dalla stanchezza, salirono sopra perché forse era anche ora di andare a dormire.

"Vado a fare la doccia," disse Elisa e gli diede un bacio intenso e profondo. Poi lo guardò con ironia. "Come il nostro primo bacio," aggiunse ridendo.

"Sì, come no!" disse lui, sapendo che lei lo stava canzonando.

"Quello non lo hai raccontato al Presidente, ti sei vergognata? Hai avuto un po' di pudore? O forse non ero io da prendere in giro ma tu?" E le diede un pizzicotto sul sedere.

"Manesco" protestò lei, fingendosi arrabbiata ed entrò in bagno.

Lui si versò un bicchiere di liquore e si sedette sulla poltrona in terrazzo. Con la mente si rivide in aereo, mentre tornava a Bukavu, in quegli ultimi giorni trascorsi presso la residenza ospite di Bruno. Chiuse gli occhi e rivide la scena. Era come un film. Durante il viaggio di ritorno da Masaka non era stato molto loquace con Daniel. Il ragazzo pilotava l'aereo e, ogni tanto, gli lanciava uno sguardo malizioso. Si era assorto a guardare il panorama ma con la testa era ancora in quella sala davanti la ragazza ed ora pensava a quel che sarebbe successo nei prossimi giorni. Qualcosa gli diceva che sarebbe ripartito senza nessun cenno da parte sua e di quella vicenda non avrebbe saputo più nulla.

Arrivarono alla residenza sul far del tramonto. Lui salì in camera per farsi la doccia e prepararsi per la cena. Quando scese la tavola era apparecchiata come al solito a dovere e Sandrine si aggirava nei dintorni in attesa che arrivassero. Bruno era in cappella e, dopo pochi minuti, lo aveva raggiunto. Era di buon umore.

"Allora questo ratto delle Sabine?"

"Nulla di tutto ciò. Puoi stare tranquillo. È stato un incontro molto garbato. La Direttrice non ha proprio digerito. Avevi ragione tu. Con la ragazza abbiamo parlato in un modo molto composto e discreto. Anzi, ho parlato solo io. Lei non ha detto niente. Mi ha solo ascoltato facendomi intendere, alla fine, che non voleva dare seguito a quell'incontro. Io, come ti ho promesso, non ho forzato la situazione e mi sono congedato. Credo di essere stato corretto e in linea con le tue raccomandazioni."

Bruno lo guardò con aria meditabonda.

"Evidentemente ho vissuto solo delle fantasie," proseguì, "anche se le emozioni che ho provato io, che mi hanno così colpito e che ti ho raccontato l'altra sera, non lo sono. Ma forse lo erano quelle speranzose sensazioni che le mie emozioni fossero ricambiate."

Erano stati per un po' così, senza parlare, mentre gustavano l'agnello cotto alla brace da Ezechiele.

"Non sai cosa potrà succedere," aggiunse a un tratto Bruno, quasi stesse pensando a voce alta "le donne, quel che realmente pensano, non lo fanno intendere mai, spesso dicendo il contrario. E, comunque, il disegno del Signore si avvera sempre e noi dobbiamo solo attendere con serenità che si compia."

Max lo aveva guardato e gli aveva sorriso. Non era in ansia per la situazione. Aveva imparato, con gli anni, a combatterla e sconfiggerla. Però aveva egualmente pensato che il disegno del Signore va accettato ma, a volte, non corrisponde al desiderio degli uomini.

"Domani facciamo un giro in barca," disse Bruno, "è l'ultimo giorno utile. Poi dopodomani ti dovrai preparare per la partenza per il viaggio di ritorno."

"Molto bene. Ci divertiremo. A che ora?"

"Con calma. Non abbiamo orario. Indossa il costume."

Si erano salutati e Bruno si era avviato verso la sua camera.

Lui si attardò un pochino per godersi il fresco della sera e Sandrine gli chiese se gradiva la sua camomilla.

"Sandrine, lei è sempre squisitamente gentile. Sì grazie, mi farebbe piacere."

Quando la ragazza tornò con la sua bevanda, si fermò e rimase in piedi vicino al tavolo. Lui la guardò e, avendo capito che voleva dirgli qualcosa, la incoraggiò ammiccandole con cordiale confidenza.

"*Bwana*, mi perdoni. Ho involontariamente sentito quello che diceva con Bruno. La storia che lei sta vivendo è dolce ed è bellissima e io non riesco a restarne indifferente. Bruno ha ragione. Noi donne siamo strane. Spesso, facciamo e diciamo il contrario di quel che vorremmo. Non si scoraggi. Abbia fede. Non sempre tutto è ciò che sembra. E le sorprese possono stare dietro ogni angolo."

Lui l'aveva guardata e aveva sorriso. "Sandrine, lei è proprio una ragazza dolce, le auguro il meglio che le possa succedere nella sua vita."

"Ricorda quel discorso che le ho fatto qualche giorno fa?"

"Sì, certo, molto bene."

"Ecco. C'è un uomo. Buono, gentile. Lavora all'ufficio postale. Da tempo ci scambiavamo sorrisi e sguardi. L'altro giorno mi ha invitato per un aperitivo. Era una cosa che desideravo da tempo. Eppure gli ho detto di no."

"Sandrine, conosco molto bene la natura delle donne," le disse con un tenero sorriso, "e so quanto siano complicate nelle loro testoline. A scoraggiarmi non è il comportamento di quella ragazza, che so che potrebbe essere volutamente contraddittorio, ma le mie sensazioni che sono più pericolose."

Le diede un bacio affettuoso sulla guancia e si congedò andando a dormire.

La mattina si svegliò presto e, dopo la solita carrellata su internet per leggere un po' di notizie italiane, scese giù nel giardino. Bruno era già a tavola. Aveva fatto la sua consueta visita in cappella e stava amabilmente conversando con Sandrine, in attesa che lui scendesse.

"Ehi Max, sei pronto per una bella avventura?" gli disse come lo vide.

"Certo caro, indosso il costume anche se non credo che farò il bagno."

"Perché? Sei delicato?"

"No, affatto! Ma non vorrei finire in pasto a qualche coccodrillo!"

Bruno rise di gusto. "Qui non ve ne sono. Nel Tanganica è pieno. Ma, anche se i due laghi sono collegati tra loro dal fiume Ruzizi, i coccodrilli non lo risalgono per venire dalle nostre parti. Non dimenticare che stiamo a millequattrocento metri di altezza come è per voi, a occhio e croce, Roccaraso. Il Tanganica è a settecento metri di altitudine, la metà circa. Il Ruzizi parte dal Kivu e scende al Tanganica e i coccodrilli sono pigri, non vanno controcorrente e per di più in salita."

"Sono contento di ciò. Comunque, non so se mi bagnerò."

"Ehi! Femminuccia! Dai, fai colazione che partiamo."

Dopo il ricco pasto, preparato come di consueto in maniera molto accurata da Sandrine, scesero al piccolo molo dove Daniel aveva già attrezzato uno dei due gommoni. Era un '27 piedi' e aveva grandi spazi sia a poppa, dietro la consolle di guida, che a prua dove un grande prendisole poteva ospitare quattro persone senza problemi. Sul molo c'erano un paio di grossi scatoloni in attesa di essere saliti a bordo.

Max ne prese uno e lo caricò, posizionandolo a prua a ridosso del musone. Bruno lo aveva guardato con aria canzonatoria.

"Ma che bravo! E dove hai imparato a caricare le barche?" disse dando, contemporaneamente, un colpo di gomito a Daniel che, mentre afferrava l'altro scatolone, stava guardando la scena divertito.

"Patente nautica, senza limiti, vela e motore. Caro!"

"Accidenti. Abbiamo un commodoro. E quindi sai anche pilotare?"

"Certo!"

"Allora prendi il comando in plancia" disse. "Comandante chiedo il permesso di salire a bordo," aggiunse poi guardandolo con fare serio dalla banchina.

"Permesso accordato. Mozzo."

Una fragorosa risata allietò il molo e poi Bruno e Daniel salirono a bordo. Il *boy* liberò gli ormeggi di prua mentre Max, che aveva già avviato il grosso motore 'Evinrude 200 Hp' per farlo scaldare, mollò quelli di poppa.

L'imbarcazione, per l'effetto evolutivo dell'elica, cominciò pian piano a discostarsi dalla banchina.

Max guardò il suo amico con fare interrogativo.

Lui si mise a ridere. "Sei tu il comandante."

"Certo, sono il comandante ma non un indovino. Se non mi dici dove cavolo dobbiamo andare sarà difficile che ti ci porto. Io, per quanto mi riguarda, posso pure portarvi in giro a zonzo."

"Accipicchia. Preparato il ragazzo," replicò Bruno sorridendo a Daniel che si stava gustando quella scena di cordiale presa in giro tra i due amici.

Poi guardò Max con approccio serio. "Uno - quattro, 14 gradi," gli disse con tono stentoreo.

Lui annuì con il capo e diede leggero gas facendo muovere il gommone per allontanarlo dalla riva. Quando furono a una distanza sufficiente da escludere la presenza di bagnanti affondò la manetta e, con un rombo potente ma discreto, l'imbarcazione prese velocità sollevandosi sul pelo dell'acqua. Diresse il timone, seguendo la bussola, verso nord con una leggera inclinazione a est secondo la rotta che Bruno gli aveva dato: 'uno - quattro, 14 gradi'. La barca procedeva veloce senza sussulti. Lui non aveva mai condotto una imbarcazione su un lago. Era abituato al mare, sempre increspato anche se solo leggermente, e pilotare su quella superficie quasi piatta era piacevolissimo. Sentiva sotto di sé la chiglia scivolare sull'acqua con un fruscio appena sussurrato e dalla plancia vedeva la prua che procedeva diritta, senza sussulti, dando alla navigazione un andamento silenzioso e veloce. Si stava davvero divertendo. Questo intermezzo nautico era davvero gustoso e lo stava aiutando a scacciare, anche se temporaneamente, i tanti pensieri che gli affollavano la testa.

Mentre Daniel stava adagiato sui cuscini del prendisole di prua, Bruno, che si era accomodato sulla panca attaccata anteriormente alla plancia, si alzò per venire a sedersi dietro a fianco a lui, sull'ampio divanetto imbottito della consolle.

Mentre si allontanavano Max potette ammirare la costa del lago che era davvero intrigante. Era molto frastagliata e ricca di ridossi, penisole e piccole isole. Le sponde poi erano molto rigogliose e rendevano all'occhio un caleidoscopio di colori che, specchiandosi sulla superficie delle acque del lago, faceva un effetto davvero stupefacente.

"Stiamo andando sull'isola di Nkombo" gli disse, certo che lui fosse curioso di sapere dove si stavano dirigendo.

"Il lago Kivu dalla sponda meridionale, dove è Bukavu, sino a quella settentrionale, dove c'è Goma, è lungo circa cento chilometri e in mezzo ci sono tantissime isole, anche grandi, tutte abitate. La costa è disegnata interamente come quella che vedi, ricca di ridossi e penisole. È un lago lungo e stretto. In questa parte, dove siamo noi, è largo circa sette chilometri mentre più a nord, verso Goma, raggiunge anche una larghezza di quarantacinque chilometri. Noi, ovviamente, non ci addentreremo fino a lì e quindi non lo ammireremo tutto. L'isola, verso la quale ci stiamo dirigendo, è a quattro miglia da qui. È lunga circa dieci chilometri e dobbiamo approdare al suo culmine settentrionale. Ci sono diversi agglomerati abitati e noi stiamo portando queste casse di medicinali per le loro scorte."

Max calcolò, quindi, una distanza da percorrere di una decina di miglia e, se fosse riuscito a tenere costante quella velocità di venti nodi, ci avrebbero impiegato circa mezz'ora.

Dopo un po' arrivarono in vista di una lingua di terra e il suo amico gli disse di tenersi a dritta e di costeggiare l'isola, navigando nel canale tra la stessa e la sponda del lago.

Mentre procedevano in quella direzione lui potette ammirare le sue sponde, oltre le quali si vedevano campi coltivati e ricchi di piante che da lontano sembravano da frutto.

Ben presto arrivarono al culmine settentrionale e Bruno disse a Max di doppiare un capo che si vedeva in lontananza a tutto nord. Come lo superarono si aprì lo scenario di uno stupendo golfo. Sarà stato largo un chilometro ma era quasi perfettamente circolare. La costa era bassa e apparentemente sabbiosa. Il lago doveva essere vulcanico perché la sabbia era di colore scuro. Sulle sue sponde c'erano diversi approdi e il suo amico gliene indicò uno, posto esattamente al centro del golfo.

Max ridusse la velocità e procedette a tre nodi. Man mano che si avvicinavano potette vedere che a riva vi erano numerose persone e, a ridosso del piccolo molo, erano parcheggiate un paio di Land Rover. Dei bimbi facevano il bagno abbastanza scostati dall'approdo e sulle sponde sabbiose erano state tirate a secco numerose piroghe da pesca circondate da molta gente. Evidentemente doveva essere il locale mercato del pesce.

Manovrò per accostare il gommone al molo mentre due ragazzi avevano lanciato le cime di ormeggio a Daniel, che si era posizionato a prua, e a Bruno, che le stava raccogliendo a poppa. Dopo che ebbero scaricato i due scatoloni il suo amico gli fece cenno di prendere la sacca e di seguirlo.

Si avviarono lungo la riva e raggiunsero, poco distante, un piccolo bar che forniva delle sedie a sdraio. A uno dei suoi lati c'era un ampio barbecue che un attivissimo cuoco stava alimentando.

"Adesso ci mettiamo al sole," gli disse "e ci rilassiamo un po'."

Si misero in costume e si sdraiarono sulle sedie. Poco dopo Max dormicchiava. Fu svegliato da uno spruzzo di acqua gelata.

"Forza pelandrone. Vieni a saggiare le acque del Kivu," gli disse il suo amico ridendo.

Da lontano vide Daniel che era già in acqua e si stava allontanando dalla riva con bracciate poderose.

"Se un coccodrillo mi si avvicina gli dico di mangiare te che sei più saporito."

"Hai rotto con questi coccodrilli. Non ci sono!" gli disse con voce stentorea e poi lo prese per la mano tirandolo in piedi.

L'acqua del Kivu non era certo calda come l'Adriatico ma in quel tratto il fondo era basso e aveva una temperatura che riusciva a essere gradevole. Si allontanarono abbastanza, nuotando in coppia e ben presto raggiunsero Daniel. Si era fermato vicino a una sorta di chiatta galleggiante, ancorata al fondo, sulla quale si poteva salire e prendere il sole. La superficie era praticamente senza onde ed era piacevolissimo nuotare in una acqua così piatta. Dopo i primi minuti di ambientamento si stava davvero bene. Stare nel lago dava anche una ottima sensazione di rinfresco dalla calura africana.

Max dovette convenire che la nuotata era stata davvero piacevole.

Quanto tornarono a riva ebbero appena il tempo di asciugarsi che furono richiamati dal padrone del piccolo bar. Aveva loro preparato il pranzo. Si accomodarono a uno dei tavoli di legno accostati al capanno, sotto una tettoia di foglie di palma, e fu loro servito del pesce grigliato, su foglie di manioca e guarnito di riso, con una salsa gialla che si rivelò essere del curry. Pasteggiarono a base della tradizionale birra africana, che gradirono particolarmente per rinfrescarsi dalla calura. A pranzo parlarono prevalentemente di calcio. L'oggetto era il mercato invernale.

"Se la Roma compra il centravanti dell'Atalanta non ce ne sarà per nessuno."

"Bruno, inutile che ci facciamo delle illusioni, la Juve ha un altro passo e per tutte le altre squadre la corsa è ristretta all'accesso ai posti in Champions."

Daniel li guardava attento.

"Quanto mi piacerebbe entrare in uno stadio europeo," disse, "San Siro, l'Olimpico, tu Max ci sei stato?"

"Sì, certo. A entrambi, ma mi hanno detto che anche l'Allianz Stadium, dove gioca la Juve, è molto bello."

"Ma quanto è grande uno stadio? Come questo golfo?"

Sorrisero entrambi per la dolcezza con la quale il ragazzo aveva posto la domanda, sgranando i suoi occhioni neri e mostrando tutta la meraviglia del mondo al solo immaginarsi uno stadio europeo.

"Dai, quando Bruno torna in Italia porta anche a te e andiamo a vedere un Roma - Milan all'Olimpico o un Milan - Roma a San Siro."

"*Bwana,* sarebbe fantastico."

"Ma poi devi scegliere per chi fare il tifo," aggiunse Bruno ridendo.

Daniel rimase un attimo interdetto.

"Per la squadra che gioca in casa, ovvio!" rispose poi, con uno sguardo furbo, scatenando una fragorosa risata generale.

Proseguirono il pranzo, segnato dal buonumore provocato dalla conversazione calcistica e, dopo aver mangiato, si riaccomodarono sulle sdraio.

Ben presto li avvolse una salutare pennichella. Al sole si stava proprio bene e quel caldo, così intenso da sembrare colorato, favoriva il sonno in maniera incredibile.

"Ragazzi sveglia. È ora di tornare."

Bruno li aveva richiamati alla veglia.

"Avete ronfato per quasi due ore. Colpa del curry. Ora però dobbiamo ripartire. Tra non molto sarà notte e abbiamo giusto il tempo per rientrare."

A malincuore si prepararono. Max lasciò una mancia al proprietario del bar mentre il conto lo pagò Bruno e si avviarono verso il molo. Il tempo di sistemarsi a bordo e mollare gli ormeggi e lui, che si era messo nuovamente al timone, dopo aver scostato l'imbarcazione a una distanza sufficiente dal molo e dalla riva, diede gas lanciando il gommone a una elevata velocità verso la rotta che già conosceva, mentre i suoi passeggeri si accomodarono sul cuscino di prua, dando l'impressione di voler proseguire la pennichella.

In silenzio, praticamente da solo, si godette il ritorno mentre il sole, che si stava abbassando sui rilievi che coronavano il lago, cominciava a tingere di rosso tutto ciò che li circondava. Sull'acqua e fino alle sponde creava dei riflessi che nessun pittore avrebbe saputo immaginare. Il silenzio era rotto solo dal suono del motore che, per quanto lanciato ad alti giri, lasciava uscire solo un sibilo discreto ma vigoroso. L'aria era calda e l'atmosfera induceva a mille pensieri e meditazioni.

Chissà dov'era e cosa stesse pensando. Quella ragazza gli era entrata nella testa ma doveva convincersi che non ci sarebbe stato un seguito e che se la sarebbe dovuta dimenticare.

Arrivarono a Bukavu che stava imbrunendo. Il tempo di lavarsi e cenarono rapidamente. Andarono subito a dormire. La navigazione era stata comunque stancante. Anche se si è seduti si è, inconsapevolmente, in perenne movimento per assecondare il rollio della barca e questo, inevitabilmente, affatica il fisico e brucia energie. L'indomani doveva preparare i bagagli e le sue cose. Dopodomani partiva e avrebbe detto addio a quel mondo meraviglioso. Ma sapeva perfettamente che la sua malinconia non era per l'addio a Bukavu. Calava il sipario per sempre su quella vicenda così romantica che aveva illuminato la sua fantasia. Ma i sogni, nei quali le fantasie galoppano, non diventano mai realtà se non si è in due a costruirla. Altrimenti restano sogni.

Il mattino dopo si svegliò avendo gustato un sonno profondo.

Evidentemente si era stancato per la gita del giorno prima anche perché, stando in plancia al timone, oltre alla fatica fisica aveva anche dovuto impiegare la concentrazione necessaria per pilotare, che comunque comportava un certo logorio mentale.

Quando scese a colazione Sandrine gli disse che Bruno era andato a fare delle commissioni amministrative e che sarebbe tornato per pranzo. Chiese a Sandrine dov'era Daniel, perché voleva impiegare la mattinata per fare un giro per Bukavu e voleva sapere se poteva prendere la Land Rover.

"Daniel è a Masaka. Aveva delle cose da scaricare e riportare. Comunque non c'è problema per la macchina, può prenderla liberamente. Bruno glielo aveva detto sin dal primo giorno."

"La ringrazio. Farò un giro per la città. Ci vediamo per pranzo."

Parcheggiò la Land Rover nel punto in cui Avenue du President Mobutu diventava Avenue Lumumba e fece una lunga passeggiata per quella che era ancora la strada principale della cittadina e che, una volta, si chiamava Avenue Royale.

Era piena di bazar, caffè, bistrot, piccoli negozietti colorati che vendevano di tutto. C'erano parecchi europei in giro che si mescolavano, senza problemi, con la popolazione locale. Arrivò alla fine della lunga strada che culminava nella grande piazza con l'obelisco. Di lì a qualche centinaio di metri c'era le *Cercle*. Ritornò indietro. Si attardò per comprare qualche souvenir e quindi si sedette a un tavolino di un bar per sorseggiare una birra. Ma era già ora di rientrare.

Bruno a tavola era stranamente silenzioso. Parlarono poco e gustarono il pesce grigliato assieme alla classica '*salade*'.

"Chissà se, e quando, ci rivedremo. Sono contento che tu sia venuto. E sono contento di aver riassaporato, grazie a te, la nostra giovinezza."

"Purtroppo le distanze sono tante e torneranno a dividerci. Non mi prendere per egoista, avrei voluto avere lo spunto per ritornare, ma le cose sono andate così. Tu giustamente dirai che un'amicizia vale un amore. È vero ma, purtroppo, non sempre è così" rispose Max con aria triste.

Bruno lo guardò e non disse nulla.

Terminarono il pranzo leggero e il suo amico si alzò.

"Io vado in cappella. Tu vatti a riposare che la giornata è ancora lunga."

Si abbracciarono e si salutarono dandosi appuntamento per la cena.

Max entrò in camera e, con una certa mestizia, cominciò a preparare i suoi bagagli. Si vergognava un po' di aver anteposto la sua delusione, per l'epilogo non felice della sua passione per quella ragazza, alla tristezza di dover lasciare un amico come Bruno, ma lui era un uomo che conosceva nel profondo la natura umana e aveva sicuramente capito il suo stato d'animo.

Si sdraiò sul letto e si assopì.

Quando si svegliò la giornata era già al tramonto, anche se mancavano più di due ore all'ora di cena. Erano in piena zona equatoriale e quindi non c'era l'effetto dell'allungamento e accorciamento delle giornate come in Europa. Tale fenomeno era dovuto al fatto che l'asse della terra, attorno al quale l'emisfero ruota su sé stesso, è inclinato rispetto al sole e quindi, nei periodi solstiziali, i due poli sono rispettivamente una volta inclinati verso il sole e una volta inclinati lontano dal sole. La conseguenza è che per il polo lontano le giornate si accorciano e per quello vicino si allungano. Tale fenomeno è del tutto nullo in zona equatoriale, in quanto ha, nei confronti del sole, la stessa inclinazione per tutto l'anno.

Mentre si preparava sentì il motore della Land Rover che parcheggiava all'interno del piazzale di ingresso. Evidentemente Daniel era rientrato da Masaka.

Scese giù nella club-house, vi si aggirò un pochino, si avvicinò alla postazione internet, guardò la tastiera del computer con aria infastidita. Si rese conto che stava ciondolando. "Quando hai pensieri nella testa," si disse, "non serve cercare di distrarti, peggiori solo la situazione, tanto vale dare loro sfogo." Uscì fuori e si recò verso il molo per godersi il calar del sole e vedere dove l'avrebbero portato le farfalle che volteggiavano nel suo cervello. Sulla riva, di fronte all'accesso del molo, vi era una cassapanca che fungeva da panchina. Vi si sedette mentre attorno a sé il tramonto esplodeva in tutto il suo splendore africano, tingendo di rosso tutto ciò che lo circondava. Chiuse gli occhi e si lasciò andare ai pensieri, ai ricordi, alle emozioni che aveva vissuto e stava vivendo. La tristezza era travolgente e non riusciva a liberarsene. Forse non voleva liberarsene. Com'era dolce a volte l'amaro sapore della malinconia. Respirò a fondo l'aria che lo circondava, cercò di catturare tutti i profumi che l'incredibile atmosfera africana riusciva a regalare.

Quando aveva saputo del viaggio, non aveva affatto immaginato che sarebbe potuto succedere quello che aveva vissuto. Era partito ricco di entusiasmo per la gioia di un'avventura così inaspettata, affascinato dal gusto di rivedere posti che non aveva dimenticato e che avevano lasciato un profondo segno nella storia della sua vita. Ora si ritrovava avvolto nella mestizia per la consapevolezza di essere sul punto di abbandonare qualcosa che, al di là delle sue emozioni, non era niente, non era esistita. Cercò di scuotersi. Si disse che il suo atteggiamento era infantile. Che aveva permesso alla fantasia di diventare sogno e al sogno di sostituirsi alla realtà. Non andava bene così. Era un uomo maturo e non poteva comportarsi da bambino. Per quanto Pascoli dicesse che la parte migliore dell'uomo è quel fanciullino che è in lui, presente in un cantuccio dell'anima, che rimane piccolo anche quando si cresce e la voce si arrugginisce, sapeva che nel suo caso non era così. Quelle emozioni fresche, ingenue, pulite, che gli attraversavano l'anima non avevano ragione di esistere, non avevano alcuna logica, perché erano completamente discostate dalla realtà. Non sarebbe stato motivo di pudicizia vergognosa se si fosse emozionato e commosso per un amore che esplodeva, che veniva ricambiato, perché sarebbe stato per un qualcosa che si concretizzava. Ma non era successo nulla, quella ragazza non aveva condiviso le sue emozioni, l'aveva garbatamente respinto, non aveva raccolto il suo appello e lui non poteva aggrapparsi a una fantasia. Questa volta Pascoli e prima di lui Celebes Tebano, che commosso, nel vegliare Socrate sul punto di morte, aveva confessato al filosofo che il pianto veniva fuori dal fanciullino che era in lui, avevano sbagliato alla grande. Eppure, si disse, se tutte quelle emozioni continuavano ad albergare dentro di sé un motivo ci doveva essere. Se continuava a essere così emozionato voleva dire che qualcosa, dentro di lui, alimentava qualche speranza. Se non avesse avuto una sensazione del genere la sua razionalità avrebbe represso ogni forma di malinconia. Era intento in queste vere e proprie elucubrazioni quando, guardando dritto davanti a sé verso il lago, vide un'ombra che si sommava alla sua e che si allungava verso l'acqua.

"Buonasera" disse una voce dolcemente sussurrata.

Lo sapeva. Adesso capì che già lo sapeva, che le sue sensazioni non erano incappate in errore e che lui non era stato preda della trappola delle sue fantasticherie. In un colpo solo aveva rivalutato Pascoli e Celebes Tebano. Sorrise mentre sentiva l'asse della cassapanca, sotto di sé, piegarsi un pochino. Qualcuno si era seduto accanto a lui. Si voltò e sorrise.

"Buonasera," le rispose quasi in silenzio, "sono contento che tu sia qui."

"Non sarebbe stato carino lasciarti partire senza un saluto della mia terra in segno di pace e amicizia."

Erano passati dal lei al tu con naturalezza, come se quella non fosse stata la seconda volta che parlavano e invece si conoscessero da una vita.

Lei lo guardò attendendo qualche secondo, come se aspettasse che lui dicesse qualcosa.

Lui tacque. La domanda più scontata che avrebbe potuto fare era chiederle perché fosse venuta. Ma sarebbe stata una domanda stupida. Lei era venuta. Era seduta lì, con lui e la risposta al suo perché era tutta in quel gesto.

"Io penso che dobbiamo provarci," disse lei mentre, senza accorgersene, si era accostata a lui e le loro braccia si toccavano. Erano entrambi seduti con le mani che afferravano il bordo della panca.

"Sono felice perché anche io lo penso" le rispose.

Lei lo guardò sorridendo con una punta di timidezza.

"Anche io, quando ci siamo incontrati, ho provato delle emozioni e ci ho pensato tanto. Non mi era mai successo prima."

Tacque mentre guardava la superficie del lago solcata dalle schegge rosse del tramonto. Il suo braccio, a contatto con quello di Max, le dava strani brividi sulla pelle. Lo guardò con fare interrogativo. Non ottenne risposta. Era consapevole che il suo silenzio non era dovuto al fatto che non sapesse cosa dire, ma al fatto che sapesse troppo bene quello che stava succedendo. Ebbe la conferma che non era un uomo insicuro per le sue incertezze, piuttosto era certo delle sue sicurezze. Non era come quei tanti che, in situazioni come quelle, nel timore che stando zitti possano passare per quelli che non sanno cosa dire, dicono qualunque cosa pur di non tacere. Capì che lui stava lasciando a lei la guida della conversazione e ne apprezzò l'abilità.

"Io non so se sei una fogliolina, un fiore o un frutto," aggiunse "per ora sei solo un germoglio, ma so che sarebbe sbagliato grattarlo e strapparlo dal mio ramo prima ancora di sapere cosa diventerà".

Era quasi completamente buio e nel cielo già si stagliavano le stelle.

Max si scosse dal silenzio e le indicò un gruppetto di sei stelle molto luminose a forma di croce.

"Vedi quelle stelle luminosissime? È la Croce del Sud. È una costellazione che indica il Polo Sud e, da quando sono iniziate le esplorazioni del mondo allora sconosciuto, è stata utilizzata dai navigatori, come Magellano o Vespucci, come omologa dell'Orsa Minore che in Europa indica il nord."

Lei lo guardò. Avrebbe dovuto rimanere sorpresa, ma non lo fu. Aveva capito la metafora. Improvvisamente aveva detto cose che non c'entravano nulla con il discorso che stavano facendo ma che c'entravano tantissimo con lei. Lui non sapeva di sapere, pur sapendolo, quanto lei amasse quelle stelle. Il fatto che ne avesse parlato era il segno di quanto fosse forte il magnetismo che c'era tra loro. Guardando verso il cielo, nella stessa direzione che lui le aveva indicato, si strinse ancora di più al suo fianco.

"È proprio vero," pensò "i sentimenti fanno fare al corpo discorsi che mai labbra riusciranno a pronunciare."

"Sono bellissime e affascinanti. Di loro parla anche Dante," aggiunse con voce calda Max, "le più luminose e le più grandi sono esattamente quattro, Acrux, Mimosa, Gacrux e Crucis, che formano il perimetro della croce. Queste meravigliose stelle erano note anche ai Greci e ai Romani."

Lei seguì lo sguardo di quello strano uomo che le sedeva a fianco e si sentì come avvolta da una incredibile magia.

"Sai che le stelle della Croce del Sud figurano in diverse bandiere? Sono in quella della Nuova Zelanda e dell'Australia. Mescolate tra altre stelle sono anche in quella del Brasile. Il nome della città Cruzeiro del Sud è ispirata a questa costellazione e anche il nome della moneta brasiliana che si chiama, appunto, Cruzeiro."

Era stata ad ascoltarlo mentre parlava. E, come la prima volta, era rimasta colpita dalla voce profonda e dal modo di narrare pacato, tranquillo, non veloce ma neanche lento, sicuro. Quel senso di sicurezza, che da quell'uomo traspariva da tutti i pori, era contagiosa. Mai si era sentita così sicura come in quel momento. Stava bene, era serena e felice, e si appoggiò, inconsapevolmente, con la testa sulla sua spalla.

Max la cinse e stettero così, abbracciati, diversi minuti senza dire nulla.

Ma era già stato detto tutto.

Se mai avesse sognato come avrebbe voluto che iniziasse una sua storia d'amore era esattamente come stava succedendo in quel momento. In un modo pulito, dolce, essenziale.

Poi si discostò. Gli prese una mano e lo guardò con gli occhi lucidi.

"Io non so perché sono qui seduta accanto a te. Non so perché mi sono lasciata andare. Non so quale molla mi ha spinto a stringermi a te. So solo che dovevo farlo." Esitò un attimo, "non appartiene al mio modo di comportarmi e di ragionare. Io sono prudente. Ho sofferto e non voglio più star male. Non ti conosco, non so chi sei. Buttarmi tra le tue braccia così, a pochi giorni dall'averti conosciuto, e senza aver approfondito nulla su di te non è una cosa prudente e oculata. Ma qualcosa mi ha spinto a lasciarmi andare. Non è stata la testa a governare il mio comportamento. Ho fatto quel che sentivo e non quel che pensavo. Io credo in te. Spero che tu sia davvero quello che sento che tu sia. Ma se non lo sei, se mi ingannerai e se mi deluderai, tu farai una delle cose più crudeli che avrai mai fatto in vita tua. Tu domani parti. Se non dovessi tornare più io non saprei come cercarti e come raggiungerti, quantomeno per sapere, per capire, e mi ritroverei da sola come se tu avessi abusato di me, della mia anima, del mio cuore, della mia fiducia."

Max le prese le mani e le baciò.

"Non ti lascerò mai sola."

Disse quelle parole in maniera così intensa e profonda che non ebbe più dubbi su tutte le emozioni che l'avevano condotta lì.

Lei gli si strinse addosso.

"Abbracciami" gli disse in maniera sussurrata.

La guardò negli occhi e le disse.

"Guardare i tuoi occhi è come affondare nel mare più bello, la cui brezza è il sussurro delle stelle."

L'abbracciò tenendola stretta mentre sentiva il velluto delle sue guance sul collo.

Piegò la testa e lei non esitò neanche un attimo a concedersi perdutamente.

Fu dolcissimo, delicato, non fu un bacio ma delle labbra che si accarezzavano.

11
Il Big Sur

Il suono del telefono la riportò sulla sua poltrona e con l'attenzione al traffico di Los Angeles, mentre il suo sguardo fisso ed assente era rimasto rivolto verso la finestra. Il ghiaccio nel bicchiere si era quasi sciolto e lei, da questo, si era accorta per quanto tempo fosse stata assorta. Si alzò, con un atteggiamento di infastidita pigrizia, per cercare il telefono che non smetteva di trillare. Era sua mamma. Guardò il cellulare per qualche secondo, premette il pulsante che lo silenziava e lo gettò sul letto senza rispondere.

Avevano discusso qualche giorno prima. Era andata a trovarla per parlare con lei. Non aveva nutrito molte speranze in ordine all'esito positivo del colloquio. L'aveva voluta incontrare per cercare di farle capire le ragioni del suo disagio e del suo malessere, ma la conosceva bene e sapeva perfettamente cosa pensava della sua carriera e quanto ci fosse di lei nel suo successo. Anche se immaginava cosa le avrebbe risposto voleva fare un ultimo tentativo per vedere se avrebbe trovato un appoggio, una solidarietà, per vedere se, almeno questa volta, si sarebbe ricordata di essere una mamma e di avere una figlia. Le voleva dare un'ultima possibilità. Se l'incontro fosse fallito avrebbe dato seguito alla sua decisione. Ma la verità forse era un'altra. Facendo così non avrebbe sentito il peso della sua coscienza nell'attuare il suo disegno che, ormai, considerava ineluttabile.

"Julyy!" le aveva quasi gridato con il suo sorriso smagliante.

Il chirurgo estetico aveva fatto davvero un bel lavoro.

L'aveva abbracciata e, prendendola per mano, l'aveva trascinata verso l'elegante divano.

Julianne non si era neanche girata a guardarsi intorno. Conosceva benissimo l'arredo della casa di sua mamma visto che, oltre che a sceglierlo insieme, l'aveva anche pagato.

"Come stai? È passata quella freddura di cui mi hai parlato la settimana scorsa? Fai attenzione che queste cose possono rovinare le corde vocali!"

"Mamma…"

"Zitta, zitta non mi dire niente, fammi indovinare… sei stata scritturata per la serata di gala del G8 che si terrà il mese prossimo. Ne ero certa. Il Presidente non ha mai nascosto la sua predilezione per te. Ma credo che anche la First Lady ci abbia messo del suo. Che donna elegante! E quindi dobbiamo scegliere i vestiti. Io ho già un'idea. Scollati e scuri. Sai, ci sono i russi e quelli non amano molto i colori sgargianti. Ti conosceranno anche in Cina. Figurati se la serata di gala non la daranno in mondovisione."

"No mamma. Veramente io…"

"Sì, sì, sì e poi ancora sì. Non puoi pensare di andare, a un'occasione del genere, vestita da burlesque."

"MAMMA!" le aveva quasi gridato la ragazza.

"Cosa c'è? Perché urli? Sei sempre la solita. Ho ragione io e basta."

"Mamma," le disse prendendole la mano anche per zittirla.

"Non sono qui per questo. Devo parlarti e ho bisogno del tuo aiuto."

Una lacrima le aveva rigato il volto.

"Io… io è da tempo che vivo un profondo malessere. Non mi trovo più in questo meccanismo. Faccio le cose perché le devo fare. Ma la passione e l'entusiasmo che avevo un tempo stento a trovarli."

"Chiamo lo psicologo e ti prendo un appuntamento per domani. Non mi interessa se è pieno. Con quello che lo paghiamo si libera."

"No mamma, ascoltami, non è questione di psicologo. Questo è un mondo dal quale ho avuto tutto ma al quale ho dato anche tanto. Ho dato la mia vita. O meglio pezzi della mia vita. Non mi ricorderò di esser stata ragazza, signorina e poi giovane donna. Non ho spazi per affetti e sentimenti. Ho girato la terra venti volte e non ne conosco nulla. Non ho visitato una città. Non so nulla delle culture e delle usanze dei posti nei quali sono stata. Non so più come si fa la spesa. Non posso andare al mare e restare a dormire in spiaggia in un sacco a pelo. Non ho mai fatto una scampagnata con la tovaglia a quadroni bianca e rossa e con il panino con l'uovo fritto. Io non ho vissuto. E voglio cominciare farlo."

"Ma amore che problema c'è. Domani prenotiamo un volo privato per le Bermuda e facciamo tutte queste cose. Così sarai tranquilla."

"Mamma. Non è questo. Io non voglio finire dentro una cartolina. Non voglio che la mia vita sia la sceneggiatura di un film. Io voglio vivere. Voglio avere la libertà di fare quello che mi va, quando mi va, come mi va e con chi mi va."

"Mi stai facendo innervosire," le aveva replicato seccamente. "Vedi come sei? Stasera dovrò riprendere il sonnifero, cosa che volevo evitare. Insomma cosa vuoi?"

"Voglio smettere"

"Smettere cosa?"

"Smettere di cantare mamma. Smettere di lavorare nello spettacolo."

"Tu sei pazza! Non ti rendi conto di quel che dici. Mica puoi smettere, sparire e poi ricominciare. La tua fama si appannerebbe. Si chiederebbero che fine hai fatto, perché sei scomparsa, verrebbero messe in piedi mille teorie. Frantumeresti, in un solo istante, tutto quel che faticosamente ti ho costruito e ricrearlo potrebbe essere difficilissimo se non impossibile. Finiscila con le tue teorie astruse. Ma cosa vuoi? Sei la donna più famosa del mondo, la più ricca, la cantante più strepitosa che esista, la più amata, cosa diamine di altro ti manca. Finiscila! Basta! Non ne voglio più parlare."

Si era alzata e con incedere isterico si era recata al mobile bar certamente per prendere un calmante.

Julianne la aveva guardata con commiserazione. L'incontro era penosamente fallito!

"Domani ti vengo a prendere e andiamo dallo psicologo. Questo è sicuramente un calo di tensione derivato dalla stanchezza e da un po' di stress. Ti darà qualcosa che ti rimetterà in piedi e che ti riporterà il buon umore e vedrai che torneremo subito in forma per andare in scena con la grinta e lo splendore di sempre."

Si era alzata e si era nuovamente avvicinata al mobile bar. Sua mamma andava a pillole.

"Io queste cose non le voglio neanche sentire. Tu devi avere rispetto per tua madre. Dovresti ringraziarmi per tutto quello che ti ho dato. Ho costruito per te il successo, la tua fortuna. Non puoi più uscirne fuori. Renditene conto. Tu non sei nello spettacolo. Tu sei lo spettacolo. E lo spettacolo…" le disse fissandola con piglio spietato "…deve continuare!"

"Mamma grazie. Sei sempre di incoraggiamento. Se non ci fossi tu sarei crollata mille volte. Non ti preoccupare. Mi è bastata questa bella chiacchierata con te. Ti voglio bene. Domani sarò a casa per preparare un po' di roba, Tra due o tre giorni parto per Los Angeles, ho da fare lì e ne approfitto per fare un po' di mare."

L'aveva baciata e si era avviata verso l'uscio.

"Certo tesoro," aggiunse la mamma, fermandola sulla porta, "il mare ti farà bene e ti tirerà su. Ricorda che tutto quello che ti dico, anche se sembra duro, è per il nostro bene".

"È talmente inconsapevole del suo egoismo," pensò Julianne, mentre l'ascensore sferragliava verso la sua discesa "che non si accorge neanche di sbattermelo in faccia senza pudore".

Guardò il telefono che aveva appena buttato sul letto. Per un attimo pensò di richiamarla per tranquillizzarla. Non voleva apprensioni e allarmi attorno a sé. Voleva potersi muovere liberamente senza avere troppe attenzioni addosso. Se l'avesse chiamata l'avrebbe tenuta un'ora. Le mandò un messaggio. 'Ciao Mamy. Tutto bene. Sto in un locale con un amico. Non c'è molto campo. Domani mi porta in barca.'

Chiamò anche Sebastian. "Ciao Seby. Sono a Los Angeles. Sto per uscire a cena e poi vado a ballare con un amico. Domani mi porta in barca e staremo tutta la giornata fuori."

Guardò fuori dalla finestra. Stava imbrunendo.

"Sì Seby. Stai tranquillo non affogo. Torno la settimana prossima e vediamo il programma per la registrazione del prossimo album. Un bacio, divertiti."

Chiuse il telefono e, all'improvviso, scoppiò a piangere. Per Sebastian le dispiaceva moltissimo. Le aveva voluto davvero bene. Con lei ci aveva sicuramente guadagnato e molto. Ma, nelle scelte e nelle decisioni da prendere, aveva sempre anteposto gli interessi della cantante ai suoi, sebbene il contrario gli avrebbe potuto procurare maggior denaro. Era successo spesso che le aveva sconsigliato la proposta di una registrazione di un album o di fare una tournée perché non li riteneva adeguati alle sue capacità e alla sua fama. Era stato l'amico, il fratello, la famiglia vera che non aveva mai avuto. Lui non avrebbe meritato questo. Ma ormai era determinata. Sua mamma le aveva dato il colpo di grazia.

Come gli ultimi chiarori del tramonto lasciarono spazio alla notte si vestì, prese le due sacche e scese giù.

"Buonasera," disse al portiere "domani mattina parto prestissimo. Mi fa pagare, cortesemente, il conto. La chiave la lascerò in camera. Se mi chiama un taxi per favore."

Salì sulla vettura gialla e diede al conducente l'indirizzo ove era ricoverata la sua macchina. Si era spostata in aereo ma, a Los Angeles, aveva una automobile custodita presso un garage. Andava in California spesso, per dieci o quindici giorni di seguito, e le faceva comodo avere una autovettura sul posto che le permettesse di essere autonoma.

Mise in moto la Jaguar KK convertibile e si avviò verso San Francisco. Guidava in silenzio e le faceva compagnia solo il rumore ovattato del '12 cilindri'.

Guardò sul sedile a fianco. Vi era ancora la scatoletta con le fiale dei prelievi che aveva fatto il giorno prima. La vettura seguiva la strada, quasi obbedendo a dei comandi automatici, senza che lei si concentrasse più di tanto nella guida. Per arrivare alla zona che in tutto il mondo chiamavano il *Big Sur* doveva fare più di quattrocento chilometri. Sarebbe arrivata però all'ora giusta.

Tra Los Angeles e San Francisco c'era una delle strade più famose al mondo. Lei la amava molto proprio perché punteggiata da scogliere selvagge a strapiombo sul Pacifico, che si ergevano sopra il mare impetuoso e roboante, a un'altezza compresa tra i cinquecento e i mille metri, per i suoi effetti panoramici spettacolari, per le non rare curve quasi a gomito che aprivano la vista a precipizi vertiginosi e per i viadotti su strapiombi dalla vista mozzafiato. La prima volta che la aveva percorsa aveva dato un passaggio ad un frate pellegrino. Mentre si districavano tra i suoi tornanti impressionanti il suo passeggero ne aveva raccontato la storia. "Questa è   La '*Highway 1*', o '*Pacific Coast Highway*'. In questo tratto si chiama il *Big Sur* prendendo il nome dalla regione stessa."

"Il *Big Sur* ? E di cosa si tratta?" gli aveva chiesto la ragazza incuriosita.

"Questa regione si estende per trentadue chilometri verso l'interno e comprende numerosi parchi naturali, aree protette, spiagge e foreste. Per la sua natura selvaggia e particolare, che ti può mostrare una sequoia a fianco a un cactus, è una meta turistica battuta non solo dagli amanti '*dell'on the road*', che prediligono ammirare gli scorci panoramici dall'auto, ma anche dagli appassionati di trekking per la presenza di molti sentieri escursionistici."

"E cosa ci fa un uomo di chiesa come lei da queste parti? Mi sembra più una meta per turisti in vacanza che per persone alla ricerca della meditazione."

"Questa regione e questo tratto di costa hanno anche una particolarità storica," proseguì il frate mentre si accarezzava la lunga barba bianca, che il vento di continuo spettinava, "vi si trovavano numerosissime missioni francescane che si insediarono in California a partire dal XVIII secolo. Questi luoghi di evangelizzazione e preghiera sono inseriti in un percorso chiamato '*El Camino Real*', detto anche '*The Royal Road*' e spesso tradotto come '*The King's Highway*'. È un cammino spirituale di circa novecento chilometri che collegava ventuno missioni spagnole, oltre a un certo numero di missioni secondarie, estendendosi dall'estremità meridionale della zona di San Diego, verso nord, fino alla Mission San Francisco Solano a Sonoma, appena sopra la baia di San Francisco."

Il ricordo di quella simpatica conversazione le fece compagnia per buona parte del viaggio e per poco non si accorse di essere quasi arrivata. Era entrata da un po' nel tratto di strada panoramica e mancava poco per giungere al punto stabilito. Fermò la autovettura in una delle piazzole di sosta e scese. Erano quasi le due la notte era fonda. Si accostò sul ciglio della strada e guardò giù. Era altissimo. Nonostante non ci fosse la luna, a rischiarare l'intorno, potette parimenti vedere l'oceano che si infrangeva sugli scogli. Non c'era vento e non era mosso ma l'impeto delle onde era egualmente spumeggiante. Aspirò profondamente la brezza marina, quasi volesse farne il pieno, per dare un eterno nutrimento alla sua anima. Alzò gli occhi verso il cielo. Il buio permetteva di scorgere tutte le stelle. Era come se le precipitassero addosso una a una. Ebbe la dolce sensazione di essere il centro del firmamento. Si sentì all'improvviso importante. Lo era stata, così come era stata ed era il centro del cosmo della musica.

Ma ora si sentiva il centro di un altro universo. Quello delle emozioni e dei sentimenti, quello dell'anima. Non si era mai sentita così. Era come se si stesse inebriando di spiritualità. Pensò che, per vivere un solo momento come quello, aveva dovuto fuggire con duemila sotterfugi. Figuriamoci se avesse voluto vivere una intera vita così. Sua mamma la aveva caricata della determinazione conclusiva. Involontariamente le aveva dato gli argomenti che avevano spazzato via tutti i suoi dubbi. Aveva perfettamente ragione. Non era una sessantenne che si ritirava per limiti di età. Era giovane, sulla cresta dell'onda e nessuno avrebbe capito il perché di una rinuncia. Non le avrebbero creduto. Se avesse semplicemente detto 'basta' la avrebbero inseguita ovunque, non le avrebbero dato pace, avrebbero fatto mille inchieste e indagini per sapere come, quando, perché. Non si sarebbero fatti scrupolo di inventarsi le teorie più astruse e infanganti. Era diventata una schiava dei demoni che si annidano dietro e dentro il successo e, per liberarsene, l'unico modo era fare quello che stava per fare.

Lievi lacrime le rigarono il volto. Si distolse da quello spettacolo. Tornò verso la automobile. Le provette erano rimaste sul sedile. Le vuotò e le gettò in un cassonetto di rifiuti posto sulla piazzola. Risalì in macchina e si diresse verso il punto che aveva prescelto. La strada era deserta. Dopo pochi minuti giunse a un tratto rettilineo lungo circa un chilometro. Era in lieve pendenza e terminava con una curva, a novanta gradi verso destra, oltre la quale c'era uno degli strapiombi più alti dell'intero tratto. Giunta a pochi metri dalla curva arrestò la macchina, scese e si affacciò per guardare giù. Il precipizio era perfettamente verticale e in basso una serie di scogli erano battuti dalle onde. Risalì in auto e ritornò indietro di qualche centinaio di metri. Fece inversione e girò nuovamente la autovettura in direzione della curva. Scappottò interamente il tetto. Attivò il freno di stazionamento elettronico. Regolò il regolatore di velocità sui 160 km orari. Slacciò la cintura di sicurezza. Ingranò il drive del cambio automatico. Il motore salì di giri facendo vibrare la macchina inchiodata a terra dal freno a mano. Respirò profondamente, chiuse gli occhi e premette il pulsante di sblocco del freno, posto alla sinistra del volante. Il potente motore cominciò a rombare, le gomme fischiarono sull'asfalto e la macchina partì improvvisamente, prendendo rapidamente velocità, favorita anche dalla pendenza della strada. Julianne sentì l'impatto sulle lamiere del *guardrail*, che strusciava sul fondo della vettura, come se fosse un rumore lontano. La Jaguar superò il ciglio della strada e precipitò nel vuoto, rimbalzando più volte contro le pareti dello strapiombo, schiantandosi sugli scogli e terminando la sua corsa in mare, quasi totalmente sommersa, a pochi metri dalla costa. Pian piano la marea l'avrebbe interamente coperta.

Sebastian guardò perplesso il telefono. Non sentiva Julianne da quattro giorni. Ma questa non era una cosa strana. L'aveva chiamata già prima, per ben due volte. Doveva parlarle per concordare le prove di una serie di brani che avrebbero dovuto essere inseriti nel prossimo album. Al telefono rispondeva la classica voce stereotipata di una anonima signorina che diceva "utente non raggiungibile." Non era una cosa insolita ma, in genere, lei vedeva la chiamata e lo ricontattava. Forse era ancora in compagnia della persona conosciuta a Los Angeles e decise di attendere il primo pomeriggio. Ma non era tranquillo. Il suo intuito gli diceva che c'era qualcosa che non andava.

Dopo pranzo riprovò e ricevette lo stesso messaggio. Si decise a chiamare l'albergo.

"Buon pomeriggio, cerco la signorina Brooks, sono il suo agente. Può cortesemente passarmela."

"Buon pomeriggio. La signorina ha lasciato la camera tre giorni fa. È andata via prestissimo perché doveva partire."

Sebastian ringraziò e chiuse la conversazione restando in piedi perplesso. Andata via? Dove? Che diamine di fine aveva fatto?

Provò a chiamare la mamma.

"Signora, buon pomeriggio, sono Sebastian. Mi passa cortesemente Julianne."

"Buon pomeriggio Seby. Non è qui. È partita qualche giorno fa per Los Angeles. Provi al cellulare."

"Già fatto ma risulta non raggiungibile."

"Avrà trovato qualche ragazzaccio con cui divertirsi per farsi passare le sue turbe psichiche."

"Turbe? Scusi di cosa si tratta."

"Perché? A lei non l'ha detto? È venuta da me, qualche giorno prima di partire, e ha cominciato una storia che si sentiva prigioniera, che non aveva vissuto, che voleva vivere e fare un picnic e, per tutto questo, si figuri che voleva smettere di cantare. Ma io sono la mamma, la conosco bene, le ho detto che era un momento di stress derivante dalla stanchezza. Le ho suggerito di andare a divertirsi. Lo starà facendo nel modo più efficace."

"Signora io mi sto preoccupando un po'."

"Ma tutti psicopatici siete? Ha sempre fatto così. Vedrà che tra qualche giorno rispunta dal nulla. Ora la lascio che sono con delle amiche. Buonasera."

Sebastian guardò il telefono rimasto muto e si chiese come avesse fatto a nascere una ragazza come Julianne da un'autentica oca come la mamma.

Richiamò l'albergo.

"Buon pomeriggio. Sono sempre l'agente della signorina Brooks. Scusi, ma è sicuro che è andata via?"

"Sì, gliel'ho detto, al mattino, doveva partire presto."

Partire, partire. Ma gli aveva detto che sarebbe andata in barca con un amico. Gli venne un lampo di genio.

"Pronto Central Garage. Chi parla?"

"Salve, sono l'agente della Signorina Brooks. Ascolti, siccome non sento la signorina da tempo, può dirmi se la sua Jaguar è da voi?"

"Sì certo. Un attimo che controllo. No, non c'è. L'ha ritirata quattro giorni fa."

"Scusi, la prego di essere più preciso. Tre o quattro?"

"Esattamente alle ventidue e trenta di quattro giorni fa."

"Grazie. Buon pomeriggio."

Cominciò ad avere brutte sensazioni. Richiamò l'albergo.

"Buon pomeriggio. Sono sempre io. Scusi, ma la autovettura della signorina Brooks a che ora è entrata nel vostro parcheggio e di quale giorno?"

"Non è mai entrata nel nostro parcheggio."

C'era qualcosa che non andava. Anzi mille cose che non andavano.

"Scusi, ma la mattina che è andata via ha fatto colazione? Qualcuno l'ha vista uscire?"

"No, non ha fatto colazione e nessuno l'ha vista uscire. Ha pagato il conto la sera prima, verso le ventuno, ed è andata via con un taxi dicendo che la mattina sarebbe partita molto presto e avrebbe lasciato la chiave in camera."

Aveva capito tutto. Non esisteva nessun amico e nessuna gita in barca. Ringraziò e chiuse la conversazione. Non era partita al mattino di tre giorni prima ma la notte del giorno ancora precedente, con la sua autovettura, per andare chissà dove. La sua preoccupazione divenne allarme.

In quello stesso momento il lampeggiante di una autovettura della polizia avvertiva le macchine che passavano del suo insolito posizionamento a ridosso di una curva.

I due agenti esaminavano, con sospetto, il guardrail piegato in fuori e accartocciato verso l'esterno. In quel tratto il *Big Sur* era molto pericoloso. Un lungo rettilineo in lieve discesa sfociava in una curva verso destra e, proprio al centro della curva, c'era quello strano ripiegamento della barriera stradale.

Il capo pattuglia si affacciò sull'orlo dello strapiombo.

"Non riesco a vedere niente."

"Figurati," disse l'autista "chissà da quanto tempo c'è questo danno. Sarà stato qualche articolato, con l'autista dalla guida leggera, che avrà fatto sbandare il rimorchio."

Il capo non era convinto. Si abbassò sul guardrail ma era troppo rivolto all'interno e non aveva la forza per piegarlo in fuori ed esaminarlo meglio. Si riaffacciò in basso. L'altezza era troppa e, lungo la parete, non si riusciva a distinguere nulla.

A un tratto, guardando giù il mare vicino alla costa, fu attratto da qualcosa.

"Passami il binocolo. Subito!" disse all'altro.

Guardò a lungo attentamente.

"C'è un gabbiano giù. Però non è accovacciato sul pelo dell'acqua in posizione di galleggiamento. È ritto sulle zampe ma, sotto di lui, non c'è niente, solo oceano. Sembra cammini sulle acque. Come il miracolo di Gesù. Come se poggiasse le zampe su qualcosa di sommerso, ma appena al di sotto del livello del mare."

"Sarà uno scoglio affiorante," disse il suo autista.

"Potrebbe, ma non credo. Sarebbe isolato non ve ne sono altri intorno. Chiamo la Guardia Costiera."

Dal porto di Monterey risposero che sarebbero arrivati in mezz'ora.

Loro restarono in attesa con sentimenti contrastanti. L'autista era scettico e convinto che stavano solo perdendo tempo, il capo, al contrario, era convinto che lì sotto ci fosse qualcosa e continuava a fissare quell'area a pochi metri dalla costa. Con la radio guidò la vedetta nei pressi del punto ove aveva visto il gabbiano e vide un marinaio sporgersi dalla prua dell'imbarcazione per guardare in basso nel fondo dell'oceano. Erano in una posizione pericolosa perché a pochi metri vi erano altri scogli e, anche se il mare non era agitato, la risacca era lo stesso importante.

Vide l'uomo a prua prendere un mezzo marinaio e lo vide saggiare sul pelo dell'acqua. L'attrezzo non affondava come se trovasse un ostacolo. Fece cenno alla plancia di comando di avvicinarsi un pochino. Si chinò sporgendosi ancora di più a guardare e, a un tratto, si drizzò agitando le braccia verso l'alto.

"Si tratta della ruota di una macchina che credo sia sommersa sott'acqua," comunicò con la radio "chiamiamo il gommone con i sub. Saranno qui a breve." Il capo pattuglia guardò il suo secondo che lo evitò voltandosi di lato.

La barca con i sommozzatori si potette accostare meglio alla verticale del punto segnalato e i marinai, guardando da vicino, fecero cenno verso l'alto con il pollice alzato.

"C'è una autovettura sommersa. Ci immergiamo."

Dall'alto i due agenti videro due sub tuffarsi mentre l'imbarcazione e la vedetta restarono alla fonda e gli altri marinai, rimasti a bordo, ispezionavano il tratto di mare per allontanare eventuali squali in avvicinamento. Riemersero dopo una ventina di minuti.

"È una Jaguar. Stiamo controllando la targa. È una cabriolet e ha la cappotta rientrata. È scoperta. Non ci sono tracce di corpi umani. Sul sedile di guida ci sono lacerazioni. E ci sono alcuni brandelli di stoffa, sembrano pezzi di un vestito strappato."

I due agenti in alto si guardarono con aria preoccupata.

Dopo qualche minuto arrivò una seconda comunicazione con voce concitata.

"Ragazzi questa è clamorosa. Lo sapete di chi è la autovettura? Intesa a tale Julianne Elizabeth Brooks. La famosissima cantante. Adesso rientriamo. Domani mattina saremo qui con la chiatta con la gru per sollevare la macchina. Non sarà difficile, praticamente è a pelo d'acqua."

I due agenti, in alto sulla strada, si guardarono esterrefatti e si misero la mano sul volto.

Il microonde suonò avvertendo che il pollo era pronto. Sebastian era concentrato nell'esame di alcuni contratti relativi ad altri cantanti da lui assistiti. La televisione era accesa ed erano in onda i telegiornali e le news della sera.

"…di Julianne Brooks. Sarà recuperata domani mattina. Della cantante non vi è…"

Al nome di Julianne sobbalzò sulla sedia e si avvicinò al televisore ma ormai la notizia era andata. Passò su un canale che trasmetteva news di continuo. Dopo pochi minuti ascoltò la notizia per intero.

Restò ammutolito. Del corpo non vi era traccia. La davano per dispersa. Avevano descritto alla perfezione il luogo dell'incidente e come la autovettura fosse precipitata nel vuoto. Ma aveva pessime sensazioni. Non riusciva a ragionare lacerato tra la speranza che fosse ancora viva, ma in quali condizioni, e la consapevolezza che le sue potessero essere solo patetiche illusioni. Il volo era stato spaventoso.

Chiamò la mamma.

"Signora…"

La sentì singhiozzare. "Povera bambina mia. Me l'hanno sottratta."

Sentì, dall'altro lato del telefono, un gran vociare di gente e tintinnare, forse, tazze e bicchieri. Aveva l'aria di un ricevimento. Ebbe voglia di chiudere la conversazione.

Disse alla mamma che la mattina dopo sarebbe partito con urgenza per il *Big Sur*.

"Sì, sì. Vai tu. Che io mi sento male."

Nel frattempo la notizia era rimbalzata in tutto il mondo ed

251

era stata trasmessa in tutti telegiornali della parte del globo ancora sveglia. Il giorno dopo avrebbe completato il giro dell'intero pianeta.

Seduto nella cabina business dell'aereo, che lo avrebbe portato sulla *West Coast*, Sebastian scorreva i giornali. La foto di Julianne riempiva tutte le prime pagine. Dichiarazioni di costernazione e messaggi di speranza arrivavano da tutte le parti della nazione. Anche la Casa Bianca aveva lanciato un dispaccio con il quale si auspicava che la cantante si fosse salvata. Aveva dato un'occhiata alla stampa internazionale e, ovunque, si parlava del drammatico evento mentre i profili social della cantante erano tempestati di messaggi di fan che manifestavano la loro angoscia. Il mondo non parlava d'altro.

Quando atterrò a Marina la autovettura di Julianne era stata già recuperata e la chiatta, che l'aveva prelevata, stava navigando verso Monterey ove era l'approdo della Guardia Costiera.

Un elicottero stava scandagliando la parete scoscesa, ove era precipitata la macchina, per cercare di individuare l'eventuale corpo della ragazza.

Una autovettura della polizia lo aveva prelevato all'aeroporto e stavano già viaggiando verso il porto.

Quando arrivarono il barcone stava varcando l'ingresso dell'area portuale e lo videro arrivare lentamente con a bordo, ben visibile, la Jaguar nera di Julianne.

Ebbe un colpo al cuore nello scorgere, da lontano, le condizioni della macchina.

Come la autovettura fu sul molo gli investigatori procedettero agli esami di rito e furono messe a verbale le sue dichiarazioni circa l'appartenenza alla ragazza di quel che rimaneva del vestitino e dei pochi effetti personali, rinvenuti nel cassettino.

Come fu completata questa operazione Sebastian fu accompagnato in albergo, mentre gli investigatori si accinsero al prosieguo delle indagini.

Poco dopo uscì e prese a noleggio una macchina per andare a vedere il punto ove era avvenuto l'incidente. Mentre guidava, nella sua mente, si sovrapposero una ridda di riflessioni. Cosa era accaduto, cosa era successo di lei, ma soprattutto perché, erano le domande che si stava ponendo di continuo.

Era stato un incidente o Julianne era volutamente precipitata in quel baratro? Non voleva pronunciare quella parola, ne aveva ribrezzo. Ma era la cosa che lo angosciava di più. Se davvero Julianne avesse voluto togliersi la vita voleva dire che stava attraversando momenti di autentica e vera e sofferenza, di forte disagio così profondo da indurla a gesti estremi. Lui non riusciva a capacitarsi di come non se ne fosse accorto e questo dubbio non gli dava pace. Era più assillante delle incertezze sulle sorti della ragazza.

Giunse su quella maledetta curva. Si affacciò giù e rimase impressionato. Cercò di capire come si sarebbe potuta essere salvata durante quel volo. La assoluta mancanza di anfratti, spuntoni, rami o qualunque altro tipo di appiglio, lungo la parete del precipizio, lo convinsero che la ragazza era precipitata giù con tutta la autovettura e, il fatto che non fosse stato rinvenuto il corpo, gli introdusse nella mente un sospetto ancora più atroce. Quella era una zona infestata da squali. Rabbrividì al pensiero e cercò di scacciare quella orribile idea.

Ritornò a Monterey. Era distrutto. Il suo dolore gli diede la misura di quanto fosse affezionato a Julianne. Qualcuno avrebbe potuto avanzare il dubbio che la sua fosse una sofferenza interessata, per la scomparsa di una sua grande fonte di guadagno, ma non era così. Di soldi ne aveva fatti tanti, per la maggior parte anche grazie alla cantante, e ora non ne aveva bisogno e non gli interessavano. Lui voleva bene alla ragazza della quale, forse, era stato l'unica vera e sincera famiglia.

Le ricerche proseguirono per una settimana. Draghe e sommozzatori si erano alternati, nello specchio di mare ove era stata rinvenuta la Jaguar, nella ricerca del corpo della cantante ma più passavano i giorni e più ritrovarla appariva improbabile.

Sul sedile avevano trovato tracce di sangue e delle lacerazioni sul rivestimento in pelle. E anche i pezzi dell'abitino erano copiosamente sporchi di sangue. Non erano state rinvenute lettere o tracce di comunicazioni che potessero far pensare a un gesto volontario. L'orologio della vettura era stato trovato fermo alle tre. Cosa facesse Julianne, a quell'ora di notte e da quelle parti a quasi quattrocento chilometri da Los Angeles, non si sapeva così come non si era capito dove stesse andando.

Sebastian fu interrotto, mentre faceva la barba, dal suono del telefono.

La Polizia lo convocava per la consegna di un documento.

Capì che avevano deciso di interrompere le indagini e dichiarare il caso chiuso. Gli consegnarono una busta e gli comunicarono che il contenuto del bollettino era stato già diffuso alla stampa. Lui non la aprì e tornò in albergo per ritirare le sue cose e ripartire per New York.

"…Brooks si ritiene di natura accidentale derivante, probabilmente, dalla stanchezza data l'ora tarda in cui, presumibilmente, è avvenuto l'incidente. L'altezza dello strapiombo, le condizioni della vettura, le tracce di sangue rinvenute sul sedile e sulle parti di abito, fanno ritenere presumibile, con un elevato grado di certezza, che la signorina Brooks non sia sopravvissuta. Non ci sono possibilità che venga rinvenuto il corpo per il particolare andamento delle correnti marine e anche per la presenza numerosa di animali predatori di cui questo tratto di mare è infestato. Alla luce di tali considerazioni si dichiara che Brooks Julianne Elizabeth è deceduta e si dispone l'archiviazione del caso."

La televisione gli risparmiò la pena di leggere il laconico contenuto della busta. Sull'aereo era capitato in una fila in cui nessuno lo affiancava. Mai, come in quel momento, non gli pesò di essere e di sentirsi solo. Era invaso dal dolore e voleva vivere quel momento nel geloso chiostro della sua intimità. Chiuse gli occhi e lentamente rivide, come in un film, tutti i momenti passati con Julianne, dai suoi esordi, alle sue paure di affrontare le sale di registrazione e poi, quando iniziò a esibirsi dal vivo, anche il terrore di salire sul palco e sfidare il grande pubblico dei concerti. Ripensò alle tante volte che l'aveva incoraggiata mentre lei gli stringeva la mano prima di entrare in scena, alle tante apprensioni vissute insieme in attesa dei dati di vendita dei suoi primi dischi, alle mille gioie di condividere i suoi primi successi, alle sue bizze e ai suoi capricci quando era diventata una stella planetaria, alle giornate romane e alla premiazione dell'Oscar. Pianse a lungo.

Padre Ebenezer alzò lo sguardo dritto davanti a sé. Il corridoio centrale era sgombro e gli permetteva di scorgere, in fondo oltre il portone spalancato, la grandissima folla che riempiva la piazza. Ai suoi lati la chiesa era gremita di persone che si erano ordinatamente posizionate nelle due file di banchi e nelle navate laterali.

Alla sua destra vide la mamma accompagnata dagli altri familiari. A sinistra, davanti a tutti, aveva preso posizione la First Lady accompagnata dal Governatore e dal Sindaco della città. Scorse Sebastian in piedi tra la gente, in una delle navate laterali, un po' nascosto da una colonna. C'erano moltissime celebrità della musica e le tante giovani cantanti, già di successo, che si erano ispirate a lei nello stile e nel modo di interpretare i brani. C'era Sophia Gomez Monteverde e, a fianco, sedeva Emanuele Santarita che non riusciva a nascondere la sua costernazione.

Sui banchi laterali del transetto erano accomodati tutti gli allievi della scuola e i bimbi ospiti dell'istituto. Tra loro seduta davanti, in prima fila, vide Jennifer. Le sue guance erano meno tonde e il suo faccino aveva perso lo sguardo innocente che aveva quando, in quel concerto, incontrò Julianne e ora, un pochino più grandicella, tradiva la commozione e il dolore che stava provando in quel momento.

Al centro, davanti l'altare maggiore, non c'era un feretro. Una enorme composizione di rose rosse, posta davanti a un grande foto di Julianne, ricordava al mondo intero la figura dell'artista. Le telecamere riprendevano la cerimonia da più parti e la trasmettevano in mondovisione. Il pianeta, o almeno quelle parte del pianeta appassionata di musica, si era fermato ed era davanti agli schermi per partecipare al dolore per la scomparsa della cantante.

Il parroco officiò la funzione. Al termine si avvicinò all'ambone e posò gli occhi avanti a sé abbracciando, con lo sguardo, le intere navate della chiesa poi, per alcuni istanti, chinò la testa.

Era come se stesse cercando tra la gente, che aveva poc'anzi guardato, se mancasse qualcuno, o che stesse trovando le parole giuste per ricordare la cantante.

Una giovane allieva della scuola intonò al pianoforte una melodia molto dolce. Era uno degli ultimi brani pubblicati dalla cantante, che fece da sottofondo alle addolorate parole del prete.

"Venni io da te, a bussare alla tua casa," esordì "e ti chiesi aiuto per dei fanciulli sfortunati. Pensai che avrei dovuto pregarti o insistere. Pensai che una donna di successo non si sarebbe potuta curare di cose così terrene come dei bimbi senza famiglia. Non avevo dubbi sulla tua generosità, piuttosto sulla tua partecipazione alla festa. Era la cosa alla quale tenevo di più perché la gioia di quei bambini era molto più importante delle monete necessarie per una o due settimane di spesa. Invece mi sorprendesti. Più volte. Quando mi dicesti subito sì senza tentennamenti, senza condizioni, senza perché, senza se e senza ma. Quando arrivasti, tra la gente, conversando amabilmente con chi ti stava vicino e dando a ognuno la tua garbata confidenza, come una persona comune, immersa in quella normalità che tanto ti piaceva e tanto desideravi. Quando hai accolto l'invito dei bimbi, prestandoti ai loro giochi, e facendo addirittura anche il maschiaccio. Quando hai cantato e ho sentito la tua voce soave e melodiosa. Non ti avevo mai ascoltato dal vivo. Non pensavo che potesse essere davvero reale quel che ovunque si diceva di te. Non avrei mai creduto di riuscire a emozionarmi e a commuovermi nel sentire una voce cantare. E ancora quando hai raccolto l'abbraccio dei fanciulli non dimenticandone nessuno e dando a tutti uno spicchio del tuo cuore. Infine quando sei accorsa al richiamo di una piccola anima per donarle quella dolcezza di cui aveva un disperato bisogno. Sicuramente, nell'arco della tua esistenza, sarai stata protagonista di tantissime imprese clamorose che ti hanno donato successo e fama. Ma la vita di una persona è come camminare per una strada. C'è chi è attratto dalle vetrine luminose e opulente e non bada ad altro e chi presta attenzione anche ai piccoli rumori che ti fanno accorgere che, dietro una fogliolina o un foglio di carta lasciato per terra, può nascondersi un esserino fragile e indifeso che ha bisogno di aiuto. I piccoli gesti, che danno ascolto a queste minuscole e deboli voci, sono le vere grandezze dell'umanità. Il momento in cui una persona scompare è per noi un mistero ma al contempo non lo è. Non sappiamo dove sei. Ma sappiamo che sei contenta e che stai bene. E come un angelo adesso starai cantando, nella grazia di Dio, qualche dolce canzone e qualcuno vivrà di questa gioia insieme a te. Ma non ti abbiamo persa. Per il momento non sei di questa terra, dove siamo noi. 'Io vi guardo' recita questa tua splendida canzone e noi guardiamo te. Verrà un giorno in cui ci ritroveremo, tutti insieme, in un posto in cui tu sarai felice e noi saremo felici. Perché questa è la volontà di Dio. E tu non smetterai di essere la voce più bella del mondo. Amen."

Abbassò lo sguardo, in segno di raccoglimento, mentre la ragazza, al piano, concludeva con le ultime dolcissime note la esecuzione del brano.

In quell'istante un raggio di sole, fendendo la penombra della chiesa attraverso il rosone, percorse lentamente il corridoio centrale sino ai primi banchi davanti l'altare e subito dopo, con un andare incerto e molto rallentato, illuminò la grande composizione di fiori e poi il ritratto della ragazza.

12
SANDRINE

Con un colpo netto di cesoie Elisa tagliò quei due rami secchi, irti di spine, dal fusto della rosa. Max era sceso a Sulmona a prendere il Presidente e sarebbero andati a seguire il procedere dei lavori per restare fuori tutto il giorno. Aveva adottato due grossi cespugli di rose rosse sui quali riversava quasi quotidiane, amorevoli, cure. Come a Masaka era il suo modo per occupare un po' di tempo libero. Erano anche i momenti in cui, rimanendo sola con se stessa, trovava l'occasione per parlarsi, raccontarsi e forse anche spiegarsi. Elisa non aveva affatto vissuto in modo semplice e, al di là dell'apparente calma e dell'aplomb molto *british* che mostrava all'esterno, aveva un animo molto profondo che la portava a mettere, e mettersi, in discussione a ogni transito importante della sua vita. Era riflessiva piuttosto che tormentata, ma a volte lo diventava. Ripercorreva spesso il cammino della sua esistenza chiedendosi cosa sarebbe successo se avesse fatto passi diversi, chiedendosi se aveva fatto bene, ma soprattutto se, potendo rivivere determinati momenti, avrebbe rifatto le stesse scelte. Indubbiamente gli ultimi tempi erano stati caratterizzati da eventi che avevano rivoluzionato in maniera così radicale la sua vita che era inevitabile che spesso tornasse a ripensare a tutto quello che era successo da quando quel bimbo era inciampato sulla gamba di Max.

Dopo quel primo, strano, ma indimenticabile bacio, rubato in quel fascio di luna sulla sponda del lago, era ripartito. Lei aveva avuto paura. Nonostante il suo istinto le avesse detto di fidarsi si era lasciata coinvolgere troppo. Di lui non sapeva nulla e se fosse sparito, per mai più ritornare, la sofferenza sarebbe stata enorme.

Il giorno dopo erano andati all'aeroporto di Kamembè insieme. Lei sarebbe ripartita per Masaka, con Daniel, e lui per Kigali. Bruno non era venuto. Trincerandosi dietro la classica frase di circostanza: "ho urgenti affari da sbrigare", era rimasto alla residenza. In realtà aveva voluto lasciare loro la intimità di salutarsi. Sandrine li aveva accompagnati fin nel piazzale ed era rimasta sulla soglia del portone per guardarli mentre salivano sulla Land Rover. Max, voltatosi prima di salire, vide che si asciugava gli occhi. Chissà se sarebbe uscita con l'impiegato delle poste. Era una ragazza dolcissima e si augurò di sì. Arrivarono nell'area di sosta a ridosso della pista. Daniel lo abbracciò ricordandogli della promessa che sarebbero dovuti andare a vedere una partita insieme e si dileguò con il pretesto che doveva allestire il Piper.

Lui ed Elisa rimasero da soli. Il suo aereo era arrivato e stavano già caricando i bagagli. Tra qualche istante sarebbe dovuto salire a bordo. Erano uno di fronte all'altra. Le mani si sfiorarono e gli sguardi si sfidarono. Non dissero nulla. Parlarono gli occhi: quelli neri di Elisa lo supplicarono di non sparire e i suoi la supplicarono di aspettarlo... con fiducia!

Al ritorno a Masaka, il pomeriggio al termine delle lezioni, era risalita in camera dal parco, in attesa che la raggiungesse Gwendoline. Era ansiosa di raccontargli com'era andata ma aveva anche bisogno della sua esuberanza, del suo ottimismo, per lenire quella sensazione di tristezza nella quale si mescolavano la malinconia, la paura, il rimpianto per qualcosa che non era stato e che sarebbe potuto non esserlo mai.

"Cenerentola è tornata. Addirittura il giorno dopo! Un po' troppo dopo la mezzanotte, ma va bene lo stesso. Ora che facciamo? Aspettiamo che il principe riporti la scarpina o ci diamo alla pazza gioia per festeggiare?"

La voce argentina della ragazza aveva fatto esplodere di allegria la stanza nello stesso modo in cui tappi di spumante, petardi, coriandoli fanno esplodere di giubilo il salone da ballo alla mezzanotte di capodanno. Gwen aveva proprio un carattere spumeggiante. A volte la faceva sembrare superficiale ma lei, che l'aveva conosciuta abbastanza bene, sapeva che la incredibile visione positiva della vita non le impediva di essere profonda e riflessiva. Per lei una cosa, di regola, doveva finire bene e per questo era risoluta, determinata, coraggiosa e difficilmente si tirava indietro. Aveva bisogno, in quel momento, della positività della sua amica.

"Gwen, mi sono lasciata coinvolgere. Se dovesse sparire veramente mi troverei di fronte a un altro fallimento. Sarebbe come fare passi indietro, di tanti anni, nella mia vita."

"Wow. Allora è stato proprio bravo. È proprio vero quello che dicono degli italiani!"

"Dai! L'ho solo baciato. Non è stato neanche un bacio. Di quelli veri intendo."

"Senza mescolamenti vari? E che roba è? È come una camomilla al posto dell'aperitivo. Ti sei fatta coinvolgere per così poco? A me, se non mi fanno venire i lividi sulle reni per avermi sbattuta sulla lavatrice… accesa, non mi coinvolgono neanche con un assegno in bianco."

E scoppiò in una fragorosa risata trascinando anche Elisa, che si stava facendo contagiare dalle battute e dalla ironia della sua compagna di stanza.

"Riesci sempre a sdrammatizzare tutto e a farmi fare un sacco di risate. In fondo era quello che mi ci voleva. Ma dai su, fai la seria. Ora che succederà?"

"Che vuoi che succeda. Se non ti ha neanche slinguazzato vuol dire che è proprio preso. Immagino la scena. La luna, il lago, gli uccellini e voi due che vi tenete per mano guardando l'orizzonte in cerca dei vostri 'perché'."

"Non ci siamo tenuti per mano. Eravamo appena appoggiati, l'una all'altro, spalla contro spalla e ci siamo toccati solo quando ci siamo baciati. Ma è stata una cosa bella, dolce, romantica."

"Allora…, Cenerentola spalmata di Nutella, ora ti spiego. I maschi hanno le pulsioni. E, quando sono vicini a una donna che gli piace, specie la prima volta, non le riescono a tenere a bada. Almeno al momento del bacio un profondo studio odontologico, con la loro linguetta, e una disamina ortopedica sulle vertebre lombari, con la manina che gli resta libera, li fanno sempre. E in genere neanche si accontentano."

"Dai! Scemetta lo so come funziona."

"Appunto. Allora, invece di fare 'Alice nel paese delle meraviglie' ragiona. Se tutto questo non è successo può essere per tre motivi: primo, non ha pulsioni e la cosa non è del tutto confortante; secondo, ha le pulsioni ma è un uomo che si controlla e qui la cosa comincia farsi un po' più interessante; terzo, ha prevalso l'aspetto romantico e sentimentale e allora vuol dire che è davvero innamorato. In quest'ultimo caso hai fatto bingo!"

Fece una sapiente pausa per permettere a Elisa di metabolizzare i concetti e proseguì.

"In tutti e tre i casi una cosa è certa. Non è venuto per scomparire. Ha lasciato tutto appeso e tutto aperto e, se è davvero quel che mi narri, ma che anche io avuto la sensazione che fosse, non lascia questioni aperte."

"Io che devo fare?" replicò lei.

"Come siete rimasti?"

"Mi ha lasciato il suo numero per comunicare tramite whatsapp. Mi ha anche detto che, massimo entro una quarantina di giorni, vuol tornare per passare un po' di tempo con me, conoscerci, testare i nostri sentimenti ed eventualmente cominciare a parlare del futuro."

"Bene, non mi sembra uno che vuol scomparire. Quando arriverà in Italia? Stanotte? Aspetta domani e vedi se si farà vivo. Un consiglio. Sarete distanti e avrete solo quella fredda tastiera di telefonino per comunicare. Sono due cose che azzerano le emozioni. Anche la parola più scema in un dialogo di persona e colorita da un sorriso, da un ammiccamento degli occhi, dal tono della voce, può diventare portatrice di un'emozione ma, scritta su uno schermo di un telefono, resta una parola scema. Quando comunicherete ricordati di questo che ti sto dicendo. Non gli stai parlando dal vivo per cui, quando scriverai, aggiungi un po' di enfasi alle tue parole, sforzati di trasmettere le emozioni che stai provando. È un po' come quando facciamo le recite. Ci carichiamo il volto, prima di salire sul palcoscenico del teatro, perché dalla platea il trucco normale non si vedrebbe. O come quando ci mettiamo in tiro e mettiamo i tacchi alti, per far sembrare le chiappe più sode di quello che sono."

Elisa rise di gusto. "A te questo non può succedere con quel culetto duro che ti ritrovi non hai bisogno di tacchi."

Gwen, ridendo, inarcò la schiena, tirando in fuori il suo lato posteriore che era davvero molto sensuale.

"Andiamo che è ora di cena," le disse indicando con un cenno autoritario la porta e mettendosi subito dopo a ridere.

Mentre pronunciava quelle parole squillò l'avviso dei messaggi del telefono di Elisa e lei dopo aver letto, con la emozione che le pennellava di dolcezza il taglio degli occhi, lo porse a Gwen:

'Tutto bene. Sono ad Amsterdam. Tra due ore sarò a Roma. Ti ho pensato per tutto il viaggio. Kiss.'

"Ma allora non è un principe azzurro. È un principe d'oro. Hai visto?" le disse guardandola con aria furba.

E scesero a cena con Elisa visibilmente più rilassata.

In effetti era andata come aveva previsto Gwen. Max era tornato diverse volte. Non transitava per il Congo e per Bukavu ma scendeva nel più comodo scalo di Entebbe, molto vicino alla cittadina ugandese, dove rimaneva a dormire. Non voleva commistioni con l'ambiente di Elisa, soprattutto per non metterla in imbarazzo, anche se le sue improvvise e periodiche assenze avrebbero ingenerato sicuramente più di una domanda all'interno dell'istituto. Tra loro le cose procedevano bene. Avevano iniziato a conoscersi. Erano rispettivamente entrati l'una nelle abitudini dell'altro. Parlavano molto e si erano raccontati le loro storie e la concezione della vita che avevano pian piano, col tempo, maturato. Permaneva quel senso di grande sicurezza che le riusciva a trasmettere. Ma la tranquillità che le derivava si sommava a una sensazione ancora più importante. Man mano che lo conosceva cresceva la fiducia che nutriva in lui. Avevano cominciato a parlare di progetti, di vivere insieme e di dare alla loro storia sentimentale una situazione di stabilità. Era quello che aveva sempre desiderato. Una storia d'amore tanto solida da poter fare da fondamenta per costruire un futuro. Avevano deciso che, se il percorso della loro vicenda sentimentale fosse proseguito positivamente così come stava procedendo, quello sarebbe stato l'ultimo anno scolastico che l'avrebbe vista impegnata a Masaka. Di lì a poco meno di un anno sarebbero volati in Italia insieme. Ne avrebbero parlato con Bruno dopo qualche mese, verso Natale, anche se entrambi sapevano che lui già immaginava tutto, o quasi tutto, e in fondo era quello che sperava accadesse.

In occasione di una di queste ultime sue visite Elisa, rientrando in istituto, era corsa in camera perché voleva raccontare a Gwen che si era iniziato a parlare di cose importanti. Di vita insieme, di trasferimento in Italia, insomma di cose concrete che avrebbero rivoluzionato la sua esistenza. Da un lato ne era felice, per come si stesse cementando la sua relazione, dall'altro era intimorita dall'idea di dover trasferire la sua vita in un paese che non conosceva, con una lingua nuova e soprattutto nuove abitudini e modelli culturali.

Entrò in camera chiamandola a voce alta. La stanza era vuota. Entrò in bagno ma non c'era nessuno. Eppure non l'aveva vista giù con le altre educatrici. Poi si girò attorno e si accorse che c'era qualcosa di strano. Il letto era rifatto in maniera perfetta come se non ci avesse dormito nessuno da tempo. Sul comodino non c'era niente. Gli effetti personali di Gwen non c'erano. Mancava anche la foto del nipotino che era sempre vicino l'abat-jour. Ritornò in bagno e tutto quello che apparteneva a Gwen era sparito, dall'accappatoio ai trucchi, ai suoi saponi. Ritornò nella camera aprì il suo armadio: vuoto! Di tutto quello che era della ragazza non vi era traccia. Tra sé e sé cominciò ad arrabbiarsi. Avrebbe potuto dirle che voleva cambiare stanza e non farla trovare di fronte al fatto compiuto. Per un attimo si chiese se aveva fatto qualcosa di sbagliato, se l'aveva offesa ma era certa che non era successo nulla. Fino a un paio di giorni prima avevano parlato con normalità. Scese le scale di fretta e raggiunse il gruppo delle altre educatrici.

"Avete visto Gwen? Sapete in quale camera si è trasferita?"

Le altre la guardarono con fare strano ed espressione interrogativa.

"Ehi ragazze mi rispondete? Le è successo qualcosa?"

"Elisa ma di cosa parli? Ti senti bene? Ti è successo qualcosa? Chi è questa Gwen?"

"Come chi è? Ma siete fuori? Gwendoline! La mia compagna di stanza, la mia amica!"

Le sue colleghe si guardarono tra loro e si scambiarono dei risolini di scherno.

Spazientita e furiosa corse verso l'ufficio della Direttrice, bussò ed entrò senza neanche aspettare che le venisse dato il permesso.

"Direttrice, Gwen ha tolto le sue cose dalla nostra stanza e non la trovo. Ho chiesto alle nostre colleghe ma fanno le cretine, fingono di non sapere neanche chi fosse."

La sua dirigente la guardò con aria sospetta e di sfida e le rispose rivestendosi del formalismo che le derivava dal suo incarico.

"Signorina di cosa parla? Senta ho da fare?"

"Direttrice sto parlando di Gwendoline, la mia collega, la ragazza che da circa due anni divide la sua stanza con me. La mia amica è scomparsa. Qualcuno mi vuol dire che diavolo di fine ha fatto?"

"Signorina non tollero il suo tono," le rispose gelida, "evidentemente le sue scorribande a Kampala le fanno male. Del resto non le ho mai approvate ma non posso impedirglielo e Bruno mi ha fatto chiaramente capire che, a suo avviso, non sarebbero valide ragioni per allontanarla."

Guardò la espressione stupefatta di Elisa.

"Ma se lei mi comincia ad assumere sostanze sì da arrivare, addirittura, ad avere allucinazioni," proseguì "e a immaginare persone inesistenti allora le cose cambiano."

"Ma…" farfugliò Elisa.

"No so di chi parla. Lei, da circa due anni, è da sola in camera e questa fortuna la dovrebbe rallegrare. Non conosco alcuna Gwendoline e non mi sembra, a mia memoria, che in questo collegio vi sia mai stata una educatrice con questo nome. Ora mi lasci e si vada a rinfrescare, forse il caldo le ha fatto qualche brutto scherzo. Non voglio e non mi induca a fare altri cattivi pensieri. Buonasera."

Elisa uscì dalla stanza della Direttrice completamente frastornata. Attraversò il parco mentre le sue colleghe la guardavano con aria strana.

A un tratto svoltò verso i bambini, che giocavano sul prato, e si accostò al gruppo dei suoi alunni. Li chiamo a sé.

"Bambini non trovo più Gwendoline, per caso l'avete vista?" disse con un tono dolce confidando nell'innocenza dei fanciulli e nel fatto che non fossero attori così consumati da fingere, anche loro, che non fosse esistita.

Un paio di loro risero.

"Maestra ma non c'è nessun bambina, in classe con noi, che si chiama Gwendoline."

Elisa rimase sgomenta.

"Ma non parlo di una bambina, parlo di Gwendoline, l'altra educatrice, la mia collega, che insegna alla IV."

I bambini risero guardandosi l'un l'altro.

"Non è possibile che non la ricordiate, che non sappiate chi è. Ragazzi su, Gwendoline, l'educatrice, quella bella ragazza con i capelli ricci, sempre allegra, che sta sempre con me."

La guardarono in silenzio cercando di scrutare cosa avesse in mente.

"Maestra ma la IV siamo noi. La nostra maestra sei tu. Non questa Gwendoline. Noi non l'abbiamo mai vista."

Elisa li guardò sentendosi completamente nel panico. Tutto quello che stava succedendo era assurdo. Assurdo e impossibile.

Salì in camera e si buttò sul letto. Si girò verso quello di Gwen e, all'improvviso, ebbe un'opprimente senso di vuoto. Le mancava tutto della sua amica. La sua aria sempre scherzosa. La sua voce argentina perennemente allegra. Il suo viso coronato da quegli impertinenti riccioli neri. Quegli occhi leggermente a mandorla. Il suo sorriso luminoso. La rivide che usciva dal bagno, dopo la doccia, con il telo avvolto che le fasciava quel seno arrogante e quel culetto tondo e impertinente. Le mancava la sua positività, il suo coraggio, il suo carattere che non conosceva né la tristezza né la rassegnazione. Aveva bisogno della sua ironia, della sua sicurezza e della sua capacità di sdrammatizzare. Cominciò a piangere. Restò a lungo, con il volto affondato nel cuscino, a dare sfogo al suo addolorato sgomento. Dopo aver placato la sua tristezza iniziò a riflettere. L'unica cosa che poteva essere successa era che Gwen fosse stata allontanata all'improvviso. Era la sola spiegazione plausibile. Quello che non riusciva a capire era il motivo. La conosceva, era una ragazza corretta, buona. Doveva essere stato un equivoco. Ma Bruno non era il tipo che si fermava alle apparenze e una decisione così grave non l'avrebbe presa se non fosse stata ponderata con elementi certi e incontrovertibili. Ma non riusciva a capire di cosa così grave si fosse potuta macchiare, tanto da provocare non solo il suo allontanamento ma, addirittura, la cancellazione della memoria della sua permanenza nell'istituto. Ci erano riusciti persino con i bambini. Ma questo non era possibile. I bambini non sono smaliziati. Qualcuno si sarebbe sicuramente fatto sfuggire qualcosa e non sarebbe stato capace di tenere il segreto. Eppure, quando ci aveva parlato, erano stati tutti compatti nel negare la esistenza della ragazza.

Scese a cena. Le altre educatrici non le dissero nulla ma furono molto cordiali con lei. Anche le sue colleghe avevano pensato, evidentemente, a un colpo di caldo.

Lei fece finta di niente. Dopo aver ascoltato le parole della Direttrice capì che se avesse insistito avrebbe rischiato di compromettere anche la sua posizione.

Ritornò presto in camera, si mise a letto e ripensò a Gwen e alle tante cose vissute insieme. Si addormentò con gli occhi ancora lucidi e le guance bagnate di lacrime.

I giorni passarono ma il mistero non trovò soluzione. A lei sembrò di vivere un incubo. Ne parlò con Max. Gli scrisse delle mail.

Lui non l'aveva mai né vista né conosciuta. Anche lui non riusciva a capire cosa potesse essere successo e, seguendo un ragionamento logico, convenne che, evidentemente, questa ragazza doveva aver fatto qualcosa agli occhi della direzione talmente grave, da essere allontanata senza preavviso. Elisa si aggrappò a questa spiegazione razionale e, augurandosi che lei almeno fosse felice, pian piano cominciò a rassegnarsi alla nostalgia per la mancanza della sua amica. I progressi della sua vicenda con il suo compagno e l'avvicinarsi della partenza l'avevano poi ancora più distolta dal triste ricordo e l'avevano aiutata a trovare nuovi stimoli ed entusiasmi.

Per il Natale successivo Max era venuto giù e, tra Capodanno e l'Epifania approfittando di una delle tante trasferte di Daniel, si recarono a Bukavu per parlare con Bruno. Quando se li vide arrivare alla residenza non nascose, con la sua espressione, che molte cose le aveva già intuite. Li rimandò alla cena perché aveva da fare in ufficio ma la evidente bonomia, che traspariva dal tono della sua voce, fece loro intuire che le cose sarebbero procedute senza particolari difficoltà.

Quando si ritrovarono attorno all'immancabile tavolo, sotto il porticato, lui non lasciò loro neanche la difficoltà di rompere il ghiaccio.

"Francamente non se essere più contento o preoccupato," aveva esordito con un sorriso divertito mentre guardava intensamente negli occhi Elisa "e non so se esserlo più per te o per questo impiastro del mio amico di sempre".

Sorseggiò la sua birra e proseguì rivolto alla ragazza.

"Quando Max mi parlò, per la prima volta, di questa vicenda non ne fui molto contento. Non avevo però capito lo spirito autentico che lo muoveva. Pensai volesse fare quello che, con parole eleganti, chiamiamo *le tombeur des femmes* ma che, in gergo romanesco, assume tutta un'altra irripetibile definizione che comincia con 'pu' e finisce con 'iere'. Chiaramente, se fossi stato convinto che quelle erano le sue reali intenzioni, non avrei mai acconsentito che una simile turpitudine accadesse sotto il tetto della nostra casa e con una persona che considero della mia famiglia."

Fece una pausa forse per preparare la attenzione di Elisa sulla seconda parte del suo discorso.

"Ma io conosco bene il mio pollastro. Anche se non ci siamo frequentati per molti anni quelle sensazioni che avevo ricevuto, quando eravamo bambini, mi parlavano di cose positive. Le sensazioni che hanno i bambini sono importantissime perché sono tutte genuine. Sono ancora troppo innocenti per essere condizionate da filtri, preconcetti o riserve mentali. Quello che si conosce e si impara di una persona, a quell'età, è quanto di più vero e autentico che esista."

Bruno scandiva le sue pause con l'abilità consumata di un istrionico oratore.

"E quelle sensazioni mi dicevano che era mosso da sentimenti sinceri e veri. Sentimenti che avrebbero potuto premiare non solo lui ma anche te, se tu ti fossi trovata nella condizione di ricambiarli. Avrei potuto parlarti, consigliarti, descriverti chi era il mio amico, rassicurarti."

Guardò Sandrine che era a cena con loro e stava ascoltando con attenzione.

"Ma non sarebbe stata una cosa giusta. Ti avrei condizionato. Avrei potuto influenzare, in un senso o nell'altro, il tuo atteggiamento. Invece le cose dovevano seguire il loro naturale percorso. Per dirla con i proverbi 'se eran rose sarebbero forite'; per dirla facendo un omaggio a Max, secondo una chiave di lettura laica, 'in amore le cose vanno come devono andare'; per dirla secondo la fede, che ci accomuna e ci guida durante il percorso della nostra vita, 'si sarebbe fatta la volontà di Dio'."

Si volse verso il suo amico e assunse un tono severo.

"Tu mi stai per dire che, ben presto, porterai Elisa con te in Italia per farne la compagna della tua vita. È come una sorella per me. Quando è arrivata in istituto ho imparato a conoscerla e ad apprezzarne le straordinarie qualità umane. Non mi ha mai parlato di sé e delle sue vicende private, ma si percepiva che è una donna profonda che andava alla ricerca di un sentimento vero e autentico. Sono felice che l'abbia trovato da sola, che l'abbia trovato in te e sono felice che la volontà del Signore sia andata in questo modo. Ma sappi che questa ragazza, per amarti e seguirti confidando in te, sta per mettere la sua vita nelle tue mani, si accinge a rivoluzionare abitudini e costumi, cambiare lingua e cultura, sta per fare passi importanti e direi irreversibili. Un tale coraggio merita un amore vero, forte, solido di quelli che non vacillano alla prima avversità e non si frantumano alla prima distrazione. Merita un amore per sempre. Io ti conosco e confido in te. So che questo non succederà mai, ma sappi che, se si dovesse verificare una cosa del genere, tu mi darai la più grande delusione della mia vita e tutta la stima che nutro in te si dissolverà nel vento come si dissolve l'esistenza col soffio di un ultimo respiro."

Max aveva stretto forte la mano di Elisa mentre ascoltavano le parole di Bruno. E quel contatto della sua pelle su quella della ragazza aveva avuto più valore di qualunque discorso.

"Bruno," disse d'un tratto la ragazza "ti ringrazio per le belle parole che mi hai rivolto. Mi hai parlato come un padre parla a una figlia ma, sapendo che non sono così giovane da poterlo essere, ti ho ascoltato come una sorella minore di fronte al fratello maggiore. Capire quanto tu mi abbia voluto e mi voglia bene mi rende felice. Le sensazioni che tu hai avuto di Max, grazie a un'amicizia antica, io le ho avute in pochi istanti, quando l'ho incontrato e le ho confermate in tutte queste volte in cui è venuto a trovarmi e ci siamo conosciuti. So che è sincero e vero. So che è una persona profonda e matura. Mi ha dato quella stabilità e quella autenticità che ho sognato per una vita e se mi sono risoluta a fare il passo di seguirlo in Italia, decisione che non ho preso a cuor leggero e che ho ponderato tantissimo, è perché so e sento che si è compiuto un disegno che stava scritto molto più in alto di noi, e di questo mondo, e che noi credenti chiamiamo la volontà di Dio".

Bruno sorrise e poi con fare allegro disse.

"Comunque, anche se è milanista, riconosciamogli almeno il dono della intelligenza. Non parla. Sa che qualunque parola dicesse sarebbe un promessa scritta sull'acqua e invece solo i fatti gli renderanno il merito che gli riconosciamo. Inoltre non parla perché sa che qualunque polpettone sul laicismo e sulla ineluttabilità del destino ci volesse propinare verrebbe accolto con la stessa selva di fischi con i quali la 'Curva Sud' accoglierebbe quei bidoni dei rossoneri all'ingresso all'Olimpico."

Scoppiarono tutti a ridere e Max alzò il boccale di birra verso il suo amico per brindare fragorosamente.

"Quando andrete?" chiese.

"Elisa concluderà l'anno scolastico. Non so se durante l'estate faremo insieme un paio di puntate in Italia per organizzarci ma a settembre, sicuramente, completeremo il trasferimento."

"Invece ve la do io la novità," lo interruppe Bruno e, dopo essersi accertato di aver catalizzato l'attenzione di tutti, aggiunse, "anche un'altra persona, in questo tavolo, ha coronato il suo sogno d'amore. Brindiamo a Sandrine e Paul, appena nominato direttore delle poste di Bukavu."

Mentre Sandrine abbassava gli occhi talmente imbarazzata che, nonostante il colore scuro della pelle, il rossore della sua timidezza spiccava sulle sue guance come quello di una fragola matura, Max ed Elisa, a quell'annuncio, sgranarono gli occhi dividendosi tra stupore e felicità. Quelle confessioni che la ragazza gli aveva fatto, in quelle sere in cui aveva i pensieri graffiati dalle incertezze, introducendosi nel suo stato d'animo con un tale garbo e una tale dolcezza, erano state lo strumento per manifestargli la sua comunanza e il suo incoraggiamento a non abbandonare la speranza e la fede nella positiva realizzazione dei suoi sogni e quella incredibile delicatezza gli era rimasta dipinta sul cuore. Era davvero felice che anche per Sandrine fosse arrivata la realizzazione dei suoi sogni. Si alzò e andò ad abbracciarla commosso.

"Sono felice per te. Sono contentissimo che stasera, su questa tavola, venga celebrata anche la felicità di una ragazza dolce e buona come te."

Dopo quella serata il tempo era passato rapidamente. Max continuò, quasi ogni mese, a venire giù e il loro progetto di vita proseguiva il suo percorso di completamento su basi sempre più solide. Era arrivata l'estate e anch'essa era trascorsa subito.

E fu così che, verso la fine di settembre dell'anno prima, si era ritrovata in volo per l'Italia per sbarcare a Fiumicino. E oggi era, in quella che era sempre stata la casa di Max, a curare le rose di un giardino che ormai era anche suo. Lei era rimasta tutto il giorno a casa e non sapeva cosa fosse successo in piazza. A un tratto squillò il telefono.

"Sto rientrando per fare una doccia. Ti va di prepararti che andiamo giù a Sulmona e facciamo un giro in centro? Ti faccio vedere a che punto sono i lavori poi prendiamo un po' di pizza e la mangiamo a casa."

"Okay. Però mi vesto sportiva."

"Tu puoi vestirti come ti pare."

Avevano imboccato il Corso. Come tutte le sere di giugno era pieno di gente. E, mentre passeggiavano, erano tanti i conoscenti che incrociavano che li salutavano incuriositi. Tutti sapevano che, dietro quel gran trambusto che stavano montando in piazza, c'era di mezzo Max. Il sole era ancora abbastanza alto sebbene fossero già le sette di sera. Arrivarono rapidamente alle scale dell'acquedotto. Quando cominciarono a scendere lei rimase a bocca aperta. A destra la visuale su Santa Chiara era totalmente coperta dalla struttura di un palco molto grande e, a sinistra, due tribune oscuravano totalmente il resto della piazza. Raggiunsero rapidamente il centro vicino la fontana dove Greg si affannava a dirigere le varie squadre.

"Buona sera signora. Le piace come sta venendo?"

Elisa si girò attorno. Di fronte, verso gli archi, il palco gigantesco troneggiava in tutta la sua imponenza mentre decine di tecnici si affannavano all'interno, allestendo quinte, sfondi, cavi, postazioni. Nonostante la sua mole non aveva coperto totalmente l'acquedotto e gli archi, che sbirciavano alle sue spalle, gli davano un tocco di eleganza molto raffinata.

Ai lati due pile di enormi casse acustiche, al di sopra delle quali erano posizionati altrettanti megaschermi, incorniciavano il palcoscenico vero e proprio. Di fianco, sia a destra che a sinistra, vi erano due coppie di tribune praticamente completate, alle quali mancavano solo le poltroncine. Si voltò e la fontana era completamente coperta dalla torre di controllo dove vedeva diverse persone affannarsi a montare le varie consolle per le regie audio, video e delle luci. Chiuse gli occhi e provò a immaginare quello che sarebbe successo sabato sera. Poi all'improvviso chiese.

"Ma poi, tutta questa roba, quanto tempo ci vorrà per toglierla da questa stupenda piazza?"

Greg la guardò, un tantino sorpreso da questa domanda, con la sensazione che Elisa fosse quasi indifferente all'evento, che pure si preannunciava grandioso, e più attenta alle sorti della piazza.

"Non si preoccupi signora. L'allestimento è lungo, soprattutto per la posa e la prova di tutte le attrezzature audio, ma a smontare faremo subito. Domenica sera la piazza sarà quasi totalmente sgombra." Fece un cenno con la mano e si allontanò indispettito.

"Lo hai trattato male!"

"Fa il piacione."

"Che ne pensi?"

"È tutto grandioso e francamente, agli inizi, non avevo pensato che fosse possibile realizzare tutto ciò. Sei stato bravo. Ma a volte penso che un evento del genere sia una ferita nella pelle tranquilla di questa città."

"Della città o della tua?"

Lei gli prese la mano e lo tirò verso la scalinata.

"Ho fame!"

Lungo il Corso c'era un po' meno gente ma si era fatta l'ora di cena. Poco dopo aver superato l'Annunziata entrarono da Daniele e Aurora. Era una pizzeria al taglio che faceva cose gustosissime. Sul bancone c'erano diverse teglie di pizza, ognuna di gusto diverso, l'una più stuzzicante dell'altra. Elisa concentrò la sua attenzione sul banco con golosità mentre la ragazza le disse.

"Stanno uscendo una teglia di margherita, con la bufala fresca, e una teglia di pizza bianca alla salsiccia."

"Sono combattuta."

"Come sempre" aggiunse Max.

"È un classico" disse Aurora ridendo.

"Per Max ho ancora la focaccia bianca con la porchetta," disse Daniele che, nel frattempo, era uscito dai forni ed era venuto al banco e aveva intuito quali fossero le preferenze del suo cliente.

"Per lui sicuro. Io invece vorrei questa bella croccante ai pomodorini con la mozzarella fresca," disse Elisa anticipandolo.

"Questa è una novità. La stiamo sperimentando in questi giorni."

"Va bene. Porchetta per Max. Questa per me e poi," guardò attorno pensierosa "poi aggiungi un paio di pezzi con broccoli e salsiccia".

Le pizze di Daniele e Aurora erano molto gustose e con una grande e fantasiosa varietà. Elisa, che era abituata a quelle cose quasi immangiabili che si usano all'estero e che comunemente chiamano 'pizza', dopo aver assaggiato quella italiana ne era diventata golosissima e, per non andare sempre a cena fuori, era diventata una cliente abituale di quella pizzeria.

La sera trascorse tranquilla. Avevano cenato in giardino godendosi il tramonto che dal Casale si faceva ammirare sino all'ultimo raggio. Il sole stava scendendo esattamente dall'altro lato della vallata e su di loro stava spargendo le sue generose pennellate di rosso sfumato nell'oro. Ben presto, però, lasciò che la intensa profondità della notte, infranta solo dai luminosi puntini delle infinite stelle, quasi precipitasse loro addosso.

Il sabato arrivò prima del previsto. Nel primo pomeriggio, mentre lei era rimasta a casa a riposare, Max era rientrato in ufficio dove, sin dalla mattina, stava coordinando l'arrivo degli ospiti, specie quelli internazionali.

"Io pago. Lei organizza," gli aveva detto il Presidente, senza possibilità di replica.

E così era stato. Aveva dovuto organizzare il viaggio e il soggiorno di tutti gli ospiti. Per quelli italiani non vi erano stati problemi perché si muovevano tutti in maniera autonoma e sarebbero rientrati nelle loro sedi. Per quelli internazionali era stato tutto diverso in quanto venivano tutti dagli Stati Uniti e dall'Inghilterra. Aveva quindi prenotato un volo privato che, partendo dal J.F.K. di New York, avrebbe fatto a scalo a Londra, per atterrare a Pescara. Grazie ad Antonio, un suo amico di Pineto titolare di un'azienda di trànsfer e cabotage, aveva organizzato una flotta di van Mercedes che avrebbe prelevato gli ospiti a Pescara e li avrebbe condotti a Sulmona. Aveva prenotato diverse camere, in un albergo un po' fuori città, per permettere a tutti di rinfrescarsi dopo il viaggio e prepararsi per lo spettacolo. Salvo, poi, i ritocchi che sarebbero stati effettuati nel *backstage* allestito sotto gli archi.

Max era in ufficio e Daniele, il responsabile del servizio d'ordine, gli aveva assicurato che tutta la piazza era presidiata. Avevano reclutato un centinaio di ragazzi, che si sarebbero occupati della sicurezza vera e propria, e una ventina di hostess che avrebbero curato l'afflusso del pubblico nell'area riservata.

"Ehi Antonio, come va? Tutto a posto?"

"Sì sono a Pescara, sulla torre di controllo dell'aeroporto, e l'aereo è appena atterrato a Londra, il carico americano è al completo, tra un po' imbarcheranno i britannici. Massimo un'oretta e decollerà per stare qui, puntuale, alle sedici e trenta. Alle diciotto saranno a Sulmona. Con le macchine saremo direttamente sul piazzale sotto le scalette dell'aereo e non perderanno tempo nello scendere e prelevare i loro effetti personali."

"Perfetto, sei un drago. Occhio con le conquiste che quella lì è tutta roba che scotta" gli rispose ridendo.

Chiamò quindi Daniele.

"Ehi buon pomeriggio. Sono arrivati i caravan?"

"I *motorhome*, Max, si chiamano *motorhome*. Sì sono arrivati e li abbiamo fatti sistemare dietro il palco sotto gli archi. Due grandi e uno più piccolo."

"Perfetto. Io intorno alle sette vi raggiungerò."

Per permettere agli ospiti di perfezionare trucchi, abiti da scena, pettinature e acconciature aveva noleggiato dei motorhome da set cinematografico, allestiti all'interno come tanti camerini, dove, man mano che veniva il loro turno per salire sul palco, avrebbero provveduto ai ritocchi finali.

L'organizzazione stava filando liscia e senza intoppi. Il meteo aveva previsto bel tempo e, del resto, bastava guardare in cielo per vedere che non c'era una nuvola neanche a pagarla a peso d'oro.

Tornò a casa per cambiarsi. Elisa stava giocando con i cuccioli. Gli lanciava la palla e loro correvano all'impazzata facendo a gara a chi faceva prima a prenderla.

"Così alimenti la competizione," le disse ridendo.

"Ma io, siccome lo so e voglio bene a entrambi, una volta lancio la palla un po' più verso Rambo e una volta un po' più verso Silas così vincono una volta per uno e nessuno dei due ci rimane male," gli rispose con il faccino furbo.

Le diede un bacio. "Mi vado a lavare. In piazza è tutto pronto".

"Wow. La cosa mi elettrizza," disse Elisa con ironia senza smettere di giocare con i cani.

"Non ti elettrizzare troppo sennò poi farai le scintille" rispose lui.

"Le farò lo stesso, mio caro."

"Quanto sei acida."

"Così impari a fare il sarcastico."

Squillò il telefono.

"Pronto Antonio."

"Ehi Max. Il carico è a bordo, al completo. Stiamo per partire. Sono tutti euforici. Non ne avevo mai visti così tanti tutti insieme. Le signore sono una più bella dell'altra. Quasi quasi sbaglio strada."

"Non ti ci vedo, sei romantico."

"Lo sai. Noi a Pineto siamo gentiluomini. Salutami Elisa."

"Sarà fatto. Ti ricambia. Ci vediamo giù a Sulmona."

"Ma tu vieni in albergo o ci aspetti in piazza?"

"Vi aspetto in piazza."

"A dopo."

Elisa lo guardò sorridendo.

"Ma quant'è contento l'amore mio che il suo giocattolo gli si sta perfezionando tra le mani."

"È quasi tutto perfetto," le rispose ridendo.

"Scostumato. È la prima volta che mi definiscono con un 'quasi'."

Si era preparato a puntino.

Elisa lo guardò e fece una espressione perplessa.

"I pantaloni ok. Ma il di sopra? Mica vai in maglietta."

"Porto camicia e giacca. E verso le otto e mezza mi rinfresco in uno dei *motorhome* e mi cambio al volo."

"Io arriverò dopo, verso le nove. Viene a prendermi Filippo."

"Okay amore a dopo."

Le diede un dolce bacio, salì in macchina e si avviò mentre lei, sul prato, rimase a guardarlo seguendolo con gli occhi scendere lungo la strada e scomparire oltre il bivio delle Marane.

13
LA FOGLIA D'AUTUNNO

Parcheggiò la macchina sotto gli uffici e arrivò in piazza da Via Marselli, dal lato opposto a quello ove era stato montato il palco, per godersi la scena e vedere che impressione faceva tutto l'allestimento da lontano. E rendeva davvero un grande effetto. Diversi altoparlanti, accoppiati ad altrettanti schermi, erano stati installati in alto sui lampioni fin sul fondo della piazza, nella quale già cominciavano ad affluire diverse persone, per permettere a chi era lontano di poter vedere sui video i dettagli dello spettacolo. La città era già affollata di persone venute da tutto l'Abruzzo e anche da fuori regione. Man mano che si avvicinava il palco esplodeva in tutta la sua imponenza. All'altezza della fontana c'erano le prime transenne con i ragazzi del servizio d'ordine. Li superò salutandoli e si diresse verso gli ingressi dal lato di Santa Chiara. Gli andò incontro Daniele.

"Ciao Max è tutto in ordine."

"Ho visto Daniele, lavoro perfetto. Grazie."

Salì sul palco ancora vuoto e lo spettacolo era fantastico.

L'organizzazione dell'evento e la gestione del pubblico era stata comunicata più volte in tutti i modi e con tutti i mezzi. Lo spettacolo era totalmente gratuito. Guardò davanti a sé e l'allestimento della platea e delle tribune era imponente.

Il rosso delle poltroncine era così vasto che sembrava avesse colorato l'intera piazza.

Erano a ridosso del palco in un'ampia fascia transennata. I posti, tutti a sedere, erano nell'area riservata agli ospiti che lui aveva selezionato singolarmente mandando, a ognuno, il biglietto d'invito con l'assegnazione della poltrona. Oltre a quest'area si era riservato anche le due tribune laterali più vicine al palcoscenico.

Immediatamente dietro questa prima fascia c'era un'ulteriore zona, anch'essa dotata di posti a sedere e delimitata da transenne, che arrivava sino a poco dopo la linea della fontana. Assieme alle due tribune più lontane erano riservati a tutti quelli che si erano prenotati per un ingresso gratuito, presso le rivendite di Sulmona o quelle on-line, limitandosi a pagare solo i pochissimi euro dell'aggio dei rivenditori. La finalità di questa prenotazione simbolica era volta a che non si verificassero resse, corse frenetiche o addirittura assalti alle sedie. Gli appassionati erano stati informati, con ampio anticipo, di tale aspetto dell'organizzazione e pertanto chi aveva la prenotazione sapeva che avrebbe avuto il suo posto e chi non era riuscito a procurarsela sapeva che avrebbe dovuto accontentarsi di vedere lo spettacolo in piedi. Per tutti quelli che non avevano potuto prenotarsi, infatti, c'erano gli spazi al di là della linea della fontana, dai quali avrebbero potuto assistere in piedi all'evento con l'ausilio degli schermi e degli altoparlanti.

Alla sua sinistra una transenna correva verticalmente, lungo la scalinata dell'acquedotto, ricavando un corridoio destinato all'afflusso degli ospiti per l'area riservata, mentre la restante parte era destinata al transito libero del resto degli spettatori.

Dall'altro lato, verso Santa Chiara, era stato ricavato l'accesso al *backstage*. Il servizio d'ordine era già schierato in prossimità del palco e delle varie aree di supporto alla organizzazione dello spettacolo.

In fondo, esattamente di fronte la fontana, troneggiava la torre di controllo con le varie consolle di regia che aveva già iniziato a diffondere, sugli schermi e sui diffusori, video di musica varia a fare da sottofondo allo scopo, di aiutare ad ingannare l'attesa a chi era già arrivato, in quella fase di avvicinamento all'inizio della manifestazione.

Erano stati aperti i varchi di ingresso e la platea e le tribune, pian piano, iniziavano ad affollarsi. Tra poco avrebbero iniziato ad arrivare gli ospiti. Entrò nel caravan più piccolo e si cambiò.

All'evento aveva invitato tantissimi amici e, come prevedibile, c'erano state richieste di accredito anche da parte di diverse autorità e rappresentanti delle istituzioni. Da perfetto padrone di casa, occorreva che facesse il garbato lavoro di pubbliche relazioni. Mentre stava guardando verso gli accessi in alto sotto gli archi si sentì battere sulla spalla.

"Pensava non venissi?"

"Niente affatto Presidente," gli disse salutandolo cordialmente, "le ho riservato la poltrona."

"Grazie ma da uomo di spettacolo mi considero addetto ai lavori e mi alternerò tra la torre e il *backstage*. Il finale lo vedrò sicuramente lì," gli disse con un'aria seria, "voglio godermelo."

Max sorrise abbassando gli occhi.

Man mano i settori cominciavano a riempirsi. Diversi amici erano arrivati e avevano cominciato a prendere posto. Lo chiamavano da ogni dove. Girava nella platea per salutare tutti. Mentre era intento a ricevere un gruppo di persone che provenivano da Vasto, Rosella, dando un colpetto di gomito a Monica, lo guardò ammiccando con gli occhi dietro le sue spalle. Lui si voltò e vide Elisa che sopraggiungeva accompagnata da Filippo. Era riuscita a essere elegantissima senza essere pomposa. Jeans Armani sotto una canotta aderentissima bianca avvitata da una giacca nera da smoking. Ai piedi due sandali neri dalle fettucce sottilissime e i capelli legati in uno chignon. Ma suo figlio non era da meno. Molto meno eccentrico di lui, da buona vergine ascendente vergine, portava un completo scuro, che gli sembrava cucito addosso, la cui unica trasgressione era la camicia bianca senza cravatta.

"Ciao a tutti. Pa' noi siamo arrivati. Io raggiungo gli amici. Vengo alla fine della prima parte giusto?"

"Sì, grazie Fil, vieni nel *backstage* quando finisce la prima parte."

Filippo baciò Elisa e si allontanò rapidamente mentre lui, guardando la sua compagna, era rimasto incantato. Lei salutò tutti scambiando brevi convenevoli con Rosella.

"Sono arrivati i presentatori e stanno arrivando gli ospiti che dovranno esibirsi," gli disse poi Elisa invitandolo a dirigersi verso il palcoscenico.

"Sì, andiamo."

Mentre si allontanavano Rosella si rivolse alla sua amica.

"A lui voglio un bene da matti ma, certe volte, proprio non lo sopporto per quanto mi sta sulle scatole, però bisogna dire che, stavolta, si è scelto una compagna fantastica."

Monica la guardò con aria maliziosa. "Forse direi che a essere fantastico è il figlio."

"Sì è vero. Ma poi, al di là delle battute che faccio che sono più scherzose che critiche, c'è da dire che, anche se rompiscatole ci è veramente, ha messo in piedi una iniziativa strepitosa."

"Sì, io poi sono curiosa e voglio proprio vedere che succederà nella seconda parte."

"Anche io," rispose Rosella "ha creato un clima di attesa e aspettativa diabolico".

Mancava un'ora all'inizio della manifestazione e la platea, ma soprattutto la piazza, si stavano riempiendo sempre di più.

Mentre percorrevano i corridoi, ricavati tra le poltrone, verso il *backstage* si sentirono chiamare.

"Ehi, siamo qui!". La voce squillante di Donatellina aveva sovrastato quella degli altri. Li raggiunsero e Mauro e Flavio salutarono prima Elisa.

"Elisa basti tu. Per noi lo spettacolo e già finito."

Lei sorrise un po' imbarazzata passando poi ad abbracciare Franca, Donatella e Donatellina.

"Okay. Me ne vado. Tanto Elisa fa coppia con Filippo" disse Max con una finta aria risentita.

"L'abbiamo visto, stanno benissimo. E a fianco a Elisa sta meglio lui di te."

Al solito le sue amiche erano dissacranti ma lui, divertito, stava sempre al gioco e sorrise con una espressione di conferma.

"Ma voi dove vi sedete?" chiese Franca. "State con noi?"

"Adesso vediamo. Caso mai, nella seconda parte, prendiamo due poltroncine e ci stringiamo in mezzo a voi."

Arrivarono nel retro del palco e andarono incontro a Vicky e Roby.

Roberto era di Roma. Le cronache rosa avevano narrato che sin da piccolo aveva avuto la passione per le recite, si proponeva alle insegnanti sempre con entusiasmo ed era il più pronto a rivestire i ruoli di protagonista. Si era visto da subito che era molto determinato a intraprendere una carriera nel mondo dello spettacolo e mostrava, già a quell'età, delle evidenti doti recitative. Mai come nel suo caso, si poteva parlare di una persona che sin dall'inizio aveva saputo quel che voleva e aveva realizzato il suo progetto. Aveva percorso gli studi di recitazione ed era esploso, da subito, come attore comico maturando numerosissime esperienze nel campo del cabaret. Successivamente aveva anche interpretato diverse parti cinematografiche che gli avevano procurato un notevole successo e molta notorietà. Il suo nome era diventato affettuosamente Roby ed era considerato uno dei più emergenti personaggi dello spettacolo italiano.

Victoria, appena più giovane, era una conduttrice televisiva canadese. Aveva origini italiane e i genitori, seppur vivessero da sempre nella nazione della foglia d'acero, avevano fatto sempre le vacanze in Italia per non far perdere ai loro figli il senso delle origini e per favorire loro una certa dimestichezza con lingua. Era una conduttrice nota per la simpatia e per la ironia. Queste sue doti avevano fatto di Vicky, come la chiamavano affettuosamente i suoi fan, una delle donne dello spettacolo più brillanti e simpatiche d'oltreoceano. Affascinante e di una bellezza mozzafiato aveva la capacità di tenere il palco con una disinvoltura e una sicurezza senza pari.

Insieme rappresentavano la coppia perfetta per condurre una manifestazione della importanza pari a quella che stava per iniziare.

Max era sicuro che lo spettacolo, condotto da loro, sarebbe stato vivace e divertente e che il pubblico non si sarebbe affatto annoiato tra un artista e l'altro.

Si abbracciò con Roby e salutò con cordialità Vicky.

"Ma chi l'avrebbe detto che ci saremmo trovati qui per un evento del genere," disse il presentatore rivolgendosi alla ragazza.

"Hai visto Roby? Queste sono le belle stranezze della vita. Alla fine tutti i fiumi si ricongiungono per confluire nel mare."

"Noi abbiamo studiato il programma," aggiunse Vicky, con un italiano che non era affatto approssimativo "ma si ferma alla prima parte".

"Sì," rispose Max "il programma della seconda parte ve lo consegnerò, un pochino prima che inizi lo spettacolo, in una busta chiusa. Dovrete aprirla davanti a tutti, al termine della prima parte e dopo l'intervallo, ma non dovrete leggerne il contenuto. Aspetterete un mio cenno. Io sarò sul palco. Con voi".

Poi, con una espressione precisa, indicò loro l'orologio digitale fissato sul tetto della torre in fondo alla piazza. "Dovrete aprire la busta esattamente alle dieci e trentuno perché dobbiamo aspettare che si incanalino tutti i collegamenti satellitari. Moltissime televisioni hanno acquistato i diritti solo della seconda parte."

"Perfetto, ma il programma non lo conosciamo" insistette la ragazza.

"Non vi preoccupate sarà molto più semplice di quanto possiate immaginare. Ora credo che dobbiate andare. È ora di prepararsi."

Salirono sul palco e, da dietro una quinta, potettero ammirare la piazza piena. In fondo, dove i posti erano in piedi, si vedeva una vera e propria marea umana.

Il secondo settore era quasi interamente pieno, mentre quello a ridosso del palcoscenico mostrava ancora chiazze vuote. Dalle lunghe code, agli ingressi, si capiva che ben presto tutta la platea si sarebbe riempita. Le quattro tribune laterali erano tutte gremite. Del resto mancava poco meno di mezz'ora all'inizio.

"Un bello spettacolo da qui," gli disse una voce familiare.

"Antonio!" rispose Max abbracciandolo "ben arrivato. Lavoro perfetto. La tua azienda è di una efficienza incredibile."

"Posso restare qui con voi a godermi lo show?"

"Ti ho riservato un posto in platea, ma se ti diverte di più stare dietro le quinte, resta qui con me. Mi farai compagnia."

"Elisa?"

"Immagino sia dietro ad accogliere gli ospiti stranieri. Lei parla inglese ed è utile lì."

Si affacciarono sul retro e c'era un brulicare di persone che, in un incessante via vai, entravano e uscivano dai *motorhome* dove i primi artisti che si sarebbero esibiti stavano preparando le loro mise.

Scese nuovamente in platea per assicurarsi che tutto fosse in ordine e non ci fossero problemi di posti o quant'altro. Passò davanti la fila degli amici.

"Ma voi dove vi mettete?" gli disse Mauro.

"Io starò nel retro del palco."

"Ed Elisa? Falla venire con noi?" aggiunse Flavio mentre Donatella e Franca mostravano un posto vuoto in mezzo a loro due.

"Per ora sta facendo da supporto agli artisti internazionali. Col fatto che parla inglese ci sta dando una mano. Magari vi raggiungeremo nella seconda parte che sarà più tranquilla."

Era ora. Si spensero tutte le luci e nella piazza si alzò un clamore di soddisfazione. Una fanfara iniziò a suonare una pomposa *ouverture*.

Max raggiunse rapidamente il palco e si mise tra le quinte.

Vicky e Roby apparvero al centro e si levò un fragoroso applauso. Sulmona aveva riconosciuto il famoso artista italiano ma anche la ragazza in tutta la sua bellezza, elegantissima in un abito lungo a sirena color corallo, raccolse la sua giustificatissima ovazione. I due presentatori, alternandosi, avevano salutato il pubblico e stavano illustrando l'evento.

"Gentili signore e gentili signori, siamo felici di essere insieme a voi, in questa splendida piazza, sotto questo cielo che è ancora tinto dei colori del tramonto ma che, ben presto, sarà incastonato da una miriade di stelle. E cosa può essere meglio dello stare sotto e tra le stelle per dare l'avvio a un evento che la 'Comet among the star' ha voluto donare a questa città, all'Abruzzo e all'Italia intera. Come ben sapete stiamo per presentarvi un programma strepitoso. Su questo palco sono stati riuniti gli artisti più famosi e prestigiosi della musica italiana, statunitense e anglosassone. Uniti tutti nel filone del pop e del soul sicuramente ci regaleranno delle incredibili emozioni. Ma c'è un intrigo che rende ancora più interessante la serata. Di questo concerto è stato reso noto solo il programma della prima parte. La seconda è segreta e neanche noi la conosciamo. La 'Comet' ha reso noto che nella seconda parte avverrà un evento che scuoterà come uno *tsunami*, sin dalle sue viscere, il mondo dello spettacolo. Questo mistero ha creato una tale aspettativa che, non solo si è radunata in questa piazza una folla incredibile ma addirittura si è raccolta l'adesione di circa duecento paesi, tra quelli che sono collegati sin da adesso e quelli che lo saranno all'inizio della seconda parte, i quali seguiranno in diretta, via satellite, questo concerto. Le immagini di questo evento vengono registrate e ne verrà masterizzato un dvd che verrà messo in commercio qualche settimana dopo la celebrazione di questa giornata. Ma prima di avviare lo spettacolo e di introdurre il primo cantante, preghiamo la regia di mandare in onda, anche su tutti i teleschermi posti tra il pubblico, un suggestivo servizio, con delle immagini spettacolari, che ci illustrerà le bellezze di Sulmona e dell'Abruzzo."

A quel punto, sui grandi schermi, iniziarono a scorrere, accompagnati da un bellissimo sottofondo musicale, le immagini riprese dall'alto delle montagne abruzzesi, cogliendo la Maiella e il Gran Sasso da angolature speciali e suggestive. A volo d'angelo seguirono le panoramiche di tutte le principali città abruzzesi che si alternarono alle immagini dei vari parchi nazionali e regionali esistenti nella territorio. Poi fu la volta della costa, dalla riserva di Punta Aderci alla Costa dei Trabocchi, dalla Torre di Cerrano alle lunghe spiagge della costa teramana, fu mostrato un mare cristallino e immacolato. Non mancarono le immagini delle località montane ove si praticavano gli sport invernali, dalla Aremogna a Ovindoli, da Passo Lanciano a Le Piane, al Gran Sasso. E poi i laghi, quello di Barrea, quello di Scanno, quello di Bomba e infine quello di Campotosto. Il filmato si conclude, ovviamente, con Sulmona e si dissolse nelle immagini in diretta che un elicottero stava, evidentemente, riprendendo in quel momento.

La conclusione del video fu accolta da un fragoroso applauso che tuonò tra il pubblico, specie quello abruzzese, che gradì orgogliosamente che la loro terra fosse stata illustrata e messa in risalto in tutto il mondo in maniera così compiuta ed elegante.

Dopo queste belle immagini venne dato l'avvio al concerto. Gli artisti furono inviatati a sfilare sul palco alternando, ove possibile, uno di lingua inglese con uno italiano.

Lo spettacolo fu eccezionale. Raramente si era vista, in un solo concerto, una tale passerella di stelle della musica e della canzone.

Il pubblico, che mai avrebbe potuto immaginare di poter ammirare dal vivo uno solo degli artisti che si stavano esibendo, e che invece stava vedendo sfilare tutti insieme gente come Celine, Christina, Laura, Alicia, Elton, Giorgia, Robin, Bono, Renato, Ariana, Claudio, Mariah, era entusiasta ed in totale visibilio e applaudiva a ogni cantante, accompagnando con cori le canzoni che erano famosissime e conosciute da tutti.

Ma l'attesa, inutile negarlo, era per la seconda parte del programma. La totalità delle persone, che erano in piazza, aspettavano di sapere cosa sarebbe successo e quale sarebbe stato questo grande evento che avrebbe scosso il mondo musicale.

L'ultimo artista cantò le note finali del suo brano e, dopo aver raccolto l'applauso della piazza, scivolò fuori dal palco lasciando la ribalta a Vicky e Roby.

Erano le ventidue e trenta esatte.

"Ci siamo, ci siamo!" dissero quasi urlando in coro guadagnando il centro del palco mentre la piazza tombava totalmente al buio lasciandoli da soli in un cono di luce abbagliante.

"Siamo al culmine della serata. L'attenzione del mondo è concentrata su di noi, su questa piazza e su questo palco. Sono tantissimi i paesi in collegamento via satellite. In questa busta c'è il programma della seconda parte della serata. Ora," scandirono le parole per aumentare la suspense, "come dalle rigorose istruzioni che abbiamo ricevuto noi ci accingiamo ad aprire questo plico."

E Vicky cominciò ad aprire il rettangolo di carta bianca.

Mentre stava completando questa operazione Max, guarnito da un blazer blu doppio petto su una camicia bianca col collo aperto che sovrastava un paio di jeans di Armani, apparve silenziosamente sul palco. Si inserì a sorpresa tra i due presentatori e sfilò, delicatamente, il microfono dalla mano di Roby.

"Vi state divertendo?" gridò rivolto verso la moltitudine di gente, che riempiva la piazza e le tribune. La risposta del pubblico fu il boato di un "Sì" che tuonò tra la folla.

Guardò divertito i due ragazzi rimasti al suo fianco che, dopo aver aperto la busta e averne letto il contenuto, avevano una espressione che definire stupita era davvero poco. Prima di iniziare il suo intervento sfidò con lo sguardo la grande massa di gente che aveva tutti gli occhi puntati su di lui.

"Abbiamo avuto una passerella di artisti straordinari che hanno giustamente ricevuto il vostro grande consenso in maniera entusiasta e rumorosa. Prima di proseguire e soddisfare la curiosità del meraviglioso popolo che riempie questa piazza, e anche di tutti quelli che ci seguono in mondovisione, sento il dovere di rendere un omaggio a due persone che difficilmente, in questa serata, potranno trovare l'occasione per riceverlo."

Fece una breve pausa e prese per mano i due presentatori che erano rimasti al suo fianco.

"Sono stati bravissimi, stanno conducendo questa serata in maniera strepitosa, il mondo dello spettacolo ha scoperto una nuova coppia di presentatori eccezionali" e dopo una leggerissima pausa gridò "Victoria e Roberto" invitandoli, mentre li teneva per mano, verso il centro del palco per raccogliere l'ovazione che proveniva dalla platea.

Gli applausi furono davvero tanti e anche molto meritati.

In effetti avevano condotto lo spettacolo presentando i singoli artisti con competenza e professionalità, ma anche condendo la loro interpretazione con battute, piccole gag, siparietti tutti spontanei e non preparati, riempiendo sapientemente i tempi morti e dando la dimensione della loro bravura artistica e della grande padronanza della scena. Del resto Roby era di casa e Vicky, che era bellissima, era stata già adottata dalla gente abruzzese.

Come la ovazione si spense proseguì.

"Prima di procedere a rivelarvi come proseguirà la serata, devo raccontarvi due storie."

Fece una brevissima pausa per scandire l'avvio della narrazione.

"Qualche anno fa sono stato invitato in Africa da un amico. In occasione di una visita in un collegio, che ospitava bambini senza famiglia, per un evento fortuito e del tutto casuale il mio sguardo ha incrociato gli occhi di un'altra persona. Senza quella coincidenza non sarebbe mai successo e non avrei mai saputo che quegli occhi esistessero."

Scrutò la gente davanti a sé con aria di sfida.

"Non sempre un incrocio di sguardi è una foglia d'autunno che cadendo, ci attraversa il cammino, ci scivola addosso e si posa a terra per essere dimenticata. A volte è la prima pagina di una lunga storia."

Misurò con sapienza la pausa.

"Infatti, con quegli occhi neri che incrociai, iniziò un dialogo, difficile, sofferto, lungo che finalmente poi è sfociato in una bellissima vicenda sentimentale con la donna che oggi tutti avete conosciuto come Elisa, la mia attuale compagna."

Nella piazza, tutta al buio, il silenzio era totale.

"La seconda storia prende le sue mosse in un'epoca un po' più lontana. Diversi anni fa, due bravissime cantanti d'oltreoceano furono scritturate per incidere la canzone ufficiale di un film. Il duetto che interpretarono fu talmente strepitoso che quella canzone vinse l'Oscar ed ebbe un tale successo che, in tutto il mondo, ancora oggi è cantata e ascoltata. Purtroppo una delle due interpreti, qualche tempo dopo, scomparve tragicamente e quel duetto rimase nel ricordo degli appassionati come unico ed irripetibile."

Tutto il pubblico era ormai con il fiato sospeso.

"Voi vi chiederete cosa c'entrano queste due vicende e che nesso ci sia tra l'una e l'altra. Si inseriscono in questo contesto perché solo apparentemente sono due episodi diversi. In realtà sono due capitoli di una unica storia. Quella canzone si intitolava '*When you love*' e poi proseguiva '*nothing is impossible*'. Quando ami, nulla è impossibile. Ed è vero. Nulla è impossibile. Perché vedete, quella ragazza che avete visto al mio fianco e che avete incontrato in giro a prendere il caffè, a fare la spesa o a passeggio per il nostro bellissimo corso a fare shopping, la avete conosciuta con il nome di Elisa."

Fece una voluta e crudele pausa disegnando, con lo sguardo, un arco che attraversò tutta la piazza.

"Ma in realtà non si chiama così. Elisa è il diminutivo di Elizabeth che è il suo vero nome, ma non è l'unico, è solo il secondo, perché quello completo è…"

"Signore e signori!" lo interruppero gridando Vicky e Roby, che erano rimasti accanto a lui.

"Il duetto di quella canzone di cui ha parlato Max non potette più essere interpretato. Ma questa non è una storia triste e questa sera, tra pochi istanti, da questo palco, in questa piazza, in questa città, sta per accadere un evento eccezionale, straordinario, inimmaginabile. Ascolteremo, dopo tantissimi anni che non era stata più cantata dal vivo, '*When you love*', cantata, ora come allora, da una splendida Sophia Gomez Monteverde…"

Un fascio di luce bianca si posò sulla scalinata di Santa Chiara illuminando Sophia che ferma attendeva di salire sul palco, mentre il suo bellissimo volto sorridente riempiva tutti gli schermi.

E con il rumoreggiare del pubblico i due presentatori proseguirono.

"…e da una altrettanto splendida e strepitosa…"

Un secondo fascio puntò esattamente dall'altro lato, sulle scale dell'acquedotto, e sugli schermi apparve un profilo. Un sapiente gioco di luci fece sì che si intravedesse solo la sagoma di una testa, coronata da foltissimi capelli ricci, mentre il volto fu lasciato al buio.

Era l'inconfondibile emblema di migliaia di immagini che per anni avevano fatto il giro del mondo per milioni di volte. Copertine di dischi, giornali, riviste, manifesti, interviste, ovunque il profilo di quella persona, con quei capelli così ricci, era conosciuto e riconosciuto in tutto il pianeta.

Nella piazza cadde il silenzio. In molti avevano cominciato ad associare quella figura ma tutto sembrava irreale. Nessuno poteva credere a quel che gli sembrava di vedere e intuire.

Poi, lentamente, l'ombra che copriva il volto si sciolse e apparve uno splendido sorriso che adornava uno sguardo.

Tutti lo riconobbero per averlo visto milioni di volte ma anche per averlo visto, fino al giorno prima, per le strade della città.

"...Julianne E-li-za-beth Brooks!" gridarono i due presentatori completando l'annuncio e scandendo volutamente le sillabe del secondo nome.

Elisa era ferma lì sulle scale dell'acquedotto a fianco di Filippo, che l'avrebbe scortata sino al palco. Al sentire come era stata presentata, il suo sorriso divenne ancora più smagliante e illuminò, attraverso i grandi schermi, tutta la piazza.

Tutti l'avevano riconosciuta ma, sapendo quello che era stato il suo destino, continuavano a non credere a quel che vedevano e, solo dopo aver sentito il suo nome tuonare nella piazza, stavano cominciando a capire quel che era successo e si lasciarono andare al delirio. Grida, stupore, erano tutti totalmente disorientati e molti si chiedevano se e quanto fosse vero quello che stavano vedendo.

L'orchestra iniziò la introduzione del brano, mentre le telecamere allargarono la inquadratura su Julianne che, al braccio di Filippo elegantissimo nel suo abito scuro e con quel velo di barba che gli donava un ruvido fascino da uomo avventuroso, aveva iniziato a scendere lentamente le scale per raggiungere la piazza e poi da lì il palco dove sarebbe dovuta arrivare quando l'introduzione sarebbe terminata e sarebbe toccato a lei dare l'attacco alla canzone.

Si muoveva lentamente e sinuosa, fasciata dal vestito blu notte a sirena simile a quello che indossò per la registrazione del video ufficiale della canzone, e, incastonata nella cornice degli archi medievali, appariva avvolta da un nebuloso alone di mistero che dava alle immagini un fascino strepitoso.

Tutti gli occhi erano puntati sui grandissimi schermi e moltissimi si alzarono per cercare di raggiungere con lo sguardo le scale dell'acquedotto e cercare di vedere dal vivo quello che si scorgeva sulle immagini.

La sua figura salendo pian piano iniziò a spuntare sulle scale e fu un tripudio di tutto, applausi, grida, lacrime, commozione. Il mondo intero aveva pianto Julianne e ora l'aveva ritrovata. Ma quando apparve nella sua interezza sul palcoscenico, un silenzio totale cadde nella platea e tutti gli occhi furono puntati su di lei.

Dall'altro lato della piazza, sulle scale di Santa Chiara, Sophia attendeva che si completasse la prima strofa per iniziare a scendere e raggiungere il palco. Come Julianne, vestiva un abito simile a quello che indossò anni prima, rosso sangue, anch'esso fasciato e a sirena. Non poteva credere di essere lì e di provare quelle emozioni ma soprattutto era stupefacente come era arrivata a vivere quel momento.

Mentre era al braccio di Mario, un amico di Filippo, anch'esso elegantissimo in un perfetto abito scuro, che, con i suoi capelli pettinatissimi e con i suoi inappuntabili baffetti biondi da vero boy del fascinoso avanspettacolo del dopoguerra, l'avrebbe accompagnata sino all'ingresso del palco, ripensò a quello strano giorno nel suo ufficio di New York. Per un attimo si estraniò dalla piazza, da quel pubblico, da quell'incredibile clamore e con la mente si ritrovò seduta alla sua scrivania, nel suo ufficio lontano, oltre l'oceano, nel momento in cui era entrato il suo agente.

"Sophia, ho ricevuto un messaggio da un certo Mr. Max. È un italiano. Il contatto l'ha creato il Presidente della divisione italiana di 'Comet'. Non so cosa vuole. Ma desidera parlare con te. Ha chiesto un appuntamento."

"Ma non ti ha accennato nulla?" gli aveva risposto lei.

"No. Mi sembra molto misterioso. Se non avesse avuto la presentazione da parte del Presidente del canale televisivo non te ne avrei neanche parlato."

"Va bene puoi fissarglielo. Gli italiani serbano sempre delle sorprese, a volte piacevoli. Male che va ci saremo fatti una chiacchierata."

"Sì, ma lo chiede per questa settimana e io non ci sarò."

"Hai paura che mi mangi? O che io lo divori?"

"Non ti atteggiare a divoratrice di uomini. Conosco bene il tuo modo di fare."

Risero entrambi. In effetti Sophia era una donna affatto aggressiva, tra l'altro molto elegante e raffinata, e, quando si alterava, usava le parole in punta di fioretto e mai con la rudezza della mannaia o con la spietata lama della sciabola.

Lei lo guardò e rise mentre pensava a questa strana richiesta di appuntamento che, non sapendo il perché, le destava una certa curiosità.

La segretaria bussò discretamente alla sua porta mentre, dall'altro lato, filtravano le note di una musica strumentale. Sophia stava ascoltando le basi musicali dei brani che avrebbe dovuto incidere nel suo prossimo album.

"Sophia, perdonami, ma c'è un signore italiano che ha appuntamento con te. Tale Mr. Max."

Anche se era passata una settimana non aveva dimenticato di questo incontro e non era affatto svanito l'alone di intrigante mistero che lo avvolgeva.

"Sì, è vero. L'italiano misterioso. Fallo accomodare."

Max entrò e si fermò sull'uscio.

"Buongiorno" disse.

Sophia lo guardò mentre, in piedi e con una giacca blu sopra dei jeans di ottima fattura, oscurava la porta. Nonostante fosse imponente trasmetteva sicurezza e tranquillità e non manifestava alcun segno di imbarazzo.

"Prego si accomodi" gli disse andandogli incontro per salutarlo e porgendogli la mano.

Lui le prese le punta della dita facendo un lieve inchino con il capo.

"Sono molto felice di conoscerla."

Lei lo guidò verso un salottino accostato alla parete interamente a vetri dalla quale, in basso, molto in basso, si poteva vedere Central Park nella sua intera estensione.

"Cosa posso offrirle?"

"È molto gentile, se non è di disturbo, una camomilla." La guardò anche per vedere l'effetto che faceva. "Con un paio di fette d'arancia e zucchero di canna" aggiunse con un sorriso.

Lei non batté ciglio ma dentro di sé pensò che gli italiani erano davvero eccentrici, o forse lo era questo signore seduto davanti a lei. Però la camomilla con l'arancia non era male come idea. Doveva provarla qualche volta.

Mentre la segretaria stava preparando il vassoio, Sophia guardò Max con espressione interrogativa.

"Mi dica, cosa la porta, dal paese del sole, nel mio ufficio?"

"Io so che quello che le sto per proporre le sembrerà incredibile. E so perfettamente che non v'è alcuna certezza che lei possa accettare. Ma la vita mi ha insegnato che con le signore bisogna avere il coraggio di osare ma non l'arroganza di pretendere. Per cui sono qui a celebrare il mio atto di coraggio."

Sophia rise. Questo signore era, come tutti gli italiani, simpatico e ironico e, indubbiamente, predisponeva bene per il prosieguo della conversazione.

"Mi fa sentire come una leonessa che studia la preda prima assalirla, come nell'antica Roma succedeva ai gladiatori."

"Certo, solo che qui, oggi, non scateneremo alcun inferno."

Lei rise di gusto. "Ha la battuta pronta. Sarà difficile dirle di no."

"Miss. Sophia, vengo da una cittadina dell'Italia centrale, in Abruzzo, coronata da alte montagne ma a mezz'ora di auto dal mare. Si chiama Sulmona e ha una piazza stupenda. Eccola."

Alzandosi verso di lei le mostrò le foto.

"In partnership con la divisione italiana della 'Comet' abbiamo organizzato un concerto che si terrà l'ultimo sabato di giugno in questa piazza."

"Lei quindi vuole che io partecipi? Chi sono gli altri cantanti?"

"No, cioè sì. Sono venuto per invitarla ma aspetti ci sono altre cose che devo spiegarle. Il concerto si divide in due parti. L'una, la prima, è nota e questo è il programma e la scaletta degli artisti che sono stati scritturati."

Sophia lesse con attenzione la brochure.

"Devo dire che avete raccolto il meglio che esista in quel genere musicale. Ma io che c'entro? Io canto una musica del tutto diversa."

"Lei, se accetterà, dovrà aprire la seconda parte del programma che a oggi, e fino al momento in cui ne sarà dato l'avvio, resterà segreta."

"Non capisco" gli disse con tono interrogativo e anche un po' allarmato.

"Nella seconda parte del programma succederanno cose che scuoteranno il mondo della musica dalle fondamenta. Tenga conto che 'Comet' ne è talmente convinta che, sull'attesa per la rivelazione di questo mistero, è riuscita a fare contratti con le televisioni di circa duecento paesi nel mondo che trasmetteranno questo evento in diretta o in differita."

Lei lo guardò sospettosa. Comet era una cosa seria. Ma tutto questo mistero non le piaceva.

"Prosegua."

"Lei dovrà aprire la seconda parte del programma e quindi darà l'abbrivio alla rivelazione del mistero."

"E come, mi spieghi?"

"Sarei e saremmo felici se lei interpretasse '*When you love*'."

Un velo di tristezza attraversò gli occhi di Sophia.

"Non l'ho più cantata. Da quando è morta Julianne mi sono rifiutata di cantarla né da sola e soprattutto non in duetto."

"Capisco ma..."

"Quella canzone è nata con noi ed era la nostra canzone. Durante la registrazione di quel brano tra me e Julianne, anche se in pochi giorni, si creò un legame forte fatto di stima, fiducia, empatia. Dopo la cantammo insieme in tutto il mondo riscuotendo un successo enorme e cementando la nostra intesa e la nostra amicizia. Quando seppi che Julianne era morta io rimasi scioccata e stetti male per molto tempo. Non potevo crederci. Quella notizia mi ferì profondamente e..." delle lacrime le rigarono il volto "...non intendo cantarla. Mi sentirei come se offendessi la sua memoria".

"Sophia, spero di riuscire a farmi credere. Ora non posso dirle qual è la seconda parte del programma e cosa si nasconde dietro questo mistero ma, se lei mi dirà di sì, al suo arrivo in Italia e prima del concerto lei saprà tutto e..." la guardò negli occhi anche lui con le pupille lucide e bagnate "...capirà che anche Julianne sarebbe stata contenta se lei dovesse accettare di cantare quella canzone."

Sophia lo guardò pensierosa. Troppi misteri, ma la curiosità stava prendendo il sopravvento. E poi se 'Comet' davvero aveva raccolto circa duecento paesi, per la diffusione in mondovisione di quell'evento, la cosa non era una sciocchezza. Ma il problema non era lo spessore della manifestazione. I nomi che aveva letto erano una garanzia. Era una questione di sentimenti e anche di morale. Per nessuna cosa al mondo avrebbe tradito la memoria della sua amica.

Ma quell'ultima frase di Mr. Max l'aveva inquietata. Voleva stare sola.

"Mi lasci. Devo pensarci. Domani ritorni e le darò una riposta. Alla stessa ora."

Sophia si girava nel letto. Non riusciva a dormire. Una farfalla era entrata nella sua camera e si era posata sullo specchio della toilette. Sentiva uno strano profumo, a volte sembravano rose e a volte lavanda. Maledisse quel Max che le stava recando quel turbamento. Pian piano si assopì. Sognò il Salone Margherita. Il palco era in penombra soffusa. Si rivide assieme a Julianne, era distante, dall'altro lato, e stava iniziando le prime strofe. Si girò verso di lei e le sorrise e se la vide venire incontro tendendole la mano. All'improvviso si ritrovò, assieme alla sua amica, al centro del palco. Una esplosione di luci e loro che intonavano l'acuto centrale. Gli applausi, le grida. Mentre la mano di Julianne stringeva la sua. Sentì su di sé il sapore della sua pelle.

Si svegliò in una mare di sudore. Dalle finestre filtrava luce. Era giorno. Si sedette sul letto toccandosi la fronte. Guardò la finestra, Poi si girò attorno. La farfalla era ancora sullo specchio. Si guardò la mano e se l'accarezzò. La portò verso il volto e ne percepì un inconfondibile profumo. Non aveva sognato, o forse sì.

Aveva deciso. Sapeva cosa fare. Guardò verso lo specchio, la farfalla mosse le ali e improvvisamente volò via.

Fu così che quel giovedì dell'ultima settimana di giugno si ritrovò sull'aereo per Roma.

Max la stava aspettando all'uscita VIP dell'aeroporto Leonardo Da Vinci. Durante il viaggio non parlarono molto. Lei si limitò a guardare il panorama di quella bellissima autostrada che si inerpicava per le montagne. Sapeva che, a un certo punto, sarebbero arrivati da qualche parte dove qualcosa avrebbe saputo. Sperò di non doversi pentire di quella scommessa al buio che aveva fatto ma tremila sensazioni, a partire da quel misterioso sogno di qualche mese prima, per finire a quel senso di sicurezza che quello strano Mr.Max faceva trasparire, le davano una misteriosa certezza che non si era sbagliata.

Davanti l'ingresso dell'albergo lui la guardò.

"Mi dica tra quanto tempo la devo venire a prendere."

"Un'oretta. Il tempo di disfare i bagagli e di fare una doccia."

Anche se lei non aveva detto nulla, lui aveva capito che non pensava altro che al momento in cui avrebbe saputo cosa sarebbe successo la sera del concerto.

"Dove andiamo?" gli disse quando salì nella macchina.

"Andiamo a casa mia dove staremo a pranzo insieme."

Continuò a tacere. Non c'era bisogno di dire quel che voleva. Sapeva che Max ne era perfettamente consapevole.

Scorse, lungo il rettilineo, la montagna avvicinarsi e a un tratto vide che cominciavano a salire lungo la sua costa. Il casale che le si parò davanti era molto bello, tutto in pietra e con molto verde accanto. Era proprio sulle pendici di quella irta montagna. Lui la invitò a entrare e la guidò, lungo delle scale, al piano superiore. Max le cedette il passo e lei entrò in un ampio soggiorno. Le finestre e gli scuri erano accostati per proteggere l'ambiente dal caldo. Non c'era nessuno. Si stava per voltare per chiedere spiegazioni, molto infastidita da quella che sembrava una vera e propria pantomima, quando dietro di sé si sentì chiamare.

"Sophia" sussurrò una voce.

Si bloccò. Dei brividi le attraversarono la pelle della braccia. "No, non poteva essere" pensò.

Sentì una ondata di gelo avvolgerla. Quella voce era inconfondibile. Non osò voltarsi. Restò ferma pietrificata.

"Sophia, amica mia. Quanto tempo è passato e per quanto tempo ho desiderato rincontrarti. Ho seguito tutte le tue vicende e i tuoi successi da quella sorta di altro mondo dove mi ero relegata."

Lei si voltò e vide nella penombra una figura. Ma non era lei. I capelli lunghi, lisci, che le scendevano sulla schiena, tenuti indietro sulla fronte da una fascia, mettevano in risalto un viso che le era familiare ma che stentava a riconoscere. Poi quella persona le sorrise. E lei la riconobbe, ma quella strana penombra rendeva tutto evanescente. Stava sognando? Era una visione? Era stanca per il viaggio? O quella figura era reale e, se era reale, chi era? Non poteva crederci o forse non voleva crederci o forse voleva credere a qualche cosa che non esisteva.

Quella figura le si avvicinò e le prese le mani. Quelle mani che aveva tenuto tra le sue mille volte, che aveva imparato a riconoscere tra milioni di mani e che aveva incredibilmente risentito, tra le sue, quella folle notte di qualche tempo prima quando la sognò. E allora capì che era tutto vero.

Cominciò a piangere, barcollando, ancora tra la gioia e l'incredulità. Julianne le si avvicinò, la strinse a sé e la abbracciò con una intensità da entrarle nel cuore. Anche lei piangeva e le lacrime si fusero in unico sapore.

Sophia non sapeva cosa era successo. Sapeva solo che in quel momento aveva ritrovato un'amica e ne era felice.

Max non aveva mentito. Lo cercò nella stanza. Lo vide che era distante, nel vano di una finestra, ne vedeva solo il profilo, la luce retrostante lo lasciava tutto in ombra, riuscì a intravedere un lieve sorriso sulle sue labbra. Lei ricambiò lo sguardo e accennò anch'essa a un sorriso. Era il suo modo di ringraziarlo per quella gioia immensa che gli aveva regalato. Anche perché in quel momento non sarebbe stata capace di fare altro, tanto era enorme l'emozione che la stava attraversando.

Si tennero strette a lungo, nessuna delle due sarebbe stata capace di dire qualcosa.

Con un colpo di tosse, volto a respingere le emozioni che anch'egli stava vivendo, Max provò a inserirsi nel pathos del momento.

"Anche allo scopo di non interrompere le intense affinità elettive che vi state manifestando vado giù a prendere lo straccio.

Non vorrei che il lago di lacrime, che state creando sotto i vostri piedi, provochi delle infiltrazioni al piano di sotto."

Le ragazze scoppiarono a ridere accogliendo di buon grado quell'intervento che spezzava la forte tensione emotiva che si era creata.

"Ecco. Adesso che siete tornate, con lo spirito e con la mente, nel banale mondo delle cose terrene vi volevo avvisare che vi lascio sole anche perché immagino che abbiate molte cose da raccontarvi e ci vediamo per pranzo."

Sophia lo raggiunse e, con gli occhi lucidi, lo abbracciò con trasporto.

"A dopo e… grazie!"

Dopo che fu uscito, Elisa la condusse verso il divano e come si furono accomodate le rivolse uno sguardo intriso di dolcezza.

"Tu vorrai sapere molte cose e io ne ho tante da raccontarti."

Lei la ricambiò con uno guardò ancora molto emozionato. "Sì Julianne, mi sei mancata tantissimo, sono stata davvero male per molto tempo. Ora sono felice di rivederti. Ma vorrei capire. Cosa è successo? Perché? E poi come ci sei finita in Italia? Dove hai conosciuto questo signore?"

"Hai ragione Sophia. È giusto che tu sappia. Mi rendo conto che più ti tranquillizzi e riesci a calmare la emozione di esserci riviste, e maggiormente si moltiplicano i perché che ti sorgono in mente."

Le prese le mani. "Ricorderai che a Roma, mentre stavamo registrando 'When you love', ti avevo accennato a un malessere che avevo cominciato a vivere."

"Sì, ricordo e ricordo anche che me ne parlasti durante le tournée che facemmo dopo la proclamazione dell'Oscar. Ma poi non ne facesti più cenno e io pensai che fosse dovuto a un momento di stanchezza o di stress."

"È quello che pensava anche mia madre," disse con amarezza, "ma non era così. Io non stavo più dentro quella vita. Probabilmente avevo anche perso la spinta propulsiva per fare di più. Avevamo vinto l'Oscar. Era l'ultimo premio che mi mancava. Avevo avuto tutto, non avevo più nulla da chiedere o su cui puntare. Era come quando scali una montagna. Quando arrivi sulla vetta hai vinto e il senso di appagamento ti annulla tutte le forze mentali, in quel momento pensi solo a riscendere."

Guardò la sua amica con occhi tristi.

"Era come se quel mondo non mi appartenesse più. Come dicono i giocatori del *Superbowl*, dopo la vittoria? 'avevo solo voglia di appendere gli scarpini al chiodo'. Più andavamo avanti e più questo desiderio si faceva sempre più prepotente. E, piano piano, cominciai a pensare che questa cosa non era più una questione di decidere se farla ma solo di come realizzarla."

Si alzò per avvicinarsi alla finestra e, mentre guardava fuori, proseguì.

"Sapevo che, limitandomi a fare la cosa più normale, cioè a dichiarare in una conferenza stampa 'Mi ritiro', non ne avrai cavato un ragno dal buco. Migliaia di giornalisti e milioni di persone si sarebbero chiesti perché. E, se non gli fosse stata data una spiegazione plausibile, la parte scandalistica della stampa e quella parte di pubblico, attirata da questo filone, avrebbero cominciato a inventare di tutto, anche cose cattive o malvagie, pur di dare e darsi delle riposte. Per il semplice motivo che raccontare che Julianne Brooks si era stancata era una spiegazione troppo banale, poco interessante e soprattutto poco credibile. Nessuno avrebbe creduto che un'artista di successo, a un certo punto della sua vita, si sarebbe potuta stufare e decidere di rinunciare ai soldi, al lusso, alla acclamazione delle folle, alla ribalta e ai riflettori. Nessuno avrebbe creduto che una persona che ha tutto può decidere di rinunciare a tutto, solo per avere la libertà di fare la spesa al supermercato e dormire una notte in tenda sulla spiaggia dopo aver suonato la chitarra davanti a un falò. Da un lato non sarei stata più libera, perché mi avrebbero inseguito ovunque, e dall'altro la mia immagine di persona per bene, che è la cosa alla quale più ho tenuto e della quale vado orgogliosa, rischiava di essere sfregiata da chi fa dello scandalo il fulcro della informazione."

Prese dal frigo una caraffa e versò anche all'amica una bibita fresca.

"Qualche tempo prima di fare quel passo conobbi un prete. Era il reggente della mia parrocchia. Era venuto da me per invitarmi a una manifestazione in favore di bimbi orfani e senza famiglia. Aderii con entusiasmo e fui felice di averlo fatto. Mai come in quella occasione mi sentii bene. Feci quello che mi piaceva fare, cantare, ma senza tutte le strutture vincolanti della mia vita di cantante. Arrivai alla festa da sola, senza scorta, mescolandomi con le persone e chiacchierando amabilmente con loro, salii su un palco piccolo, con tanti bambini seduti a ridosso per terra. Non c'erano transenne, non c'era servizio d'ordine e quando scesi non dovetti proteggermi da nessun assalto, fui abbracciata dai bimbi e poi mi fermai tra gli invitati a sorseggiare un drink e a parlare del più e del meno come se fossi una di loro. Ma quando mai ho potuto vivere momenti così. Tu conosci la nostra vita prima, durante e dopo i concerti. O sul palco o imprigionati in lussuosi hotel, senza poter uscire e mettere il naso fuori, per non essere travolti da ondate di fan e appassionati, con anche il rischio che tra loro si potesse nascondere qualche mitomane. I nostri amici erano o agenti o guardie del corpo. E gli amori o il sesso lo potevamo trovare solo tra selezionatissime persone del jet set. E se mi fossi voluta innamorare di un ragazzo che suonava la chitarra a un angolo di strada? Se l'uomo destinato alla mia vita, invece di annidarsi tra le lussuose pieghe del successo, fosse stato tra i vicoli di qualche paesino come avrei potuto trovarlo ingabbiata tra quelle sbarre così rigide e inesorabili della vita che conducevo?"

Stava cominciando a rivivere quel periodo e la tensione le stava crescendo addosso. Mentre la sua amica continuava ad ascoltarla con attenzione si rialzò e cominciò a passeggiare per la stanza.

"Quell'evento in parrocchia fu devastante per due motivi. Primo, perché mi diede la spinta finale verso la mia decisione. Secondo, perché mi diede il mezzo per attuarla."

Sophia si era incuriosita. "Il mezzo per attuarlo?" disse stupita.

"Ti ho detto che avevo conosciuto il parroco. Padre Ebenezer. Un uomo molto intelligente e con una grande sensibilità.

Quando ci incontrammo a casa mia, la prima volta, lui aveva già intuito qualche piccola cosa senza che io gli dicessi nulla. Dopo la festa mi riaccompagnò a casa e io mi sentii di confidarmi con lui e di fargli qualche piccolo accenno. Gli parlai un po' del mio malessere. Lui mi invitò ad andare a trovarlo e così feci. Andai spesso in chiesa e ci intrattenevano a parlare in sagrestia. Un uomo spirituale, abituato a stare con le persone normali, il più normale possibile, aveva capito subito l'origine, il senso e la profondità dei miei turbamenti. Provò a dissuadermi, a farmi cogliere quanto di positivo c'era nella mia vita, anche sotto il profilo umano e non solo materiale. Un giorno gli dissi: 'vorrei morire, sarebbe l'unica soluzione'. Lui mi guardò e mi disse 'Hai ragione, solo una persona ritenuta morta la lascerebbero in pace'."

Julianne si risedette, non riusciva a stare ferma.

"Quella frase fu devastante e illuminante al tempo stesso. Nei giorni successivi lo incontrai di nuovo. Gli dissi che era vero solo una persona ritenuta morta viene lasciata in pace. Poi gli chiesi: 'Ma per essere creduti morti non c'è bisogno di morire davvero.' Lui mi guardò perplesso. Aveva capito subito quel che mi passava per la mente. Era molto intelligente e non era il tipo che si lasciava andare a facili emozioni. Ma si vedeva dall'espressione che non condivideva. Mi disse che era un prete e che aveva sposato, oltre che la fede in Cristo, le regole della Chiesa Cattolica. Che per loro la morte era un momento sacro, era il passaggio in cui l'anima dal corpo traslava verso l'immortalità e il paradiso. Che su queste cose mai avrebbe scherzato e mai avrebbe accettato di collaborare per realizzare finzioni sceniche. Lo lasciai intristito. Qualche giorno dopo mi telefonò e mi venne a trovare a casa. Dopo che si fu seduto mi disse: 'Julianne, le voglio bene, ho capito che la sua aspirazione è tornare a una vita nella quale l'anima recita una parte prevalente rispetto a questa intrisa di materialità, che vive adesso. So che lei è buona e generosa. È per questo che non voglio sapere nulla di quel lei vuole fare ma, per il dopo, la posso aiutare.' Io lo guardai sorpresa e mi feci spiegare cosa aveva pensato. Mi raccontò che in Italia aveva avuto diversi contatti con l'Opus Dei. Era una organizzazione cattolica che raccoglieva prevalentemente persone laiche che non prendevano voti e che continuavano la loro vita normale, accostandola parallelamente a una opera di carità e di propagazione della fede. Questa organizzazione aveva diverse residenze nel mondo, specie dove c'erano situazioni di disagio o sottosviluppo come l'Africa, dove mi sarei potuta nascondere facilmente. Aggiunse che mi avrebbe fatto sapere come e con quali modalità."

La curiosità di Sophia era diventata evidente e traspariva dal suo sguardo.

"Non so come arrivai ad architettare il tutto. Ci pensai per diversi giorni e per diverse notti. Poi venne tutto da sé. In maniera lineare. Per prima cosa dovevo avere il tempo di lasciare il paese prima che la notizia della mia scomparsa esplodesse e iniziassero le ricerche. Poi avevo deciso che dovesse rimanere il dubbio sulle cause della mia finta morte. L'unico modo era un incidente, ma in maniera tale che la macchina venisse ritrovata dopo qualche giorno. L'unico scenario possibile era il mare. Pensare al *Big Sur* fu spontaneo. Quel tratto di mare è infestato di squali e quindi non si sarebbero insospettiti se non avessero trovato il mio corpo e non si sarebbero affannati a cercarlo. Qualche giorno prima avevo fatto dei prelievi di sangue con la scusa di fare delle analisi. All'infermiera dissi che avrei portato io le provette al laboratorio. Partii la sera tardi dall'albergo dopo aver assicurato Sebastian dicendogli che sarei stata fuori in barca anche nei giorni successivi. Quando arrivai al punto prescelto era notte fonda e non sarebbe passato nessuno. Prima di arrivare a quella curva mi fermai e vuotai le provette sul sedile e su un vestito che lasciai impigliato nella vettura. Avevo letto su internet che sui tessuti le tracce di sangue non vengono sciolte, o cancellate, dall'acqua salata ma che addirittura si preservano per la presenza di ferro. Avrebbero anche attirato gli squali che quasi certamente avrebbero lasciato segni di morsi sulle parti insanguinate. Preparai la macchina. Aprii il tetto per poter azionare i comandi da fuori. Dopo aver innescato il drive del cambio automatico e aver attivato il freno

303

elettronico di stazionamento scesi subito, programmai da fuori la velocità azionando il pulsantino sulla sinistra della autovettura e, subito dopo, premetti il pulsante elettronico di sblocco del freno. Mi buttai tutta indietro per evitare contraccolpi. La macchina per un attimo sembrò come esitare poi partì aumentando progressivamente la velocità dirigendosi dritta verso la curva. La vidi saltare oltre il guardrail e volare nel precipizio."

"E poi? Come hai fatto?" le chiese Sophia.

"Dopo qualche minuto mi raggiunse Padre Ebenezer. Andammo a sud e, alla frontiera con il Messico, mi nascosi nel bagagliaio. Lì i controlli sono feroci, se devi entrare negli Stati Uniti. Se, invece, ne devi uscire non hanno tempo per guardarti neanche per un attimo, presi come sono nel vigilare sul flusso opposto. Infine un prete, con il passaporto del Vaticano, non lo avrebbero controllato neanche se guidava un carro armato. In Messico mi imbarcai su un volo executive dell'Opus Dei che portava certi operatori in Africa. Ovviamente non sapevano chi fossi anche perché della mia scomparsa ancora si sapeva nulla. Avevo tagliato i miei ricci e portavo una acconciatura alla maschietto, senza trucco, cappello a tese larghe e con gli occhiali da sole. Prima di imbarcarmi salutai padre Ebenezer lo ringraziai per l'aiuto che mi aveva dato e scherzando gli dissi che, anche se non si era mescolato nella realizzazione della mia finta morte, un falso lo avrebbe dovuto fare lo stesso perché, sicuramente, avrebbe dovuto officiare le mie esequie. Lui mi guardò ridendo. 'Non ti preoccupare', mi disse, 'anche in quella occasione non dirò bugie o falsità, né su di te, né sul tuo destino'."

Sophia si mise a ridere.

"Sì, ricordo le sue parole, mi rimasero scolpite nella mente: 'Non sappiamo dove sei. Ma sappiamo che sei contenta e che stai bene. E come un angelo adesso starai cantando, nella grazia di Dio, qualche dolce canzone e qualcuno vivrà di gioia insieme a te. Ma non ti abbiamo persa. Per il momento non sei di questa terra, dove siamo noi. "Io vi guardo" recita questa tua splendida canzone e noi guardiamo te. Verrà un giorno in cui ci ritroveremo, tutti insieme, in un posto in cui tu sarai felice e noi saremo felici.' In effetti non mentì, disse il vero, solo che noi non ne capimmo il senso."

Julianne, che non sapeva ovviamente di questo retroscena, rise di gusto ammirando le grandi capacità dialettiche di quel prete che l'aveva aiutata.

"In effetti vi mise la verità sotto il naso senza farvi capire nulla," le rispose. "Fui associata, in Uganda," proseguì Julianne "a un centro per bambini senza famiglia dove ho vissuto per diverso tempo. Stavo bene. Facevo l'educatrice. Mi mancava di cantare, tantissimo. Sai che per me era sempre stata una grande passione e non un lavoro e tantomeno ho mai guardato al canto come uno strumento per guadagnare. Ed ero sola. Avevo realizzato una parte del mio progetto. Quello di tornare a fare una vita normale e a essere serena. Mi mancava di realizzare l'altra parte, quella di avere un amore e vivere una vita di coppia felice. Ma in quel momento sapevo che dovevo fare quello che stavo facendo ed era necessario che restassi lì. Muovermi significava espormi al rischio di essere riconosciuta e rintracciata. Ero serena in quel posto anche perché pensavo che, prima o poi, il destino avrebbe fatto il suo gioco. Dentro di me sentivo che qualcosa sarebbe successa ma non sapevo né quando, né come, né dove."

Sophia la guardò affascinata per il coraggio che aveva dimostrato nel fare quella grande scelta per certi versi molto dolorosa. Poi l'espressione le si fece intrigante.

"E Max? Da dove è spuntato fuori?"

Lo sguardo di Julianne si addolcì.

"L'incontro con Max è la conferma che il destino è l'architetto che ha redatto il progetto per costruire la nostra vita e noi ne siamo dei semplici muratori. È anche la conferma che le sensazioni che avevo, quando arrivai in Uganda, non mentivano. È stata la conferma infine che, se in qualche parte del mondo si nascondeva qualcuno che era destinato a essere il mio grande amore, questa persona non si aggirava nel traffico del jet set. Se non avessi fatto quella scelta, che all'epoca sarebbe potuta sembrare folle, non lo avrei mai incontrato e non sarei mai stata felice. Oggi sono contenta di aver fatto tutto quello che ho fatto."

"Sì, ma dove l'hai conosciuto?" la incalzò la cantante.

"È stato tutto per caso. Lui viveva qui ed è stato per una coincidenza che venne in Africa. Il responsabile della residenza dell'Opus Dei, dalla quale dipendeva il nostro istituto, era un suo vecchissimo amico sin dall'infanzia. Max da giovane con il padre aveva vissuto in Africa, proprio a Bukavu dove c'era la sede della residenza. Bruno, il responsabile, lo aveva invitato per dargli l'opportunità di rivedere i luoghi dove aveva abitato da piccolo. Fu sempre per caso che Bruno, proprio in quei giorni, doveva venire a Masaka, dove c'era il nostro istituto, per parlare con la Direttrice. Fu ancora per caso che si fece accompagnare da Max."

"Scommetto che ti ha visto ed è rimasto abbagliato" disse Sophia.

"Sì, in pratica è andata così, ma sono le modalità dell'incontro che sono state ancora più sorprendenti e che aggiungono, ove ne fosse necessario, ancora più il sapore della fatalità a tutta la vicenda. Io ero nel parco con la mia classe, durante la ricreazione, assieme a tutte le altre classi e alle altre educatrici. La Direttrice, Bruno, Max e i loro accompagnatori stavano transitando sul prato. Mai mi sarei accorta di loro perché ero presa a seguire i bambini. Il destino," aggiunse con un sorriso dal quale traspariva tenera emozione, "volle che uno dei mie alunni, inseguendo un pallone, cadesse, inciampando, tra le sue gambe. Io mi precipitai preoccupandomi che gli avesse dato fastidio e lui, al contempo, si era accovacciato per aiutare il bimbo. Ci trovammo così, vicinissimi, divisi da qualche millimetro, mentre le mani si toccarono e gli sguardi si incrociarono."

"E scoccò il bacio" le disse la sua amica ridendo.

"No ma dai, davanti a tutti, compresa quella iena delle Direttrice? Lui ne fu devastato. Io molto impressionata. Ne parlai con una mia amica, Gwendoline, che mi guidò in quello strano percorso in cui dovevo capire cosa mi stesse accadendo. Non riuscivo a comprendere cosa fosse quell'interesse e non riuscivo a dargli una giusta dimensione. Poi Max, con una scusa, ritornò apposta per parlarmi. Io ne fui colpita piacevolmente e, dopo quel colloquio, compresi che mi stavo trovando di fronte alla occasione della mia vita e, forse, all'uomo della mia vita. Gwen mi aiutò a non farmi bloccare dalle paure e dalla prudenza, a essere un po' più decisa e meno frenata, a buttarmi e a provarci. Così, il giorno prima che partisse, andai a Bukavu e la storia cominciò così."

"Con un bacio?" Sophia la guardò maliziosa.

"Sì, ma fu bellissimo. Dolce, pulito, sembravamo due adolescenti. Come avevo sempre sognato che cominciasse la mia vera storia d'amore. Pensai che era tutto troppo strano, addirittura magico. Stava iniziando una nuova vita con le stesse emozioni che avrei vissuto se fosse cominciata quando ero ancora una ragazzina."

"E poi?"

"Poi lui è tornato spesso, quasi una volta al mese e per molto tempo. Pian piano, ci siamo conosciuti, è cresciuta la fiducia, la sintonia e anche il sentimento finché abbiamo deciso di vivere insieme. E sono venuta in Italia."

"Come ti sei trovata in un paese completamente diverso e a fare una vita totalmente diversa?"

"Non mi ci sono trovata. È come se ci fossi sempre stata. Max ha un'amica. Si chiama Sabrina. Simpaticissima, è un tipo anche molto estroso. Appassionata di segni zodiacali." Interpretò l'espressione perplessa della sua amica. "No, no, non si tratta di oroscopi. Lei conosce molto bene le caratteristiche di ogni singolo segno e le ritrova nelle persone che conosce. Un giorno eravamo andate a fare una passeggiata e mi descrisse, senza conoscermi affatto, alla perfezione individuando anche le mie più piccole manie o fissazioni che seguo negli aspetti più banali della vita quotidiana."

"E quindi?"

"Le chiesi come ci vedeva insieme. Lei ridendo disse 'donna leone e uomo scorpione, la perfezione assoluta, dal letto alla complicità nella vita; se sono uniti non temeranno di competere contro chiunque, risultando una coppia vincente, purché la competizione non inizi tra loro due, allora sarà guerra'."

Si avvicinò a Sophia e le prese le mani. "Sento che è così, sento la sicurezza che insieme siamo invincibili. Spero di non dovermi trovare nella condizione di dover verificare l'ultima delle ipotesi."

"Quando si ama, nulla è impossibile" disse la sua amica con un sorriso.

"Quando si ama, nulla è impossibile," ripetette lei guardandola negli occhi con un velo di speranza.

"Questa Gwendoline ti fu di aiuto."

"È l'unica mia tristezza. Un giorno non l'ho più trovata, è scomparsa all'improvviso così come era arrivata. All'istituto mi hanno fatto passare pure per pazza. Mi hanno fatto credere che non fosse mai esistita e che era il frutto della mia immaginazione. Sono convinta che indussero anche i bambini a negare di averla conosciuta. O forse era vero. Io sono confusa e non so più davvero cosa sia successo. Ricordo bene i miei momenti con lei, le nostre confidenze, le cose che ci dicevamo, le passeggiate in città. Eppure sono riusciti a ingenerarmi tali e tanti dubbi che adesso non so se una Gwendoline ci sia davvero stata o se, come sostenevano all'istituto, questa ragazza era frutto della mia fantasia. È una parte della mia vita che non riesco a decifrare in maniera lucida. È come se vedessi un film con le immagini non a fuoco. So solo che, vera o immaginaria, quella persona mi fu vicina, mi fu amica e mi fu di grande supporto e, se oggi sono qui, è anche grazie a lei."

Sophia la guardò pensierosa. Era rimasta colpita dal velo di tristezza che aveva avvolto lo sguardo di Julianne.

"E questa storia del concerto come è uscita fuori?"

"Fu un'idea di Max. Me ne parlò qualche mese dopo il nostro arrivo in Italia. Dopo qualche tempo, che ci eravamo conosciuti, gli rivelai la mia vera identità. Il rapporto tra noi aveva cominciato a volare così alto che continuare a tenergli nascosta la mia storia non avrebbe avuto alcun senso. Eravamo entrati in una dimensione di tale simbiosi che non potevano più esserci misteri e segreti tra noi. E così gli confidai che la musica, il canto, mi mancavano e anche tanto, ma non mi mancava il mondo dello spettacolo. Mi sarebbe piaciuto ritornare a cantare, ma farlo come avvenne in quella parrocchia. In un gruppo di poche persone, in intimità, tra amici, senza barriere né fisiche né psicologiche, senza le esasperazioni del successo che avevo vissuto in precedenza. Gli dissi che invece temevo che tornare a cantare, davanti a un grande pubblico, potesse comportare il rischio di tornare a essere schiava di un sistema che, alla fine, ti stritola e dal quale non esci. Lo show deve continuare o da vivi o da morti."

"E immagino che lui ti abbia saputo dare delle risposte," le replicò la cantante.

"Sì, ci ha messo del tempo. Dall'autunno, quando ne parlammo le prime volte, la decisione la prendemmo a dicembre dopo Natale. Ma mi convinse che i demoni, che si nascondono dietro e dentro il successo, non sono il mondo della musica e della canzone ma sono il modo con il quale, in quel mondo, si vive. Mi fece capire che si può anche non diventarne schiavi ma che, per far ciò, bisogna avere un porto sicuro cui poter approdare e ormeggiare quando si ha bisogno di fermare la navigazione. Mi fece comprendere che ero diventata vittima di quell'infernale ingranaggio perché ero sola e non avevo quel porto e quindi, non potendo approdare mai per fermarmi, ero io che avevo fatto di quel mondo la mia vita, la mia casa, permettendogli di prendere il sopravvento. Mi spiegò che oggi era diverso, che quel porto esisteva ed era il nostro rapporto, la nostra vita, la nostra casa e che il desiderio di difendere tutto ciò avrebbe impedito ai meccanismi del successo di prendere il sopravvento. Capii che aveva ragione, che la voglia e il desiderio di tornare a una casa, dopo un concerto o dopo una tournée, perché c'era un compagno da accudire, a cui cucinare, a cui lavare i panni, da coccolare e farsi coccolare, mi avrebbe tenuta ancorata a quella vita normale che avrebbe continuato a farmi sentire felice e avrebbe impedito che lo *show-business* mi rapisse nuovamente rendendomi prigioniera."

Sophia la guardò con enorme affetto. Stava raccogliendo delle confidenze che mai avrebbe pensato potessero albergare nel cuore di Julianne. "Certo che ha allestito un bel casino."

"Sì, è stato bravo. Il passo difficile è stato convincere la 'Comet' a finanziare e far suo l'evento. Il dopo è stato un pochino più semplice. Scritturare gli artisti che ci precederanno non è stato difficile, con quel biglietto da visita, così come alla 'Comet', giocando sul mistero della seconda parte del programma, non è stato difficile fare i contratti per diffondere l'evento in tutto il mondo. Il difficile è stato, immagino, convincere te, senza dirti niente, e i miei orchestrali e i miei vocalist. Con te ci è riuscito tant'è che sei qui. Con loro pure ma non sanno nulla. Lo sapranno quando saliremo sul palco. Ha detto loro che la seconda parte dell'evento era un tributo in mia memoria, con una giovanissima cantante molta talentuosa che li avrebbe stupiti. Li ha cercati uno a uno per tutta l'America dopo che aveva parlato con te. È stato negli Stati Uniti una ventina di giorni. Ma quando tornò era totalmente soddisfatto." Guardò Sophia continuando a tenerle le mani.

"Ma ora siamo qui. Per vivere questo meraviglioso evento e, soprattutto, per non lasciarci mai più."

Leggere e delicate righe, umide di lacrime, segnarono nuovamente il volto delle due ragazze che rimasero a fissarsi a lungo fino a che la voce profonda di Max, che chiamava dal giardino, non le distolse.

"Aiuto. Sono un povero pastore della Maiella fortemente affamato. Chi mi porta da mangiare?"

Scoppiarono entrambe a ridere e, ancora una volta, il suo intervento aveva spezzato la tensione emotiva. Si affacciarono al balcone e lo videro giù in giardino che le guardava ridendo. I due cuccioli, che scodinzolavano con la lingua di fuori, lo attorniavano facendo intendere che anche loro avevano fame.

"Figurati se non si faceva forte dei due cagnoloni per reclamare il suo pasto."

Poi l'apostrofò. "Famelico!".

14
PIAZZA MAGGIORE

Julianne aveva salito gli ultimi gradini quasi in trance, senza vedere nulla di quello che la circondava, facendosi guidare dal passo sicuro di Filippo. L'una a fianco all'altro stavano benissimo. Nonostante lei fosse altissima, sui tacchi dei suoi sandali, non riusciva a svettare su di lui lasciando al profilo della coppia una proporzione perfetta.

Lui aveva percepito la forte emozione della ragazza e l'aveva guidata, lentamente, sino al termine della scala. Poi, sciogliendosi dal suo braccio, le aveva preso la mano e delicatamente la aveva indirizzata verso il fronte del palco scomparendo dietro le quinte.

Lei aveva fatto qualche passo in avanti, restando sempre sul lato sinistro, mentre l'orchestra stava completando l'introduzione. Tra pochissime note avrebbe dovuto attaccare la prima strofa. Guardò davanti a sé e non vide nulla se non l'occhio del potente faro che la illuminava di rosso lasciando su tutto il resto il nero telo del buio. Dietro quella coltre scura sembrava non ci fosse nessuno tanto era totale il silenzio che ne perveniva. Il respiro strozzato delle migliaia di persone, assiepate nella platea e sulle tribune, quasi mozzava anche il suo e percepiva perfettamente l'attesa non solo dei tantissimi occhi che la stavano ammirando dalla piazza, ma anche di quelli dei milioni di telespettatori che, sparsi in tutto il mondo, la stavano guardando davanti la televisione.

Accarezzò il microfono come per farsi coraggio consapevole che non era la presenza del pubblico che la emozionava.

Julianne era una cantante con una voce stupenda, potente ma limpida e pulita, unica per timbro e tessitura, con una padronanza della tecnica del canto e con una scioltezza e una elasticità sorprendenti. Ma non era per questo che era diventata la più grande cantante che tutto il mondo acclamava. Lei amava cantare, le piaceva infinitamente, non lo aveva mai considerato un lavoro, né un mezzo per far soldi o conquistare il successo. Un amore che le permetteva di entrare nello spirito del brano trovandone subito la chiave interpretativa. Il vero fulcro del suo successo era la passione infinita per quell'arte. Lei cantava con l'anima e dava, a chiunque l'ascoltava, emozioni così intense da renderla unica e inarrivabile.

Sapeva perfettamente che la trepidazione, che la stava attanagliando, non era dovuta all'impatto con il palco ma a quello con la prima nota, al tornare a fare, dopo tanto tempo, quel che aveva sempre amato fare e che aveva dolorosamente smesso. Anche se fosse stata da sola in una stanza chiusa, affrontare dopo tantissimo tempo la prima nota, davanti a un microfono, le avrebbe dato le stesse emozioni.

L'introduzione era terminata, toccava a lei. La trepidazione, la paura, il timore, che prima sembravano frenarla, svanirono all'improvviso. Strinse il microfono con decisione ma con la consueta grazia e lo sollevò verso le labbra.

Se fosse stato possibile misurare il silenzio della piazza, in quel momento, sarebbe stato profondo come quello di una caverna che giunge sino al centro della terra.

Attendevano tutti la prima nota perché il solo ascoltare e riconoscere la sua inconfondibile voce sarebbe stato decisivo per fugare tutti i dubbi, in chi ne avesse ancora, che tutto quanto quel che stavano guardando era reale.

Il mondo intero, che aveva provato quella incredibile emozione vedendo il suo profilo materializzarsi sulle scale medievali e poi lentamente apparire sul palco, ora si apprestava a vivere una emozione ancora più forte nel riascoltarla: la conferma che quello che aveva visto era la realtà e non una illusione.

Intonò le prime note. La sua voce risuonò così intensa, ma al contempo talmente morbida, che come una carezza scivolò sulla piazza con la stessa delicatezza con la quale il vento del tramonto, dal mare, avvolge la spiaggia. La luce rossa, concentrata su di lei, fu sovrapposta da una forte luce bianca che illuminò prepotentemente quell'angolo di palco disegnando, senza incertezze, la sua figura e facendola esplodere in tutta la sua bellezza. Restarono tutti in silenzio come se ognuno volesse gustare, nel chiostro della propria intimità, quella scena stupenda nella quale i suoni si mescolavano con le immagini rendendo quella voce ancor più meravigliosa. Dopo qualche istante, all'improvviso, un applauso tuonò nella piazza, irrefrenabile, fragoroso, potente. Era il saluto del pubblico per il ritorno sulla scena della loro cantante più amata.

Sophia, alle prime strofe della sua amica, aveva cominciato a scendere i gradini di Santa Chiara illuminata da un fascio di luce azzurra, che metteva in risalto il colore rosso del vestito, mentre Mario la accompagnava in maniera impeccabile. Sui megaschermi apparve anch'essa in tutto il suo splendore.

Era stato calcolato tutto alla perfezione. Lo aveva fatto Max quel sabato che era sceso al mercato con Elisa. Lei doveva giungere sul palco esattamente quando sarebbe venuto il momento di attaccare la sua parte. Quindi doveva impiegare per scendere, arrivare alla scala e poi salirla lo stesso tempo che la sua amica avrebbe impiegato per completare le sue due strofe.

Il fragore dell'applauso riservato a Julianne la sorprese quando era a metà del suo cammino. Sorrise felice. Quella ovazione era parte anche della sua gioia per averla ritrovata.

Si fermò davanti le scale e cominciò a salirle lentamente apparendo anch'essa, pian piano, sul palcoscenico. L'applauso della gente, che la aveva vista, si intensificò.

Julianne se ne accorse e si voltò per guardarla, era sul suo lato destro, dalla parte opposta ove era lei. Le lanciò un sorriso luminoso, gonfio di affetto e di gratitudine. Questo scambio di sentimenti non sfuggì alla platea che applaudì in maniera ancora più entusiasta, consapevole che la gioia di queste due amiche, che si ritrovavano a fare la cosa più bella che avevano fatto nella loro carriera, era anche la cosa più bella dell'intero spettacolo.

La cantante messicana attaccò la sua parte con la sua voce calda.

La sua amica si voltò per guardarla e, dietro di lei tra le quinte, vide Max che la scrutava con il suo sorriso tranquillo, con la sua consueta sicurezza di sé e di lei.

Era come se le stesse dicendo: "va tutto bene, sei perfetta, continua così." E lei si sentì sicura. Sicura di stare lì su quel palco, sicura delle sue scelte, sicura di essere ritornata a cantare, sicura che la sua vita era cambiata come aveva sempre desiderato che cambiasse.

Mentre la sua amica cantava le sue strofe lei, che aveva rotto la tensione del primo impatto, era in un momento di tranquillità per potersi rendere conto di quel che la circondava. Tutte le luci erano dirette su Sophia e lei non era più abbagliata dai potenti fari che la avevano inquadrata quando stava interpretando il suo pezzo. Vide uno spettacolo stupendo. La platea era gremita, le sagome delle teste delle persone si potevano contare una a una sino al fondo della piazza, ben oltre la linea della fontana. Di lato le due coppie di tribune sembravano, come a uno stadio, due muri di gente. Eppure, sebbene quella vista facesse impressione per il numero di persone assiepate nella piazza, perveniva un incredibile senso di composta attenzione.

Tutti, superata la emozione dello stupore iniziale per l'avvio della seconda parte del concerto, erano rapiti dalle prime note di quella canzone cantate in un duetto che nessuno, al mondo, avrebbe mai pensato che potesse ripetersi.

Scivolò con lo sguardo sulle prime file e riconobbe le tante persone che aveva conosciuto in quei primi mesi a Sulmona e in Abruzzo. Non poteva contare se c'erano tutti ma aveva la sensazione che non mancasse nessuno. Su quei volti lesse lo sorpresa, ma anche la felicità e la soddisfazione che ognuno provava nel pensare che la aveva frequentata o le aveva solo parlato perché l'aveva incrociata al caffè o a fare la spesa. C'era una città intera che non riusciva ancora a rendersi conto che, quella che era la più grande cantante del mondo che tra l'altro tutti credevano scomparsa, fosse diventata una sua figlia che viveva con la sua gente e tra la sua gente.

Vide gli amici di Max. Avevano l'espressione stupita ma anche ricca di gioia. Li vide parlare tra loro.

"Praticamente noi siamo stati a mangiare la pizza e a fare le nostre tradizionali scemate con Julianne Brooks come se fossimo stati con la più banale delle persone e non ci siamo accorti di nulla" disse Donatellina guardando gli altri con un'espressione tra il perplesso e il divertito.

"A una certa età è pure normale che uno si rimbambisca," le fece eco Flavio.

"E io che gli ho pure raccontato tutte le cretinate che facevamo da ragazzi" aggiunse Mauro con un sorriso al confine tra l'ironia e l'amarezza.

"Dai, è una cosa bellissima. Ci hanno fatto una sorpresa fantastica. Sono stati bravissimi a tenerci nascosto tutto in vista di questo evento. Poi non saremmo mai riusciti a capirlo. Lei è così alla mano, chi avrebbe mai detto che avevamo di fronte la cantante più acclamata del mondo" rispose Franca guardandoli con una espressione dolce.

"Sì, infatti uno si aspetta che personaggi di quel calibro abbiano una considerazione di sé stessi completamente diversa," disse Donatella con una espressione di conferma.

"Sì è vero," aggiunse Mauro "ma come abbiamo fatto a non riconoscerla".

"Noi Julianne Brooks non l'abbiamo mai conosciuta di persona," precisò Flavio, "l'abbiamo solo e sempre vista in fotografia o in immagini video, tra l'altro sempre truccatissima e in abiti da scena, con una pettinatura totalmente diversa. Abituato a vederla con i capelli lunghi e lisci, senza trucco e con i jeans, ora che è apparsa sullo schermo e poi sul palco, con i capelli ricci e con quel vestito, ho dovuto faticare a realizzare che era Elisa".

"E poi, pure se avessimo notato qualche cosa," aggiunse Donatella "nella convinzione che fosse morta avemmo pensato a qualche forte somiglianza ma non certo che erano la stessa persona".

"Zitti, zitti che ora è un momento topico," disse ridendo Donatellina e tutti tornarono a posare lo sguardo sul palco.

Sophia stava concludendo la sua parte e si volse verso Julianne iniziando a camminare per raggiungerla. Lei le andò incontro per trovarsi insieme al centro. Mentre i fari, in maniera diffusa, illuminavano tutta la scena si presero per mano e Julianne, con il suo controcanto, intrecciò le ultime strofe della sua amica. Si avviarono, sempre tenendosi per mano, verso il fronte del palco, mentre l'orchestra stava eseguendo la parte strumentale. Ora erano a ridosso della platea e non c'era più alcun gioco di luce che le tenesse nascoste. La totale illuminazione della scena fece esplodere tutta la bellezza delle due cantanti. Attaccarono la parte eseguita in coro e ognuna giocava, con il suo controcanto, sul motivo principale che, in maniera alternata, cantavano ora una ora l'altra accompagnando con i movimenti la musica, ora ammiccandosi l'un l'altra, ora dandosi le spalle.

Tutti trattennero il fiato. Conoscevano il brano e sapevano che quella parte preludeva al lunghissimo acuto che nessuna persona al mondo non avrebbe desiderato di ascoltare dal vivo.

Era il momento e lo capirono da come si strinsero le mani le due cantanti e alzarono al contempo le braccia. Una violentissima luce bianca esplose da tutti i fari posizionati sulla torre di controllo e sulla sommità del palcoscenico. L'orchestra con il suo crescendo accompagnò l'acuto mentre le voci delle due ragazze esplosero nella piazza, limpide, calde ma con una potenza indescrivibile. Tuonò il boato del pubblico che non aspettava altro e tutti si alzarono in piedi in una ovazione che, nonostante fosse tonante, non riuscì a coprire le voce delle cantanti. Il coro frattanto era entrato nel brano, mentre la piazza era diventata un tripudio. La parte finale fu accolta da un silenzio totale. Conclusero con le due ultime strofe prima sussurrate dolcemente mentre, sempre tenendosi per mano, si sorridevano, e poi esaltate dall'acuto finale. La luce bianca lasciò il posto a un cono che le illuminava al centro del palco mentre le note sfumarono spegnendosi.

Un attimo di esitazione e poi dalla piazza si levò un applauso forte, intenso, prolungato, sembrava il rumore di un terremoto. Non ci furono grida, né boati. Nessuno aveva fiato per aprire bocca.

Le luci illuminarono il palcoscenico mentre l'orchestra iniziava un *refrain* strumentale del brano appena cantato.

Julianne e Sophia si inchinarono verso il centro della platea poi, sempre tenendosi per mano, andarono prima verso il lato destro e poi verso quello sinistro.

Da entrambi i settori delle tribune, quando le ebbero di fronte, si levarono questa volta grida entusiastiche e tutti erano in piedi.

Tornarono al centro del palco mentre gli applausi proseguirono incessanti e questa volta si inginocchiarono in segno di profonda e rispettosa gratitudine restando così per molti secondi.

L'applauso non cessava e le grida si sovrapponevano creando un frastuono assordante.

Si inchinarono ancora, più e più volte, prima di riuscire a guadagnare le quinte grazie anche all'aiuto dei due presentatori che irruppero sul palco rubando loro letteralmente la scena.

"È un tripudio," gridarono rivolti verso il pubblico anch'essi in preda ad un visibile entusiasmo "nessuno, ma proprio nessuno, si aspettava una cosa del genere. Crediamo di interpretare il sentimento di tutti, sia di chi è qui con noi in questa piazza, sia di chi ci sta seguendo davanti i teleschermi, nel dire che siamo felici che Julianne Brooks sia tornata tra noi a incantarci con la sua splendida voce. Siamo parimenti contenti che sia stata accompagnata da una altrettanto splendida Sophia Gomez Monteverde che sicuramente è più felice di noi per aver interpretato questo duetto. Ci dicono che lo share è stato altissimo e dalle nostre postazioni internet ci fanno sapere che, in tutto il mondo, i flash di agenzia stanno intasando il web assieme ai commenti delle più autorevoli personalità dello spettacolo ma anche della società civile e della politica. Prima di lasciarvi a Julianne Brooks, che ci canterà i migliori brani del suo repertorio, dobbiamo concedere un doveroso, gradito e convinto omaggio a Sophia Gomez Monteverde che ci farà ascoltare due sue celebri interpretazioni."

Il saluto di Vicky e Roby fu interrotto dalla cantante che era rientrata sul palco con un bellissimo abito bianco corto. Fu accolta da un nuovo e fragoroso applauso da parte del pubblico che non voleva assolutamente negare anche a Sophia la sua parte di meritato tributo.

Quando iniziò le prime note ci fu un boato. Tutti avevano immediatamente riconosciuto la prima delle canzoni e manifestarono la loro approvazione in maniera entusiasta. Nel suo repertorio figurava anche la bella canzone italiana e lei aveva scelto proprio due brani italiani per salutare e rendere omaggio a quella piazza e quella terra che l'aveva accolta.

E quando intonò il ritornello 'O sole mio...' nella platea e tra le tribune si levò un coro. Come terminò l'ultima strofa la gente, che non aveva smesso di gridare e applaudire, intensificò la sua ovazione, ma non fece a tempo a dare sfogo alla sua gioia e soddisfazione che la cantante iniziò la introduzione del brano successivo e qui la forza del boato, se fosse possibile misurarla, raddoppiò. All'improvviso la platea e le tribune furono costellate da migliaia di lucine che danzavano in alto seguendo il ritmo della musica. Ognuno aveva acceso lo schermo del suo telefono e lo aveva sollevato ondeggiando rendendo un effetto scenografico spettacolare. E quando intonò la prima parola del ritornello 'Vooo...' si alzarono tutti, ma proprio tutti, e si unirono a Sophia cantando, in un coro tonante, 'voolaaaare oh, oh,' accompagnando la cantante sino alla fine della canzone.

Da dietro le quinte Julianne, che si era cambiata ed era già pronta per ritornare in scena, guardava quello spettacolo ridendo e tenendosi per mano con Max.

"Sophia è bravissima ed è stata ancor più brava a scegliere due brani che hanno conquistato tutti," disse, accostandosi al suo compagno "sono contenta che le stiano tributando questo successo. Temevo che tutte le attenzioni su di me oscurassero un pochino la sua partecipazione e mi sarebbe dispiaciuto, invece le stanno dando il riconoscimento che merita".

"È stata intelligente e, con tutto il rispetto per la mia compagna, canta benissimo anche lei ed è pure molto bella" le ripose.

"Tanto non ci riesci a suscitare la mia gelosia," gli disse, dandogli una leggera ginocchiata al fianco "voglio troppo bene a Sophia e lei a me. E poi non sei il suo tipo."

"Non voglio esserlo," rispose ma Julianne era già volata verso l'ingresso al palco perché stava per toccare a lei.

Lui non potette fare a meno di notare che tutte le paure e le remore erano svanite, probabilmente sin dalle prime note cantate quella sera. Vide con soddisfazione l'entusiasmo e la gioia di calcare le scene, ma soprattutto di fare quello che aveva sempre amato fare: cantare!

Sophia raccolse la sua meritatissima ovazione salutando più volte e correndo da un lato all'altro del palco per ringraziare anche i settori laterali. L'ingresso dei due presentatori le permise di congedarsi.

"E ora…"

Erano bastate queste due parole per scatenare nuovamente la platea e le tribune. Tutti avevano capito che stavano per annunciare l'ingresso di Julianne.

"…e ora lasciamo questo palco a Julianne Brooks che si esibirà in un medley delle sue hit più famose e sarà vostra per tutta la serata."

Le luci si spensero totalmente e uscirono rapidamente tra le quinte.

Dopo qualche secondo di silenzio e di buio totale, con l'avvio della musica, tutta la scena fu invasa dal bianco accecante delle luci, che si spegnevano e accendevano seguendone il tempo, mentre un gruppo di ragazze entrarono, dai due lati del palco, correndo e, riempitolo rapidamente, iniziarono a ballare al ritmo di un brano sfrenato.

Si sentì la voce di Julianne intonare la prima strofa e a un tratto, accompagnata da un cono luminoso, apparve all'improvviso al centro dell'orchestra scivolando rapidamente nel mezzo del palcoscenico dove, ballando in sincrono con le ragazze, diede l'avvio a una delle sue canzoni più note, molto ritmica e dalla melodia frizzante e allegra. Era completamente trasformata. Con i capelli legati in uno chignon, jeans strappati, canotta aderentissima bianca e scarpe da tennis anch'esse bianche, l'abito elegante aveva lasciato il posto a una mise sbarazzina e giovanile adeguata al tipo di musica. Correndo, da una parte all'altra, si confuse tra le ragazze che, in una coreografia coloratissima, accompagnarono scenicamente tutta la esibizione. Eseguì quattro delle sue canzoni più vivaci, abilmente legate in un arrangiamento ben curato, mentre nella piazza, tutti in piedi, accompagnavano la interpretazione ballando e battendo le mani. In alcuni tratti della platea e delle tribune si era accennato anche a qualche coro di accompagnamento. I ritmi travolgenti delle sue canzoni si erano sparsi in tutta la piazza, come una nuvola di allegria, e nessuno si era sottratto al coinvolgimento. Erano brani notissimi che tutti conoscevano e che ognuno, nelle sue età adolescenziali, aveva sicuramente ballato nelle feste o nelle discoteche. Quando terminò la sua esecuzione l'allegria prese il sopravvento e furono più grida che applausi. Dopo aver ringraziato il pubblico scomparve dietro le quinte mentre, sul palco, veniva sostituita da Vicky e Roby.

"Uno spettacolo fantastico. Julianne continua a trasmetterci lo spirito allegro delle sue interpretazioni più spumeggianti. Ma ora è giunto il momento di aprire il nostro cuore a una serie di brani che appartengono alla sua produzione più classica, quella dalla quale è partita la sua straordinaria carriera musicale. L'allegria lascerà il posto al profondo romanticismo del soul di cui è stata la vera regina."

In un alone di luce blu, che si diffuse su tutta le scenografia, apparve avvolta da un vestito lungo rosso che le lasciava le spalle scoperte. Lo chignon aveva lasciato il posto nuovamente al caschetto di ricci. Camminò lentamente verso il fronte del palco e, terminata l'introduzione, avviò le note delle sue canzoni più classiche, quelle che l'avevano lanciata verso i primi gradini del successo. Discostandosi dalle versioni discografiche diede però, a ognuna di esse, la sua reinterpretazione introducendo tutti quei virtuosismi, di cui era maestra, e colorando le canzoni di un sapore blues che le rese personali e particolarmente affascinanti.

La sua presenza sulla scena si era totalmente trasformata. Non si muoveva più in maniera quasi frenetica, correndo da un lato all'altro e seguendo il ritmo della musica. Ora era sola, un cono di luce la stagliava nel buio dello sfondo dando alla sua figura un sapore di magia. Camminava sul palco raggiungendo ora un settore ora l'altro della platea. Mentre cantava si chinava verso le file più vicine quasi volesse parlare con quelle persone che le erano di fronte. Più che una interpretazione sembrava una passeggiata nella quale si fermava a chiacchierare con i conoscenti che incontrava. Il suo stile ora era dolce ma, seppur quasi sussurrata, la sua voce non perdeva la profondità e la quantità che risuonavano potenti in tutta la piazza.

Max, appoggiato a una delle quinte, era assorto su Julianne e la sua voce lo induceva quasi in uno stato di trance. Un colpetto sulla spalla lo richiamò al presente.

"Credo che abbiamo fatto proprio un bel lavoro. Lei più di me, io più di lei," disse il Presidente "ho i report. L'*audience* è planetaria e in tutto il mondo non si parla d'altro che di questo 'ritorno alla vita' di Julianne Brooks. I server delle agenzie sono letteralmente impazziti. Per collegarsi con i siti ci vuole un sacco di tempo. Persino in Cina hanno dato la notizia con un risalto incredibile".

"Perché la hit parade del buon lavoro?" disse Max sorridendo.

"Perché lei è stato più bravo di me ad avere una idea fantastica ma soprattutto a convincermi che lo fosse. Io sono stato più bravo di lei a dargli corpo."

"Non saremmo mai andati sulla luna se qualcuno non avesse iniziato a sognare di poterci andare. I sogni sono importanti, sono figli della fantasia. E la fantasia è la carrozza migliore per intraprendere un viaggio a patto che aiuti a trovare la strada e non a inventare una meta."

Il Presidente lo guardò attonito. Si meravigliò di meravigliarsi di quanto quell'uomo lo stupisse.

"Cosa farete ora?"

"Continueremo la nostra vita. Quella che, un po' di tempo fa, abbiamo scelto di fare e abbiamo iniziato a vivere da quando siamo arrivati in Italia."

"Non sarà possibile. Julianne è stata una cantante straordinaria e continua a esserlo. Lo sta dimostrando questa sera. Non ha perso nulla del suo splendore. Anzi, oserei dire che quest'intervallo la ha maturata. Ora è più donna, meno ragazzina. Ma il suo fascino si è moltiplicato all'infinito. Vi contatteranno. La vorranno ovunque per serate, interviste, concerti. Vorranno farle incidere dischi, fare film. Non potrete più continuare a fare questa vita."

"Sì, invece. La vita privata è una cosa e il lavoro è un'altra. Un avvocato lo è anche nel tempo dedicato alla vita privata? Un medico? Un operaio? Lei non ha una vita privata che rispetta? Eppure il suo lavoro è impegnativo e la obbliga a dedicare molto tempo alla vita di rappresentanza. Nel mondo del successo la propria vita si fonde con quella dello spettacolo quando, dall'altra parte, non hai niente, quando la vita privata è vuota. Se, dopo la discoteca, torni a casa e la trovi vuota ti chiedi cosa ci sei tornato a fare e riesci per tornare a ballare. La volta successiva non rientri per niente e, inevitabilmente, la discoteca diventa la tua casa e la vita notturna diventa la tua vita normale. Ma se quando torni c'è qualcuno che ti aspetta, al quale tieni e al quale vuoi bene, ti vien voglia di restare e di infilarti nel letto tra le braccia di chi ti ha aspettato con amore. L'affetto, il sentimento, sono più importanti dei soldi e del successo. Le persone più fragili muoiono per mancanza di affetto. I sentimenti sono un richiamo così potente che ti riportano a casa da qualunque discoteca".

"È vero ma, al contrario, affetti forti possono portare a rinunce e a tarpare le ali ad ambizioni e prospettive."

"In tutte le cose bisogna essere equilibrati. L'equilibrio è un sottile filo d'acciaio sul quale, durante la vita, bisogna camminare sapendo di essere *borderline* tra un eccesso e un altro. Quando si corteggia una donna, per esempio, bisogna essere abili a restare sempre al centro cercando di non scivolare né dal lato dell'invadenza né da quello della indifferenza. Negli affetti è la stessa cosa. Bisogna stare in equilibrio, sul filo della sensibilità, per goderseli appieno, senza scivolare nell'aridità dell'individualismo da un lato o nella perdizione della dipendenza dall'altro."

"Ragionamento giusto. Spero che, nel vostro caso, questo sottile filo d'acciaio sia percorso per sempre senza che si spezzi."

"Non succederà e faremo di tutto per evitarlo."

Julianne sfrecciò davanti a loro per andare nel camerino per cambiarsi per l'ultima volta.

Stava per iniziare l'ultima parte del concerto in cui avrebbe cantato i suoi brani più famosi quelli che l'avevano consacrata, nel mondo intero, come la cantante più amata e famosa di tutti i tempi.

Mentre l'orchestra stava suonando un sottofondo strumentale di uno di questi brani sul palcoscenico era calato il buio e Vicky e Roby stavano annunciando al pubblico come sarebbe proseguito il programma.

"Ci siamo, ci siamo. Sappiamo perfettamente cosa state attendendo con trepidazione. È venuto il momento. Tra qualche istante Julianne Brooks sarà qui di nuovo con noi per farci ascoltare i suoi successi planetari. Purtroppo saranno quelli che concluderanno questo concerto e questa splendida serata. Per noi è stata una esperienza incredibile. C'è della tristezza nel dover annunciare la chiusura di questo evento. Ma, come disse Gabriel Garcia Marquez, 'non piangere perché qualcosa finisce ma sorridi perché è accaduta', e allora non ci rammarichiamo per essere arrivati alla fine ma gioiamo tutti perché abbiamo partecipato a uno spettacolo fantastico, abbiamo avuto l'emozione di dare a voi e al mondo intero una delle notizie più strepitose e sorprendenti dell'universo musicale, abbiamo legato i nostri nomi a un evento che resterà negli annali della storia delle musica e quindi siamo felici, tutti, di esserci stati e poter dire 'io c'ero'. Due ore fa se qualcuno avesse detto a ognuno di noi che Julianne Brooks avrebbe cantato, da questo palco e in questa piazza, sarebbe stato preso per pazzo. Invece è successo. E noi siamo stati qui e lo potremo raccontare."

Furono interrotti dall'inizio della introduzione del primo dei brani e dai fari che diffusero su tutta la scena una luce azzurrina mentre, dal mezzo dell'orchestra, avanzava lentamente, verso il fronte del palco, Julianne con lo sguardo rivolto verso il basso e le braccia abbandonate lungo i fianchi. Era un incanto. Vestita interamente di bianco, i capelli morbidamente raccolti sulla nuca, con un abito lungo a sirena che la fasciava morbidamente dalla vita in giù tenuto sulle spalle da due bretelline sottilissime.

Sembrò materializzarsi dal nulla e, al centro del palco, era stato posizionato uno sgabello alto anch'esso rivestito di tessuto bianco.

Sempre con la testa china verso il basso lo raggiunse e vi si sedette. Più che altro vi si era appoggiata. Attese che l'orchestra completasse la introduzione e, quando fu il momento, cominciò a cantare. Era un brano molto spirituale. Uno degli ultimi della sua produzione che raccontava come, quando i problemi o i malesseri tormentano l'animo, guardare in alto e parlare con Dio era il modo per non perdersi e per ritrovare la serenità per proseguire con forza nella propria vita. Quasi fosse uno scherzo del destino, questa canzone era stata incisa e pubblicata poco tempo prima che succedesse tutto quello che aveva preluso alla sua fuga verso l'Africa e ne assumeva un singolare e misterioso effetto premonitore.

Quando l'album, che la conteneva e che ne aveva preso il titolo, era stato pubblicato era balzato in testa alle classifiche di numerosi paesi, compresa l'Italia e dalla platea e dalle tribune l'avevano riconosciuta sin dalle prime note.

La cantò in un silenzio totale ispirato dal particolare stile della musica. Quando terminò un applauso composto, ma forte e intenso, accompagnò i ringraziamenti che fece a tutti i settori del pubblico.

Le luci si accesero illuminando tutto il palcoscenico e intonò il brano successivo, una canzone bellissima. Era stata l'inno di una edizione dei mondiali di calcio. Riconosciuto come uno dei più bei temi, per manifestazioni sportive, aveva raggiunto una notorietà planetaria, certamente per il generale interesse legato all'evento, ma anche per la particolare bellezza del brano che, pur avendo una sua solennità, non perdeva i suoi caratteri di canzone per scivolare in quelli di un vero e proprio inno.

Il crescendo della parte finale, che rafforzava la sua enfasi salendo di tonalità, sembrava composto proprio per la voce di Julianne che aveva la elasticità naturale per salire di ottave senza sforzo e con una scioltezza disarmante.

Anche questo brano era conosciutissimo e, nelle strofe finali, la sua voce potente ma limpida fu accompagnata da un coro che si levò tra il pubblico che rese lo stesso effetto che rendono, negli stadi, i canti dei tifosi quando intonano gli inni nazionali.

Quando terminò agli applausi si unirono le grida che la acclamarono ma non fu una ovazione. Tutti sapevano che mancavano le sue due canzoni più famose, le più amate, quelle che le avevano donato il successo più grande e straordinario, quelle che le avevano fatto vincere i premi più prestigiosi e le avevano fatto vendere il maggior numero di dischi. Tutti probabilmente, dal primo momento in cui si era rivelata, stavano aspettando quel momento.

Erano state i temi musicali di un film che aveva avuto un notevole successo, ma la cui colonna sonora aveva letteralmente polverizzato tutti i record di vendita raggiungendo vette che, ancora allora, erano imbattute. Alla sua pubblicazione l'album aveva occupato, per mesi, i primi post delle classifiche in numerosissimi paesi ed erano canzoni che erano state conosciute e cantate in tutto il mondo.

L'orchestra intonò una introduzione. Le luci di ambiente si abbassarono e lei apparve al centro del palco, ferma, in piedi, davanti l'asta sulla quale aveva riposizionato il microfono.

Dalla piazza non arrivava neanche il rumore di un respiro e le prime parole cantate da Julianne risuonarono in un silenzio tombale.

La canzone era in crescendo e la voce, che nelle prime strofe era 'parlata', man mano che le note scorrevano sprigionava tutta la sua inarrivabile potenza. Era una canzone d'amore e il testo

325

narrava di una donna che chiedeva al suo uomo di non andar via. 'Non ho niente, niente se non ho te' e la sua voce rese benissimo quella rabbia mista a disperazione che le parole e la musica, nelle intenzioni dei compositori, volevano trasmettere.

Nelle strofe finali guardò davanti a sé, con gli occhi penetranti e decisi, e alzò le mani verso la platea quasi fosse lì, tra la gente che assiepava la piazza, l'uomo che lei non voleva perdere. Ognuna delle persone che aveva di fronte si sentì destinataria di quello sguardo e di quella invocazione e, quando sfumò la nota finale, trascorse qualche secondo di silenzio, poi ci fu una ovazione. Applausi grida, cori, richiami. L'entusiasmo fu travolgente. Lei ringraziò più volte e poi, come il clamore scemò un pochino, uscì tra le quinte. Le luci si spensero e l'orchestra smise di suonare. Sul palco e su tutta la piazza, che erano rimasti nel buio più totale, scese un silenzio tombale. Il pubblico era disorientato, sembrava che il concerto fosse finito, ma sapeva che mancava una canzone e non capiva cosa stesse accadendo. Passarono alcuni minuti e, da più parti cominciarono a invocare la cantante scandendo il suo nome. La volevano, la volevano per ascoltare il suo successo più grande.

L'orchestra era in silenzio ma, a un tratto, le enormi casse acustiche cominciarono a diffondere la voce di Julianne che aveva cominciato a cantare 'a cappella' le primissime parole della canzone. Ma il palco era nel buio più totale così come l'intera piazza. A un tratto un potente faro, posizionato in alto sulla struttura, tagliò con un cono di luce bianca la folla in platea, scorrendo dal bordo del palco lungo il corridoio centrale per arrivare al suo limite in fondo, vicino alle transenne dove, come d'incanto, apparve Julianne che, con il microfono in mano, stava lentamente camminando per tornare verso il palcoscenico. Come ci fosse finita tra il pubblico nessuno l'aveva capito. Mentre procedeva nel suo percorso, tutti si erano alzati e attorno a lei si erano creati due ali di folla, ma nessuno usciva dalle file di poltrone o tentava di salutarla. Avevano riconosciuto il brano e non volevano interromperla o disturbarla ma solo vederla da vicino.

Anche questa era una canzone d'amore. Era la storia di un addio e di una donna che spiegava al suo uomo che anche se si sarebbero dovuti separare lo avrebbe amato per sempre.

Il suo arrivo sul palco coincise con la fine della parte cantata a cappella. In silenzio introdusse il microfono nel supporto sull'asta, guardò davanti a sé per qualche crudele secondo, poi all'improvviso alzò le braccia e le abbassò dolcemente. D'un tratto tutto il palcoscenico fu inondato da una luce diffusa rossa e l'orchestra intonò l'accompagnamento.

Cantò le strofe successive pronunciando le parole con dolcezza e al limite della commozione. Si interruppe per lasciare spazio a un 'assólo' di un sax. Ancora una strofa. Una pausa. E poi esplose il ritornello "e io ti amerò per sempre" con un acuto che solo lei sapeva e poteva cantare. Quella canzone era stata interpretata da decine di altri artisti ma nessuno era riuscito ad avvicinarsi alla potenza e alla intensità che lei dava alla voce.

Da tutta la piazza esplose un applauso fortissimo che la accompagnò sino alla strofe finali. Come terminò l'ultima e prolungata nota gli applausi si trasformarono, con una esplosione, in un autentico boato. Nella piazza c'era un vero tripudio. Cominciarono a gridare il suo nome, la invocavano ovunque e dovette più volte passare da un lato all'altro del palcoscenico per rispondere al saluto della gente. Non volevano lasciarla. Sapevano che il concerto era finito ma nessuno voleva rassegnarsi. Erano tutti in piedi e si erano accostati al bordo del palco allungando le mani per cercare di salutarla. Mentre lo percorreva da destra a sinistra dovette tirarsi leggermente indietro per evitare di inciampare tra le braccia tese. Cominciarono a spuntare moltissimi mazzi di fiori. Se non li avesse raccolti sarebbe stato davvero un peccato arrecare dispiacere all'affetto di quella gente, ma ne erano talmente tanti che sarebbe stato impossibile, per lei, prenderli tutti. Chiamò le ragazze che avevano ballato e la affiancarono nel raccoglierli mentre lei si chinava per accarezzare le mani di coloro che li porgevano. Nelle file più indietro non riuscivano ad arrivare al palco allora cominciarono a lanciarli. Ben presto fu quasi un tappeto che copriva l'intero piano del palcoscenico. Riuscì ad abbandonare la scena e il palco fu avvolto dal buio.

La piazza era ancora stracolma di gente che stentava ad andarsene. Le grida si moltiplicarono e, dalle tribune, la chiamarono scandendo il suo nome. Lei tra le quinte incrociò lo sguardo di Max. Si erano intesi al volo. Si accostò alla orchestra. Max frattanto, via radio, aveva avvisato la torre. All'improvviso le luci si spensero. Julianne andò verso il centro del palcoscenico e si accostò al microfono.

"Non posso abbandonare questa magnifica piazza e tutti voi, che con questo grande calore mi state manifestando il vostro affetto, così, girandomi semplicemente e lasciando il palco. Però è tardi. Dobbiamo concludere il concerto anche perché dobbiamo rispettare il lavoro di coloro che, nella notte, dovranno smontare tutto velocemente e lasciare, per domani mattina, la piazza libera. E allora voglio mandarvi un grandissimo bacio, tanto grande da arrivare a ognuno di voi con questo ultimo brano che narra dell'amore più grande che c'è… il mio per voi."

L'orchestra cominciò a suonare l'introduzione e la gente pian piano si azzittì anche se, ormai, la platea aveva perso il suo ordine composto e tutti stavano ovunque ma soprattutto addossati al palco.

Julianne attaccò la canzone pronunciando le dolcissime prime note. Mentre cantava la guardavano tutti rapiti, ma anche con una grande punta di malinconia. Sarebbe stato l'ultimo brano e poi su quella stupenda serata si sarebbero spenti i riflettori.

Julianne prese il microfono dalla staffa e, mentre cantava, cominciò a camminare lungo tutta la scena, abbassandosi per ricevere una carezza o stringere una mano dalla gente assiepata a ridosso del palco. A un tratto si fermò al centro e intonò con la parola 'love' il potente e lunghissimo acuto che concludeva la canzone. Un nuovo e fortissimo boato tuonò nella piazza. Julianne si inchinò con gli occhi bassi e stette diversi secondi inginocchiata per raccogliere l'applauso. Poi si alzò prese il microfono e gridò "Sulmona, Abruzzo ti amo!".

Mandò un bacio con la mano, si girò e guadagnò il retro del palco.

Max la stava aspettando e lei lo abbracciò. Le sue lacrime gli bagnarono le guance. Adesso la tensione si era allentata e poteva dare sfogo alle sue emozioni e queste le narravano che era felice.

"Sono felice di quello che è successo," gli sussurrò con le labbra bagnate vicine alla sua guancia "e di quello che succederà."

Ben presto furono circondati. Antonio, che era rimasto tutto il tempo vicino a Max, il Presidente, le coriste e i componenti della sua band, che volevano finalmente riabbracciarla, ma nessuno osò interrompere quella scena e rimasero un po' a distanza.

Quando si sciolse da quell'abbraccio con il suo uomo le prime a saltarle letteralmente addosso furono le sue vocalist seguite dai ragazzi della sua band. Avevano scoperto che Julianne era viva ed era lì con loro sul palco solo all'annuncio dei due presentatori. Ovviamente se l'erano goduta per tutto il concerto, ma avevano dovuto gioco-forza trattenere la loro emozione e solo in quel momento avevano potuto dare sfogo alla loro gioia per averla ritrovata e al desiderio di riabbracciarla. Si strinsero tutti a cerchio attorno a lei e l'avvolsero letteralmente come fosse un mantello umano. Rimasero così, stretti, per un po'. Nulla, se non dei singhiozzi, trapelava da quel groviglio di braccia nonostante la confusione che regnava attorno.

I suoi ragazzi si sciolsero da lei e ognuno asciugava la sua commozione a modo suo. Julianne avrebbe voluto guadagnare il camerino ma c'era un via vai di persone che volevano congratularsi con lei. Erano tutti addetti ai lavori. Non la conoscevano personalmente ma avevano lavorato a quel progetto ed erano fieri di essere stati, in qualche modo, anche loro protagonisti di quello straordinario evento. A salutarla sfilarono il direttore dell'orchestra con gli orchestrali e quasi tutti i tecnici.

Mentre era intenta a ringraziare tutte quelle persone vide Sophia, discosta, che sorrideva con aria sorniona. Una voce nota la distolse.

"E così la mia bimba è tornata. Dovrei punirti per le sofferenze che ci hai procurato, ma ho una colonna sonora d'approntare e, in fondo, ho ancora bisogno di te e sono venuto a controllare se eri ancora intonata."

Si girò e le si illuminarono gli occhi.

"Maestro... che emozione vederla qui."

Con gli occhi lucidi si abbassò un pochino per stringersi a Santarita, il quale ricambiò l'abbraccio lasciando da parte, per un attimo, la ortodossa osservanza dell'etichetta di cui era sempre stato portatore.

"Secondo te un evento come questo, che si celebra in Italia, poteva svolgersi senza la mia prestigiosa presenza?" le disse simulando un'aria severa.

Ma non potette dare seguito alla conversazione con il compositore perché, un po' discosto, vide una figura alla quale doveva molto.

"E così c'è anche lei."

"Dovevo venire in Italia per ragioni del mio ufficio e sarebbe stato un peccato non assistere a questa seconda resurrezione della storia dell'umanità."

"Padre sono felice di rivederla."

"E io sono felice di rivedere il ritorno, sui tuoi splendidi occhi, delle candide ali della felicità. Ho saputo delle tue ultime vicende," disse padre Ebenezer, "ho saputo della tua storia sentimentale, che ti darà la forza per tornare a essere quella che eri senza perdere di vista l'orto della tua casa che non può essere trascurato."

"È stato Max è vero?"

"E chi altro sarebbe potuto essere stato?"

"Ha pensato proprio a tutto."

"No. Ha pensato solo a te e alla tua felicità."

"Sono stata fortunata a incontrarlo per quello che è e per il singolare modo in cui ci siamo conosciuti."

"Su una cosa avevi ragione, Julianne," le disse il parroco, guardandola negli occhi in maniera convinta "se non fossi fuggita da quella vita non lo avresti mai incontrato. Oggi puoi rientrare in quella frenetiche montagne russe che sono il successo ma, come una nave che naviga in un mare pericoloso, sai che hai, a brevissima distanza, il porto sicuro che ti proteggerà dalla tempesta".

Era felice di aver rivisto Padre Ebenezer. Trovava sempre le parole per rassicurarla e infonderle il coraggio per proseguire per la strada che aveva scelto.Ma evidentemente, quella sera, per lei le emozioni non erano finite.

Appoggiata a una quinta, un po' discostata, vide una figura alta che la guardava con il volto rivolto leggermente verso il basso e con le mani nella bocca a tentar di nascondere la evidente commozione che lo scuoteva.

"Seby, Seby" gridò lei con tono addolorato e corse ad abbracciarlo. Si strinsero e cominciarono a piangere irrefrenabilmente tutti e due. Per lei Sebastian era stato come un fratello ed era il familiare, meno familiare, più familiare di tutti.

"Sebastian, amico mio. Sei il mio rimorso più grande."

"Dovrei odiarti, per il dolore che mi hai procurato, ma sono troppo felice per essere qui a riabbracciarti."

"Non avrei mai pensato che tu potessi perdonarmi."

"Perché non me lo hai detto?"

"Perché me lo avresti impedito. Sei stata la mia sofferenza più grande e se fino all'ultimo ho avuto un qualcosa che un po' mi frenava quello sei stato solo tu. Il pensiero di arrecarti un dolore è stata la sola cosa che mi ha procurato delle remore. Ma poi una forza interiore mi ha spinto e sono andata dritta per la mia strada."

"Ma poi?"

"Poi Seby ero in Africa e pensavo di non lasciarla mai più. Poi ho conosciuto Max, ma fino ad arrivare al punto di fare scelte importanti è stata lunga e poi sono venuta in Italia ma da pochi mesi. Poi si è messo in testa di organizzare questo evento e voleva che la mia esistenza restasse un segreto. Avevo già deciso di cercarti dopo quest'evento e gliene avevo anche parlato. Lui si limitò ad annuire senza dirmi nulla a riguardo."

"Ci aveva già pensato lui."

"Già, ci aveva pensato lui. Ti ha detto tutto?"

"No! Mi disse solo che voleva che io fossi presente perché sarebbe stato un fantastico tributo alla tua memoria. Mi disse solo una frase, con un vago sapore di mistero che mi colpì e mi convinse, 'Venga, vedrà che alla fine sarà felice di esserci stato.' Ed ebbe ragione. Mi ha prolungato il dolore fino a oggi ma devo dire che la sorpresa, nel vedere il tuo viso sul megaschermo, è stata una emozione indescrivibile che mai avrei pensato di vivere."

"Sono stufi di asciugare le vostre lacrime, qui bisogna cominciare a sbaraccare," li interruppe Max ridendo.

Salutò Sebastian con un abbraccio e li guardò entrambi con aria compiaciuta. Julianne gli si strinse e gli mise una mano sulla spalla.

"Una cosa è certa," disse Seby "sei in ottime mani".

"Anche noi lo siamo," rispose Max ammiccando verso di lui, "ora tocca a te, il tuo lavoro comincia adesso. Mica penserai che io mi metta a correrle dietro per tutto il mondo. Ci devi pensare tu e me la devi anche riportare."

Finalmente erano a casa. In giardino aveva fatto le coccole ai due cagnoloni.

Non era stato facile. Erano sfilati rapidamente gli amici per congratularsi e rimandarsi ai giorni successivi.

Dopo che aveva riabbracciato tutti i suoi affetti più cari avevano dovuto affrontare la ressa che era fuori. Mentre scendeva, per raggiungere uno dei *motorhome* per cambiarsi, era stata accolta da un boato. Assiepata oltre le transenne, che delimitavano la zona del *backstage*, c'era una folla enorme mentre, vicino al cancello, c'era una ressa di giornalisti che si aspettavano una dichiarazione.

Max la aveva guardata. "Possiamo anche salire in macchina e forzare la folla ma non puoi fuggire senza dire neanche una parola."

Lei era scesa giù e aveva raggiunto quel gruppo dove le puntarono le telecamere mentre decine di microfoni si erano accostati a lei.

"Sono felice di questa serata. Sono felice che tutto sia andato bene e che vi siate divertiti. Ci rivedremo presto, con voi e con tutti gli appassionati che questa sera ci hanno seguito."

Una cronista molto giovane e piccolina, che era davanti a tutti ed era quasi prona dalla spinta che veniva da dietro, le chiese, "Perché?"

Si chinò un pochino per avvicinarsi al faccino della giovane reporter e, accarezzandola dolcemente con la mano, le rispose.

"Perché? Perché altrimenti non ci sarebbe mai stata una serata come questa."

Si era girata e aveva raggiunto la autovettura senza dimenticare di salutare con la mano tutto il pubblico che la invocava.

Ora guardava il letto. Aveva appena fatto la doccia e aveva lasciato Max a fare la sua. Era felice, ma stanca. Si sdraiò e ripensò a tutte le immagini del concerto rivivendo al contempo tutte le emozioni che man mano aveva provato. Era stata una cosa bellissima. Se mai un giorno, dopo la sua fuga in Africa, avesse dovuto immaginare un suo ritorno sulla scena non sarebbe stata capace di sognarlo così.

Lui si stese a fianco a lei. Era stanco anche lui.

"Sono davvero a pezzi."

"Anche io."

"Io, bimba, sono in movimento dalle due del pomeriggio. Tu dalle sette di sera."

"Ma io ho cantato" rispose lei.

"Figurati, per te è come passeggiare sulla spiaggia."

"E ora?" disse lei, stringendosi al suo petto.

"Ora si ricomincia. Hai paura?"

"Non di ricominciare," disse lei.

"Di cosa?"

"Non ti perderò! Ora che ti ho trovato!"

Lo baciò intensamente e gli disse una sola parola, "Grazie!" E si addormentò.

Era affacciato al balcone, si stava godendo gli istanti che precedono il sorgere del sole. Max amava quel momento. Non era la prima volta che, svegliatosi come d'abitudine molto presto, usciva sul balcone per gustare il trionfo di colori dell'alba di metà giugno.

Ricordava di aver sognato. Non ricordava mai se sognava o meno. E, quelle rare volte che ricordava di aver sognato, la trama del sogno sbiadiva pochi secondi dopo aver aperto gli occhi. Questa volta, invece, ricordava il suo sogno alla perfezione, come se avesse visto un film.

"Che strano," pensò "ricordo tutto con lucidità dall'inizio alla fine."

Guardò avanti e aspirò l'aria che, nonostante fosse prestissimo, era già tiepida. Amava quei giorni e se fosse stato composto da dodici mesi di giugno per lui sarebbe stato l'anno l'ideale.

Alle sue spalle sentì un mormorio indistinto e si girò.

Vide il letto che si muoveva e, da sotto le lenzuola, scorse spuntare i suoi ricci impertinenti. Evidentemente anche lei stava sognando qualcosa.

Si voltò verso la vallata e guardò lontano, dritto davanti a lui.

I raggi del sole avevano iniziato a illuminare la vetta del Genzana e ben presto, scendendo lungo le pendici, avrebbero dorato anche il campanile dell'Annunziata.

Mentre era appoggiato in avanti sentì due mani che, da dietro, lo cingevano sino al petto, attraverso i fianchi, e due seni sodi che premevano contro la sua schiena. Guardò la pelle nera e ne sentì la morbidezza sulla sua.

"Penso che tu debba tornare a letto per fare il maschio. Ho bisogno di una scossa per svegliarmi bene. Sei il mio caffè forte" gli disse restando dietro di lui.

"Ho fatto un sogno," le rispose lui senza voltarsi. "Lo ricordo benissimo come fosse un film".

"Era un porno e noi eravamo i protagonisti."

"Era un sogno strano. Ero stato in Africa, mi avevano invitato e…"

"E hai incontrato me! Vieni, ho voglia!"

Lo prese per mano, lo guidò verso il letto buttandosi indietro e trascinandoselo sopra. Lo baciò con passione accarezzandolo e agitandosi maliziosamente sotto di lui. Dopo qualche istante lei si alzò e si diresse verso il bagno.

Lui la vide allontanarsi mentre ancheggiava con il suo culetto tondo e impertinente.

Ripensò al suo sogno e a quegli occhi meravigliosi che aveva incrociato nel parco di quella scuola. Non riusciva a cancellarli dalla sua mente e gli tornavano prepotentemente davanti al viso.

Fu distolto dalla sua voce sensuale mentre tornava verso il letto con i suoi seni arroganti che danzavano al ritmo del suo passo.

"Ora sei mio" gli disse Gwendoline, con tono provocante ma anche divertito, buttandoglisi addosso.

Tutti i suoi pensieri furono dissolti dalla passione con la quale lo avvolse. Il suo fascino sensuale era una magia che ti catturava e alla quale non si poteva resistere e lui si lasciò andare senza remore

E poi i sogni sono solo dei sogni che restano sogni. Per sempre.

Ma non sempre sono una foglia d'autunno che cadendo ti attraversa il cammino, ti scivola addosso e si posa a terra per essere dimenticata. A volte non svaniscono mai.

Mentre Gwen gli stava sopra e gli dava piccoli morsi sul collo girò la testa verso la finestra e, sulla vetta del Genzana appena dorata dal sole, due stupendi occhi neri leggermente allungati, che danzavano come un ologramma, lo guardarono intensamente penetrandolo nell'anima.

FINE

RINGRAZIAMENTI

"Coloro che danzavano furono visti come folli da quelli che non sentivano la musica" (F. Nietzsche - libera traduzione)

L'idea, da cui nasce la storia di questo libro, è una follia ed il decidere di scriverlo una follia ancora più grande. Quando si è consapevoli di essere in procinto di fare una follia c'è sempre una parte razionale che tenta di richiamarti indietro, oltre il ciglio del baratro. Se ciò fosse successo sarebbe stato ancora più folle della follia che stavo vivendo. Devo ringraziare chi non mi ha trattenuto ed anzi, al contrario, mi ha spinto facendomi fare un meraviglioso balzo nell'abisso. Solo due folli, quando ho loro raccontato l'idea, potevano accompagnarmi nel giardino dei folli e solo quelle due folli, come Rossella e Sabrina, potevano respingermi dal mondo della razionalità tutte quelle volte che confessavo loro di voler curare la mia follia e tornare tra i savi.

Marina, mia cugina, mi ha graziosamente preso per mano guidandomi nei sotterranei più fondi della storia artistica sulmonese ed italiana, nella stessa preziosa guisa con la quale Virgilio condusse il Poeta verso il vascello di Caronte.

Devo anche ringraziare mio figlio che, quando gli ho raccontato quello che stavo facendo, non mi ha deriso dissacrandomi (conosco Filippo e so che quello è il suo modo di approvarmi) ma è andato, addirittura, oltre quando, con espressione seria, mi ha detto "ok, fammelo leggere".

Un pensiero affettuoso va ad Elisa e Massimo i quali, con autentico spirito di sacrificio, si sono votati al martirio di seguire questa folle danza per darmi, di volta in volta, la percezione che non fossi visto così folle da chi non sentiva la musica.

Devo ringraziare Anna Rita, Rosella, Donatellina, Flavio, Donatella, Franca e Mauro che hanno sopportato, per mesi, i miei discorsi monocorde su un argomento strettamente legato a questo romanzo, ripetuti e ribaditi sino all'ossessione.

337

Un grazie enorme e di cuore, infine, a Bruno, mio splendido ed eterno amico, che è nato coprotagonista assieme a questa idea, e dentro questa idea, e che, con le parole più toccanti che pensiero umano potesse concepire, mi ha ricambiato la sua gioia di esserne parte in nome di un affetto che solo grandi e solide amicizie sanno tenere vivo a dispetto di distanze terrene e temporali.
Grazie!

Massimo Carugno

Sommario

www.ingramcontent.com/pod-product-compliance
Lightning Source LLC
Chambersburg PA
CBHW031951060726
47497CB00016B/1194